ଏ ଜହ୍ନ ସାକ୍ଷୀ

ଏ ଜହ୍ନ ସାକ୍ଷୀ

ମୂଳ ହିନ୍ଦୀ :
ଉର୍ମିଳା ଶିରୀଷ୍

ଓଡ଼ିଆ ଅନୁବାଦ :
ନୀହାରିକା ମଲ୍ଲିକ

ବ୍ଲାକ୍ ଇଗଲ୍ ବୁକ୍ସ
ଭୁବନେଶ୍ୱର, ଓଡ଼ିଶା

BLACK EAGLE BOOKS
Dublin, USA

ଏ ଜହ୍ନ ସାକ୍ଷୀ / ମୂଳ ହିନ୍ଦୀ : **ଊର୍ମିଳା ଶିରୀଷ୍**

ଓଡ଼ିଆ ଅନୁବାଦ : **ନୀହାରିକା ମଲ୍ଲିକ**

ବ୍ଲାକ୍ ଇଗଲ୍ ବୁକ୍ସ : ଭୁବନେଶ୍ୱର, ଓଡ଼ିଶା • ଡବ୍ଲିନ୍, ଯୁକ୍ତରାଷ୍ଟ୍ର ଆମେରିକା

BLACK EAGLE BOOKS

USA address:
7464 Wisdom Lane
Dublin, OH 43016

India address:
E/312, Trident Galaxy, Kalinga Nagar,
Bhubaneswar-751003, Odisha, India

E-mail: info@blackeaglebooks.org
Website: www.blackeaglebooks.org

First International Edition Published by
BLACK EAGLE BOOKS, 2023

E JANHA SAKSHI
by **Urmila Shirish**
Translated by **Niharika Mallick**

Original Copyright © **Urmila Shirish**
Translation Copyright © **Niharika Mallick**

Cover photography: **Dr. Rosy Mallik**
Interior Design: Ezy's Publication

ISBN- 978-1-64560-381-8 (Paperback)

Printed in the United States of America

ଉତ୍ସର୍ଗ

ପରିସ୍ଥିତି ଆଗରେ ହାରି ନ ଯାଇ ସମ୍ମାନ ଓ ସ୍ୱାଭିମାନର
ସହ ବଞ୍ଚୁଥିବା ଅଗଣିତ 'ଦିଶା'ମାନଙ୍କ ହାତରେ...

ବହି ବିଷୟରେ

ଚିରାଚରିତ ପ୍ରେମକାହାଣୀ, ନାରୀ ସଂଘର୍ଷ ଓ ନାରୀର ଅବଳା ଦୁର୍ବଳା ଚିତ୍ରଠୁ କିଛି ଭିନ୍ନ କଥାର ଉଦାହରଣ ଦିଏ ଉପନ୍ୟାସ 'ଚାନ୍ଦ୍ ଗବାହ୍' ବା 'ଏ ଜହ୍ନ ସାକ୍ଷୀ'। କେବଳ ପ୍ରେମ ସଂଘର୍ଷ ଦୃଷ୍ଟିରୁ ନୁହଁ ବରଂ ଅନେକ ଦିଗରୁ ଏ ଉପନ୍ୟାସଟି ସ୍ୱତନ୍ତ୍ର ମନେହୁଏ। କାହାଣୀଟିର କେନ୍ଦ୍ରରେ ଯଦିଓ ନାରୀ, ପ୍ରେମ ଓ ପରିବାର ରହିଛି କିନ୍ତୁ ଏହାର ଚାରିପାଖରେ ଅନେକଗୁଡ଼ିଏ ସମ୍ବେଦନଶୀଳ ଅନୁଭବକୁ ଔପନ୍ୟାସିକା ସୁନ୍ଦର ଭାବରେ ଗଢ଼ି ତୋଳିଛନ୍ତି। ବାଲ୍ୟାବସ୍ଥାରୁ ନେଇ ଯୌବନ, ଏପରିକି ବୟସର ଏକ ନିର୍ଦ୍ଦିଷ୍ଟ ବିନ୍ଦୁରେ ପହଞ୍ଚିବା ପରେ ମଧ୍ୟ ନାରୀକୁ ନିଜ ଇଚ୍ଛାରେ ବଞ୍ଚିବାର କି ସ୍ୱପ୍ନ ଦେଖିବାର ଅଧିକାର ନଥାଏ। ପ୍ରେମ ତ ସତେ ଯେପରି ତା'ପାଇଁ ଏକ ଗର୍ହିତ ଶବ୍ଦ। କିନ୍ତୁ ଉପନ୍ୟାସଟିରେ ଲେଖିକା କେବଳ ନାରୀର ପ୍ରେମପ୍ରଣୟ, ମାନସିକ ଯାତନା ଅବା ସଂଘର୍ଷର କାହାଣୀକୁ ବର୍ଣ୍ଣନା କରି ନାହାଁନ୍ତି, ବରଂ ସେ ନାରୀକୁ ସ୍ୱାଭିମାନର ସହ ବଞ୍ଚିବାର କଳା ଶିଖାଇଛନ୍ତି।

ନାରୀ ନିଜର ରୁଚି, ପସନ୍ଦ ନା ପସନ୍ଦ ଓ ସ୍ୱପ୍ନକୁ ବଳିଦେଇ କେବଳ ପରିବାର ଓ ସମାଜର ଇଙ୍ଗିତରେ କାହିଁକି ପରିଚାଳିତ ହେବ ? ତାହା ପୁଣି ସେଇ ପରିବାର ଓ ସମାଜ ପାଇଁ ଯିଏ ନାରୀଠାରୁ କେବଳ ତ୍ୟାଗ ଓ ସହନଶୀଳତା ଆଶା ରଖେ ଏବଂ ପ୍ରତିଦାନରେ କେବଳ ତିରସ୍କାର ଓ ସମାଲୋଚନା ହିଁ କରିଥାଏ। ଉପନ୍ୟାସଟିରେ ନାରୀର ଏକ ଭିନ୍ନ ଦିଗକୁ ପାଠକଙ୍କ ସାମ୍ନାରେ ଉପସ୍ଥାପିତ କରାଯାଇଛି। ଗୋଟେ ପଟେ ନିଜ ଇଚ୍ଛାରେ ନିଜ ରୁଚିରେ ବଞ୍ଚିବାର ଏକ ନିର୍ଭିକ ନିଷ୍ପତ୍ତି ନେଉଥିବା 'ଦିଶା' ଏବଂ ଅନ୍ୟପଟେ ତାର ସମସ୍ତ କାର୍ଯ୍ୟକୁ ବିରୋଧ କରି ସବୁବେଳେ ସମାଲୋଚନା ନିନ୍ଦା କରିଆସୁଥିବା ତା' ପରିବାର ଆତ୍ମୀୟସ୍ୱଜନ। ମାଆର ସ୍ୱାଧୀନ ଭାବେ କିଛି କରିବାର ପ୍ରୟାସକୁ ଦୁଇଝିଅ ମଧ୍ୟ ସହଜରେ ଗ୍ରହଣ କରିପାରିନାହାନ୍ତି ଏବଂ ଏଥିପାଇଁ

ସେମାନେ ମାଆଙ୍କୁ ଅନେକ କଟୁକଥା କହିବାକୁ ମଧ୍ୟ ପଛେଇନାହାନ୍ତି। ଏଥିରେ ଦୁଇ ପିଢ଼ିଙ୍କ ମଧ୍ୟରେ ଥିବା ଭାବନାଗତ ଅସାମଞ୍ଜସ୍ୟତା ଖୁବ୍ ନିଖୁଣ ଭାବରେ ବର୍ଣ୍ଣନା କରିବାରେ ଲେଖିକା ସଫଳ ହୋଇଛନ୍ତି।

ନାରୀ କେବଳ ନିଜ ପାଇଁ କି ସ୍ୱାମୀ ପରିବାର ପାଇଁ ସଂଘର୍ଷ କରେନି, ସେ ନିଜର ନାଗରିକ କର୍ତ୍ତବ୍ୟ ପ୍ରତି ମଧ୍ୟ ସଚେତନ। ବୃକ୍ଷରୋପଣ, ଗୋ ପାଳନ, ପରିବାଚାଷ ପରି ସାମାଜିକ ଦାୟିତ୍ୱ ନେବାରେ ବି ସେ କେବେ ପଛଘୁଞ୍ଚା ଦେଇନି। ତା ପ୍ରେମ କେବଳ ବ୍ୟକ୍ତି ସ୍ତରରେ ସିମୀତ ନ ରହି ହୋଇଛି ବ୍ୟାପକ। କିନ୍ତୁ ଏହି ଦାୟିତ୍ୱବୋଧ, କର୍ତ୍ତବ୍ୟପାଳନ ଭିତରେ ବି ତା ହୃଦୟରେ ଅନେକ ଅକୁହା ଯନ୍ତ୍ରଣା ଗୋପ୍ୟ ହୋଇ ରହିଯାଏ। ନା ସେ କାହାକୁ ମନଖୋଲି କହିପାରେ ନା ତା ବ୍ୟଥାକୁ କେହି ଅନୁଭବ କରିପାରନ୍ତି।

ସାରାଦିନ ଅନ୍ୟର ସମାଲୋଚନା, ତାଚ୍ଛଲ୍ୟ ଶୁଣି ତା ଭିତରେ କର୍ତ୍ତବ୍ୟ ସମ୍ପାଦନ କରି ସେ ଯେତେବେଳେ ଅବଶ ହୋଇଯାଏ, ତା ମନକଥା ଶୁଣିବାକୁ ପାଖରେ କେହି ନଥାନ୍ତି। ରାତ୍ରିଆକାଶକୁ ଚାହିଁ ସେ ଦେଖେ କେବଳ ଜହ୍ନ ହିଁ ତାର ଆପଣାର, ସେ ତା' ଭିତରେ ଦେଖେ ନିଜ ପ୍ରେମକୁ, ପ୍ରେମିକକୁ...ସାଥୀକୁ।

କେବଳ କଥାବସ୍ତୁ ଦୃଷ୍ଟିରୁ ନୁହେଁ, ଭାଷାଶୈଳୀ ଦୃଷ୍ଟିରୁ ମଧ୍ୟ ଉପନ୍ୟାସଟିର ସ୍ୱାତନ୍ତ୍ରତା ବାରିହୁଏ। ଏଥିରେ ଥିବା କାବ୍ୟିକ ଛଟା ଓ ମଝି ମଝିରେ ଥିବା ସାନସାନ କବିତା ପାଠକ ମନକୁ ଏକ ଭିନ୍ନ ଅନୁଭୂତି ଦେବ ବୋଲି ମୋର ଆଶା।

ଏପରି ଏକ ସମ୍ବେଦନଶୀଳ ଭାବ ଛଳଛଳ ଉପନ୍ୟାସକୁ ଅନୁବାଦ କରିବା ସମୟରେ ଏହାର ଶବ୍ଦର ଲାଳିତ୍ୟ ଓ ଭାବର ସାବଲୀଳତାକୁ ଅକ୍ଷୁର୍ଣ୍ଣ ରଖିବା ପାଇଁ ମୁଁ ଯଥାସମ୍ଭବ ପ୍ରୟାସ କରିଛି। ଏପରି ଏକ ସଫଳ ଉପନ୍ୟାସକୁ ଓଡ଼ିଆ ପାଠକଙ୍କୁ ଭେଟିଦେବାର ଅନୁମତି ପ୍ରଦାନ କରିଥିବାରୁ ମୁଁ ଲେଖିକା ଡ.ଉର୍ମିଳା ଶିରୀଷଙ୍କୁ ମୋର ଆନ୍ତରିକ ଧନ୍ୟବାଦ ଜଣାଉଛି। ଏବଂ ଶେଷରେ ସୁନ୍ଦର ପ୍ରଚ୍ଛଦରେ ସଜେଇଥିବା ଶ୍ରୀ ଅଶୋକ ପରିଡ଼ାଙ୍କୁ ତଥା ପ୍ରକାଶକ ବ୍ଲାକ୍ ଇଗଲ୍‌ସ ବୁକ୍ସ ପରିବାରକୁ ମୋର ଆନ୍ତରିକ ଧନ୍ୟବାଦ। ପୁସ୍ତକଟି ପାଠକଙ୍କୁ ବାନ୍ଧି ରଖିବା ସହ ଏକ ସୁଖଦ ଅନୁଭୂତି ଦେବ ବୋଲି ମୋର ଆଶା ଓ ବିଶ୍ୱାସ।

ନୀହାରିକା ମଲ୍ଲିକ

"ମୁଁ ଏ କ'ଣ ଶୁଣୁଛି ?"
"କ'ଣ..."
"ତୁ କାହା (?) ସହ ଏକାଠି ରହୁଛୁ ?"
"କିଏ କହିଲା ?"
"ସେଥିରେ କ'ଣ ଯାଏ ଆସେ।"
"କହ, ତା ନାଁଟା ଟିକେ କହ... !"
"ଯେମିତି ତା ସହ ଝଗଡ଼ା କରିବାକୁ ଯାଇ ପହଞ୍ଚିଯିବୁ।"
"ପ୍ରଥମେ ଗୋଟେ କବିତା ଶୁଣ- ନାରୀ ଗୀତ
ନାରୀଟେ ଶୁଣିଲା
ନାରୀଟେ ଗାଇଲା।
ଏବଂ ଏକା ସାଙ୍ଗରେ
ସମସ୍ତ ନାରୀ ମହକି ଉଠିଲେ।

ନାଚିବାକୁ ଲାଗିଲେ,
ଖିଲିଖିଲି ହୋଇ ହସିବାକୁ ଲାଗିଲେ।

କାରଣ ଏମାନଙ୍କ ଭିତରେ
ପୃଥ୍ୱୀର ସମସ୍ତ
ନାରୀମାନଙ୍କର ସମବେତ ସ୍ୱର ଥିଲା ॥

ଏକ ସୁନ୍ଦର ଖିଲିଖିଲି ହସ
ସେ ହସ ଭିତରେ ଗୋଳା ଏକ ମାଦକତା ।
କୁହ... କେଉଁ ସ୍ୱରଟି ତୁମର ?"

"ତୁ ଏହାକୁ କବିତା କହୁଛୁ?"

"ଆଉ ତେବେ କବିତା କେଉଁଟା?"

"ତୁ ଜାଣିନୁ...? ତୁ ବି ତ ପଢ଼ାପଢ଼ି କରୁ?"

"ତା ହେଲେ କେବେ ଟିକେ କହ, କବିତାର ଅର୍ଥ, କବିତାର ଶକ୍ତି! କବିତାର ସତ୍ୟତା! ମୁଁ ତ ହଜାରେ କବିତା ପଢ଼ିଲିଣି... କବିତା କ'ଣ, ଆଜି ଯାଏଁ ବୁଝି ପାରିଲିନି। କିନ୍ତୁ କବିତା ନ ପଢ଼ି ଓ ନ ଲେଖି ମୁଁ ରହିପାରୁନି।"

"ତୁ ପ୍ରସଙ୍ଗ ବଦଳାଇ ଦେଉଛୁ। କହ ସତକଥା କ'ଣ?"

ନୀରବତାର ଗୋପନ କୋଳାହଳ! ନୀରବତାର ଏକ ସ୍ରୋତ।

"ଚୁପ୍ ରହିଲେ ହେବନି!"

ପୁଣି ସେହି ଖିଲିଖିଲି ହସ! ସେହି ହସ ମଧ୍ୟରେ ଗୋଳା ଶୀତଳ ଜଳର ଶୀତଳତା।

"ଆମେ ଏ ପ୍ରସଙ୍ଗରେ ଚୁପ୍ ରହିବା!"

"ତୁ ଚୁପ୍ କେଉଁଠି ଅଛୁ? ଦୁନିଆଁ ସାରା ତୋରି ବିଷୟରେ ଚର୍ଚ୍ଚା, ଆଲୋଚନା। ତା ସହ ମିଳାମିଶା, ଯିବାଆସିବ ଏବଂ ଫେସ୍‌ବୁକ୍‌ରେ ପ୍ରତ୍ୟେକ କଥାକୁ ଦୁହେଁ ମିଶି ଶେୟାର କରିବା...। ଦୁନିଆ ବୋକା ନାଁ... ତୁ ଆଖି ବନ୍ଦ କରିନେଇଛୁ?"

"ସେ ମୋର ବନ୍ଧୁ।"

"ବନ୍ଧୁ ସହ କେହି ଫାର୍ମହାଉସ୍‌ରେ ଏପରି ଏକୁଟିଆ ତ ରହେନି।"

"କାହିଁକି ରହିପାରିବନି। କ୍ଷତି କ'ଣ? ଆଜି ବି ଆମ ମାନସିକତା ସେଇ ଗୋଟିଏ ଜାଗାରେ ଯାଇ ଅଟକି ଯାଏ, ଜେଣ୍ଡର ଉପରେ! ଆଉ ପୁଣି ଏପରି ପ୍ରଶ୍ନ ପଚାରିବା କେତେ ଦୂର ଉଚିତ? ମୋତେ ଦୁଃଖ ଲାଗୁଛି ଯେ ତୁ ମଧ୍ୟ ଏଇ ପ୍ରଶ୍ନ ପଚାରୁଛୁ। ତୋର ମାନସିକତା ମଧ୍ୟ ସେଇଠି ହିଁ ଅଟକି ଯାଇଛି, ଶହେ ବର୍ଷ ତଳେ। ପ୍ରଶ୍ନ କେବଳ ପ୍ରଶ୍ନ। ମୁଁ ଏକ ଅବୁଝା ପ୍ରଶ୍ନ ଅଟେ ଆଉ ତୁ ବିଗତ ଶତାବ୍ଦୀର ଉତ୍ତର!"

"ମୋ ଭାବନା ଓ ମାନସିକତା ଉପରେ ପ୍ରଶ୍ନ ଉଠାଇ ତୁ କ'ଣ ପ୍ରମାଣିତ କରିବାକୁ ଚାହୁଁଛୁ?"

ପୁଣି ହସ...।

"ମୁଁ ପ୍ରଶ୍ନର ଉତ୍ତରରେ ପ୍ରଶ୍ନ ପଚାରୁଛି। ମୋର ନିଜର କୌଣସି ଆଗ୍ରହ ନାହିଁ।"

"ତା ହେଲେ ଯେଉଁମାନେ ତୋ ଯାଏଁ ଏକଥା ପହଞ୍ଚାଇଛନ୍ତି, ସେମାନେ ନିହାତି ବାଜେ ଓ ନୀଚ ପ୍ରକୃତିର ଲୋକ। ସେମାନେ ସମସ୍ତେ ମୋତେ ଈର୍ଷା କରନ୍ତି।

ସେମାନଙ୍କ ନିଜ ଜୀବନରେ କରିବାକୁ କିଛି ନାହିଁ। ସେମାନେ କୌଣସି ନୂଆ କଥା, ନୂତନ ବିଚାର ତିଆରି କରିପାରିବେନି। ସେମାନେ ସବୁ ବିରକ୍ତିକର-କ୍ଲାନ୍ତଶ୍ରାନ୍ତ ଲୋକ... ସେମାନେ ଅସନ୍ତୁଷ୍ଟ ଜୀବ ଅଟନ୍ତି। ସେମାନଙ୍କ ପାଖରେ କୌଣସି ଉପଯୁକ୍ତ କାମ ଆଉ ନାହିଁ... ସେମାନେ ନିଜ ଜୀବନକୁ ତ ବୁଝିପାରିଲେନି, ଅନ୍ୟମାନଙ୍କୁ କ'ଣ ବୁଝିବେ! ସେଥିପାଇଁ ସେମାନେ ସମସ୍ତେ ମିଶି ମିଛ ଖବର ପ୍ରଚାର କରୁଛନ୍ତି। ଅଲଗା ଅଲଗା ଲୋକଙ୍କ ଦ୍ୱାରା ଫୋନ୍ କରାଉଛନ୍ତି।" ଏଥରକ ସେ ଉତ୍ତେଜିତ ସ୍ୱରରେ କହିଲା।

"ସେମାନଙ୍କର ଏଥିରେ କି ଲାଭ, ସେମାନେ କାହିଁକି ତୋ ବିରୁଦ୍ଧରେ ଅପପ୍ରଚାର କରିବେ ?"

"କାରଣ ଆମେ ସେମାନଙ୍କୁ ନିଜ ଦଳରେ ରଖିନୁ। ସେମାନେ ବିନା ପରିଶ୍ରମରେ ସବୁ କିଛି ପାଇଯିବାକୁ ଚାହୁଁଛନ୍ତି। ଆମେ ଜୀବନ ଓ ପ୍ରକୃତି ବିଷୟରେ ଆଲୋଚନା କରୁ, ଆମେ ପ୍ରେମର ପୂର୍ଣ୍ଣତାରେ ବିଶ୍ୱାସ କରୁ... ଜୀବନର ଅପୂର୍ଣ୍ଣତାରେ ନୁହଁ। ସେମାନଙ୍କ ଚିନ୍ତାଶକ୍ତି ସେ ପର୍ଯ୍ୟନ୍ତ ପହଞ୍ଚ ପାରିବନି।" ଏବେ ତା କଣ୍ଠ କଠୋର ଏବଂ ଦୃଢ଼ ହୋଇଆସୁଥିଲା।

"ମାତ୍ର ଏଇ ଟିକେ କଥା ପାଇଁ ସେମାନେ ତୋ ବିଷୟରେ ଅପପ୍ରଚାର କରୁଛନ୍ତି। ତୁମେମାନେ ତ ଆଉ ତରୁଣ ତରୁଣୀ ନୁହଁ। ଯଥେଷ୍ଟ ପରିପକ୍ୱ ଓ ମଧ୍ୟବୟସ୍କ ଲୋକ...।"

"ଏଥିରେ ବୟସ କଥା କୋଉଠୁ ଆସିଲା ? ବନ୍ଧୁତା ସହ ବୟସର କି ସମ୍ପର୍କ ?"

"ଏହା ତୋର ନିଜସ୍ୱ ମତ ହୋଇପାରେ।"

"ବନ୍ଧୁତା ଏବଂ ପ୍ରେମରେ ଜାତି, ଧର୍ମ, ଉଚ୍ଚ, ନୀଚ ଏବଂ ବୟସ ଦେଖାଯାଇ ନ ଥାଏ... ଏହି ଦୁଇଟି ଭାବ ଯୋଗୁଁ ହିଁ ପୃଥିବୀ ଆଜି ତିଷ୍ଠି ରହିଛି। ସ୍ପନ୍ଦିତ ହେଉଛି। ଏତେ ସୁନ୍ଦର ଦେଖାଯାଉଛି। ସୃଜନଧର୍ମୀ ହୋଇପାରିଛି। ନିତ୍ୟ ନୂତନତା ଭରି ରହିଛି। ମଣିଷ ଏବଂ ଜୀବ, ଦୁହେଁ ଏଇ ଭାବ ଯୋଗୁଁ ହିଁ ତ ବଞ୍ଚିରୁହନ୍ତି, ନଚେତ୍ ସବୁ ସମ୍ପର୍କ କେବଳ ଦେବା ନେବାର ନିୟମରେ ହିଁ ଚାଲୁଛି ଅବା ଚାଲୁଥିବ।"

"ଏହି ସମୟରେ ତୋର ବନ୍ଧୁର ଆବଶ୍ୟକତା ଅଛି ନା ପିଲାଛୁଆ ପରିବାରର ଅବା ସମ୍ପର୍କୀୟ କି ସମାଜର ?"

"ମୋତେ କାହାର ବି ଆବଶ୍ୟକତା ନାହିଁ। ପିଲାମାନେ ମୋର ଦାୟିତ୍ୱ ଏବଂ ମୋଠାରୁ ବଳି ଶୁଭଚିନ୍ତକ ସେମାନଙ୍କ ପାଇଁ ଆଉ କେହି ହେଇପାରିବେନି ଏବଂ ଯୋଉ ଲୋକମାନେ ଶୁଭଚିନ୍ତକ ହେବାର ଦାବି କରୁଛନ୍ତି, ସେମାନେ

ମିଥ୍ୟାବାଦୀ, ଅଭିନୟ କରୁଛନ୍ତି। ପିଲାମାନଙ୍କୁ ମୁଁ ଛାଡ଼ିଲି କୋଉଠି? ସବୁ କିଛି ତ କରୁଛି। ଯେଉଁ ଲୋକମାନେ ନିଜର ପୂରା ଜୀବନ ପିଲାଛୁଆ ଏବଂ ସମାଜ ପ୍ରତି ସମର୍ପିତ କରିଦେଲେ, ସେମାନଙ୍କୁ କ'ଣ ମିଳିଲା? କ'ଣ ବ୍ୟକ୍ତିଟିଏ ନିଜ ଜୀବନ ମଧ୍ୟ ନିଜ ପାଇଁ ବଞ୍ଚିବା ଉଚିତ ନୁହେଁ? କିଛି ବର୍ଷ, କିଛି ମାସ ଅବା କିଛି ଦିନ ପାଇଁ। ଏତିକି ସୁଯୋଗ ବି ତ ମିଳିବା ଦରକାର ମଣିଷକୁ।"

"ବଞ୍ଚୁଛୁ ତ।"

"ମୋର ନିଜର ଜୀବନ ଅଛି।"

"ଦାୟିତ୍ୱ ବି ତ ତୋର ହିଁ ଅଟେ।"

"କୋଉ ଦାୟିତ୍ୱ ମୁଁ ନେଇନି? ନେଉଛି ତ ପିଲାବେଳୁ ନେଇ ଆଜି ପର୍ଯ୍ୟନ୍ତ। ସତ କହିବାକୁ ଗଲେ ମୁଁ ତ ଜାଣି ହିଁ ନାହିଁ ପିଲାଦିନ କ'ଣ ହୋଇଥାଏ। ପିଲାଦିନର ଖେଳ କ'ଣ ହୋଇଥାଏ, ପିଲାଦିନର ସ୍ମୃତି କ'ଣ ହୋଇଥାଏ, କିଛି ମନେଅଛି...? କହ। ଟିକେ ବଡ଼ ହୋଇଯିବା ପରେ ଟିଫିନ୍ ଦେବାକୁ ଯାଉଥିଲି, ପୁଣି ସାନ ଭଉଣୀମାନଙ୍କୁ କାଖକରି ବୁଲାଉଥିଲି। ପୁଣି ଘରର କେତେ କାମ... ସକାଳୁ ନେଇ ରାତି ପର୍ଯ୍ୟନ୍ତ କାମ ହିଁ ତ କରୁଥିଲି, ପରେ ବାପାଙ୍କ ସହ କାମ କରି ଚାଲିଲି ଏବଂ ଦିନେ ହଠାତ୍ କିଛି ନ ପଚାରି ଗୋଟେ ପଶୁତୁଲ୍ୟ ଲୋକ ସହ ମୋ ବାହାଘର କରିଦେଲେ। ବାହାଘର ପରେ ସେ ପଶୁର ପରିବାରର ସେବା... ସେ ବି ବର୍ଷେ କି ଦୁଇ ବର୍ଷ ପାଇଁ ନୁହଁ ପୂରା କୋଡ଼ିଏ ବର୍ଷ ଧରି। ସେଇ ପଶୁତୁଲ୍ୟ ଧୂର୍ତ୍ତ ଲୋକମାନଙ୍କୁ ମୁଁ ସହିଲି...? କେହି ରହିଲେ ସେ ପରିବାରରେ। ସବୁ ଝିଅ ଛାଡ଼ିକି ଚାଲିଗଲେ ଆଉ ମୁଁ ବାରମ୍ବାର ଫେରିଆସିବା ସତ୍ତ୍ୱେ ମୋତେ ପୁଣି ପଠାଇ ଦିଆଯାଉଥିଲା। କାହିଁକି? କିଛି ଉତ୍ତର ଅଛି କାହା ପାଖରେ? ବୟସ ତ ଗଡ଼ିଗଲା, ସ୍ୱପ୍ନ ତ ଭାଙ୍ଗିଗଲା, ରୁଚି ସବୁ ମାଟିରେ ମିଶିଗଲା।"

"ପୁରୁଣା କଥା ଛାଡ଼! ଏବେ ତୋତେ ପିଲାମାନଙ୍କ ବାହାଘର ଓ ଭବିଷ୍ୟତ ବିଷୟରେ ଚିନ୍ତା କରିବା ଉଚିତ।"

"ବାହାଘର, ବାହାଘର! କ'ଣ ମିଳିଲା ମୋତେ ବାହା ହୋଇ, କ'ଣ ମିଳିବ ଏ ପିଲାମାନଙ୍କୁ! କେତୋଟି ବାହାଘର ଆଜିକାଲି ସଫଳ ହେଉଛି? ଆଜି ବାହା କରେଇ ଦିଅ, କାଲିଠୁ ଝଗଡ଼ା ଆରମ୍ଭ। ତା ପରଦିନ ଛାଡ଼ପତ୍ର। ଜୀବନର ପରିମାପକ ବିବାହ କାହିଁକି? ବିବାହ କରି ନ ଥିବା ପୁଅଝିଅଙ୍କୁ ଏମିତି ଦୃଷ୍ଟିରେ ଦେଖାଯାଏ, ଯେମିତିକି ସେମାନେ ଅସ୍ପୃଶ୍ୟ। ବିବାହ ନ କରି ଏକ ସମ୍ମାନଜନକ ଜୀବନ କାହିଁକି ଜୀଇଁ ହେବନି?"

"ତୋ ବାହାଘର ତ ଏ ଯାଏଁ ତିଷ୍ଠିଛି। ତୁ କାହିଁକି ଛାଡ଼ପତ୍ର ଦେଇନୁ, କାହିଁକି ?"

"ମୋର ଆଉ କିଛି ଉପାୟ ନ ଥିଲା। ଆଜି ବି ନାହିଁ। ମୁଁ କେତେ ଘୃଣାର ସହ ତା ସାଙ୍ଗରେ ରହୁଛି ! ମୋ କଳା, ମୋ ପଢ଼ାପଢ଼ି, ଲେଖାଲେଖି, ମୋ ବୁଲିବା, ମୋର ନିଜ ଇଚ୍ଛାରେ ଜୀବନ ଜୀଇଁବା, ଖାଇବାପିଇବା, ହସିବା, ସବୁକିଛି ଅସହ୍ୟ ହୋଇଯାଇଥିଲା। କେହି କେବେ ଅନୁଭବ କରିଛି ଯେ ତୁମେ ସବୁ ବୁଲୁଛ, ମୁଁ ଘରେ ବନ୍ଦୀ। ତୁମେ ସମସ୍ତେ ବହୁତ ପଢ଼ାପଢ଼ି କରୁଛ, ମୁଁ ବହିଟିଏ ବିନା ମାଛ ପରି ଛଟପଟ ହେଉଛି। ତୁମେ ସମସ୍ତେ ପାର୍ଟି କରୁଛ... ବିଭିନ୍ନ ସମାରୋହକୁ ଯାଉଛ, ସବୁଦିନ ନୂଆ ନୂଆ ପୋଷାକ ପିନ୍ଧୁଛ ଆଉ ମୁଁ ଗୋଟେ କୋଣରେ ପଡ଼ି ଏସବୁକୁ ସହୁଛି, ରାତି ରାତି ଅନିଦ୍ରା ରହୁଛି, ଏସବୁ ବକ୍‌ବାସ୍ କଥା ଶୁଣୁଛି... ତୁମ ସମସ୍ତଙ୍କ ପରାମର୍ଶ ଯେ ସ୍ୱାମୀ ସେ, ତେଣୁ ସବୁ କର, ସହିଯାଅ ନ ହେଲେ ବାହାର କରିଦିଅ।"

ଏବେ ଦିଶାର ଗଳା ଭାରୀ ହେବାରେ ଲାଗିଥିଲା। କିଛି ସମୟ ପୂର୍ବର ଖିଲିଖିଲି ହସରେ ତିକ୍ତତା ଏବଂ ଯନ୍ତ୍ରଣା ମିଶିଯାଇଥିଲା। କିଛି ଥିଲା, ଯାହା ତା ହୃଦୟ ଭିତରେ ଘାଣ୍ଟି ହେଉଥିଲା। ଯାହା ସବୁକିଛି ଛିଣ୍ଡାଇ ବାହାରକୁ ଚାଲିଆସିବାକୁ ଚାହୁଁଥିଲା। ଯନ୍ତ୍ରଣାର ତୀକ୍ଷ୍ଣ ଭଗ୍ନାଂଶ ଏବଂ ଘୃଣାର ଶୀତଳ ବରଫ...।

"କେବେଠୁ ଚାଲିଛି ଏସବୁ ? କିଏ ସେ ? କ'ଣ କରେ ? ରାଜୀବ ଜାଣିଛି ? ପିଲାମାନେ ଗ୍ରହଣ କରିବେ ? ଆମ ପରିବାର ଜାଣିଲେ ତୁମୁଳ କାଣ୍ଡ ହୋଇଯିବ ? ଜାଣି ପାରୁଛୁ... ବାରୁଦ ଗଦା ଉପରେ ଠିଆ ହୋଇଛୁ...।" ସିଏ କହିଚାଲିଥିଲେ।

"ମୁଁ ଚକିରେ ଥିବା ଶସ୍ୟ ଦାନା ପରି
ପେଷି ହୋଇ ଚାଲିଲି
ଲୋକେ ଭାବିଲେ ଯେ
ଚକି ଗାଉଛି ନାରୀର ସଂଗୀତ।
ମୁଁ ଗଭୀର କୂଅରେ ଖାଲି ମାଠିଆ ପରି
ଉବୁଟୁବୁ ହେଉଥିଲି,
ଲୋକେ ବୁଝିଲେ ଯେ
ମାଠିଆରେ ପାଣି ଭର୍ତ୍ତି ହେଉଛି।

ପକ୍ଷୀଟିଏ ପରି ଆକାଶରେ ଦିଗ ହରାଇ
ଘୁରି ବୁଲିଲି

ଲୋକମାନେ ଭାବିଲେ ଯେ ମୁଁ
ଉଡ଼ି ବୁଲୁଛି
ଏ ଖେଳ ଏମିତି ହିଁ ଚାଲିବାରେ ଲାଗିଲା ନିରନ୍ତର ॥

ବୟସ ଗଡ଼ି ଚାଲିଲା
ଶତାବ୍ଦୀ ବିତିଗଲା
ଲୋକମାନେ ଭାବିଲେ ଯେ
ମୁଁ ପୂରା ଗୋଟେ ଆୟୁଷ ଜୀଇଁ ସାରିଛି ।

ଭ୍ରମ ଭରା ଏ ଦୁନିଆଁରେ
ଭ୍ରମରେ ଜୀଇଁବା ହିଁ
ଭ୍ରମ ପରି ମନେ ହେଉଥାଏ ।"

ଦିଶା ହ୍ୱାଟ୍ସଆପ୍‌ରେ ସାଙ୍ଗେ ସାଙ୍ଗେ କବିତାଟି ପଠେଇ ଦେଇଥିଲା । ସିଏ କବିତା ପଢ଼ିଲେ । କବିତାଟି କବିତା ପରି ନ ହୋଇ ତା ଜୀବନ ପରି ଥିଲା ! ବିନା ଲୟ-ଛନ୍ଦର । କୌଣସି ସାର୍ଥକ ସଫଳ ବାର୍ତ୍ତା ନ ଥାଇ । ଏ ସମୟରେ ତାଙ୍କୁ କବିତାର ନୁହଁ, ନିଜ ପ୍ରଶ୍ନର ଉତ୍ତର ଦରକାର ଥିଲା, କିନ୍ତୁ ଦିଶା ତାଙ୍କୁ କିଛି ବି ଜଣାଇବାକୁ ଚାହୁଁ ନ ଥିଲା ଅବା ଏମିତି ଅଡୁଆ ଜାଲ ଭିତରେ ହିଁ ଛନ୍ଦି ରଖିବାକୁ ଚାହୁଁଥିଲା । ଏ ସମୟରେ ସେ କଠୋର ରୁକ୍ଷ ହେବାକୁ ଚେଷ୍ଟା କରୁଥିଲା । ତାଙ୍କୁ ଚିଡ଼ାଉଥିଲା । ତାଙ୍କ ଧୈର୍ଯ୍ୟର ପରୀକ୍ଷା ନେଉଥିଲା । ସେ ଏପରି କେବେ ବି ନ ଥିଲା । ଖାତା ପରି ଗୋଟେ ସୂତାରେ ବନ୍ଧା ହୋଇଥିବା ତା ଜୀବନ ଆଜି ଫର୍ଦ୍ଦ ଫର୍ଦ୍ଦ ହୋଇ ଚାରିଆଡ଼େ ଖେଳେଇ ହୋଇଯିବାକୁ ଚାହୁଁଥିଲା !

"ମୁଁ କାହାକୁ ଖାତିର୍ କରେନି । କାହା ସ୍ୱାମୀ କ'ଣ କହିବ, କାହିଁକି କହିବ । ତାଙ୍କୁ ବା ଆଉ କାହାର ବି କି ଅଧିକାର ଅଛି ଆମ ବିଷୟରେ ନିଷ୍ପତ୍ତି ନେବାର ଆଉ ମୋ ଭିତରେ କଥା କହିବାକୁ ପିଲାମାନେ କିଏ । ମୁଁ କଷ୍ଟରେ ସମସ୍ୟାରେ ଥିଲି, ଏକା ଥିଲି, ଭୟଙ୍କର ଶୀତ, ଗରମ, ବର୍ଷାରେ କମ୍ପୁଥିଲି, ଓଦା ହେଉଥିଲି, ସେତେବେଳେ କିଏ ଆସିଥିଲା ଛତା ଦେଖାଇବାକୁ ! ଆସି ପଚାରିଥିଲା ଯେ ମୁଁ ବଞ୍ଚିଛି କି ମରିଯାଇଛି ? କେବେ କିଏ ପଚାରିଛି ଯେ ମୋ ପାଖରେ ଖାଇବାକୁ ରୁଟି ଖଣ୍ଡେ କି ପିନ୍ଧିବାକୁ ଲୁଗା ଖଣ୍ଡେ ଅଛି କି ନାହିଁ ବୋଲି, କିଏ ଚିନ୍ତା କରିଛି ? କେହି ଭାବିଛନ୍ତି ?"

ଗୋଟିଏ ଗୋଟିଏ ଶବ୍ଦ ଉପରେ ଜୋର୍ ଦେଇ ସେ କାନ୍ଦକାନ୍ଦ ସ୍ୱରରେ କହିଚାଲିଥିଲା। ତା ସ୍ୱରରେ ଗଭୀର ବିଷାଦ ମିଶି ରହିଥିଲା...। ସେ ସେଇଠି ଥିଲା... କାରଣ ତା ସ୍ୱର ସହ ପବନର ସାଇଁ ସାଇଁ ଶବ୍ଦ ଓ ଜଙ୍ଗଲୀ ଜୀବଙ୍କ ଶବ୍ଦ ମଧ୍ୟ ଶୁଭୁଥିଲା।

"ତା ହେଲେ ସାରା ଜୀବନ କିଏ ତୋର ଓ ତୋର ପରିବାରର ଦାୟିତ୍ୱ ନେଇଆସିଛି। ତୋ ନିର୍ଲଜ ସ୍ୱାମୀ ତ କେବେ ଆଠଣାଟେ ବି ରୋଜଗାର କରିନି। ପିଲାମାନେ ତୋର ବିଶୃଙ୍ଖଳିତ, ଜିଦିଖୋର ଆଉ ତୋର ଏ ଅବସ୍ଥା। କିଏ ଜଣେ ତ ଥାଉ ପରିବାରରେ, ଯାହା ସହ କଥାବାର୍ତ୍ତା କରାଯାଇପାରିବ।" ଏବେ ସେ ମଧ୍ୟ ଗୋଟେ ସୁଅରେ କହି ଚାଲିଥିଲେ। ପରିବେଶ ଟିକେ ଗମ୍ଭୀର, କଥାବାର୍ତ୍ତାର ସ୍ୱର ଟିକେ ଉତ୍ତପ୍ତ ଏବଂ ଆକ୍ଷେପ କଠୋର ହେବାକୁ ଲାଗିଥିଲା। "ମୋତେ ଏବେ ମାନସିକ ଭାବରେ ଜଣକର ସାହାରା ଆବଶ୍ୟକ, ଯିଏ କି ମୋତେ ସବୁ ପ୍ରକାରର ସାହାଯ୍ୟ କରିପାରିବ। ଯିଏ ମୋତେ ବୁଝିପାରିବ, ଯିଏ ମାନସିକ ଏବଂ ବୈଚାରିକ ସ୍ତରରେ ମୋ ସ୍ତରର ହୋଇଥିବ, ଯାହା ସହ ମୁଁ ସାହିତ୍ୟ, ସମାଜ, ପ୍ରକୃତି, ଆଧ୍ୟାତ୍ମ, ବ୍ରହ୍ମାଣ୍ଡ ଅବା ଅନ୍ୟାନ୍ୟ ସବୁ ବିଷୟରେ ଆଲୋଚନା କରିପାରିବି! ତୁ ତ ଏଇଆ ଜାଣୁ ଯେ ମୁଁ ବି ଶିକ୍ଷିତ... କେତେ ପଢ଼ାପଢ଼ି ମୁଁ କରୁଥିଲି! ମୁଁ ବି ଭଲ ପଢୁଥିଲି। ମେରିଟ୍‌ରେ ଦ୍ୱିତୀୟ ସ୍ଥାନରେ ରହୁଥିଲି, କିନ୍ତୁ ମୁଁ ହେଲି କ'ଣ? କେବଳ ଆଜ୍ଞାକାରୀ ବୋହୂ, ବୋକୀ ସ୍ତ୍ରୀ, ଜିଦ୍‌ଖୋର ଝିଅ ଆଉ ଦାୟିତ୍ୱହୀନ ମାଆ! କେବେ ଭାବିଛୁ ଯେ ଜଣେ ଏକୁଟିଆ ସ୍ତ୍ରୀ ଲୋକ ତିନୋଟି ବିପରୀତ ଦିଗ ସାରା ଘୁରିବୁଲି କେତେ ଆହତ କ୍ଷତାକ୍ତ ହେଉଥିବ। କେତେ କଷ୍ଟ, ଅପମାନ ଏବଂ ବିଫଳତାକୁ ସାମ୍ନା କରିବାକୁ ପଡୁଥିବ। ଏ ଜଙ୍ଗଲକୁ ମୁଁ ଆସୁଛି କାହିଁକି? ଭାବ!"

ସେ ଜୋର୍ ଜୋର୍‌ରେ ଚିତ୍କାର କରିବାକୁ ଲାଗିଲା। ଉତ୍ତେଜନାରେ ତା କଣ୍ଠ ଥରି ଉଠୁଥିଲା। ସେ ଏଇ ସମୟରେ କେତେ ସନ୍ତାପରେ ଥିବ... ସେ ଅନୁଭବ କରିପାରୁଥିଲେ। ନଦୀର ସୁଅ ମୁହଁରେ ପଥରଟିଏ ଥୋଇଦେଲେ ସେ କେବେ ନା କେବେ ତ ନିଶ୍ଚୟ ପଥର ଫଟେଇ ବାହାରକୁ ଆସିବ ହିଁ। ସେ ଚିନ୍ତାରେ ପଡ଼ିଗଲେ... ନାଁ... ନାଁ... ଏବେ ଯଦି ସହାନୁଭୂତି ଦେଖାଇବେ ତେବେ ସବୁ ବିଗିଡ଼ି ଯିବ। ଏ ଖେଳକୁ ଶେଷ କରିବାକୁ ପଡ଼ିବ। ଏହା ସମାଜ ଓ ପରିବାର ପାଇଁ କ୍ଷତିକାରକ। ଏହା ଖେଳ ନା ବିଶ୍ୱାସଘାତ, ଏହା ସମ୍ପର୍କ ନା ଜୀବନର ଉଚ୍ଛ୍ୱାସକୁ ଅଟକାଇବାର ଅବିଶ୍ରାନ୍ତ ଉଦ୍ୟମ।

"ତୁ ସିନା ଖାତିର କରୁନି, କିନ୍ତୁ ମୋତେ ଫରକ୍ ପଡ଼େ। ମାନସିକ ସାହାରା

ପାଇବା ପାଇଁ ଏକ ଅଜଣା ରୋଜଗାର ଶୂନ୍ୟ ଏବଂ ଠକ ମଣିଷକୁ ନିଜ ବନ୍ଧୁ କଲୁ ଆଉ ଜଣେଇଲୁ ନାହିଁ ମଧ୍ୟ।"

କହିବା ସମୟରେ ତାଙ୍କ ସ୍ୱର ହତାଶା ଓ ଘୃଣାରେ ଭରି ଉଠିଲା। ଏକ ଅଜ୍ଞାତ ଭୟ ତାଙ୍କ ମନ-ମସ୍ତିଷ୍କକୁ ଘେରିବସିଲା। ନୀରଜ ଯଦି ଜାଣିଯିବେ ତା ହେଲେ କ'ଣ କହିବେ! ଏମିତିରେ ଯେତେ ଆଧୁନିକ ଚିନ୍ତାଧାରାର ହୁଅନ୍ତୁ, ସମାନତାରେ ବିଶ୍ୱାସ କରନ୍ତି, କିନ୍ତୁ ଏକଥା କେବେ ବରଦାସ୍ତ କରିବେନି ଯେ ଏ ବୟସରେ ପହଞ୍ଚି ଦିଶା ଏପରି କାମ କରିବସିବ। ଦୁଇଟିଯାକ ପିଲାଙ୍କୁ, ଭାଉଜମାନଙ୍କୁ ବନ୍ଧୁବାନ୍ଧବଙ୍କୁ, ସାଙ୍ଗସାଥୀଙ୍କୁ... କାହାକୁ ଯଦି କଥାଟି ଜଣାପଡ଼ିଯାଏ ତେବେ? ପ୍ରଜ୍ଞାର ସ୍ୱାମୀ ତ ତା ବଞ୍ଚିବା ଦୁରୂହ କରିଦେବ। ଖୁଣ୍ଟା ଦେଇ ଦେଇ ପ୍ରାଣ ନେଇଯିବ। ଏମିତିରେ ତ ଦିଶାକୁ କେତେ ଗାଳି ଦେଇଥାଏ...। ସଂଜ୍ଞାର ଶ୍ୱଶୁର ଘର ଲୋକ, ସେମାନେ ତ ଆହୁରି ପୁରୁଣା କାଳିଆ ଚିନ୍ତାଧାରାର। ଭାଉଜମାନେ... ବଡ଼ ଭାଉଜ ତ ତାଣ୍ଡବ କରିଦେବ, ମଝିଆଁ ଭାଉଜ ତା'ର ଘରକୁ ଆସିବା ବନ୍ଦ କରିଦେବ ଏବଂ ସାନ... ସିଏ ତ ପୂରା ବନ୍ଧୁବାନ୍ଧବଙ୍କ ଭିତରେ କଥାକୁ ଚାରିଗୁଣ ବଢ଼ାଇ ପ୍ରଚାର କରିଦେବ। ଯଦିଓ ଏଇଟା କୌଣସି ନୂଆ ଘଟଣା ନୁହଁ, ସମାଜ ପାଇଁ, ପରିବାର ପାଇଁ। କ'ଣ ଏହା ପୂର୍ବରୁ କେହି କାହା ସହ ମିତ୍ରତା କରିନି। ପ୍ରେମ କରିନି। ଅବୈଧ ସମ୍ପର୍କ ରଖିନାହିଁ! ସମ୍ପର୍କର ଖେଳ ତ ଖୋଲାଖୋଲି ଚାଲିଛି... ସ୍ତ୍ରୀ ପୁରୁଷ ସମ୍ପର୍କର ଅର୍ଥ ବଦଳିଗଲାଣି। ଏପରି ପରିସ୍ଥିତିରେ ତା ଉପରେ ପ୍ରଶ୍ନବାଚୀ ସୃଷ୍ଟି କରିବା... ପ୍ରଶ୍ନର କାଠଗଡ଼ାରେ ଠିଆ କରେଇବା...? ସେ ନିଜ ମନକୁ ବୁଝେଇଲେ, କିନ୍ତୁ ତାଙ୍କ ମନ ଅର୍ନ୍ତଜଗତ ଠାରୁ ବାହ୍ୟଜଗତରେ ବାସ୍ତବ ଜଗତରେ ବେଶୀ ଗତିଶୀଳ ଥିଲା... ତର୍କବିତର୍କ କରୁଥିଲା। ବ୍ୟଗ୍ର ଭାବରେ ପରିଣାମ ଖୋଜି ଚାଲିଥିଲା, କିନ୍ତୁ ମନ ଭିତରେ ଗଭୀର ଉଦ୍‌ବେଳନ ଚାଲୁଥିଲା! ସମସ୍ତେ ବିନା କୌଣସି ଆକ୍ଷେପରେ ଏ ପ୍ରକାର ସମ୍ପର୍କକୁ ସ୍ୱୀକାର କରିନେବେ... ଏକଥାର ବି କ'ଣ ଗ୍ୟାରେଣ୍ଟି ଅଛି। ଦିଶାର ଗୋଟେ ଝିଅ ଛବିଶ ବର୍ଷର ଏବଂ ଆଉଜଣେ ବାଇଶି ବର୍ଷର। ଦୁଇ ଝିଅଙ୍କର ବିବାହ ବୟସ ହେଲାଣି। ଯେଉଁଠି ବି ପ୍ରସ୍ତାବ ପଡ଼ିବ, ବାହାଘର ଠିକ୍ ହେବ, ସେମାନଙ୍କୁ ଯଦି କେଉଁଠୁ କେମିତି ଏକଥା ଜଣାପଡ଼ିଗଲା, ତାହେଲେ ସେମାନେ ବି ତ ଏଇଆ କହିବେ ଯେ, ଯେତେବେଳେ ମାଆର ଚାଲିଚଳନ ବାହାଘର ପରେ ମଧ୍ୟ ଏମିତି, ତେବେ ଝିଅମାନେ ତ ଦଶ ପାଦ ଆଗରେ ହିଁ ଥିବେ। ଏ ବୟସରେ ପ୍ରେମ! ଏଇ ଅଧା ବୟସରେ ପ୍ରେମ ନିଶା! ଚୁଟି ଧଳା ହୋଇ ଆସୁଥିବା ବୟସରେ ପ୍ରେମର ଏପରି ପାଗଳପଣ! ଏପରି ଆକର୍ଷଣ! ଏତେ ଦିନର ବୈବାହିକ ଜୀବନରେ ଉଇ

ଲାଗିଯିବା... ଅବା ସମ୍ପର୍କ ତୁଟିବାର ତିକ୍ତ ଅନୁଭବ, ତାହା ପୁଣି ସେତେବେଳେ... ଯେତେବେଳେ ସ୍ୱାମୀ ଅଛି। ଆଉ ଦିଶା ପରପୁରୁଷ ସହ ରହିବାର ଦୁଃସାହସ କରୁଛି।

"କିଛି ଲେଖିକି ପଠେଇଛି, ପଢ଼।" ସେତେବେଳେ ତା ମେସେଜ୍ ଆସିଲା ହ୍ୱାଟସ୍ଆପ୍‌ରେ ପୁଣି କବିତାର କିଛି ଧାଡ଼ି ପଠେଇଥିଲା -

ନାରୀ ଭିତରେ
ସଦାକାଳ ଜିଇଁ ରହିଥାଏ ଏକ ପ୍ରେମିକ
ଦୁନିଆଁର ସମସ୍ତ,
ଅନ୍ୟାୟ ଓ ଅତ୍ୟାଚାର ସହ ଲଢ଼ିବାକୁ
ସାହସ ଦିଏ
ସେହି ପ୍ରେମିକ।
ସେହି ପୁରୁଷ।
ଏ କଥା ଅଲଗା ଯେ
ସେ ତା ପ୍ରେମକୁ ଭୋଗେ
କିନ୍ତୁ ଲୁଚାଇ ରଖେ
ମନର କେଉଁ ଏକ କୋଣରେ।

ନାରୀ ରହସ୍ୟମୟୀ ହେବାର
ଏହାହିଁ ଏକମାତ୍ର ସତ
ବାକି ସବୁ ମିଥ୍ୟା।

ସେ ନିଜ ମୁରୁକି ହସରେ
ପାରି ହୋଇ ଚାଲିଥାଏ ମିଥ୍ୟାର ସରୋବରକୁ।"

କି ବେକାର କଥା ! ସେ ଚିଡ଼ିଉଠିଲେ।

"ଆଉ ଗୋଟେ ମେସେଜ୍, ପଢ଼ ! ତୁ ପ୍ରେମ କରିଛୁ ? କରିଥିବୁ ଯଦି ଜଣେଇ ନ ଥିବୁ। ଯଦି ଜଣେଇଥାନ୍ତୁ, ତେବେ ମୋତେ ପ୍ରଶ୍ନ କେମିତି କରିଥାନ୍ତୁ ?"

ସିଏ ମୋବାଇଲ ବନ୍ଦ କରିଦେଲେ। କିଛି ଗୋଟାଏ ଥରିଉଠିଲା... ହାତ... ମନ ଅବା ହୃଦୟ ଭିତରେ କିଛି ଅକୁହା। ପୁଣି ଧପ୍ କରି ହଜିଗଲା। ସେ ପୁଣି ଦିଶା ବିଷୟରେ ଭାବିବାକୁ ଲାଗିଲେ। ତା ଦୃଷ୍ଟିରେ ଯାହା ମିତ୍ରତା, ସାହଚର୍ଯ୍ୟ, ସହାନୁଭୂତି ଅବା ଚିନ୍ତାର ଭାବ ଅଟେ... ନିଜ କଥାକୁ 'ଯୁକ୍ତିଯୁକ୍ତ' ଯଥାର୍ଥ ଦର୍ଶାଇବାର ଯେଉଁ

ଇଚ୍ଛା, ସମସ୍ୟା ଓ ଆର୍ଥିକ ସଂକଟରୁ ମୁକ୍ତି ପାଇବାର ଯେଉଁ ପ୍ରୟାସ ଅଛି ଅଥବା ତାରି କଥାନୁସାରେ, ଜୀବନକୁ ସାହାରା ଦେବା ପାଇଁ ଯେଉଁ ଅପରାଜେୟ ପ୍ରଚେଷ୍ଟା... ତାହା ପରିବାର ଏବଂ ସମାଜ ଦୃଷ୍ଟିରେ ଦୂରାଚାର ଅଟେ, ଅବୈଧ ସମ୍ପର୍କ ଅଟେ। ସେ ତା'ର ବନ୍ଧୁ ନୁହଁ, ତଥାକଥିତ ସମାଜର ଶବ୍ଦରେ ତା'ର 'ରକ୍ଷିତା' ବୋଲି ସମସ୍ତେ କହିବେ। ରକ୍ଷିତା... ରକ୍ଷିତା...! ଉଫ୍। ସେ ନିଜର ଦୁଇକାନକୁ ହାତରେ ଚାପିଧରିଲେ। ନିଜକୁ ଆକଟ କଲେ। କେତେ ନିମ୍ନ ଚିନ୍ତାଧାରା ତୋର! ତୁ ଆଉ... ଲୋକମାନଙ୍କର ବାହାନାରେ ସେସବୁ କହିବାକୁ ଚାହୁଁନୁ ତ! ଅଥବା ସେପରି ଭାବମୂର୍ତ୍ତି ରଖିବାକୁ ଚାହୁଁନୁ ତ, ଯେପରି ତଥାକଥିତ ସଭ୍ୟସମାଜ ଏବଂ ତଥାକଥିତ ସଂସ୍କାରୀ ଲୋକ ଏବଂ ପରିବାର ରଖିଥାନ୍ତି। ମନେହୁଏ, ତୋ ଭିତରେ ମଧ୍ୟ ଏକ ସଂକୀର୍ଣ୍ଣ, ଈର୍ଷାଳୁ, ଗର୍ବୀ ନିମ୍ନ ଚିନ୍ତାଧାରା ରଖୁଥିବା ନିଷ୍ଠୁର ସ୍ତ୍ରୀ ରହିଛି, ଯିଏକି ମିଛ, ବେଇମାନିଭରା ଚେହେରା ଲୁଚାଇ ସଭ୍ୟ, ମାର୍ଜିତ ଏବଂ ଆଧୁନିକ ହେବାର ଅଭିନୟ କରୁଛି। ତୁ ସେଇଆ ହିଁ କହିବାକୁ ଓ ନ କରିବାକୁ ଚାହୁଁଛୁ... ଅର୍ଥାତ୍ ତା ସ୍ୱାଧୀନତା, ପ୍ରେମ ଏବଂ କରୁଣାର ହତ୍ୟା, ଯାହାକି ବର୍ଷ ବର୍ଷ ଧରି ଏପରି ସ୍ତ୍ରୀ ଲୋକମାନେ କରି ଆସିଛନ୍ତି। ନା ତୁମ ଭିତରେ ସୀତା ଅଛି, ନା ମନ୍ଦୋଦରୀ, ନା ଅନସୂୟା, ନା ଅହଲ୍ୟା, ନା ଦ୍ରୌପଦୀ, ନା କୁନ୍ତୀ, ନା ସତ୍ୟବତୀ, ନା ଦେବୀତ୍ୱ, ନା ସ୍ତ୍ରୀତ୍ୱର କୌଣସି ତତ୍ତ୍ୱ... ନା ହିଁ ଭାବନା। ନା ତୁମ ଭିତରେ ଦୁର୍ଗା... ସରସ୍ୱତୀ ଏବଂ ଲକ୍ଷ୍ମୀଙ୍କର କିଛି ଅଂଶ ଅଛି, ଆଉ ନା ସୃଜନଶୀଳ, ସମ୍ବେଦନଶୀଳ, ସହନଶୀଳ ନାରୀର ଆତ୍ମା! ତାହେଲେ ତୋତେ କିଏ ଏ ଅଧିକାର ଦେଲା ଯେ ତୁ ତାକୁ ବାଧା ଦେବୁ, ଲାଞ୍ଛିତ କରିବୁ! ହୋଇପାରେ ସେମାନଙ୍କ ମଧ୍ୟରେ ସତକୁ ସତ ବନ୍ଧୁତା ସମ୍ପର୍କ ହିଁ ଥିବ ଅଥବା ଦୁଇ ଆତ୍ମାର ପରସ୍ପର ପ୍ରତି ସମର୍ପଣ ଅବା ଦୁଇଟି ମନର ସଂଲିପ୍ତତା ହେଉ ଅବା ସେମାନଙ୍କ ହୃଦୟ ପବିତ୍ର ଓ ଖୋଲା ହୋଇଥାଉ, କିନ୍ତୁ ସେମାନଙ୍କ ବର୍ତ୍ତମାନ ତ ଘୃଣ୍ୟ ଚିତ୍ର ଦର୍ଶାଉଛି। ଏହା, ଯାହା ବାହାରୁ ଦେଖାଯାଉଛି। ତାହାର ବର୍ତ୍ତମାନ, ବସ୍ତୁବାଦୀ ଶରୀର, ତା'ର ସାମାଜିକ ଉପସ୍ଥିତି, ତା'ର ଆଚରଣ-ବ୍ୟବହାର! ତାଙ୍କ ଭିତରେ ନୀରବ ହୋଇ ରହିଥିବା ସ୍ୱେଚ୍ଛାଚାରୀ ସ୍ତ୍ରୀର ମନ... ପୁଣି ମୁଣ୍ଡ ଟେକିଲା। ସେ ତର୍କ-ବିତର୍କ କରିବାକୁ ଲାଗିଲା। ଧିକ୍କାରର ଆଘାତ ତାଙ୍କୁ ମର୍ମାହତ କରିବାକୁ ଲାଗିଲା! ସେ ଏକ ବିବାହିତ ନାରୀ। ସେ କୌଣସି ତରୁଣୀ ବା ଯୁବତୀ ନୁହଁ ଯେ ଯାହାର କୃତକର୍ମକୁ କ୍ଷମା କରାଯାଇପାରିବ। ତାଙ୍କ ମନ ତର୍କ ପରେ ତର୍କ କରିବାକୁ ଲାଗିଲା। ତା ସ୍ୱାମୀ... କେତେ ବୋକା, କାପୁରୁଷ! ନପୁଂସକ ଅଟେ! କାହିଁକି ତାକୁ ଧରି ବାହାରେ ନେଇ ଫୋପାଡ଼ି ଦେଉନି। ମନ ଛଡ଼ା ତା'ର ଆଉ କୌଣସି କଥାରେ କିଛି ଯାଏ ଆସେ ନାହିଁ। ଏତେ ସବୁ କଥା

ଘଟିଗଲା କିନ୍ତୁ ତାକୁ କିଛି ବି ଜଣାପଡ଼ିଲାନି। ହେ ଭଗବାନ! ଛାଡ଼ିଦିଅ ତାକୁ! ମୁକ୍ତ କରିଦିଅ ତାକୁ ଏହି କଳଙ୍କି ଲଗା ଜଞ୍ଜିର ଭିତରୁ! ସେ ମୁକ୍ତ ହେବାକୁ ଚାହେଁ, ଖୋଲିଯିବାକୁ ଚାହେଁ, ଜୀଇଁବାକୁ ଚାହେଁ, ତେଣୁ ତୁ କିଏ ତାକୁ ଅଟକାଇବାକୁ? ତାକୁ ବାନ୍ଧିରଖିବାକୁ!

ସେ ଉଠିଲେ, ପାଣି ପିଇଲେ। ମୁଣ୍ଡକୁ ହାତରେ ଚାପିଧରିଲେ। ଗରମ ହୋଇଯାଉଥିବା ମୁଣ୍ଡରେ ଟିକେ ଥଣ୍ଡା ତେଲ ମାଲିସ କଲେ। ଦିଶା ସହ କଥା ହେଲେ, ସେ ଗୋଟିଏ କଥା କହି ହିଁ ତାଙ୍କୁ ଚୁପ୍ କରିଦିଏ ଯେ ଏହା ତା ବ୍ୟକ୍ତିଗତ କଥା ତା ସାରା ଜୀବନର ଦୁଃଖର ପସରା ଖୋଲି ବସିଯାଏ। ନିଜ ସହ ହୋଇଥିବା ଅନ୍ୟାୟ, ଶୋଷଣ ଏବଂ ଅନ୍ତହୀନ ଅପମାନର ପୁରାଣ ଖୋଲି ଗାଇବା ଆରମ୍ଭ କରିଦିଏ। ଏବେ ବି ସେ ସେଇଆ ହିଁ କରିଥିଲା। କୋଡ଼ିଏ ମିନିଟ୍ ପର୍ଯ୍ୟନ୍ତ ସେ କେବଳ ସେଇସବୁ କଥା ହିଁ ଶୁଣାଇ ଚାଲିଥିଲା। କଥା ସବୁ ଭୁଲ ନ ଥିଲା କି ମିଛ ବି ନ ଥିଲା। ସେସବୁ କଥାକୁ ନେଇ ତ ସେ ମଧ୍ୟ ଦିଶାର ପକ୍ଷ ନେଉଥିଲେ, କିନ୍ତୁ ଆଶ୍ଚର୍ଯ୍ୟର କଥା ଯେ ଆଜି ସେହିକଥାସବୁ ତାଙ୍କୁ ପ୍ରତିକୂଳ ଏବଂ ଅର୍ଥହୀନ କାହିଁକି ଲାଗୁଛି। ତା ଦୁଃଖ ତାଙ୍କୁ ଆପଣାର କାହିଁକି ଲାଗୁନି! ତା ସମସ୍ୟା ସବୁ ତାଙ୍କୁ କାହିଁକି ବିଚଳିତ କରୁନି! ଦିଶା ତ ସେଇ ଦିଶା ହିଁ ଅଛି, ପରିବର୍ତ୍ତନ ତ ତାଙ୍କ ଭିତରେ ଆସିଯାଇଛି। ଲୋକଙ୍କ କଥାରେ ତ ସେ ଭାସିଯାଉଛନ୍ତି। ସେ ମହିଳା ଜଣକ କ'ଣ ସବୁ ନ କହିଥିଲେ, -"ମୁଁ ତ ସେଇ କଥା ଭାବୁଛି ଯେ ଦିଶା ଆପଣଙ୍କ ଭଉଣୀ ହୋଇ କିପରି ଏମିତି ସ୍ୱଚ୍ଛନ୍ଦ ଭାବରେ ଜିଉଁଛି। ମାଡ଼ାମ୍, ମୁଁ ଯାହା ଦେଖିଲି... ତାହା ବନ୍ଧୁତା ଠାରୁ ଭିନ୍ନ କିଛି କଥା ଥିଲା। ତା ଆଚରଣ ଓ ବ୍ୟବହାର କିଛି ଠିକ୍ ଲାଗୁ ନ ଥିଲା। ମୁଁ ତ କେବେଠାରୁ କହିବାକୁ ଚାହୁଁଥିଲି, କିନ୍ତୁ... ଭାବିଲି ଏସବୁ ତାଙ୍କ ବ୍ୟକ୍ତିଗତ କଥା।" ଏମିତି ବି ନୁହଁ ଯେ ସେ ମହିଳା ଜଣକ ମିଛ କହୁଥିଲେ।

ରାତିସାରା ତାଙ୍କୁ ନିଦ ହେଲାନି। ଦୁଶ୍ଚିନ୍ତା ଯୋଗୁଁ ସେ ବାରମ୍ବାର ଉଠି ବସୁଥିଲେ। ବାପାଙ୍କ ବିଷୟରେ ଦିଶା କ'ଣସବୁ ନ କହିଲା! ଭାଇକୁ ତ ସେ ମିଡ଼ିଆ ଆଗକୁ ନେଇଯିବାର ଧମକ୍ ଦେଉଥିଲା, ସେ ଏଇଆ ବି କହୁଥିଲା ଯେ ତା ଫ୍ୟାକ୍ଟ୍ରି ତାଠୁ ଛଡ଼େଇ ନେଲେ, ଜିନିଷପତ୍ର ଫିଙ୍ଗିଦେଲେ। ସେତିକି ଟଙ୍କା ପଇସା ଦେଲେନି, ଯେତିକି ଦେବା ଉଚିତ। ସେ ରାସ୍ତା ଉପରେ ଠିଆ ହୋଇଥିଲା, ତା ଜିନିଷପତ୍ର ସବୁ ଚାରିଆଡ଼େ ଛିନ୍ଛତ୍ର ହୋଇପଡ଼ିଥିଲା। ସେ ତିଆର କରିଥିବା ମାଟିକୁଣ୍ଡ ସବୁ ଖଣ୍ଡଖଣ୍ଡ ହୋଇଯାଇଥିଲା। ସେ ବର୍ଷବର୍ଷ ଧରି ତିଆରି କରିଥିବା କଳାକୃତି ସବୁ କ୍ଷତ-ବିକ୍ଷତ ହୋଇପଡ଼ିଥିଲେ, ତାକୁ ଲାଗୁଥିଲା ତା ଦେହର ବିଖଣ୍ଡିତ ଅଂଶ ଖେଳେଇ ହୋଇପଡ଼ିଛି।

ବହୁତ ଗୁଡ଼ାଏ ଜିନିଷ ଆବର୍ଜନାରେ ପରିଣତ ହୋଇସାରିଥିଲେ, ସେ କାନ୍ଦୁଥିଲା। ଚିତ୍କାର କରୁଥିଲା ! ନା ତା ପାଖରେ ପଇସା ଥିଲା ନା କେହି ସାହା ଭରସା ! ଏପରି ରାତିସବୁ କଟିଛି, ଯେତେବେଳେ ସେ ସ୍କୁଟିରେ ଏଠୁ ସେଠିକି ଘୁରି ବୁଲୁଥିଲା ଆଉ ଅନ୍ୟମାନେ ସମସ୍ତେ ନିଜ ନିଜ ଘରେ ଆରାମରେ ଶୋଇ ରହିଥିଲେ ! ଭାଟିରେ ପୋଡ଼ିହେଉଥିବା ତା ମାଟିପାତ୍ର... ତା'ର ସମସ୍ତ କଳାକୃତି... ଚାରିଆଡ଼େ ବ୍ୟାପିଥିବା ଶୂନ୍ୟତା, ଅନ୍ଧକାର, ନିର୍ଜନତା ଏବଂ ଏକାକୀ ସେଇ ଦାଉଦାଉ ଜଳୁଥିବା ଭାଟି ସାମ୍ନାରେ ତପସ୍ୱୀଟିଏ ପରି ବସି ରହିଥିବା ଦିଶା ! ଭାଟିର ନିଆଁ ଧାସରେ କଳା ହୋଇ ଆସୁଥିବା ତା'ର ସୁନ୍ଦର କୋମଳ ଶରୀର। ସେତେବେଳେ ସେ କେବେ କେମିତି ଯାଇ ରହିଯାଇଥିଲେ। ସେତେବେଳେ ମଧ୍ୟ ସେ ଦିଶାର ପକ୍ଷ ହିଁ ନେଉଥିଲେ। ଦିଶା ପାଇଁ ସେ ପୂରା ପରିବାର ସହ ଲଢ଼ି ଯାଉଥିଲେ ! ଦିଶା ପ୍ରତ୍ୟେକ କଥା ତାଙ୍କୁ ଜଣାଉଥିଲା। ସବୁ ବିଷୟରେ ପରାମର୍ଶ ଲୋଡୁଥିଲା, କିନ୍ତୁ ଏକଥା... ଏଇ କଥାଟା ଦିଶା କେମିତି ଲୁଚେଇ ଦେଲା। କ'ଣ ଏଥିପାଇଁ ଯେ, ଦିଶା ଜାଣିଥିଲା ଯେ ଏହି କଥାରେ ତାକୁ ତାଙ୍କର ସହଯୋଗ ଓ ସମର୍ଥନ ମିଳିବନି ନା ଏଥିପାଇଁ ଯେ ସେ ଏହି ସମ୍ପର୍କକୁ କେବେ ବି ପସନ୍ଦ କରିବେନି ନା ଏଥିପାଇଁ ଯେ ଦିଶା ତାଙ୍କୁ ବହୁତ ରକ୍ଷଣଶୀଳ ବୋଲି ଭାବୁଥିଲା ନା ଏଥିପାଇଁ ଯେ ତାଙ୍କ ନୈତିକତା ଦିଶାର ପାଦକୁ ବାନ୍ଧିଦେବ ବୋଲି। ସେହି ଅପରିଚିତ ମହିଳାଙ୍କର ମଙ୍ଗଳ ହେଉ, ଯିଏ ଦିଶାର ସମସ୍ତ କଥା ଜଣେଇ ଦେଇଥିଲେ, ତାହା ମଧ୍ୟ ଏଇ ଆଶାରେ ଯେ ସେ ଏହି ଘଟଣାରେ ନିଶ୍ଚୟ ହସ୍ତକ୍ଷେପ କରିବେ ଏବଂ ଦିଶାକୁ କୌଣସି ଛୋଟ ଝିଅ ପରି ଗାଳି ଧମକ ଦେଇ ସେ ଲୋକଟା ପାଖରୁ ଅଲଗା କରିଦେବେ, କିନ୍ତୁ... ସେ ସୀମାରେଖା କୋଉଠାଏ ଅଛି ଜାଣନ୍ତି। ପ୍ରଥମରୁ ହିଁ, ଅର୍ଥାତ୍ ପିଲାଟିବେଳୁ ହିଁ ଦିଶା ଯୋଉ କଥା କହିବାର ଥାଏ ସେତିକି କୁହେ ଆଉ ଯୋଉ କଥା କହିବାର ନ ଥାଏ, ତାକୁ ପେଟଭିତରେ ଲୁଚେଇ ରଖେ।

"ଆପଣ ବଡ଼, ବେଶ୍ ବୁଝିବାର। ପରିସ୍ଥିତିକୁ ବୁଝିପାରିବେ !"

"ତା ସ୍ତ୍ରୀ ଜାଣିଛି ?" ସେ କେବଳ ଏତିକି ହିଁ ପଚାରିଥିଲେ।

"ହଁ, ତାଙ୍କ ପାଖକୁ ବି ତ ଫୋନ୍ ଯାଉଛି। ସେ ମଧ୍ୟ ବହୁତ ଚିନ୍ତିତ ଅଛନ୍ତି। କାନ୍ଦି କାନ୍ଦି ଅବସ୍ଥା ଖରାପ... ଆପଣଙ୍କ ସହ କଥା ହେବାକୁ ଚାହୁଁଥିଲେ।" ସେଇ ଅପରିଚିତା ମହିଳା ଜଣକ କହୁଥିଲେ।

"ମୁଁ ଚିନ୍ତା କରିବି ଯେ ଏ ବିଷୟରେ ମୋର ଆଲୋଚନା କରିବା ଉଚିତ କି ନୁହଁ।"

"ଏକଥା ଭଲା କୋଉ ସ୍ତ୍ରୀକୁ ଭଲ ଲାଗିବ ଯେ ତା ସ୍ୱାମୀ ମାସମାସ ଧରି କୌଣସି ଅଲଗା ସ୍ତ୍ରୀ ଲୋକର ଘରେ ପଡ଼ିରହୁ। ଅନ୍ୟ ସ୍ତ୍ରୀ ଲୋକଟି ତାକୁ ଯିବାକୁ ବି ନ ଦେଉ।" ମହିଳା ଜଣକ ରହସ୍ୟଭରା ସ୍ୱରରେ କହି ଚାଲିଥିଲେ!

"ଗୋଟେ ଅଲଗା ସ୍ତ୍ରୀ ଲୋକ!..." ତାଙ୍କ କାନରେ ଯେମିତି କେହି ଗରମ ଫୁଟନ୍ତା ତେଲ ଢାଳିଦେଲା...! ଶବ୍ଦ ଦୁଇଟି ତାଙ୍କ କାନରେ ପ୍ରତିଧ୍ୱନିତ ହେଉଥିଲେ। ମୁଣ୍ଡ ଯେପରି ଚହଲି ଯାଇଥିଲା।

"ଆପଣଙ୍କର ତାଙ୍କ ସହ କି ସମ୍ପର୍କ?"

"ସେ ମୋ ବନ୍ଧୁ। ଫେସ୍‌ବୁକ୍‌ର ବନ୍ଧୁ। ସେ ଲୋକଟାର ତ କାମ ହିଁ ଏଇଆ...। ଏଇଟା ତା ସଉକ। ଫେସ୍‌ବୁକ୍‌ରେ ଭଲଭଲ କବିତା ଲେଖିବା, ପ୍ରତ୍ୟେକ ବିଷୟ ଉପରେ ମତ ଲେଖିବା, ଭିଡ଼ିଓ ଅପ୍‌ଲୋଡ୍ କରିବା। ମହିଳାମାନଙ୍କ ସହ ବନ୍ଧୁତା କରିବା, ତାପରେ ବ୍ୟସ୍ତ ଚିନ୍ତିତ ଥିବା ମହିଳାମାନଙ୍କ ମନରେ ବିଶ୍ୱାସ ଜନ୍ମେଇବା...। ତା' ପରେ ଯାଇ ସେମାନଙ୍କ ସହ ରହିବା...।"

"ମୁଁ କଥା ହେଉଛି। ତା ସହ ବି କଥା ହେବି।"

ତାଙ୍କର ଏବେ ଆଉ ଉକ୍ତ ମହିଳାଙ୍କ ସହ କଥା ହେବାକୁ ଇଚ୍ଛା ନ ଥିଲା।

କଥା ତାହେଲେ ଏଠି ଆସି ପହଞ୍ଚିଗଲାଣି। ତାଙ୍କ ମନ ବିଚଳିତ ହେବାକୁ ଲାଗିଲା।

"ତାଙ୍କ (ଦିଶା) ସ୍ୱାମୀ ବି କେମିତି ଲୋକ...! ଏତେ ବୋକା! ତାଙ୍କର କୌଣସି ଯେମିତି ଆପତ୍ତି ନାହିଁ...।" ମହିଳା ଜଣକ ଯେପରି କାନରେ ତରଳ ଲୁହା ଢାଳି ଚାଲିଥିଲେ। ମନେହେଉଥିଲା ସେ ଦିଶାକୁ ଯେତିକି ଅପମାନିତ ଓ ଅସମ୍ମାନିତ କରିବାକୁ ଚାହୁଁଥିଲେ ତା'ଠାରୁ ଯଥେଷ୍ଟ ଅଧିକ ତାଙ୍କୁ କରୁଥିଲେ।

"ମୁଁ କହିଲି ନା, ମୁଁ ପ୍ରଥମେ ଦିଶା ସହ କଥା ହେବି। ଥ୍ୟାଙ୍କ୍‌ସ!"

"ନିଅନ୍ତୁ, ସାରଙ୍କ ସହ ଆଉ କଥା ହୋଇ ଯାଆନ୍ତୁ...।"

"କୋଉ ସାର୍?" ସେ ପଚାରିବା ପୂର୍ବରୁ ହିଁ ମହିଳା ଜଣକ ତାଙ୍କୁ ମୋବାଇଲ ଧରେଇଦେଲେ।

"ମୁଁ ବିଜୟ କହୁଛି... ମୁଁ ଜାଣି ନ ଥିଲି ଯେ ଦିଶା ଆପଣଙ୍କ ଭଉଣୀ। ଆମେମାନେ ତାଙ୍କ ଫାର୍ମହାଉସ୍‌କୁ ଯାଇଥିଲୁ। ସେ ଆମକୁ ଡକେଇଥିଲେ ଯେ ଆଖପାଖରେ କୌଣସି ଭଲ ଜାଗା ଅଛି, ସବୁଜ ଘଞ୍ଚ ଜଙ୍ଗଲ ଅଛି ଦେଖିବାକୁ। ଆଉ ସେ କୌଣସି ମାଟିକାମ ବି କରେ। ଇଣ୍ଡଷ୍ଟ୍ରି ଅଛି ତା'ର। ଆପଣଙ୍କ ଭଉଣୀ ଏପରି ଲୋକଙ୍କ ଫାଶରେ କେମିତି କ'ଣ ଫଶିଯାଉଛି! ଆପଣଙ୍କ ଭିଣୋଇ ତ ପୂରା ସିଧାସାଧା

ଆଉ ଭଉଣୀ ମଧ୍ୟ... ସେ ମଧ୍ୟ ମୋତେ ସରଳ ଲାଗିଲେ। ବୁଝିପାରୁନି ଯେ ସେ ତା ଚକ୍କରରେ କେମିତି ପଡ଼ିଲେ। ଆପଣ ଯାହା ବି କରନ୍ତୁ ତାଙ୍କୁ ଏଥିରୁ ବାହାର କରନ୍ତୁ।"

ତାଙ୍କ ଉତ୍ତର କିଛି ନ ଶୁଣି ହିଁ ସେ ଫୋନ୍ ରଖିଦେଲେ। ତାଙ୍କ ହାତ ପାଦ ଥଣ୍ଡା ହୋଇଗଲା। ମୁଣ୍ଡ ଘୁରେଇବାକୁ ଲାଗିଲା। ବାହାରେ ହେଉଥିବା ପାଟିତୁଣ୍ଡ ବି ଯେପରି ଶୁଭାଯାଉ ନ ଥିଲା। ବିଜୟ ସାର୍... କ'ଣ ଭାବୁଥିବେ... ? ସିଏ ବି ଜାଣିଛନ୍ତି... ନୀରଜକୁ ଆଉ କହି ନ ଦିଅନ୍ତୁ। ଦୁହିଁଙ୍କ ମଧ୍ୟରେ ବହୁତ ଭଲ ପରିଚୟ ଅଛି। କେତେ ଲୋକଙ୍କ ଭିତରେ ଏକଥା ଖେଳିଯାଇଥିବ। ବିଜୟ ସାର୍ ଦିଶାର ସ୍ୱାମୀଙ୍କ ପ୍ରଶଂସା କରୁଥିଲେ, କିନ୍ତୁ ଦିଶା ତ ଆଜିକାଲି ସ୍ୱାମୀକୁ ହଜାରେ ଗାଳି ଦେଉଛି। ଏବେ ବୁଝିପାରୁଛନ୍ତି ଯେ ଆଜିକାଲି ସେ ରାଜୀବକୁ ଏତେ ଗାଳି କାହିଁକି ଦେଉଛି? ଏ ସଂକ୍ରାନ୍ତରେ ଦିଶାକୁ ଭୁଲ ବୋଲି କୁହାଯାଇ ପାରିବନି। ସେ ଲୋକଟା ଏହାରି ଯୋଗ୍ୟ, ସ୍ୱାର୍ଥୀ! ନିର୍ଲଜ! କିଏ ମରୁ ବଞ୍ଚୁ, ତା'ର କିଛି ଯାଏ ଆସେ ନାହିଁ। ପଚିଶ ବର୍ଷ ଧରି ସେ ତାକୁ ଏପରି ଦେଖିଆସୁଛନ୍ତି। ଦୁଇଟା ବେଳେ ଶୋଇକି ଉଠିବା, ଚା ପିଇବା, ପୁଣି ଖାଇବା, ସନ୍ଧ୍ୟା ହେଲେ ପୁଣି ପାର୍ଟି ପାଇଁ ପ୍ରସ୍ତୁତି। ନିଜ ହାତରେ ଲେମ୍ବୁ କାଟିବା, ସାଲାଡ୍ ପ୍ରସ୍ତୁତ କରିବା ଅଥବା କାଜୁ ଭାଜିବା। ଶସ୍ତା ମଦ ପିଉ ପିଉ ତା କଥା ବି ରୋକ୍‌ଠୋକ୍ ଓ ଅଶ୍ଳୀଳ ହୋଇଉଠେ। ଝିଅମାନେ ଡରିମରି ବସି ରୁହନ୍ତି। ଯେତେବେଳେ ନିଶା ପୂରା ଘାରିଯାଏ ସେତେବେଳେ ସେ ସେଇଠି ହିଁ ଢଳିଯାଏ। ନା କୌଣସି ଚିନ୍ତା, ନା କୌଣସି ଦାୟିତ୍ୱ...। କିନ୍ତୁ ଦିଶାର ବି କିଛି ଭରସା ନାହିଁ, କେବେ କାହା ପକ୍ଷ ନେଇ କେତେବେଳେ ଝଗଡ଼ା କରି ବସିବ ଏବଂ ଆଉ କେତେବେଳେ ଅନ୍ୟମାନଙ୍କୁ ଭୁଲ ସାବ୍ୟସ୍ତ କରିବାକୁ ଯାଇ ତା ଅସ୍ତିତ୍ୱକୁ ହିଁ ଧରାଶାୟୀ କରିଦେବ। ଯେତେବେଳେ ରାଜୀବକୁ କେହି ଗାଳିଦିଏ ଅବା ଏଣୁତେଣୁ କୁହେ, ସେ ବାପାଙ୍କୁ ଦୋଷ ଦେବାକୁ ବସି ଯାଉଥିଲା। ଯଦିଓ ବାପା ବି କହିଥିଲେ ଯେ ଯଦି ବାହାଘରରେ କିଛି ସମସ୍ୟା ହୋଇଯାଇଛି ତା ହେଲେ ବର୍ତ୍ତମାନ ଛାଡ଼ପତ୍ର ଦେଇଦିଅ... ତା ପରେ ତୁ ଯାହା କହିବୁ, ସେଇଆ କରିଦେବି। ସେତେବେଳେ ଦିଶା ବଡ଼ ଦମ୍ଭରେ କହିଦେଇଥିଲା ଯେ ବାହାଘର କୌଣସି ପିଲାଖେଳ ନୁହଁ। ଏବେ ଆଉ ଛାଡ଼ି ପାରିବିନି, ବାକି ଦୁଇ ଭଉଣୀଙ୍କ ବାହାଘର ହେବାର ଅଛି। ଏପରି ଘରେ କିଏ ବାହାହେବ, ଯେଉଁଠି ସ୍ୱାମୀକୁ ଛାଡ଼ପତ୍ର ଦେଇଥିବା ଭଉଣୀଟିଏ ଅଛି?' ତା ଯୁକ୍ତି ଥିଲା ସାମାଜିକ। ସେତେବେଳେ ସୁଯୋଗ ବି ଥିଲା ଏବଂ ସମସ୍ତଙ୍କ ସହାନୁଭୂତି ବି। କିନ୍ତୁ ସେତେବେଳେ ଦିଶା ଏପରି ଏକ ଆଦର୍ଶ ପତ୍ନୀ ହୋଇଯାଇଥିଲା, ଯିଏ ବିଗିଡ଼ିଯାଇଥିବା ପରିବେଶ ପରିସ୍ଥିତିରେ ବଢ଼ିଥିବା ସ୍ୱାମୀକୁ ସୁଧାରି ଠିକ୍ ରାସ୍ତାରେ ଆଣିବାକୁ ଚାହୁଁଥିଲା, କିନ୍ତୁ

ଆଜି ଯେତେବେଳେ ତା ସ୍ୱାମୀ ଶକ୍ତିହୀନ, ଅସୁସ୍ଥ, ଅନ୍ଧ (ଦୁଇଟି ଯାକ ଆଖିରେ ପରଳ ହୋଇଥିବା ଯୋଗୁଁ) ଏବଂ ଦାନ୍ତ ପଡ଼ିଯିବାରୁ ଠିକ୍ ଭାବରେ କଥା କହିପାରୁନି, ସେତେବେଳେ ତାକୁ ଏକୁଟିଆ ଛାଡ଼ିଦେଇ ନିଜର ତଥାକଥିତ ବନ୍ଧୁ, ପ୍ରେମିକ, ସହଯୋଗୀ ମାର୍ଗଦର୍ଶକ ସହିତ ଏକୁଟିଆ ରହୁଛି, କାରଣ ଏବେ ତା'ର କହିବା କଥା ହେଲା... ବରଂ ସେ ଏଇଆ ମାନୁଛି ଯେ ସେ ଏବେ ଗୋଟେ ମୁହୂର୍ତ୍ତ ବି ତା ସ୍ୱାମୀ ସହ ଏକାଠି ରହିପାରିବନି। ତା'ର ସହିବା ଶକ୍ତି ଶେଷ ହୋଇଯାଇଛି। ତା'ର କଥାବାର୍ତ୍ତା ତାକୁ ବିରକ୍ତିକର ମନେ ହେଉଛି, ତା ଉପସ୍ଥିତି ମାତ୍ରକେ ସେ ଘୃଣାରେ ଭରିଯାଉଛି। ସେ ମଦ ନିଶାରେ ଯେଉଁସବୁ ଗାଳିଦିଏ ଆଉ ଯେତେବେଳେ ଜୋରରେ ଚିତ୍କାର କରିବା ଆରମ୍ଭ କରିଦଏ, ସେତେବେଳେ ତା ମୁଣ୍ଡର ଶିରାପ୍ରଶିରା ଫୁଲିଉଠେ ଆଉ ତାକୁ ଲାଗେ ହୁଏତ ସେ ନିଜେ ମରିଯିବ ଅବା ତାକୁ ମାରିଦେବ। ଏକ ନାରୀ ଭିତରେ ଲୁଚି ରହିଥିବା ହିଂସା ଯେ କେତେ ଭୟଙ୍କର ହୋଇପାରେ, ସେ ବିଷୟରେ ସେ ତାଙ୍କୁ ଚେତାଇ ଦେଉଥିଲା।

"ଏହା ତ ପ୍ରାୟ ସବୁ ଘରର କଥା।" ସେ ତା ପ୍ରତି ନିର୍ଦ୍ଦୟ ହୋଇ କହି ଉଠିଲେ।

"ସମସ୍ତଙ୍କ ଘରେ ଏଇଆ ହୁଏନି ଯେ ସ୍ୱାମୀ ମଦ ପିଉଥିବ, କୌଣସି କାମ କରିବନି ଆଉ ପତ୍ନୀ ଉପରେ ହାକିମାତି ଦେଖେଇବ, ପତ୍ନୀ କାମ ପାଇବା ପାଇଁ ବ୍ୟସ୍ତବିବ୍ରତ ହୋଇ ବୁଲୁଥିବ। ପଇସା ପାଇଁ ୟା' ତା ପାଖରେ ହାତ ପତାଉଥିବ। ଏକୁଟିଆ ସବୁ କଥା ପାଇଁ ସଂଘର୍ଷ କରି ଚାଲିଥିବ।"

"ତୁ ତ ଏତେ କାମ କରିଛୁ...। କାହିଁକି ସବୁ କାମରେ ଅସଫଳ ହୋଇ ଯାଇଛୁ ?"

"ଅସଫଳ! ମୁଁ ଅସଫଳ ହୋଇଗଲି ନା କରିଦିଆଯାଉଥିଲା। ମୋ ସହ କାମ କରିବାକୁ କେହି ନ ଥିଲେ। କେହି କେବେ ମୋ ପାଇଁ ଧାଁ ଦଉଡ଼ କରୁ ନ ଥିଲେ। ଯେଉଁଠିକୁ ବି ଯାଆ, ଯେଉଁ ଅଫିସକୁ ବି ଯାଅ, ସମସ୍ତେ ଏକୁଟିଆ ମହିଳା ଦେଖି ହଇରାଣ କରିବ ଆରମ୍ଭ କରିଦେଉଥିଲେ। ନଚେତ୍ ସେମାନଙ୍କୁ ଛୋଟଛୋଟ କାମ ପାଇଁ ପଇସା ଲାଞ୍ଚଦିଅ... ଆଉ ତା ପରେ ବି କିଛି ଭରସା ନାହିଁ ଯେ କାମ ହୋଇଯିବ କି ନାହିଁ! କିଛି ନ ହେଲେ ବି ଅନ୍ତତଃ ଇଏ ମୋ ସହ ଯାଉଛନ୍ତି ତ! କଥାବାର୍ତ୍ତା ତ କରୁଛନ୍ତି। ଲୋକମାନଙ୍କ ବେଇମାନୀ ଓ ଚାଲାକିକୁ ଧରି ପାରୁଛନ୍ତି।" ସେ ତା'ର ପ୍ରଶଂସା କରି କରି ଉତ୍ଫୁଲ୍ଲିତ ହୋଇ ଉଠିଲା।

"କ'ଣ କରୁଛି ସେ ?"

"ନିଜ କାମ କରନ୍ତି। ଲେଖାଲେଖି କରିବା, ପଢ଼ିବା, ଭାଷଣ ଦେବା, ଖବର କାଗଜରେ ସ୍ତମ୍ଭ ଲେଖିବା, ଲୋକମାନଙ୍କୁ ସାହାଯ୍ୟ କରିବା। ଦେଶବିଦେଶର ଅନେକ ସଂସ୍ଥା ସହ ସଂଶ୍ଳିଷ୍ଟ ଅଛନ୍ତି। ସେମାନଙ୍କ ପାଇଁ କାମ କରନ୍ତି। ତାଙ୍କ କାର୍ଯ୍ୟକ୍ଷେତ୍ର ବହୁତ ପ୍ରଶସ୍ତ। ତାଙ୍କର ଜ୍ଞାନ ବହୁତ।" ତା'ର ପ୍ରଶଂସା କରୁକରୁ ଦିଶା ଖୁସିରେ ଗଦ୍‌ଗଦ୍ ହୋଇ ଉଠୁଥିଲା।

"ତା'ର ନିଜର କ'ଣ ଘର ପରିବାର ନାହିଁ, ଯେ ସବୁକିଛି ଛାଡ଼ି ତୋ ସହ ରହିବାକୁ ଆସିଗଲା ?"

"ତାଙ୍କ ବିଷୟରେ ତୁ ଏମିତି କ'ଣ କଥା କହୁଛୁ? ତୋରି ଏମିତି ସବୁକଥା ମୋତେ କେତେ କଷ୍ଟ ଦେଉଛି କେବେ ଭାବିଛୁ? ତୁ ବି ଗୋଟେ ସାଧାରଣ ସ୍ତ୍ରୀ ଲୋକ ପରି କଥାବାର୍ତ୍ତା କରୁଛୁ। ଆଜି ମୁଁ ତୋର ଗୋଟିଏ ନୂଆ ରୂପ ଦେଖୁଛି। ବାହାରେ ତୁ ବହୁତ ବଡ଼ବଡ଼ କଥା କହୁଛୁ। ସ୍ତ୍ରୀ ନାରୀ ମୁକ୍ତି, ନାରୀ ସଶକ୍ତିକରଣ, ନାରୀର ସୃଜନଶୀଳତା, ନାରୀର ସ୍ୱାଧୀନ ବ୍ୟକ୍ତିତ୍ୱ, ନାରୀର ସୌନ୍ଦର୍ଯ୍ୟ, ନାରୀର ଅସ୍ମିତା, ନାରୀର ବୈଚାରିକ ସ୍ୱତନ୍ତ୍ରତା, ନାରୀର ଧାର୍ମିକ ସ୍ୱତନ୍ତ୍ରତା ଏବଂ ସାମାଜିକ କୁସଂସ୍କାରରୁ ମୁକ୍ତି, ନାରୀର ସମାନତା ବିଷୟରେ... କେତେ କ'ଣ ସବୁ କହୁଥାଉ ଆଉ ମୋତେ ପୂରା ଓଲଟା ! ଶବ୍ଦର ମାୟାଜାଲ ବୁଣୁଥିବା ତୁ 'ତୁ' ନୁହଁ। ଏହାର ଅର୍ଥ ଏଇଆ ହେଲା ଯେ ତୁ ଛଳନା କରୁଛୁ। ଦୟାଳୁ, ବିନମ୍ର, ଏଇଆ ସବୁ କୁହାଯାଏ ନା ତୋ ବିଷୟରେ, କୁଆଡ଼େ ଗଲା ତୋର ସେସବୁ ଗୁଣ ! ମୂଲ୍ୟ ! ବିଚାର ବୋଧ ! ତୋର ସେଇ କାବ୍ୟିକ ଛନ୍ଦାୟିତ ଭାଷା। ନିଜର ଭାଷଣ ଦେବ କଳା ଚାତୁରୀରେ ସମସ୍ତଙ୍କୁ ମୁଗ୍ଧ କରୁ ତୁ। ପ୍ରଶଂସା ସାଉଁଟୁ ଥିବା ତୋ କଥା। ତୋର ସମାଜସେବୀର ଇମେଜ୍ ! ଆଜି ତୋର ନିଜର ଅସଲ ବ୍ୟକ୍ତିତ୍ୱ ଆଖି ଆଗକୁ ଚାଲିଆସିଛି। ତୁ ଉପରେ ତ ସୁନ୍ଦର ସୁନ୍ଦର ମିଠା କଥା କହୁଛୁ, କିନ୍ତୁ ଭିତରେ ସେଇଆ ହିଁ ଅଟୁ, ସେଇ ଧୂର୍ତ୍ତ ସ୍ତ୍ରୀ ଲୋକ, ସମ୍ବେଦନହୀନ ସାଧାରଣ ସ୍ତ୍ରୀ ଲୋକ !" ଦିଶା ନ ଅଟକି କହିଚାଲିଥିଲା।

"କିଛି ବେଶୀ କହି ଦେଉନୁ!" ସେ ବିରକ୍ତ ହୋଇଯାଇ କହିଲେ, କିନ୍ତୁ ନାଁ, ତାଙ୍କର ବିରକ୍ତ ହେବା କଥା ନୁହଁ। ତାଙ୍କୁ ଧୈର୍ଯ୍ୟ ଧରିବାକୁ ପଡ଼ିବ। ଖରାପ ନ ଭାବିବାର ଅଭିନୟ କରିବାର ଅଛି। ଭାବପ୍ରବଣତାର ଏହି ଯୁଦ୍ଧକୁ ଶାନ୍ତିର ମାର୍ଗରେ ନେଇ ଯିବାର ଅଛି। ଯୁଦ୍ଧ, ହିଂସା, ଆତଙ୍କ ଏବଂ ବର୍ବରତା ଉପରେ ବ୍ୟାଖ୍ୟାନ ଦେବା ଲୋକ ଆଜି ନିଜ ଭିତରେ ହିଁ ଯୁଦ୍ଧ, ହିଂସା, ଆତଙ୍କ ଏବଂ ବର୍ବରତାର ଆଘାତ ସହି ଚାଲିଛି।

"ତୁ କେଉଁଠୁ ଜାଣିବୁ ଯେ ସେ ମୋ ପାଇଁ କ'ଣ ? ମୁଁ ତ ଯେପରି ନିଃଶେଷ

ହୋଇଯାଇଥିଲି। ସେ ଯଦି ମୋ ଜୀବନକୁ ଆସି ନ ଥାନ୍ତେ, ତେବେ ଆତ୍ମହତ୍ୟା କରିଦେଇଥାନ୍ତି। ସିଏ ହିଁ ମୋତେ ଜୀବନର ଅର୍ଥ ବୁଝେଇଲେ। ଭାବନାକୁ ସମ୍ମାନ ଦେବା ଶିଖାଇଛନ୍ତି। ଜୀବନରେ ସୌନ୍ଦର୍ଯ୍ୟ, ପ୍ରକୃତି, ଧର୍ମ, ସମାନତା, ଆନନ୍ଦ, ରସ, ପ୍ରେମ, ସମ୍ମାନ, ସ୍ୱାଭିମାନର କ'ଣ ମହତ୍ୱ ରହିଛି, ଏହା ସିଏ ହିଁ ଶିଖାଇଲେ ନ ହେଲେ ମୋତେ ତ କେବେ ବି, କିଏ ହେଲେ ବି... ବିଶେଷ କରି ମମ୍ମୀ, ପାପା, ମହେଶ ଯେତେବେଳେ ଇଚ୍ଛା ସେତେବେଳେ ମନଇଚ୍ଛା ଦୁଇଚାରି ପଦ ଶୁଣାଇ ଦେଉଥିଲେ ଓ ମୁଁ ପୁଣି ପହଞ୍ଚି ଯାଉଥିଲି, ଗହମ ନେବାକୁ, ସିଲିଣ୍ଡର ନେବାକୁ ଲୁଗା ନେବାକୁ ନହେଲେ ଖାଇବା ପାଇଁ ରୁଟି ନେବାକୁ। ମମ୍ମୀ କହେ- 'ତୁ ମାଟି ପାଦରେ ପଳେଇ ଆସିଲୁ, ଅସୁନ୍ଦର ଲୁଗା ପିନ୍ଧିଛୁ, ସଫାସୁତୁରା ହୋଇ ରହିବା ତୋତେ ଜଣାନାହିଁ!' ପାପା କୁହନ୍ତି ତୁ ମୋର ଅମୁକ ସମୁକ କଥା ମାନି ଯା'। ମହେଶ କୁହେ - ସିଙ୍ଗଡ଼ା ଦୋକାନ ନ ହେଲେ ନମ୍‌କୀନ୍ ଦୋକାନ ଖୋଲ, ନ ହେଲେ ଫ୍ୟାକ୍ଟ୍ରିର ଛାତ ଉପରେ ଯାଇ କାମ କର... ତୋର ଏତେ ଟଙ୍କା କ'ଣ ଦରକାର? କାହିଁକି ତୁ ଏମିତି ଏମିତି ଅର୍ଥାତ୍ ଭଲ ଲୁଗା ପିନ୍ଧିବାକୁ ଚାହୁଁଛୁ? ତୋ ଭାଗ୍ୟରେ ଅଛି, ତୁ ଭୋଗ। ନିଜର ଦୁର୍ଭାଗ୍ୟ ତୁ ନିଜେ ବାଛିଛୁ। ତୁ କାମଚୋର, ଜିଦ୍‌ଖୋର ଓ ମିଛୁଆ। ତୋତେ କିଛି ଜଣାନାହିଁ।

ସେ କୌଣସି ସାଧାରଣ ଲୋକ ନୁହଁ। ବହୁତ ବୁଦ୍ଧିମାନ। ସମସ୍ତଙ୍କ କଥା, ଚତୁରତା ଓ ଧୂର୍ତ୍ତତାକୁ ସାଙ୍ଗେସାଙ୍ଗେ ଧରି ନିଅନ୍ତି, ସେଥିପାଇଁ ସମସ୍ତେ ତାଙ୍କ ଉପରେ ରାଗି ଯାଆନ୍ତି। ସେ କବି, କଳାକାର ଅଟନ୍ତି। ବୁଦ୍ଧିଜୀବୀ ଓ ବାଗ୍ମୀ ବି। କେବେ ତାଙ୍କୁ ଭାଷଣ ଦେଉଥିବାର ଶୁଣିବୁ, ତୁ ଚମତ୍କୃତ ହୋଇଯିବୁ! ତୁ ତ କବି ଓ କଳାକାରମାନଙ୍କୁ ବହୁତ ସମ୍ମାନ ଦେଉ। ସେମାନଙ୍କର ପ୍ରକୃତି ଓ ପ୍ରବୃତ୍ତି ଜାଣିଛୁ, ତାହେଲେ ପୁଣି ଏ କବି, କଳାକାର ଜଣକ ତୋ ଦୃଷ୍ଟିରେ ତାଙ୍କ କେମିତି ହୋଇଗଲା! ଦେଖା ନ ହୋଇ, କଥାବାର୍ତ୍ତା ନ କରି କେମିତି ତୁ ଆଉ ଜଣଙ୍କ ବିଷୟରେ କାହା କଥା ଶୁଣି ଏକ ଧାରଣା ସୃଷ୍ଟି କରିନେଲୁ? ସେ ମଧ୍ୟ ଗୋଟେ ବଡ଼ ପଦବୀରେ ଥିଲେ। ଚାକିରି ଛାଡ଼ି ଦେଇଥିଲେ... ନହେଲେ।" ସେ ଏକା ନିଃଶ୍ୱାସରେ କହି ଚାଲିଥିଲା। ତା ସପକ୍ଷରେ ଛିଡ଼ା ହୋଇ ଦିଶା ଏକ ଅଭିଜ୍ଞ ନେତା ପରି ଭାଷଣ ଦେଉଥିଲା।

"ଚାକିରି ଛାଡ଼ି ଦେଇଛି, ଅର୍ଥାତ୍ ବେକାର ଅଛି?" ତାଙ୍କ ସ୍ୱରରେ ବ୍ୟଙ୍ଗ ଭରି ରହିଥିଲା।

"ବେକାର ନୁହଁ, ସ୍ୱାଭିମାନୀ ସେ। ନିଜ ଆଦର୍ଶରେ ଚାଲିବା ଲୋକ। ତାଙ୍କ ଅଫିସରେ କେଉଁ ଗୋଟେ ଲୋକ ସହ ଅନ୍ୟାୟ ହେଉଥିଲା। ସେ ତାକୁ ସମର୍ଥନ

କଲେ। ଅଫିସର ଉପରେ ଦୁର୍ନୀତିର କେସ୍ କରିଦେଲେ ଓ ଉପରିସ୍ଥ ଅଧିକାରୀଙ୍କ ପାଖରେ ଅଭିଯୋଗ କରିଦେଲେ। ତାଙ୍କର ବସ୍ ସହିତ, ମ୍ୟାନେଜମେଣ୍ଟ ସହିତ ବହୁତ ସମୟ ଧରି ପାଟିତୁଣ୍ଡ ଚାଲିଲା, ଆଉ ସେତେବେଳେ ହିଁ ସିଏ ଇସ୍ତଫା ଦେଇଥିଲେ।" ସେ ଆଦୌ ନ ଅଟକି, ବିନା କୌଣସି ସଂକୋଚ କରି ଅନବରତ କହିଚାଲିଥିଲା।

"ଆଜିକାଲିର ସମୟରେ ଯେତେବେଳେ ଚାକିରିର ଅକାଳ ପଡ଼ିଛି, ସେତେବେଳେ କୋଉ ପାଗଳ ହିଁ ନିଜର ରେଗୁଲାର ଚାକିରିକୁ ଛାଡ଼ିଦେବ। ଚାକିରି ଛାଡ଼ିଦେଇଥିଲା ନା ବାହାର କରିଦିଆଯାଇଥିଲା। ସେ ଲୋକଟା ତୋତେ ବୋକା ବନାଉଛି। ସେ କିଛି ଗୋଟାଏ ବଡ଼ ଖେଳର ଯୋଜନାରେ ଅଛି। ପକ୍କା ଫ୍ରଡ୍‌ଟାଏ।"

"ଅପା...!" ସେ ଏତେ ଜୋର୍‌ରେ ଚିତ୍କାର କଲା ଯେ ତାଙ୍କୁ ନିଜ ମୋବାଇଲକୁ କାନ ପାଖରୁ ଦୂରେଇ ଦେବାକୁ ପଡ଼ିଲା।

"କ'ଣ ହେଲା, କାହିଁକି ଚିତ୍କାର କରୁଛୁ?" ସେ ବି ସେତିକି ଜୋର୍‌ରେ ଚିତ୍କାର କଲେ।

"ତାଙ୍କ ପାଇଁ ଏପରି ଶବ୍ଦ! ଏମିତି ଖରାପ ଭାଷା! ତାଙ୍କର ଏପରି ଅପମାନ! ଏସବୁ କହିବା ସମୟରେ ତୋତେ ଲାଜ ଲାଗିବା କଥା। ମୁଁ ଶୁଣି ପାରିବିନି। ମୁଁ ତୋ ସହ ଜୀବନରେ କେବେବି କଥା ହେବିନି।" କହିଦେଇ ଦିଶା ମୋବାଇଲ ସ୍ୱିଚ୍ ଅଫ୍ କରିଦେଲା।

ସେ ହତପ୍ରଭ ହୋଇ ସେମିତି ଠିଆ ହୋଇ ରହିଗଲେ। ତା'ର ଚିତ୍କାର, ବିରକ୍ତିଭାବ, ତା'ର ରୁକ୍ଷତା... ତାଙ୍କ କାନରେ ଏ ପର୍ଯ୍ୟନ୍ତ ବଜ୍ରପାତ ପରି ଶୁଭିଯାଉଥିଲା। ଏବେ କ'ଣ ହେବ, ଭାବି ଭାବି ସେ ସେଇଠି ହିଁ ବସିପଡ଼ିଲେ। ବାହାରର ପାଟିତୁଣ୍ଡ... ବାହାରୁ ଆସୁଥିବା ଖରାର ତେଜ ତାଙ୍କୁ ସବୁ ଅସ୍ପଷ୍ଟ ଦେଖାଯାଉଥିଲା ଏବଂ ପାଟିତୁଣ୍ଡର ଘୋଘୋ ପାଖେଇ ଆସୁଥିଲା। ଭାରତୀୟ ଏବଂ ବିଦେଶୀ କଳାକୌଶଳ, ବିଶେଷକରି ଚିତ୍ରକଳା ଏବଂ ମୂର୍ତ୍ତିକଳା ଉପରେ ଲେଖାଯାଇଥିବା ତା'ର ବିଭିନ୍ନ ଲେଖା, ମାଟିର ରଙ୍ଗ, ମାଟିର ପ୍ରକୃତି ଏବଂ ମାଟିରେ ତିଆରି ହେଉଥିବା ଜିନିଷଗୁଡ଼ିକ ଉପରେ ସେ ଅନେକ ଗୁଡ଼ାଏ ବହି ପଢ଼ିସାରିଥିଲା। ତାଙ୍କର ମନେ ଅଛି, ସେ ବେଦ, ଉପନିଷଦ, ଜାତକ କଥା, ହିତୋପଦେଶ ଏବଂ ଚନ୍ଦ୍ରକାନ୍ତା ସନ୍ତତି ପଢ଼ି ତର୍କ କରୁଥିଲା। କେତେ ବଡ଼ବଡ଼ ବହି, ସେ ଉପନ୍ୟାସ ହେଉ ଅବା କବିତା ଅବା ଅନ୍ୟ ବିଷୟଗୁଡ଼ିକ ଉପରେ କେନ୍ଦ୍ରିତ ହୋଇଥିବା ପୁସ୍ତକ, ସେ ସାରାରାତି ଅନିଦ୍ରା ହୋଇ ପଢୁଥିଲା। ଜିନିଷର ସତ୍ୟାସତ୍ୟ ଶୁଦ୍ଧତା ପରଖିବାର ତା

ଭିତରେ ଅଦ୍ଭୁତ କଳା ଓ ଦକ୍ଷତା ଅଛି, ସେହି ଦିଶା ଆଜି ନିଜ ଜୀବନର ରାଗ କେମିତି ବେସୁରା କରି ବଜାଉଥିଲା ! କାହିଁକି ସେ ପ୍ରକୃତ ଜୀବନର ଏକ ଚରିତ୍ରକୁ ଠିକ୍ ଭାବରେ ପରଖି ପାରୁ ନ ଥିଲା । !

ଘଟଣା ତେବେ ଏତେ ଆଗକୁ ବଢ଼ିସାରିଛ । ସେ ନିଜ ଅତୀତକୁ ପଛରେ ଛାଡ଼ିସାରିଛି । ନିଜର ସମ୍ପର୍କ ସବୁକୁ ଛିନ୍ନ କରିସାରିଛି । ଲୋକଲଜ୍ଜା ସବୁ ସେ ଭୁଲି ସାରିଛି । ସେ ଏବେ ଅନୁଭବ କରିପାରୁଛନ୍ତି । ସେ ନିଜର ଶୀତଳ ମୁହଁ ଉପରେ ଗରମ ପାପୁଲି ରଖିଲେ, ସେଥିରେ କେଇ ଟୋପା ଉଷୁମ ଲୁହ ଲାଖିଗଲା, ସେ କାନ୍ଦୁଥିଲେ ଓ ଏତିକି ବେଳେ ପୁଣି ମେସେଜ୍ ଆସିଲା, ତାଆରି । ଦିଶାର... । ପଢ଼ିବାର ନାହିଁ । ସେ ମୋବାଇଲକୁ ସିଆଡ଼େ ରଖିଦେଲେ । ମୋବାଇଲରେ ବହୁତ କିଛି ଥିଲା, ସେ ଏବେ ମୋବାଇଲ ଦ୍ୱାରା ହିଁ ନିଜ କଥା କହୁଥିଲା । ତାଙ୍କୁ ଇଚ୍ଛା ହେଲା, ମୋବାଇଲ ଉଠେଇ ଫୋପାଡ଼ି ଦେବେ । କିନ୍ତୁ ମୋବାଇଲ ଫିଙ୍ଗିଲେ ଅବା ତା ମେସେଜ୍‌କୁ ନ ପଢ଼ିଲେ କ'ଣ ହେବ, ସେ ତ ଲେଖି ପଠେଇ ସାରିଛି ।

ଅନେକ ବିଳମ୍ବିତ ସମୟ ଯାଏଁ ସେ ମନକୁ ବୁଝାଇବାକୁ ଲାଗିଲେ । ପାଦ, ପାପୁଲି ଓ କପାଳ ତାତି ଉଠୁଥିଲା । ଘଣ୍ଟାଏ ଦି'ଘଣ୍ଟା ବିତିଗଲା । ମନ ଭିତରେ କିଛି କଥା ପୁଣି ଛଟପଟ ହେବାକୁ ଲାଗିଲା । ମନ ନ ମାନିବାରୁ ହ୍ୱାଟସ୍‌ଆପ୍ ଖୋଲିଲେ ।

"ମୋ ଏକାକୀପଣକୁ ସ୍ପର୍ଶ କରନି
ଉଙ୍କି ପରଖି ତାକୁ ବିକ୍ଷିପ୍ତ କରନି ତା ଆଲୋକିତ ଚୌହଦୀକୁ
ଏହି ଏକାକୀପଣ, ମୋ ନିଜସ୍ୱ
ବିଭବ ଅଟେ,
ଜାଣେ ମୋ ଏକାକୀପଣ ତୁମ ଭିତରେ
ଅନେକ ପ୍ରଶ୍ନ ସୃଷ୍ଟି କରେ
ସେ ପ୍ରଶ୍ନ ସବୁକୁ ପଛକୁ ଠେଲି ଦିଅ
ଏବଂ
ନିଜକୁ ସମ୍ପୂର୍ଣ୍ଣ ଶୂନ୍ୟକରି ଆସ ମୋ
ଏକାକୀତ୍ୱ ଭିତରକୁ
ପ୍ରାପ୍ତିର କାମନାରୁ ମୁକ୍ତ...
ଜୀଇଁବାର ଇଚ୍ଛା ନେଇ ଆସ
ମୋ ନିଃସଙ୍ଗତାର ଚୌହଦୀ
ଉଜ୍ଜ୍ୱଳ ପବିତ୍ର ହସରେ

ଆଲୋକିତ ବାହୁ ମେଲେଇ
ତୁମର ସ୍ୱାଗତ କରିବେ...
ସର୍ତ୍ତ କେବଳ ଏତିକି ଯେ
ତୁମକୁ ଶୂନ୍ୟ ହୋଇ ଆସିବାକୁ ହେବ
ମୋର ନିଃସଙ୍ଗ ରଙ୍ଗମହଲକୁ।"

ବାଜେ କଥା। ନାଟକବାଜି! ସେ ମନେ ମନେ ଚିଡ଼ିଉଠିଲେ।

ଗତ ମାସ ହିଁ ତ ସେମାନେ ନାଟକ ଦେଖିବାକୁ ଯାଇଥିଲେ। ଫେରିବା ସମୟରେ ଲଗାତାର ନାଟକ ବିଷୟରେ ଆଲୋଚନା କରିଚାଲିଥିଲେ ଏବଂ ତା ସହ ସେ ମଧ୍ୟ ନିଜର କବିତା ଶୁଣାଇ ଚାଲିଥିଲା।

"କୌଣସି ସଂକଳନଟିଏ କାହିଁକି ଛାପୁନୁ? ସଭାସମିତିକୁ ଯିବା ଆସିବା କର। କବିତା ଶୁଣା। ଡାଏରୀ ଭିତରେ ବନ୍ଦ ଥିବା କବିତାଗୁଡ଼ିକର ଭବିଷ୍ୟତ କ'ଣ ହେବ?" ସେତେବେଳେ ସିଏ ପ୍ରଶଂସା କରି କହିଥିଲେ।

ତା ପରେ ଦିଶା ଖୁବ୍ ଜୋର୍‌ରେ ମନଖୋଲା ହସଟେ ହସି କହିଥିଲା, "ମୋ କବିତାଗୁଡ଼ିକୁ କିଏ ପ୍ରମୋଟ୍ କରିବ! ମୋର କେହି ଗଡ଼ଫାଦର ତ ନାହାନ୍ତି। କୌଣସି ବିଚାରଧାରା କି ବାଦ ମଧ୍ୟ ମୋ ନାମ ସହ ଯୋଡ଼ା ଯାଇନି। ବିଚାରଧାରା ସହ ଯୋଡ଼ି ହେବା, କୌଣସି ସଂଘ ଏବଂ ସଂସ୍ଥା ସହ ସଂଶ୍ଳିଷ୍ଟ ହେବା ଜରୁରୀ ଅଟେ। ସେହି ବିଚାରଧାରାର ପ୍ରଚାର କରୁଥିବା ଯେଉଁସବୁ ବୁଦ୍ଧିଜୀବୀମାନେ ଅଛନ୍ତି, ସେମାନେ ଯୋଉ ସଭାସମିତି ଆୟୋଜନ କରୁଛନ୍ତି, ସେଥିରେ ଦିଆଯାଉଥିବା ଭାଷଣ ଓ ଆଲୋଚନାକୁ କିଏ ସହିବ? ସେ ଯୋଉ ଲୋକ ବସିଥିଲା - ଚାଟାର୍ଜି, ସେ ମୋ ପଛରେ ଏମିତି ପଡ଼ିଯାଇଥିଲା ଯେ ତାଠୁ ପିଛା ଛଡ଼େଇବା ବଡ଼ କଷ୍ଟ ହୋଇଯାଇଥିଲା। ମୁଁ ତାକୁ ଦେଖା କରିବାକୁ ଯାଏ, କଥାହୁଏ। ତା'ର ଜ୍ଞାନ ବହୁତ। ପୁଣି ଦିନେ ଏମିତି ବୁଲୁବୁଲୁ କହିବାକୁ ଲାଗିଲା, ସମ୍ପର୍କକୁ ସ୍ଥାୟୀ ଏବଂ ସୁନ୍ଦର କରିବା ପାଇଁ ଆହୁରି ବହୁତ କିଛି କରିବାକୁ ପଡ଼ିଥାଏ। ମୁଁ ପଚାରିଲି 'କ'ଣ?' ସେଇଠୁ ପୂରା ପାଖକୁ ଲାଗିଆସି କହିଲା- 'ପ୍ରେମ! ପ୍ରେମ ରହିବା ଜରୁରୀ ଅଟେ। ମୋ ପତ୍ନୀ ଚାଲିଯିବା ପରେ ମୁଁ ଏକଦମ୍ ଏକୁଟିଆ ହୋଇ ଯାଇଛି ଏବଂ ତୁମ ପରି ଝିଅର ପ୍ରେମ ସାନ୍ନିଧ୍ୟ ମୋତେ ମିଳିଲେ ମୁଁ ବହୁତ ଖୁସିରେ ରହିବି। କହି ଚାଲିଲା, 'ଗୋଟିଏ ନିର୍ଦ୍ଦିଷ୍ଟ ସମୟ ପରେ ସମ୍ପର୍କ ଆବଶ୍ୟକତାରେ ବଦଳିଯାଏ। ସାମାଜିକ ଏବଂ ନୈତିକ ଶୁଦ୍ଧତା କୌଣସି ମହତ୍ତ୍ୱ ରଖେନି।' ସେବେଠାରୁ ମୁଁ ତା ସହ କଥାବାର୍ତ୍ତା କରିବା ବନ୍ଦ କରିଦେଲି। ସପ୍ତାହ ସପ୍ତାହ ଧରି ଫୋନ୍‌କରି ଚାଲିଲା। ତା ପରେ ମେସେଜ୍ କରି

ଚାଲିଲା। କ୍ଷମା ମାଗିଲା। ମୁଁ ତାକୁ ବ୍ଲକ୍ କରିଦେଲି।" ତା ପରେ ସିଏ ଛଳଛଳ ହୋଇ ଏକ ଲମ୍ବା ହସଟେ ହସି କହିଥିଲା ଯେ "ଫେସ୍‌ବୁକ୍‌ରେ ମୋ କବିତାର ବହୁତ ପ୍ରଶଂସା ହୋଇଥାଏ। ଲୋକେ କହନ୍ତି ଯେ..."

"ସେଥିପାଇଁ ତ ମୁଁ କହୁଛି ଯେ ନିୟମିତ ଲେଖିଚାଲ। ଛାପିବାକୁ ପଠା। ଫେସ୍‌ବୁକ୍‌ରେ ଲେଖିଲେ କେହି କବି ବା କଳାକାର ବନି ଯାଏନି।"

"ଆରେ! କିଏ ଛାପିବ? ସମସ୍ତଙ୍କ ଆଗରେ ପଛରେ ଘୁରି ବୁଲ। ପ୍ରକାଶକମାନଙ୍କୁ ଖୋସାମତ କର। ଭୂମିକା ଲେଖାଅ, ପୁଣି ଲୋକାର୍ପଣ କରାଅ, ପୁଣି ପାର୍ଟି ଦିଅ। ଫେସ୍‌ବୁକ୍‌ରେ ଦେଲେ ଲୋକମାନେ ସାଙ୍ଗେ ସାଙ୍ଗେ ପଢ଼ି ପକାନ୍ତି, ଲାଇକ୍ ଓ କମେଣ୍ଟ୍ ମଧ୍ୟ ମିଳିଯାଉଛି।" ସେ ଏକାଥରକେ କହି ଚାଲିଥିଲା।

"ମୁଁ ଚାଲି ଆସିଲି
ଏ ଘନ ଜଙ୍ଗଲ ପାରି ହୋଇ
ମୋ ଲକ୍ଷ୍ୟ ଆଉ କେହି ନୁହେଁ
କେବଳ ତୁମେ ଆଉ କେବଳ
ତୁମେ ହିଁ ଅଟ!"

ଓହୋ! ତା ହେଲେ ଘଟଣା ଏଇଆ ଥିଲା।

ଏବେ ତାଙ୍କର ଉତ୍ସୁକତା ଆହୁରି ବେଶୀ ବଢ଼ିଯାଇଥିଲା। ଘର ଭିତରେ କେହି ତ ଜାଣିଥିବ। ହେଇପାରେ, ସମସ୍ତେ ଜାଣିଥାଇ ପାରନ୍ତି, ମୋ ଭଳି ପରସ୍ପରକୁ ଲୁଚାଉଛନ୍ତି। ଢାଙ୍କି ପକାଉଛନ୍ତି। ମୋ ପରି ସମସ୍ତେ ଦୁଃଖୀ, ବ୍ୟସ୍ତ ଓ ଚିନ୍ତିତ ଥିବେ! ସେ ପ୍ରଥମେ ମାଆଙ୍କୁ ଫୋନ୍ ଲଗାଇଲେ। ମାଆଙ୍କୁ ଜଣାଥିଲେ ନିଶ୍ଚୟ କହିବେ।

"ମାଆ, ଦିଶା ଆଜିକାଲି ଆସୁଛି?"

"କେବେ କେବେ ଆସୁଛି। ଆସିବା ବି ନ ଆସିବା ଭଳି, ସବୁବେଳେ ଖାଲି ଫୋନ୍‌ରେ ହିଁ ଗପି ଚାଲିଥାଏ। କଥା ମଝିରେ ଟିକେ ଟିକେ କଥାରେ ଏତେ ଜୋର୍‌ରେ ହସୁଥାଏ ଯେ...! କେଜାଣି କାହା ସହ ଘଣ୍ଟା ଘଣ୍ଟା ଧରି ଏମିତି ଗପିଚାଲିଥାଏ। ଥରେ ରାତିରେ ଏଇଠି ରହିଯାଇଥିଲା ଯେ ରେଜେଇ ଭିତରେ ମୁହଁ ପୁରାଇ ସାରା ରାତି ଗପୁଥିଲା। ମୁଁ ତ କିଛି ବି ବୁଝିପାରୁନି।"

"ଆଚ୍ଛା!"

"ତା ଘରେ ତ ସବୁବେଳେ ଲୋକମାନଙ୍କ ଗହଳି ଲାଗିରହିଥାଏ। ଯେତେ ବଡ଼ ସମସ୍ୟା ଅସୁବିଧା ହେଉ ପଛକେ, ଲୋକମାନଙ୍କର ଯିବାଆସିବା ଓ ତା'ର ହସିବା ବନ୍ଦ ହୁଏନି।"

“କିଏ ସବୁ ଆସନ୍ତି, ସେମାନଙ୍କ ନାଁ କ'ଣ ? ତୁମ ଚିହ୍ନା ? ଏବେ ତ ପିଲାମାନେ ପଢ଼ାପଢ଼ି କରିବା ସମୟ। ପିଲାଏ ଡିଷ୍ଟର୍ବ ହୁଅନ୍ତିନି କି !”

‘ସେ କୋଉ କାହା କଥା ଶୁଣୁଛି ! ସବୁବେଳେ ନିଜ ମନ ଇଚ୍ଛାରେ କାମ କଲା। ଦିନସାରା ଘୁରିବୁଲେ। ମୁଁ ମଧ୍ୟ କହିଥିଲି ଯେ, ଘରେ ରହ, ଝିଅମାନଙ୍କ କଥା ବୁଝେ। ଆଜି ସେମାନଙ୍କ ପାଖରେ ତୋର ଆବଶ୍ୟକତା ରହିଛି। ଫାର୍ମହାଉସ୍‌କୁ ଧାଇଁ ପଳାଏ। ଗୋଟେ ଝିଅ ହଷ୍ଟେଲରେ ପଡ଼ିରହୁଛି, ଆଉ ଗୋଟେର କିଛି ଠିକଣା ନାହିଁ ଯେ ସେ କୋଉଠି ଅଛି କି କ'ଣ କରୁଛି ? ଝିଅମାନଙ୍କ ସହ କଥା ହେଲେ ସେମାନେ ମୁହଁରେ ଜବାବ ଦେଇ ଦେଉଛନ୍ତି ଯେ କାହା ପାଖକୁ ଆସିବେ। ମାଆକୁ ତ ନିଜ କାମରୁ ଓ ଲୋକଙ୍କ ପାଖରୁ ଫୁରସତ୍ ନାହିଁ। କେବେ ଯଦି ପଚାରିବ ଯେ, ଫାର୍ମ ହାଉସ୍‌ରେ ଏମିତି କି କାମ ଚାଲୁଛି ତେବେ ମିଛରେ କହନ୍ତି ଯେ ପରିବାପତ୍ର ଲଗା ଯାଉଛି। ପୁଣି କେବେ କୁହନ୍ତି ଯେ ଚାଷବାସ କରିବାକୁ ଜମି ପ୍ରସ୍ତୁତ କରାହେଉଛି ପୁଣି କେବେ କୁହନ୍ତି ଯେ ଗଛ ଲଗାଉଛନ୍ତି। ସକାଳ ପାଞ୍ଚଟାରୁ ବାହାରି ଯାଉଛନ୍ତି। କହନ୍ତି ଯେ, ସେଇଠି ରହିବେ।

ପ୍ରାକୃତିକ ପରିବେଶରେ, ଏକୁଟିଆ, ସମସ୍ତଙ୍କଠୁ ଅଲଗା ହୋଇ ! ତାଙ୍କ କଥା... ସିଏ ଜାଣନ୍ତି !”

“ସେଠିକୁ ଯିବା ଆସିବା ତ କଷ୍ଟ ହୋଇଥିବ।”

“କଷ୍ଟ ! ତୁ ଯାଇକି ଦେଖ୍ ! ଦୁଇ ଘଣ୍ଟା ଲାଗିଯାଏ। ଏତେ ଦୂର ଆଉ ରାସ୍ତା ବି ଖରାପ। ବୁଦୁବୁଦିଆ ଜଙ୍ଗଲ ଦେଇ ଏକା ଚାଲିଯାଏ। ଯଦି କେହି ଗାଡ଼ି ଅଟକାଇ ଦେବ ! ଆକ୍ରମଣ କରିଦେବ ! ମଦୁଆ ଆଉ ବଣୁଆ ଲୋକ ସବୁ ରହୁଛନ୍ତି। ରାତିରେ ଜଙ୍ଗଲୀ ପଶୁ ପାଣି ପିଇବାକୁ ବାହାରନ୍ତି। ପଅରଦିନ ଗୋଟେ ଛେଳିକୁ ଶିଆଳ ଟେକି ନେଇଯାଇଥିଲା।” ମାଆଙ୍କ ଚିନ୍ତା ଓ ଅଭିଯୋଗର ଫର୍ଦ୍ଦ ଲମ୍ବି ଚାଲିଥିଲା। ସେ ଖୁବ୍ ବ୍ୟସ୍ତ ଓ ଚିନ୍ତିତ ଥିଲେ।

“ଏଠିକା ଘର ଅଛି ତ ?”

“କେତେ ଭଡ଼ା ଦେବ। ସେଇଟା ବି ଖାଲି କରିବାକୁ ପଡ଼ିବ।”

“ତୁମେ ଚିନ୍ତା କରନି ମାଆ।” ସେ ମାଆକୁ ସାନ୍ତ୍ୱନା ଦେଇ କହିଲେ ଓ ଫୋନ ରଖିଦେଲେ। କିନ୍ତୁ ଭୟ ଓ ଚିନ୍ତା ଯୋଗୁଁ ତାଙ୍କ ଦେହ ଥରିଉଠୁଥିଲା। ମନ ଖୁବ୍ ବିଚଳିତ ହୋଇଯାଉଥିଲା। ଘଟଣାଟି ପ୍ରକୃତରେ ସାଂଘାତିକ।

ପୁଣି ସାଙ୍ଗେ ସାଙ୍ଗେ ମାଆଙ୍କ ଫୋନ୍ ଆସିଥିଲା - “କଥା କ'ଣ ? ମହେଶ ବି ବହୁତ ଅସନ୍ତୁଷ୍ଟ ଲାଗୁଥିଲା। ହଜାରେ କଥା ଶୁଣେଇ ଯାଇଛି।”

"ନାଁ ମାଆ, ମୁଁ ତ ଏମିତି ହିଁ ପଚାରୁଥିଲି।" ସେ କଥାକୁ ଟାଳିବାକୁ ଚେଷ୍ଟା କଲେ। ସେ ଜାଣନ୍ତି ଯେ ସତୁରୀ ବର୍ଷିୟା ମାଆ ଏପରି କୌଣସି କଥାକୁ ସହ୍ୟ କରିପାରିବେନି।

ତାଙ୍କ ଅନୁସନ୍ଧାନ ନିରନ୍ତର ଚାଲୁଥାଏ। ପ୍ରଚଳିତ ଭାଷାରେ କହିବାକୁ ଗଲେ 'ଗୋଇନ୍ଦାଗରି' କରୁଥିଲେ ସେ। ଏବେ ସେ ପ୍ରତ୍ୟେକ କଥାକୁ ଟିକିନିଖି ବିଶ୍ଳେଷଣ କରିବାକୁ ଲାଗିଲେ। ସେ ଦିଶା ଭିତରେ ବହୁତଗୁଡ଼ାଏ ପରିବର୍ତ୍ତନ ଦେଖୁଥିଲେ। ତା ଚାଲିଚଳନ, ଜୀବନଶୈଳୀରେ। ତା'ର କଥାବର୍ତ୍ତାରେ ନୂତନତା, ସବୁକଥା ଜାଣିବାର ଇଚ୍ଛା ଓ ଆଗ୍ରହ ଆସିଯାଇଥିଲା। ସେ ବାରମ୍ବାର ନୂଆ ନୂଆ ବହିଗୁଡ଼ିକ ବିଷୟରେ ପଚାରୁଥିଲା, ଏପରିକି ସେ ଦିନେ ଦର୍ଶନ, ଆଧ୍ୟାତ୍ମ ଏବଂ ସଂସ୍କୃତର କିଛି ଅନୁବାଦ ପୁସ୍ତକ ମଧ୍ୟ ନେଇଯାଇଥିଲା। ସେ ପାତ୍ରମାନଙ୍କ ବିଷୟରେ ଜାଣିବାକୁ ଚାହୁଁଥିଲା, ଯେଉଁମାନେ ଶଗଡ଼ ଗୁଳାରୁ ବାହାରିଯାଇ ନିଜ ଜୀବନ ଜୀଇଁ ଥିଲେ। ସେ ତାଙ୍କର ସବୁଠୁ ସୁନ୍ଦର ସାଲୱାର ଓ ଅନ୍ୟ ପୋଷାକ ନେଇଯାଇଥିଲା, ଯାହା ତାକୁ ସବୁଠୁ ବେଶୀ ଭଲ ମାନୁଥିଲା। ସେ ନିଜ ରୂପ-ରଙ୍ଗ, ସୌନ୍ଦର୍ଯ୍ୟ, ଚାଲିଚଳନ, ଭାବଭଙ୍ଗୀକୁ ନେଇ ଯଥେଷ୍ଟ ସଚେତନ ହୋଇ ଯାଇଥିଲା। ଆଖିରେ କାଜଲ ଓ ଓଠରେ ଲିପଷ୍ଟିକ୍ ସବୁବେଳେ ଲଗାଉଥିଲା, ଆଖିର ଭାଷା ବଦଳି ଯାଇଥିଲା। ଚାହାଣୀରେ ଚପଳତା, ଚଞ୍ଚଳତା ଓ ଖୁସି ଝଲସି ଉଠୁଥିଲା। ତା'ଣ କଳା ଘନ ବାଳରେ ଏକ ଅଦ୍ଭୁତ ଚମକ ଆସିଯାଇଥିଲା। ପବନରେ ଦୋହଲି ତା ବାଳ ସବୁ କପାଳ ଗାଲକୁ ଛୁଇଁ ଯାଉଥିଲେ। ସେ ତାଙ୍କ ପାଇଁ କିଛି ଛାଲି, ଜଡ଼ିବୁଟି ଆଉ ପତ୍ର ରଖିଦେଇ ଯାଇଥିଲା, ଯାହା ସବୁରି ଔଷଧୀୟ ଗୁଣ ରହିଥିଲା। ସେ ନିଜର ଦେଶୀ ଚିକିତ୍ସା ଟୁଟୁକା ପ୍ରଣାଳୀ ହ୍ୱାଟସ୍ଆପରେ ପଠାଉଥାଏ। ସିଏ ଦିଶାର ବୁଦ୍ଧିମତା, ଜ୍ଞାନର, ବାକ୍‌ପଟୁତାର, ତା'ର ସ୍ପଷ୍ଟବାଦିତା ଓ ଏତେ ସମସ୍ୟା ଭିତରେ ମଧ୍ୟ ଖୁସିମିଜାଜ୍‌ରେ ବଞ୍ଚିବାର ପ୍ରଶଂସକ ଥିଲେ। ହଁ, ଅବଶ୍ୟ ଏକଥା ଭିନ୍ନ ଯେ ଯେତେବେଳେ ବି ସେ ତା ସହ ଝିଅମାନଙ୍କ ବାହାଘର ଅଥବା ବରପାତ୍ର ଖୋଜିବା ବିଷୟରେ କଥା ହୁଅନ୍ତି, ସେ ତାଙ୍କ କଥାକୁ ବାଏଁ ବାଏଁ ଉଡ଼ାଇଦିଏ- "ବିବାହ କାହିଁକି ଜରୁରୀ? କ'ଣ ମିଳେ ଏ ବାହାଘରରୁ? ଜୀବନରେ ଖୁସି ଓ ସୁଖସୁବିଧା ରହିବା ଦରକାର। ଗୋଟିଏ ମଣିଷକୁ 'ସ୍ୱାମୀ' ନାରେ ଜୀବନ ସାରା ବୋହିଚାଲିବା, ସେ ପସନ୍ଦର ହେଉ ଅବା ନ ହେଉ କି ସେ ଭଲ ଲାଗୁ କି ନ ଲାଗୁ... କେତେ ବଡ଼ ଶାସ୍ତି ଏଇଟା!" କହିଦେଇ ସେ ପୁଣି ମନଖୋଲି ଠୋ ଠୋ କରି ହସିପକାଏ।

ସିଏ ନିଜକୁ ନିଜେ ଅଟକାଇବାକୁ ଚାହିଁଲେ ଯେ, କାହିଁକି ସେ ତା ଜୀବନରେ

ହସ୍ତକ୍ଷେପ କରୁଛନ୍ତି, କାହିଁକି କାହାଠାରୁ ବଞ୍ଚିରହିବାର ଅଧିକାର ଟିକକ ଛଡ଼ାଇ ନେଉଛନ୍ତି? କାହା ବାଧା ଦେବାରେ କ'ଣ ଦିଶା କେବେ ଅଟକି ଯିବ? ଆଜିଯାଏଁ କେବେ ଏମିତି ହୋଇଛି? ମନ ଖୁବ୍ ଅସ୍ତବ୍ୟସ୍ତ ହେଉଥିଲା ଏବଂ ବିଚାର ସବୁ ପରସ୍ପର ସହ ଧକ୍କା ଖାଉଥିଲେ। ତାଙ୍କୁ ଆଉ କାହାରି ଡର ନ ଥିଲା, ଥିଲା କେବଳ ରାଜୀବର ଡର। ସେ ଯେମିତି କିଛି କରି ନ ବସୁ। ଏହି ଚିନ୍ତାରେ ନା ସେ ମିଟିଂକୁ ଯାଇପାରୁଥିଲେ। ଆଉ ନା ସେ ଲୋକମାନଙ୍କ ସହ ଦେଖାକରିପାରୁ ଥିଲେ। ତାଙ୍କର ସବୁ କାମ ଏକ ରକମ ବନ୍ଦ ହୋଇ ପଡ଼ିଥିଲା। ୱାର୍କସପ୍, ଟ୍ରେନିଂ। ସେ ନିଧିକୁ ଫୋନ୍ ଲଗାଇଲେ। ଦିଶାର ବଡ଼ ଝିଅ ନିଧି। ସେ ତାଙ୍କସହ ସବୁ ବିଷୟରେ ଖୋଲାଖୋଲି ଭାବେ କଥାହୁଏ। ପ୍ରତ୍ୟେକ କଥା ସେୟାର କରେ। ସେ କିଛି ଜାଣିଥିଲେ ନିଶ୍ଚୟ ଜଣେଇବ।

"କ'ଣ କରୁଛୁ ନିଧି? ଆଜି ସନ୍ଧ୍ୟାରେ ଆସେ ବୁଲିବାକୁ ଯିବା। ଗୁପ୍‌ଚୁପ୍ ଖାଇବା। ତୁ ତ ଜାଣୁ ମୁଁ କେବଳ ତୋ ସହ ଚାଟ୍ ଗୁପ୍‌ଚୁପ୍ ଖାଏ।"

"ହଁ, ମାଉସୀ। ମୋର ବି ଭାରି ଇଚ୍ଛା। ଯିବି।" ସେ ଅନ୍ୟମନସ୍କ ଥିବା ପରି କହିଲା।

"କଥା କ'ଣ? ଉଦାସ ଜଣା ପଡୁଛୁ?"

"ମାଉସୀ, ମୁଁ ସନ୍ଧ୍ୟାରେ ଆସିବି।" ନିଧିର ସ୍ୱରରେ ଆଗର ସେ ଉଲ୍ଲାସ ଓ ସତେଜତା ନ ଥିଲା, ଯାହା ସବୁବେଳେ ରହିଥାଏ। ଏପରି ମନେ ହେଉଥିଲା, ଯେପରି ସେ ସେହି ପ୍ରସଙ୍ଗ ଓ ସେସବୁ କଥାକୁ ଆଡ଼େଇ ଦେବାକୁ ଚାହୁଁଥିଲା।

ସେ ଫୋନ୍ ରଖିବା ମାତ୍ରେ ସାନଭାଇ ମହେଶର ଫୋନ୍ ଆସିଲା।

"ତୁ ଜାଣିଛୁ ଅପା, ଦିଶା କୋଉଠି ଅଛି?"

"ନାଁ!"

"ଫାର୍ମହାଉସ୍‌ରେ। ସେହି ଶୂନ୍‌ଶାନ୍ ଜଙ୍ଗଲରେ। ସେଇଠି ଯେଉଁଠିକୁ କେହି ବି ଯାଆନ୍ତିନି।"

"ତୁ କେମିତି ଜାଣିଲୁ?"

"ଚୌକିଦାର କହିଲା ଯେ, ଅପା ଏଠିକୁ ଅନେକ ଦିନ ହେଲା ଆସିଛନ୍ତି। ରାତିରେ ଏକୁଟିଆ କ'ଣ କରୁଛି ବୋଲି ମୁଁ ପଚାରିବାରୁ କହିଲା ଯେ କେହି ଜଣେ ଜମିରେ ନିଆଁ ଲଗାଇ ଦେଇଛି। ଏମିତିରେ ତ ତା ଜମିରେ ନିଆଁ ଲାଗିବା ପରି କିଛି ନାହିଁ ଓ ସେପରି ଅବସ୍ଥାରେ ମଧ କିଛି ନାହିଁ। ମୁଁ ପଚାରିଲି ଯଦି ନିଆଁ ଲାଗିଯାଇଛି ତା ହେଲେ ତୁ କ'ଣ କରିପାରିବୁ? ନିଆଁ ଲିଭେଇବା କାମ ଫରେଷ୍ଟ ଡିପାର୍ଟମେଣ୍ଟର କାମ।

ସେଇଠୁ କହୁଛି ଯେ ମୋର ସେଠିକୁ ଯିବା ଜରୁରୀ ଅଟେ। ମୋତେ ତ ରାଗ ଏତେ ବେଶୀ ଆସୁଛି ଯେ ଦୁଇ ଚାରି ଥାପଡ଼ ମାରି ଦେବାକୁ ଇଚ୍ଛା ହେଉଛି। ମୂର୍ଖ, ନିର୍ଲଜ କୋଉଠିକାର। ଭାବି ଦେଖ, ଯଦି ଗାଡ଼ି ଖରାପ ହୋଇଯାଏ ? କେଉଁ ଜନ୍ତୁ ଫନ୍ତୁ ହାବୁଡ଼ରେ ପଡ଼ିଗଲେ ନେଇଯିବ ଘୋଷାଡ଼ିକି। ହାଡ଼ ଖଣ୍ଡେ ବି ମିଳିବନି। ମୋର ତ ରକ୍ତ ଗରମ ହୋଇଯାଉଛି। ମୁଁ ଏଇଠି ନାଗପୁର ଷ୍ଟେସନରେ ଠିଆ ହୋଇଛି, ମୋ ସହିତ ମୟୂରା ଓ ରୀତାଂଶୀ ମଧ୍ୟ ଅଛନ୍ତି। ସେ ଦୁହେଁ ମୋ ଉପରେ ବହୁତ ବିରକ୍ତ ହେଉଛନ୍ତି।"

"ତୁ ବ୍ୟସ୍ତ ହ'ନା। ମୁଁ କଥା ହେଉଛି।"

"କିଛି ହୋଇଗଲେ, ମୁହଁ ବି ଦେଖେଇ ହେବନି !"

"ମୁଁ କଥା ହେବି କହିଲି ନା !"

କଥାଟି ସତକୁ ସତ ଗମ୍ଭୀର ଏବଂ ଚିନ୍ତାଜନକ ଥିଲା। ସିଏ ତୁରନ୍ତ ଦିଶାକୁ ଫୋନ୍ କଲେ। ଫୋନ୍ ସ୍ୱିଚ୍ ଅଫ୍ କହୁଥିଲା। ପୁଣି ଥରେ ନିଧିକୁ ଫୋନ୍ କଲେ। ତାଙ୍କ ଆଖି ଆଗରେ ଘୋର ଅନ୍ଧାରରେ ବୁଡ଼ି ରହିଥିବା ଶୂନଶାନ୍ ଜଙ୍ଗଲ ନାଚି ଉଠିଲା। ସେଠି ଜଣେ ବି ମଣିଷ ରୁହନ୍ତିନି। ଘର ନାହିଁ, ଲାଇଟ୍ ରହେନି।

"ମାଆ କୋଉଠି ଅଛି ?"

"କାହିଁକି, କ'ଣ ହେଲା ?"

"ତୁ କହୁନୁ କାହିଁକି ?"

"ତୁମେ କାହାକୁ କହିବନି ତ ମାଉସୀ ?" ନିଧି ଡରିଡରି କହିଲା।

"କ'ଣ ହୋଇଛି ?" ନିଧିର ଏମିତି ଡରୁଆ ସ୍ୱର ଶୁଣି ତାଙ୍କ ହୃତ୍‌ସ୍ପନ୍ଦନ ବଢ଼ିଗଲା।

"ମାଆ ଏବେ ବି ଫାର୍ମ ହାଉସ୍‌ରେ ହିଁ ଅଛନ୍ତି। ମୁଁ ମଧ୍ୟ ମନା କରିଥିଲି, କିନ୍ତୁ ସେ କୋଉ ଶୁଣୁଛନ୍ତି ! ମାମୁ ଓ ଆଇଙ୍କର ଅତିକମ୍‌ରେ ଦଶଥର ଫୋନ ଆସି ସାରିଲାଣି। ସେମାନେ ବହୁତ ବିରକ୍ତ ହେଉଥିଲେ ଆଉ ଏତେ ୟାଡୁସାଡୁ କଥା ଶୁଣାଉଥିଲେ ଯେ..., ମାଉସୀ, ମୁଁ ତ ପାଗଳ ହୋଇଯାଉଛି। ମୋତେ କୁହ ମାଉସୀ, ମୁଁ କ'ଣ କରିବି ? ଏପଟେ ମୁଁ କାଲି ରାତିରୁ ଘର ଭିତରେ ବନ୍ଦ ହୋଇଅଛି, ପୂରାପୂରି ଏକୁଟିଆ। ରାତିରେ ଛାତକୁ କେଜାଣି କିଏ ଚାଲି ଆସିଥିଲା। ମା'ଙ୍କୁ ଫୋନ କଲି। ପୁଲିସ ସାଙ୍ଗେ ସାଙ୍ଗେ ଆସି ପହଞ୍ଚିଗଲା। ମୁଁ ସାରା ରାତି ଡରିଯାଇ କାନ୍ଦୁଥିଲି, ହେଲେ ମାଆଙ୍କର ତ ନିଜ ଜମି ଓ ଅନ୍ୟ ଲୋକଙ୍କ ପ୍ରତି ବେଶୀ ଚିନ୍ତା ଓ ଭଲପାଇବା ଅଛି।"

"ତୁ ମୋ ପାଖକୁ ପଳେଇ ଆସେ, ଆଉ ମୋତେ କାହିଁକି ଏସବୁ କହି ନ ଥିଲୁ ?"

"ମୋ ପାଖରେ ଗାଡ଼ି କେଉଁଠି ଅଛି। ମାଆ ତ ଘଣ୍ଟାଟେ ପାଇଁ ବି ଗାଡ଼ି ଦେଉ ନାହାନ୍ତି। ମୁଁ କାହାକୁ କ'ଣ କହିବି?" ନିଧି କାନ୍ଦକାନ୍ଦ ହୋଇଗଲା।

"ମାଉସୀ, ତୁମେ ତ ଜାଣିଛ ସବୁ ପରିସ୍ଥିତି। ମାମୁଁ ସିନା ଆମକୁ ପଢ଼ାଉଛନ୍ତି ବୋଲି, ନ ହେଲେ ତ ଆମେ ପାଠଶାଠ ନ ପଢ଼ି ହିଁ ରହିଯାଇଥାନ୍ତୁ। ମାଆଙ୍କ ମୁଣ୍ଡରେ କେବଳ ଗୋଟିଏ ମାତ୍ର ଜିଦ୍ ପଶିଛି ଯେ, ତାଙ୍କୁ କାମ କରିବାର ଅଛି। ସେ ଜଙ୍ଗଲରେ କି କାମ ହେବ। ସେଇଟା ପୂରା ଟାଙ୍ଗର ଜମିଟା, ମାଟି ପରୀକ୍ଷା ବି କରା ସରିଛି, ସେଠି କିଛି ବି ହୋଇ ପାରିବନି। ଥରେ ଆମେମାନେ କିଛି ପନିପରିବା ସେଠି ଲଗାଇଥିଲୁ, ସେଠିକାର ଲୋକମାନେ ହିଁ ଚୋରି କରି ନେଇଗଲେ। ପାଣି ନାହିଁ। ଟ୍ୟାଙ୍କର୍ ଆଣି ପାଣି ଦେବାକୁ ହୁଏ ଓ ସେତକ ବି ଅଣ୍ଟେନି। ମାଆଙ୍କୁ ଲାଗୁଛି ଯେ ଆମେମାନେ ତାଙ୍କର ସବୁ କାମକୁ ସମାଲୋଚନା କରୁଛୁ। କିନ୍ତୁ ମାଉସୀ, ମାଆଙ୍କର ପ୍ରତ୍ୟେକ କାମ ଅର୍ଥହୀନ ହିଁ ହୋଇଥାଏ। କେବେ ବି ନିଜ କାମରେ ନିଜ ନିଷ୍ପତ୍ତିରେ ଦୃଢ଼ ହୋଇ ରହୁନାହାନ୍ତି। ଏ ପର୍ଯ୍ୟନ୍ତ ତାଙ୍କର କୌଣସି ବି କାମରୁ ଘରକୁ ଟଙ୍କାଟେ ବି ଆସିନି, ଯଦିଓ ଆମକୁ ଏବେ ଏମିତି କାମର ଆବଶ୍ୟକତା ରହିଛି ଯେଉଁଠୁ କିଛି ପଇସା ଆସିବ। ଯଦି ତାଙ୍କର ଏମିତି ଜୀବନ ବଞ୍ଚିବାର ଥିଲା ତା ହେଲେ ଆମକୁ ଜନ୍ମ କାହିଁକି କରୁଥିଲେ? ତାଙ୍କର ସେ ମାଟି ତିଆରି ଜିନିଷ, ଚିତ୍ର କି ଫୁଲରେ କ'ଣ ଘର ଚଳିପାରିବ? ମୁଁ ତ ଛୋଟବେଳୁ ହିଁ ଏସବୁ ଦେଖିଆସୁଛି।" ନିଧି କହିଚାଲିଥିଲା। ତା ଲୁହ ସିନା ଦେଖାଯାଉ ନ ଥିଲା, କିନ୍ତୁ ତା ଆଖିରୁ ଲୁହ ଝରି ଯାଉଥିଲା, ସେ କାନ୍ଦୁଥିଲା। ତାଙ୍କୁ ଲାଗିଲା - ନିଧି ଏବେ ତାଙ୍କୁ ସେହି ଲୋକ ବିଷୟରେ ନିଶ୍ଚୟ ଜଣାଇବ।

"ତୁମ ଘରକୁ କିଏ ଆସିଛି?" ତାଙ୍କ ପ୍ରଶ୍ନର ଉତ୍ତରରେ ଆର ପାଖରୁ କେବଳ ଏକ ଲମ୍ବା ଦୀର୍ଘଶ୍ୱାସ ଶୁଣାଗଲା। କେବଳ ଯନ୍ତ୍ରଣା ହିଁ ଭରି ରହିଥିଲା ସେହି ନୀରବ ଦୀର୍ଘଶ୍ୱାସରେ।

"ମାଉସୀ, ତୁମେ କାହାକୁ କହିବନି ତ!" ନିଧି ସୁଁ ସୁଁ ହୋଇ କହିଲା।

"ନାଁ, କହ କ'ଣ ହୋଇଛି। କଥା କ'ଣ?"

"ମାଆ ଏଇ ଲୋକର ଜାଲରେ ପୂରାପୂରି ଫସି ଯାଇଛନ୍ତି। ସେ ଏଇଠି ରହୁଛି, ଆମ ସମସ୍ତଙ୍କ ସାଙ୍ଗରେ, ମାଆ ଆମ ରୁମ୍ ବି ତାକୁ ଦେଇ ଦେଇଛନ୍ତି। ମାଆ ନିଜେ ତା ପାଇଁ ରୋଷେଇ କରନ୍ତି। ତା କଥା ବୁଝୁଛନ୍ତି। କ'ଣ ସବୁ କାଢ଼ା ବନେଇ ପିଇବାକୁ ଦେଉଛନ୍ତି। ଖାଲି ତାଆରି ପ୍ରଶଂସା ସବୁବେଳେ କରୁଛନ୍ତି। ମାଆ କହୁଛନ୍ତି ଯେ ସେ ତାଙ୍କର କୌଣସି ବଡ଼ କାମଟେ କରାଇ ଦେଉଛି। ଆମକୁ ଲାଗୁଛି, ମାଆ

ବୋଧେ ସେଥିପାଇଁ ହିଁ ଫାର୍ମହାଉସ୍‌କୁ ଯାଉଛନ୍ତି। ଆମେମାନେ ଯଦି କିଛି କହୁଛୁ ଗାଳି ଦେଉଛନ୍ତି। ପ୍ରତ୍ୟେକ ଦିନ ନୂଆ ନୂଆ ପ୍ଲାନ୍ କରୁଛନ୍ତି... ଡାଏରୀ ଫାର୍ମ ଖୋଲିବେ, ଅର୍ଗାନିକ୍ ଚାଷ କରିବେ, ପାଣି ବୋତଲ ତିଆରି କରିବେ, କିନ୍ତୁ ଆଜି ପର୍ଯ୍ୟନ୍ତ କୌଣସି କାମର ବି ନା ଗନ୍ଧ ନାହିଁ। ଆମେମାନେ ତ ବରବାଦ ହୋଇଗଲୁ।"

"କିଏ ସେ ! କ'ଣ କରେ ? ତା ଘର ପରିବାର କେଉଁଠି ? ବୟସ କେତେ ?"

"ଜଣା ନାହିଁ। ମୁଁ ଫେସ୍‌ବୁକ୍‌ରେ ତା ପ୍ରୋଫାଇଲ୍ ଦେଖିଥିଲି।"

"କ'ଣ ଦେଖିଲୁ ?" ତାଙ୍କ ଉତ୍ସୁକତା ବଢ଼ି ଚାଲିଥିଲା।

"ମାଉସୀ, ଫେସ୍‌ବୁକ୍‌ରେ ତ ମଣିଷ କିଛି ବି ଲେଖିଦିଏ। ସେ ନିଜ ବିଷୟରେ ଲେଖିଛି ଯେ, ସିଏ କବି, ପତ୍ରକାର ଏବଂ ପରିବେଶ ସୁରକ୍ଷା ଓ ସମାଜସେବା ସହ ମଧ୍ୟ ଜଡ଼ିତ। ଅର୍ଥାତ୍ ଦୁନିଆର ଯେତେସବୁ ଭଲଭଲ କଥା ଅଛି, ସେ ସବୁ ସହ ନିଜକୁ ସଂଶ୍ଳିଷ୍ଟ ବୋଲି ଲେଖିଛି। ମାଉସୀ, ମୋତେ ତ ବହୁତ ବେଶୀ ଚିନ୍ତା ହେଉଛି। ମାଆକୁ ସେ ଲୋକ କବଳରୁ କେମିତି ବାହାର କରିବା ? ସେ ଜାଣିଛି ଯେ ସେଇ ଫାର୍ମହାଉସ୍‌ଟା ମାଆଙ୍କ ନାଁରେ ଅଛି। ସେ ଆଉ ଫାର୍ମହାଉସ୍‌କୁ ହାତେଇବା ପାଇଁ ମାଆଙ୍କୁ ନିଜ ଜାଲରେ ଫସେଇନି ତ ! ଏମିତି ତ କେତେ କେସ୍ ହେଉଛି। ସବୁ କଥା ଗୋଟିଗୋଟି କରି ତାକୁ କହି ଦେଉଛନ୍ତି। ମାଆ ତାକୁ କେତେ ଅଧିକାର ଦେଇଛନ୍ତି ! ସେ ତ ଆମ ମାନଙ୍କୁ ଗାଳି ମଧ୍ୟ କରିଦେଉଛି। ମାଆ ଓ ବାପାଙ୍କ କଥା ମୁଁ ଶୁଣିପାରେ, କିନ୍ତୁ ତା କଥା କାହିଁକି ସହିବି ?"

"ତୁ ଚିନ୍ତା କରେନା ମୁଁ ଦିଶା ସହ କଥା ହେବି।"

"କିନ୍ତୁ ତୁମେ ମୋ ନା କହିବନି। ନ ହେଲେ ମାଆ ବାହୁନିବା ଆରମ୍ଭ କରିଦେବେ ଯେ, ଆମେ ତାଙ୍କୁ କାମ କରିବାକୁ ଦେଉନୁ। ତାଙ୍କୁ ଦୋଷାରୋପ କରୁଛୁ।" ତାଙ୍କୁ ନିଜ ଉପରେ ରାଗ ଆସିଲା। ସେ କେମିତି ଏତେ କଥା ଜାଣିପାରିଲେନି ! ଆଉ ସିଏ ଏତେ ଦୂରକୁ କେମିତି ଚାଲିଗଲା ଯେ, ତାଙ୍କୁ ଜଣାପଡ଼ିଲାନି... କେବେ ତାଙ୍କ ଭଉଣୀର ଜୀବନ ବାଟ ଭାଙ୍ଗି ଅବାଟ ଆଡ଼କୁ ମୁହାଁଇବାକୁ ଲାଗିଲା। କେଉଁଠି କିଛି ତ ଗୋଟାଏ ରହିଯାଉଛି, ଯାହାକି ସେ ଧରିପାରୁନାହାନ୍ତି, କିଛି ତ ଗୋଟେ ଭାଙ୍ଗି ଯାଇଛି, ଦୂରେଇ ଯାଇଛି। କ'ଣ ସେଇଟା ? କ'ଣ ଖସିଯାଇଛି ହାତ ମୁଠାରୁ ? କାହିଁକି ଭୁସୁଡ଼ି ଯାଇଛି ସମ୍ପର୍କର ନିଅଁ। ମନ ଭିନ୍ନ। ହୃଦୟ ଗୋପନ। ଦେହ ଭିତରେ ବନ୍ଦୀ ହୋଇ ଛଟପଟ ହେଉଥିବା ଆତ୍ମା। ଏକାତୀତ୍ୱ। ସମସ୍ତଙ୍କ ଠାରୁ ମିଳିଥିବା ଉପେକ୍ଷା। ପରିବାର ଭିତରେ ହିଁ ଅସମାନତାର ପାଚେରୀ। ଗୋଟେ ପଟେ କୋଟି କୋଟି ଟଙ୍କାର ସମ୍ପତ୍ତି ଓ ଅନ୍ୟପଟେ ଖାଇବା-ପିଇବା-

ପିନ୍ଧିବାର ସଂଘର୍ଷ। ଗୋଟେ ପଟେ ଏକର ଏକର ଜମି, ଫାର୍ମହାଉସ୍, ବଙ୍ଗଳା ଓ ଅନ୍ୟପଟେ ପରଘରେ ରହିବାର ଅସହାୟତା ! ଗୋଟେ ପଟେ ଗହଣାଗାଣ୍ଠି, ଶାଢ଼ୀ ଆଦିରେ ଲଦି ହୋଇ କିଟି ପାର୍ଟି ଓ ବିଦେଶ ଯାତ୍ରାରେ ମନଇଚ୍ଛା ପଇସା ଉଡ଼ାଉଥିବା ଘରର ସ୍ତ୍ରୀ ଲୋକ ତ ଅନ୍ୟ ପଟେ ଲୁଗାପଟା ଗହଣା ଆଦି କିଣିବାର ସ୍ୱପ୍ନ ଦେଖିବା ତ ଦୂରର କଥା ଲୁଗା ଖଣ୍ଡେ ପାଇଁ ହାତ ପାତିବାର ଅସହାୟତା। ଜଣଙ୍କର ପଚାଶ ପଚାଶ ଲକ୍ଷ ଏବଂ କୋଟି କୋଟି ଟଙ୍କାର ଗାଡ଼ି ତ ଅନ୍ୟଜଣଙ୍କର ଗୋଟିଏ ବୋଲି ପୁରୁଣା ଗାଡ଼ି ଚଳେଇବାକୁ ପେଟ୍ରୋଲ ପାଇଁ ଟଙ୍କାର ଅଭାବ। ଏଇ ଫାର୍ମ ହାଉସଟାରେ ବି କ'ଣ ଅଛି, ଜଙ୍ଗଲ ମଝିରେ ପଥୁରିଆ ଜମି, ଯାହା ନା କିଛି ଗଛପତ୍ର ବଞ୍ଚୁଛି ନା ଫଳୁଛି ! ତାକୁ ବିକ୍ରି କରିଦେବେ ଯଦି ଆଗକୁ ରହିବେ କେଉଁଠି ?

କେତେ ବିଷାଦ ଭିତରେ ରହି ନ ଥିବ ! କେତେ କଷ୍ଟ ହୋଇଥିବ ତାକୁ, କେତେ ଛାଟିପିଟି ହୋଇଥିବ ତା ମନ, କିନ୍ତୁ ଏହାଠାରୁ ମଧ୍ୟ ବଡ଼ବଡ଼ ସମସ୍ୟା ଆସେ ଜୀବନରେ। କାହାକୁ ସଂଘର୍ଷ କରିବାକୁ ନ ପଡ଼େ, କାହାର ସ୍ୱାମୀ, ଭାଇ ଅବା ପିତା ଅତ୍ୟାଚାରୀ, ଶୋଷକ ଅବା କଠୋର ହୋଇ ନ ଥାନ୍ତି ! ଏହାର ଅର୍ଥ ତ ଏଇଆ ନୁହଁ ଯେ ସେହି ଗଞ୍ଜଣା, ଅପମାନ ଓ ଯନ୍ତ୍ରଣାରୁ ମୁକ୍ତି ପାଇବା ପାଇଁ କୌଣସି ପରପୁରୁଷର ଶରଣକୁ ଚାଲିଯିବ। ତାଙ୍କ ମନ ଦ୍ୱନ୍ଦ ଭିତରେ ଛନ୍ଦି ହେଉଥିଲା। ସେ ନିଜେ ହିଁ ବୁଝିପାରୁ ନ ଥିଲେ ଯେ ସେ କୁସଂସ୍କାରଗ୍ରସ୍ତ ଥିଲେ ନା ସାମାଜିକ ଚଳଣୀ, ପରିବାରର ପ୍ରତିଷ୍ଠା, ରକ୍ତରେ ମିଶି ରହିଥିବା ସଂସ୍କାର ଇତ୍ୟାଦି ତାଙ୍କ ଚିନ୍ତାଶକ୍ତିକୁ ବାନ୍ଧି ରଖିଥିଲା। ସେହି ଅନ୍ଧକାରର ପରଦା ପଛରେ ତାଙ୍କୁ ନିଜ ଭଉଣୀର ଇଚ୍ଛା ଓ ବ୍ୟାକୁଳତା କାହିଁକି ଦେଖାଯାଉ ନ ଥିଲା।

ସେପଟେ ତା ସହ ବନ୍ଧୁତା ରଖିବାକୁ ସବୁକିଛି ବାଜି ଲଗାଇ ଦିଅ। ମାନ-ସମ୍ମାନ ! ବିଶ୍ୱାସ ! ସମ୍ପର୍କ। ସମ୍ପର୍କ ମାନେ ହିଁ ତ ତାକୁ ଠକିଛନ୍ତି। ସମ୍ପର୍କ ହିଁ ତ ଜୀବନର ଖୁସିଗୁଡ଼ିକରୁ ବଞ୍ଚିତ କରିଥିଲା। ସମ୍ପର୍କକୁ ଛାଡ଼ିଦେଲେ ସେ ଆଉ କୌଣସି କଥା ପାଇଁ ଦୁଃଖୀ ନ ଥିଲା। ସମସ୍ତ ଅଭାବ ସତ୍ତ୍ୱେ ବି ତାକୁ ହସିବା ଆସୁଥିଲା। ସିଏ ପଥର, ମାଟି, ଘାସ, ଗଛ, ପୋଖରୀ ପକ୍ଷୀ ଓ ଜଙ୍ଗଲ, ଆକାଶ, ଖରା ବର୍ଷା, ପତ୍ରଝଡ଼ା, ଫୁଲପତ୍ର, ଔଷଧୀୟ ବୃକ୍ଷ, ଗଛର ଛାଲି, ଅଠା, ମହୁଲ, ଗୋବର ଆଦିରେ ମଧ୍ୟ ନିଜ ପାଇଁ କିଛି ନା କିଛି ଖୋଜି ନେଉଥିଲା, କିନ୍ତୁ ଏସବୁଥିରୁ ଟଙ୍କା ତ ଆସେନି ନା !

ଭାଇ ବାରମ୍ବାର ଫୋନ୍ କରି ଚାଲିଥିଲା। ସେ କଥା ହୋଇ ଚାଲିଥିଲା।

"କିଛି ଖବର ମିଳିଲା ?"

"ହଁ, ନିଧି କହିଲା ଯେ ସେ ଏଇଠି ଅଛି।" ସିଏ ମିଛ କହିଦେଲେ। ଏ

ସମୟରେ ମିଛ କହିବା ଜରୁରୀ ଥିଲା । ମିଛର ଚାଦର ଘୋଡ଼ାଇ ସେ ତାକୁ ଏଡ଼ାଇ ଦେବାକୁ ଚାହୁଁଥିଲେ, ନ ହେଲେ ଭାଇ ଅଯଥାରେ ସାରା ରାତି ବ୍ୟସ୍ତ ବିବ୍ରତ ହୋଇ ଫୋନ କରି ଚାଲିବ ।

"ଆଉ କିଛି କହିଲା ?"

"ବିଶେଷ କିଛି ନୁହେଁ, ତୁ ବ୍ୟସ୍ତ ହ'ନା !"

"ବ୍ୟସ୍ତ ! ଏବେ ତୁ କେତେ ହାଲ୍‌କା ଭାବରେ କହି ଦେଉଛୁ ବ୍ୟସ୍ତ ହଅନା ବୋଲି, ହେଲେ ମୁଣ୍ଡର ଶିରା ପ୍ରଶିରା ଫାଟିଯାଉଛି । ସେ ଯେଉଁ ରାସ୍ତାରେ ଯାଉଛି, ତା ପରିଣାମରେ ହୁଏତ ହତ୍ୟା ହୋଇପାରେ ନଚେତ୍ ଆତ୍ମହତ୍ୟା କରିବାକୁ ପଡ଼ିଥାଏ । ମୋ କଥା ତୋତେ ଖରାପ ଅପ୍ରିୟ ଲାଗୁଥାଇପାରେ, କିନ୍ତୁ ମୁଁ ମିଛ ଓ ଭୁଲ କଥା କହୁନି । ତା'ର ଏଇସବୁ କାର୍ଯ୍ୟକଳାପ ଯୋଗୁଁ ତୁମେ ସବୁ ସତରେ ଅପମାନିତ ହେବ । ତୁମ ସମସ୍ତଙ୍କ ସ୍ୱାମୀମାନେ କହିବେ ଯେ ତୁମେମାନେ ମଧ୍ୟ ନିଜ ଭଉଣୀ ପରି ଚରିତ୍ରହୀନ, ମିଥ୍ୟାବାଦୀ ଓ ବିଶ୍ୱାସଘାତକ । ଆମ ଝିଅମାନଙ୍କର କ'ଣ ହେବ, କିଏ ବାହାହେବ ? ଆଉ ସେ ନିଜେ ନିଜ ଝିଅମାନଙ୍କ ବାହାଘର କଥା ଚିନ୍ତା କରିବା ବଦଳରେ ସେ ଲୋକଟା ସହ ମଉଜ କରୁଛି । ଜାଣିଛୁ ତ, ଏମିତି ସ୍ତ୍ରୀ ଲୋକମାନଙ୍କୁ ସମାଜ କ'ଣ କହିଥାଏ ? ଦୁଶ୍ଚରିତ୍ରା, ରକ୍ଷିତା"

"ମହେଶ, ପାଗଳ ହୋଇଯାଇଛୁ ନା କ'ଣ ! କ'ଣ ସବୁ ଗପିଚାଲିଛୁ ? କଥାକୁ ଲଗାମ ଦେ । ନିଜ ଭଉଣୀ ପାଇଁ ଏତେ କଦର୍ଯ୍ୟ କଥା ! ମୁଁ ଶୁଣିବାକୁ ବି ଚାହୁଁନି ।" ସେ ଖୁବ୍ ଜୋର୍‌ରେ ଚିତ୍କାର କରୁଥିଲେ । ତାଙ୍କୁ ଲାଗୁଥିଲା ଯେମିତି କେହି ମଝି ରାସ୍ତାରେ ଚୁଟି ଘୋଷାଡ଼ି ଗୋଇଠା ମାରି ପକାଇ ଦେଇଛି । ହଁ, ଠିକ୍ ଅଛି, ଯଦିଓ ସେ ଆଉ କାହାସହ ଏକାଠି ରହୁଛି, ତଥାପି ଏପରି ଶବ୍ଦ ! ଏପରି ଗାଳି ! ତାଙ୍କୁ ସାରା ପୃଥିବୀ ଘୁରିବା ପରି ମନେ ହେଉଥିଲା । କୌଣସି ଜିନିଷ ସହ ଧକ୍କା ଖାଇ ତଳେ ପଡ଼ି ନ ଯାଆନ୍ତୁ... ସେଥିପାଇଁ ସେ ବସି ପଡ଼ି ଦିକ୍‌ଦିକ୍ ହୋଇ ବିନ୍ଧି ଉଠୁଥିବା ମୁଣ୍ଡକୁ ଦୁଇ ହାତରେ ଟିପି ଧରିଲେ । ପକ୍ଷାଘାତ ହୋଇ ଯିବା ପରି ସାରା ଶରୀରରେ ବିଜୁଳି ତରଙ୍ଗ ଖେଳି ପାଉଥିଲା । ନିଜ ସାନ ଭଉଣୀ ପାଇଁ ତାଙ୍କୁ ଏପରି ଶବ୍ଦ ଏପରି ଗାଳି ଏମିତି କଥା ସବୁ ଶୁଣିବାକୁ ପଡୁଛି । ଓଃ ! ସେ ମୁହଁକୁ ପାଣି ଛାଟିଲେ, ମୁଣ୍ଡରେ ଥଣ୍ଡା ପାଣି ଢାଳିଲେ । ଭଲ ଭାବରେ ମୁହଁ ପୋଛିଲେ ଆଖି ମଳିଲେ । ହାତ ପାପୁଲିରେ ଦୁଇ ଆଖିକୁ ଘୋଡ଼ାଇ ରଖିଲେ । ଇଏ କିଏ ସେ... ଗାଳି ଦେବାକୁ, ଅପବାଦ ଦେବାକୁ, ପରିବାରର ସମ୍ମାନ ପ୍ରତିଷ୍ଠା ରକ୍ଷା କରିବା ବାଲା ଇଏ କିଏ ? ସମାଜର

ଦ୍ୱାହି ଦେଉଥିବା ଇଏ କ'ଣ ସମାଜର ଠିକାଦାର ? କିଛି ବି ବଦଳିନି । ନା ଚିନ୍ତାଧାରା, ନା ଦୃଷ୍ଟିକୋଣ ଆଉ ନା ଭାଷା ।

ଭାଇ ପୁଣିଥରେ ଫୋନ୍ କଲା । "ସରି, ମୋର ସେସବୁ କହିବା ଉଚିତ ନ ଥିଲା, କିନ୍ତୁ ତା ପାଇଁ କେଇଦିନ ହେଲା ରାଗରେ ମୋ ଦେହ ଜଳିଯାଉଛି । ଯାହାହେଲେ ବି କେତେଦିନ ଆଉ କେମିତି ଏସବୁ ସହି ଚାଲିଥିବି । ସେଠି ସମସ୍ତେ ମୋତେ ଜାଣନ୍ତି । ନାନା ପ୍ରକାରର କଥା କହୁଛନ୍ତି ।"

"ତୁ ମୋତେ କାହିଁକି ଜଣେଇ ନ ଥିଲୁ ?"

"ମୁଁ ଭାବିଲି ତୁ ଜାଣିଥିବୁ । ମାସାଧିକ କାଳ ହେଲାଣି ଏସବୁ ଚାଲିଛି । ଆମ ଚୌକିଦାର ତ ଚବିଶି ଘଣ୍ଟା ସେଇଠି ରହେ । ଇଏ ତାକୁ ମଧ୍ୟ ବାହାରକରି ଦେଇଛି । ବାକି ଯୋଉ ପିଲାମାନେ ପାଚେରୀ ତିଆରି କାମ କରୁଥିଲେ ସେମାନଙ୍କୁ ମଧ୍ୟ ବିଦା କରିଦେଇଛି । ସେଠିକାର ସବୁ ପିଲାମାନେ ମଧ୍ୟ ଜାଣିଛନ୍ତି । କୋଉଦିନ ରାଜୀବ ମଦ ନିଶାରେ ଯଦି ଛୁରୀ ଭୂଷି ଦେବ ନହେଲେ ମୁଣ୍ଡ ଫଟେଇ ଦେବ ସେତେବେଳେ ଯାଇ ବୁଝିପାରିବେ ସମସ୍ତେ । ସେ ଶଳା ମଦୁଆ, ସହୁଛି କେମିତି ! ତା ଜାଗାରେ ଯଦି ମୁଁ ଥାଆନ୍ତି ତା ହେଲେ ଜୋତାରେ ପିଟିପିଟି ଠିକ୍ କରିଦିଅନ୍ତି । ମୋତେ ତ ଘୃଣା ଲାଗୁଛି ।"

"ତୁ ପୁଣି ଥରେ ଯାଡ୍ରୁସାଡ୍ରୁ ଗପିବାକୁ ଲାଗିଲୁ । ଏ ନିଷ୍ପତ୍ତି ତା ନିଜର । ତା ନିଜ ଜୀବନ । ଆମେ କିଏ ତା ଜୀବନରେ ହସ୍ତକ୍ଷେପ କରିବାକୁ !"

ସେ ସିନା କଥାରେ କହିଦେଲେ, କିନ୍ତୁ ସେ ମଧ୍ୟ ମନ ଭିତରେ ଖୁବ୍ ଆଘାତ ପାଇଥିଲେ । ତାଙ୍କୁ ଲାଗିଲା, ସେ ଯେପରି ସେଇ ଯନ୍ତ୍ରଣା ଦେଇ ଗତି କରୁଛନ୍ତି ଯାହାକି ତଲବାରୀର ଆଘାତରେ ହୋଇଥାଏ ଆଉ ଯୋଉଥିରେ ମଣିଷ ନା ମରିପାରେ ନା ଜିଇଁପାରେ । ମହେଶଙ୍କୁ ଯୋଉ କଥା ଅପସନ୍ଦ ଲାଗୁଥିଲା, ସେହି ସବୁ କଥା ଅନ୍ୟ ଲୋକମାନଙ୍କୁ ମଧ୍ୟ ଖରାପ ଓ ଅନୈତିକ ଲାଗୁଥିବ । ତାଙ୍କର ମନେହେଲା, ଭାଇ ସହ ଏବେ ଯୁକ୍ତି କରିବା ନିରର୍ଥକ । ସେ ବାହାରେ ଅଛି । ରାଗ ଓ ମାନସିକ ଚାପରେ ଅଛି । ପ୍ରଥମେ ସେ ନିଜେ ସ୍ୱାଭାବିକ ହେବାକୁ ଚେଷ୍ଟା କଲେ । ଥଣ୍ଡା ପାଣି ପିଇଲେ, ଲମ୍ବା ଲମ୍ବା ନିଃଶ୍ୱାସ ନେଲେ । ବ୍ଲଡ୍‌ପ୍ରେସର ଔଷଧ ଖାଇ, ଆଖି ବନ୍ଦ କରି ଧ୍ୟାନ ମୁଦ୍ରାରେ ବସିଗଲେ । ଆଖି ବନ୍ଦ କରିବା ମାତ୍ରେ ହିଁ ତାଙ୍କ ଆଗରେ ତା'ର ଫାର୍ମହାଉସ୍‌ର ଚିତ୍ର ନାଚିଉଠିଲା । ଅନେକ ଦୂର ଯାଏ ବ୍ୟାପିରହିଥିବା ବିଶାଳ ଘନ ଗଛପତ୍ର । ଘନ ଅନ୍ଧକାର ଭିତରେ ବୁଡ଼ି ରହିଥିବା ତା କ୍ଷେତ । କ୍ଷେତର ଗୋଟେ କଡ଼କୁ ତିଆରି ହୋଇଥିବା ଘରଟିଏ । ଚାରିଆଡ଼େ ଘେରି ରହିଥିବା ସୁନେଲୀ ରଙ୍ଗର ବହୁତ ବଡ଼ବଡ଼

ଘାସ, ଯାହା ଭିତରେ ନେଉଳ, ନୀଳଗାଈ ବଣ କୁକୁର, ଶିଆଳ ଆଦି ଆସି ଚୁପ୍‌ଚାପ୍ ଲୁଚିରହିଯାଆନ୍ତି। ଆଖାପାଖରେ ମଣିଷ କ'ଣ... ମଣିଷର ଛାଇ ସୁଦ୍ଧା ଦେଖିବାକୁ ମିଳେନି। କେବଳ ଘଞ୍ଚ ଜଙ୍ଗଲର ଗହଳିଆ ଡାଳ ଦେଇ ବୋହି ଆସୁଥିବା ଥଣ୍ଡା ପବନରେ ଏକ ପ୍ରକାର ମାଦକତା ଭରି ରହିଥାଏ। ମଝି ମଝିରେ ପଶୁମାନଙ୍କର ପାଦଶବ୍ଦ ଅବା ଗର୍ଜନ କରିବାର ଶବ୍ଦ ପୂରା ବାତାବରଣକୁ ଭୟଙ୍କର କରିଦିଏ। ଆଖପାଖର ପତ୍ରଗୁଡ଼ିକର ଖସ୍‌ଖସ୍ ହେବାର ଶବ୍ଦ, ଶୁଖିଲା ପତ୍ର ଉପରେ ଧାଇଁ ଯାଉଥିବା ସାପ, ଚୁଚୁନ୍ଦ୍ରା, ମୂଷା ଓ ଠେକୁଆଙ୍କ ଶବ୍ଦ। ଉପରେ ଆକାଶରେ ମିଟିମିଟି ହେଉଥିବା ତାରାମାନଙ୍କ ଆଲୋକ ଏବଂ ସ୍ଥିର, ଶାନ୍ତ ଦାର୍ଶନିକ ମୁଦ୍ରାରେ ଦେଖାଯାଉଥିବା ଆକାଶ। ଆକାଶକୁ ଅପଲକ ଆଖିରେ ଚାହିଁ ରହିଲେ ଆଖିରେ ଜୀବନର ଛଟା ଦେଖିବାକୁ ମିଳେ। ହେ ପରମପିତା! ହେ ଅଦୃଶ୍ୟ ଦେବତାଗଣ! ହେ ଆତ୍ମା! ହେ ପୂର୍ବପୁରୁଷମାନେ! ତୁମେମାନେ କେବେ ଟିକେ ଦେଖାଦିଅ... ସେଦିନ ସେ ଦିଶାର ମୁହଁରୁ ଏଇଭଳି କିଛି କଥା ଶୁଣିଥିଲେ। ତାଙ୍କୁ କ'ଣ ଜଣାଥିଲା ଯେ ତାହା ଦିଶାର ବିଳାପ ଥିଲା!

ଏ ବିଳାପ ତା ଡାଏରୀ ଫର୍ଦ୍ଦରେ ଲେଖା ହୋଇଯାଇଥାନ୍ତା!

●●●

"ଦିଶା ଦିଶା!" ରାଜୀବ ଶୋଇପଡ଼ିଲେଣି କି?" ସେ ଆସ୍ତେ କରି ଡାକିଲା।

"ଆଜି ଟିକେ ବେଶୀ ପିଇ ଦେଇଛନ୍ତି ତ ଶୋଇ ହିଁ ଯାଇଥିବେ।"

"ବାହାରକୁ ଯିବା। ଅନ୍ଧାର ଯୋଗୁଁ ଅଣନିଃଶ୍ୱାସୀ ଲାଗୁଛି। ଟିକେ ପବନ ବି ହେଉନି।"

"ଦେଖ, ଗଛପତ୍ର ସବୁ କେମିତି ଚୁପ୍‌ଚାପ୍ ଶାନ୍ତ ଭାବେ ଛିଡ଼ା ହୋଇ ରହିଛନ୍ତି। ସେମାନଙ୍କୁ ଦେଖି ଏମିତି ଲାଗୁଛି, ସେମାନେ ଯୋଗମୁଦ୍ରା ଅବା ଧ୍ୟାନମୁଦ୍ରାରେ ଅଛନ୍ତି!"

"ଏ ସମୟରେ ବାହାରକୁ ଯାଇ କ'ଣ କରିବା?"

"ମୁଁ କହିଥିଲି ନା... ସମୟର ବନ୍ଧନରୁ ଏବଂ ସବୁ ପ୍ରକାରର ଡରରୁ ତୁମକୁ ମୁକ୍ତ ହେବାର ଅଛି।"

ଦିଶା ଟର୍ଚ୍ଚ ଲାଇଟ୍ ଧରିଲା ଓ ବାହାରକୁ ଚାଲି ଆସିଲା। ଚାରିଆଡ଼େ ଗଭୀର ନୀରବତା ଛାଇ ରହିଥିଲା। ଆବଡ଼ା ଖାବଡ଼ା ମାଟି ଉପରେ ସେ ପକାଇ ଆଗକୁ ବଢ଼ି ଚାଲିଥିଲା। ପାଦରେ ଘାସଗୁଡ଼ିକ ଛୁଞ୍ଚିପରି ଫୋଡ଼ି ହୋଇଯାଉଥିଲେ।

"ବାଃ! କି ରାତି ଯେ! ମାୟାବିନୀ ନା ରହସ୍ୟମୟୀ, ନା ଶାନ୍ତ ନା ପବିତ୍ର!

ନା ଅଦୃଶ୍ୟ ସତ୍ତାର ପ୍ରତିବିମ୍ବ ! କିଛି ମନେପଡ଼ିଗଲା । ଯୁଗଟିଏ ବିତିଗଲାଣି ଏମିତି ଆକାଶ ଓ ମାଟିକୁ ଦେଖିବାର !”

“ହଁ, ଗାଁରେ ରାତି ଅଧରେ ଆମେ ସମସ୍ତେ ଏହିପରି ଆକାଶରେ ତାରା ଗଣିବାର ସର୍ତ୍ତ ଲଗାଉଥିଲୁ । ସପ୍ତର୍ଷି ମଣ୍ଡଳ... ଧ୍ରୁବତାରା... ଗଣୁଥିଲୁ ଓ ପୁଣି ଭୁଲିଯାଉଥିଲୁ । ଗଣୁ ଗଣୁ... ଭୁଲି ଯାଉଯାଉ ରାତିଟା କେତେବେଳେ ବିତିଯାଉଥିଲା, ଜଣା ହିଁ ପଡୁ ନ ଥିଲା । ରାତିରେ ବହୁଥିବା ପବନ କେତେ ଡରାଉ ଥିଲା ! ଝଡ଼, ତୋଫାନ, ବିଜୁଳି ଘଡ଼ଘଡ଼ି... ଜଙ୍ଗଲୀ ପଶୁମାନଙ୍କର ସେ ଶବ୍ଦ ଆଜି ବି କାନ କାନରେ ଶୁଭିଯାଉଛି । ଅନେକ ବର୍ଷ ପରେ ସେଇସବୁ ପୁଣି ଦେଖିବାକୁ ମିଳୁଛି । ଆମେ ଅତୀତକୁ ଫେରିବାର ବାହାନା କେମିତି ଖୋଜିନିଅନ୍ତି ! ଅତୀତର ସ୍ମୃତି ଆମ ପାଖରେ ଯଦି ନ ଥାନ୍ତା ତେବେ ଆମେ ଗୋଟେ ଖାଲି ଡବା ପରି ହୋଇଯାଆନ୍ତେ !”

“ତୁମେ ବି କୋଉଠି ଚାଲି ଆସିଲ ରହିବାକୁ ?”

“କାରଣ ମୋତେ ଏମିତି ଜୀବନ ହିଁ ପସନ୍ଦ ! ମୁଁ ପ୍ରକୃତିକୁ ଭଲପାଏ ।”

“ସେ ଜୀବନ ଜିଇଁବାର ସଂଘର୍ଷକୁ ଦେଖିପାରୁଛ ! ସମସ୍ତେ ତୁମ ଶତ୍ରୁ ହୋଇ ଯାଇଛନ୍ତି !”

“ହେଇ ଯାଆନ୍ତୁ । ସବୁବେଳେ ଅନ୍ୟର ଇଚ୍ଛା ଅନୁସାରେ ଚାଲିହେବନି ।”

“ଆଜି କିଛି ହେଇଛି !”

“ଓଃ ! କେତେ ଫୋନ୍ ଆସିଥିଲା । ହଇଚଇ ଖେଳିଯାଇଛି । ଚୌକିଦାର ମହେଶକୁ ସବୁକିଛି କହିଦେଇଛି । ଆଉ ମହେଶ ଅପାକୁ, ଅପା ମମୀକୁ ଓ ମମୀ ବାକି ଅନ୍ୟମାନଙ୍କୁ । ଖବର ଘୁରି ବୁଲୁଛି ।” ସେ ହସିଲା ।

“କ’ଣ ଫରକ ପଡ଼ିବ, ତୁମେ କେବେ ଯାଏଁ ଅନ୍ୟମାନେ ବତାଉଥିବା ରାସ୍ତାରେ ଚାଲିବ ? ତୁମ ଭିତରର ନାରୀ, ଏକ ସୁନ୍ଦର ଅଦ୍ୱିତୀୟ ପ୍ରତିଭାର ଅଧିକାରିଣୀର ମୃତ୍ୟୁ ହୋଇସାରିଛି ଅବା ତୁମେ ତାକୁ ତିଳ ତିଳ ହୋଇ ମରିବାକୁ ଦେଇଛ । ତାକୁ ଜୀବନ୍ୟାସ ଦେବାର ଅଛି । ତାକୁ ଚେତନା, ଉତ୍ସାହ ଏବଂ ଶକ୍ତି ଦେଇ ଉଜ୍ଜିବୀତ କରିବାର ଅଛି । ମୁଁ ନିଜ ଜୀବନରେ ଏତେ ସମସ୍ୟା, ଅଭାବ ଓ କଷ୍ଟ ଭିତରେ ବଞ୍ଚୁଥିବା ମହିଳା ଦେଖିନି । କୋଉ କୋଉ ସ୍ତରରେ ତୁମକୁ ସଂଘର୍ଷ କରିବାକୁ ପଡୁଛି ଆଉ ତୁମକୁ ସାହାଯ୍ୟ କରିବାକୁ ବି କେହି ନାହିଁ । ଜମି ଅଛି, କିନ୍ତୁ ବେକାର... ପଥୁରିଆ । ପଇସା ଏତେ କମ୍ ଦିଆଯାଉଚି ଯେ ରୁଟି ତରକାରୀ ସହ ଖାଇବାକୁ ଯଦି ଚାହିଁବ ତେବେ ତା ପରଦିନ ତରକାରୀ ଖାଇ ପାରିବନି ।”

“ଏକଥା ତୁମେ କହୁଛ । ପିଲାବେଳୁ ନେଇ ଆଜି ପର୍ଯ୍ୟନ୍ତ ମୋ ଦୁଃଖକୁ,

ମୋ ସମସ୍ୟାକୁ କେହି କେବେ ବୁଝି ନାହାନ୍ତି। ସମସ୍ତେ କେବଳ ନିଜ କଥା ଓ ନିଷ୍ପତ୍ତି ମୋ ଉପରେ ଲଦି ଆସିଛନ୍ତି !"

"ତୁମେ ନିଜ କଥା କହିପାରିଲ ?"

"ପଚାଶ ଥର ! ସବୁ ଲୋକଙ୍କ ପାଖରେ।"

"ପରିଣାମ !"

"ସମସ୍ତଙ୍କ କଥା ମାନ ଗୋଲାମୀ କର। ସମସ୍ତେ ବତାଇଥିବା କେଜାଣି କେତେ ରାସ୍ତା।"

"ଏବେ ଆଗକୁ କ'ଣ କରିବ ! ରେଗୁଲାର ଇନ୍‌କମ୍ ପାଇଁ।"

"ହୁଁ..." ଦିଶା ଟିକେ ଚିନ୍ତିତ ସ୍ୱରରେ କହିଲା।

"ପ୍ରଥମେ ନିର ଅସଜଡ଼ା ସଂସାରକୁ ସଜାଡ଼। ଏଇଟା କ'ଣ କିଛି ଖରାପ ଜାଗା କି ? ତୁମ ନିଜ ଜାଗା। ହଁ, ଅବଶ୍ୟ ରହିବା ଯୋଗ୍ୟ ବନେଇବାକୁ ହେବ। ଏହି ଜଙ୍ଗଲରେ ହିଁ ନିଜ ସୁଖ, ନିଜ ସୁରକ୍ଷା ଏବଂ ନିଜ ଭବିଷ୍ୟତକୁ ଗଢ଼ିବାର ଅଛି।

"ଏ ଜାଗା ଅସୁରକ୍ଷିତ, ଏଇଟା ଜଙ୍ଗଲ, ଯାଯାବର ଲୋକଙ୍କ ବସ୍ତି ଅଛି। ଆଖପାଖରେ କେହି କୌଣସି ପରିବାର ବି ରହୁନାହାନ୍ତି। ଲାଇଟ୍ ବି ନାହିଁ। ରାଜୀବ କଦାପି ରାଜି ହେବେନି। ସିଏ ସେଠାରେ ଆରାମରେ ରହୁଛନ୍ତି। ଏଠିକୁ ଆସି କେତେ ବିରକ୍ତ ହେଉଥିଲେ, ସତେ ଯେମିତି ମୁଁ ହିଁ ଦୋଷୀ। ଏଇ ଲୋକଟା ଯୋଗୁଁ ହିଁ ଆଜି ମୋର ଏଇ ଦୁର୍ଦ୍ଦଶା ହୋଇଛି। ଇଏ ଯଦି ରୋଜଗାର କରୁଥାନ୍ତା, କିଛି କାମ କରୁଥାନ୍ତା ତେବେ ଆଜି ମୋର ଏ ଅବସ୍ଥା କାହିଁକି ହୋଇଥାନ୍ତା !"

"ଆମେ ଏ ଜାଗାକୁ ସୁରକ୍ଷିତ କରିଦେବା।"

"କେମିତି ! ଆଉ କୁଆଡ଼େ କିଛି ଜାଗା କି ରାସ୍ତା ନାହିଁ। ବର୍ଷା ହେଲେ ରାସ୍ତା ବନ୍ଦ ହୋଇଯାଏ ଆଉ ଏଠି ପୂରା ବଡ଼ ପୋଖରୀ ହୋଇଯାଏ। ଚାରିଆଡ଼େ ମଶା, ସାପ, ବିଛା ପୋକଜୋକ। ଏହାଛଡ଼ା ଜଙ୍ଗଲୀ ପଶୁମାନଙ୍କର ବି ଭୟ।"

"ଚାରିଆଡ଼େ ବାଡ଼ ଘେରେଇ ଦେବା। କାଠ ବାଉଁଶ ତ ଅଛି ଆମ ପାଖରେ। କାଲି କିଛି କାମକରିବା ଲୋକ ଦେଖିବା। ପ୍ରଥମେ ଭିତରପଟ ସଫା କରେଇବା। ଧୀରେ ଧୀରେ ଦରକାରୀ ଜିନିଷପତ୍ର ନେଇ ଆସିବା।"

"ରାଜୀବ ଯଦି ନ ମାନେ ତେବେ ? ତାକୁ ତ ଅୟସ ଆରାମରେ ରହିବା ଦରକାର ଆଉ ପୁଣି ଏଠି ଝିଅମାନଙ୍କୁ ରଖିବା ! କେହି ଯଦି ଝିଅମାନେ ରହୁଛନ୍ତି ବୋଲି ଅନୁମାନ କରି ଲକ୍ଷ୍ୟ ରଖେ ତେବେ... !" ଦିଶାର ମନ ବ୍ୟତିବ୍ୟସ୍ତ ହୋଇ ଉଠୁଥିଲା।

"ଝିଅମାନେ କ'ଣ ତୁମ ପାଖରେ ରହିବେ? ଏମିତିରେ ତ ପାରୁଲ ଆସେନି, ନିଧି ମଧ୍ୟ ବାହାରକୁ ଯିବାକଥା କହୁଥିଲା। ତେବେ ଆଉ ବାକି କିଏ ରହିଲା? ତୁମେ ଦୁହେଁ!"

ନୀରବତା ଆହୁରି ଗାଢ଼ ହେବାକୁ ଲାଗିଲା, ଏତେ ଗାଢ଼ ଯେ ଆକାଶ ଓ ପୃଥିବୀ ଭିତରେ ଯେମିତି ଏକ ପରଦାଟିଏ ଟାଣି ହୋଇଯାଇଥିଲା!

ଦୁହିଁଙ୍କ ମୁହଁରେ ଜହ୍ନକିରଣର ରୂପେଲୀ କିରଣ ବିଞ୍ଚି ହୋଇ ଯାଇଥିଲା। ପରସ୍ପରର ହାତକୁ ଧରି ସେମାନେ ଅନେକ ସମୟ ଯାଏଁ ଜହ୍ନକୁ ଦେଖିବାକୁ ଲାଗିଲେ।

"ଯେ ପର୍ଯ୍ୟନ୍ତ କୌଣସି ଦୃଢ଼ ପଦକ୍ଷେପ ନ ନେବ, ନୂଆ ଜୀବନ କେମିତି ଆରମ୍ଭ କରିପାରିବ?" ସନ୍ଦୀପ କହିଲା।

"ମୁଁ ମୋ କାମ କରିବାକୁ ଚାହୁଁଛି।" ସେ ନିଜ ପାପୁଲି ଭିତରେ ଦିଶାର ମୁହଁକୁ ତୋଳିଧରିଲା। ଏକ ଗଭୀର ଚୁମ୍ବନ ତା ଓଠ ଦେଇ ସାରା ଦେହରେ ଖେଳିଗଲା।

"ଏ ମନ୍ଦିର କାହିଁକି ତିଆରି କରିଛ?" ସନ୍ଦୀପ ପ୍ରଶ୍ନ କଲା।

"କାରଣ ମୁଁ ଈଶ୍ୱରଙ୍କୁ ବିଶ୍ୱାସ କରେ। ତାଙ୍କ ସତ୍ତାକୁ ଅନୁଭବ କରିପାରେ। ମୁଁ ଜାଣେ ଯେ ଏକ ଅଦୃଶ୍ୟ ସତ୍ତା ଅଛି, ଯିଏକି ଆମକୁ ଚାରିପାଖରୁ ଘେରି ରହିଛି। ଜୀବନର ଜଡ଼ତାକୁ ଭେଦ କରି କୌଣସି ଅଜ୍ଞାତ ଶକ୍ତି ମୋ ଭିତରେ ଜୀବନର ରାଗ ଭରିଦେଉଛି। ମୁଁ ବାହାର ଅପେକ୍ଷା ନିଜ ଭିତରେ ବେଶୀ ବଞ୍ଚୁଛି। ମୋ ଭିତରର ସଂସାର ମୋର ଅଧିକ ନିକଟତର, ଆପଣାର। ମୁଁ ପୁନର୍ଜନ୍ମରେ ବିଶ୍ୱାସ କରେ। ମୁଁ ସ୍ୱପ୍ନରେ ଦେଖିଥିବା କଥାରେ ବିଶ୍ୱାସ କରେ। ମୋତେ ପୂର୍ବାଭାସ ମିଳିଯାଏ।"

"ତା ହେଲେ ଏ ପର୍ଯ୍ୟନ୍ତ ଭଗବାନ ତୁମ ପ୍ରାର୍ଥନା କାହିଁକି ଶୁଣି ନାହାନ୍ତି?"

"ମୋତେ ଥଟ୍ଟା କରୁଛ! ମୁଁ କହିଲି ନା, ତାଙ୍କର ସତ୍ତା ରହିଛି। ସେ ଅଛନ୍ତି, କେଉଁଠି କେଉଁରୂପରେ ଏ କଥା ଜାଣିବାକୁ ଚେଷ୍ଟା କରିବା ଉଚିତ୍। ଭକ୍ତ ତାଙ୍କୁ ଭକ୍ତି ଦ୍ୱାରା ପାଇଥାଏ ଅବା ଚିହ୍ନିପାରିଥାଏ। ପ୍ରେମିକ ନିଜ ପ୍ରେମ ଦ୍ୱାରା ଓ ସାଧାରଣ ଲୋକେ ନିଜ ପୂଜା-ପାଠ, ବ୍ରତ ଉପବାସ ଦ୍ୱାରା।"

"ଆଉ ତୁମେ?"

"ମୋ କଥା ଛାଡ଼! ଯାହା ମନରେ ବିଶ୍ୱାସ ହିଁ ନାହିଁ ତାକୁ କେମିତି ବୁଝାଯିବ!"

"ନାଁ, ତାଙ୍କ ଥିବା ନ ଥିବାକୁ ଅନୁଭବ କରିବାକୁ ଚାହୁଁଛି।"

"ମୁଁ ଜାଣେନା ଯେ ସେ କାହିଁକି ମୋତେ ସାହାଯ୍ୟ କଲେନି, କିନ୍ତୁ ପିଲାଟିବେଳୁ ଗୋଟିଏ ମୂର୍ତ୍ତି ମୋ ଆଖି ଆଗରେ ସବୁବେଳେ ଭାସିଆସେ। ଏକ ସ୍ୱପ୍ନ, ଯାହା ବାରମ୍ବାର ଜଣେଇଦିଏ ଯେ କେହି ଜଣେ ଆସିବ।"

ଦୁହେଁ ଅଗଣାର ଆରପାଖେ ତିଆରି ହୋଇଥିବା ମନ୍ଦିର ପାଖରେ ଆସି ଅଟକି ଗଲେ। ପୁଣି ଡର... ସେଇ ଡର। ସେ ତା ହାତକୁ ଜୋରରେ ଧରିନେଲା।

"ଆମର କଥା ହୋଇଥିଲା ଯେ ଆମେ ବ୍ୟକ୍ତିଗତ କାମଛଡ଼ା ଅଲଗା କାମ ମଧ୍ୟ କରିବା। ସେଥିପାଇଁ ଆମକୁ ସହର ବାହାରକୁ ଯିବାକୁ ପଡ଼ିଲେ ମଧ୍ୟ।"

"ସମୟ ସହ ତାଳ ଦେଇ ମୋ ଚିନ୍ତା ବି ବଢ଼ି ଚାଲିଛି।" ଖୋଲା ଆଗଣାରେ ରଖାଯାଇଥିବା ମୂର୍ତ୍ତି ଜହ୍ନ ଆଲୁଅରେ ମାଦକତାଭରା ବାତାବରଣରେ ରହସ୍ୟମୟ ଲାଗୁଥିଲା - "ଦେଖ, ଇଏ ତୁମ ଭଗବାନ! ତୁମକୁ କିଛି କହୁଛନ୍ତି ?" ସନ୍ଦୀପ ହସିଦେଇ କହିଲା।

"କ'ଣ !ପୁଣି ଥଟ୍ଟା କରୁଛ ?"

ସିଏ ଅର୍ଥାତ୍ ସନ୍ଦୀପ... ମୂର୍ତ୍ତିର ପାଦ ପାଖରେ ଲାଗିଥିବା ସିନ୍ଦୁରରୁ ଚିମୁଟାଏ ନେଇଆସି ଦିଶାର ସିନ୍ଥିରେ ଲଗାଇ ଦେଲା, "ମୁଁ ଯିଏକି ଏକ ନାସ୍ତିକ, ଯିଏ ଈଶ୍ୱରଙ୍କ ସତ୍ତାରେ ବିଶ୍ୱାସ କରେନି ଅଥଚ ଗଛପତ୍ର, ପଶୁପକ୍ଷୀ, ନଦୀ ପୋଖରୀ, ଆକାଶ, ସୂର୍ଯ୍ୟ, ତାରା ଆଦି ସମସ୍ତଙ୍କ ସତ୍ତାକୁ ସ୍ୱୀକାର କରେ। ଏ ସମସ୍ତଙ୍କୁ ସାକ୍ଷୀ ରଖି ଆଜି ତୁମକୁ ମୋ ଜୀବନସାଥି ରୂପେ ସ୍ୱୀକାର କରୁଛି। ଯେଉଁ ପର୍ଯ୍ୟନ୍ତ ତୁମେ ଏ ସମସ୍ତ ସମସ୍ୟାଗୁଡ଼ିକରୁ ବାହାରି ନ ଆସିଛ, ତୁମକୁ ତୁମ ଅଧିକାର ସମ୍ମାନ ଆଜି ନ ମିଳିଛି ସେ ପର୍ଯ୍ୟନ୍ତ ମୁଁ ତୁମ ସହ ରହିବି।" ସନ୍ଦୀପ କୁଆଡ଼କୁ ନ ଚାହିଁ ତାକୁ ନିଜ ଆଲିଙ୍ଗନରେ ଭରିନେଲା। ଦିଶା ଅନୁଭବ କଲା, ଏ ବାହୁବନ୍ଧନ କୌଣସି ପୁରୁଷର ନୁହଁ, ବରଂ ତାକୁ ସୁରକ୍ଷା ଯୋଗାଉ ଥିବା ଏକ ପବିତ୍ର ସ୍ୱର୍ଣ୍ଣିମ ସୁନ୍ଦର ପାଚେରୀ। ଏକ ପରିପୂର୍ଣ୍ଣ ସୁପୁରୁଷର ସ୍ପର୍ଶର ମାଦକଭରା ଗନ୍ଧ ତା ସମଗ୍ର ଦେହକୁ ସୁଗନ୍ଧିତ କରିଦେଉଥିଲା।

"କ'ଣ ହେଲା, କାନ୍ଦୁଛ! କାନ୍ଦୁଛ କାହିଁକି, କ'ଣ ତୁମେ ଏପରି ଚାହୁଁ ନ ଥିଲ ?"

"ମୁଁ ଏପରି କଳ୍ପନା କରି ନ ଥିଲି। ଫିଲ୍ମର କାହାଣୀ ପରି।" ଦିଶା କାନ୍ଦୁକାନ୍ଦୁ ହସି ପକାଇଲା।

ତୁମକୁ ପାଇବାର ଆଶାରେ
ମୁଁ କାହିଁ କେତେ ଯୁଗରୁ
ଦିଗହରା ପରି ଘୁରି ବୁଲୁଥିଲି।
କିନ୍ତୁ ତୁମେ ମୋତେ ପାଇବା ଆଶାରେ
କ୍ଷଣଟିଏ ମଧ୍ୟ ବାଟ ଭୁଲିନ।
ତୁମ ଓ ମୋ ଭିତରେ

ଏବେ ଆଉ କ'ଣ ବାକି ଅଛି !
ମୋ ଶବ୍ଦଗୁଡ଼ିକ ଶୂନ୍ୟ ପାହାଡ଼ରେ ଧକ୍କାଖାଇ
ଫେରି ଆସୁଥିଲେ
ମୋର ମନେ ହେଲା
ତୁମେ ଏଠି...ସେଠି, କେଉଁଠି ବି ନ ଥିବ
କିନ୍ତୁ
ତୁମେ ତ ପ୍ରତିଟି ଜାଗାରେ ବିଦ୍ୟମାନ
ମୋ ଆତ୍ମନ୍ !
ମୋ ସହଚର !

କବିତାର ପଂକ୍ତିଗୁଡ଼ିକୁ ଦିଶା ମନେମନେ ଗୁଣୁଗୁଣାଉ ଥିଲା ।

"ତୁମ ପତ୍ନୀ । ପୁଅ ଝିଅ ?"

"ମୁଁ ମୋ ନିଜ ଅସ୍ତିତ୍ୱକୁ କାହା ପାଖରେ ବନ୍ଧା ପଡ଼ିବାକୁ ଦେଇନି । ତାକୁ ମୁଁ ଘର ଦେଇଦେଇଛି । ଦୁଇଟି ପିଲାଙ୍କ ବାହାଘର ହୋଇଯାଇଛି । ସେମାନେ ନିଜ ଜୀବନ ଜିଉଁଛନ୍ତି ଓ ମୁଁ ମୋ ଜୀବନ । ହଁ, ଏଇଟା ଦୃଢ଼ ଭାବେ କହିପାରିବି ଯେ ନା ସେମାନେ ତୁମ ଜୀବନରେ ହସ୍ତକ୍ଷେପ କରିବେ ଓ ନା ତୁମେ ସେମାନଙ୍କୁ ନେଇ କିଛି ଆଲୋଚନା କରିବ । ଏହା ଫିଲ୍ମ ଦୃଶ୍ୟ ଓ କାହାଣୀ ପରି ଅବଶ୍ୟ ତୁମକୁ ଲାଗୁଥାଇପାରେ କିନ୍ତୁ ଆମ ଜୀବନ ହିଁ ତ ଫିଲ୍ମ ପରି ।" ସନ୍ଦୀପ ସେଇଠି କାନ୍ଥକୁ ଆଉଜି ବସିପଡ଼ିଲା । ତା'ର ଏଞ୍ଜିଓଗ୍ରାଫି ହୋଇସାରିଛି ବୋଲି ଦିଶା ଜାଣିଛି । ସେ ହୃଦ୍‌ରୋଗୀ, କିନ୍ତୁ ଧାଁ ଦଉଡ଼ କରିବାରେ ସେ ଦଶଟା ଲୋକଙ୍କୁ ବି ପଛରେ ପକାଇଦେବ । ତା'ର ଜୀବନ ଅନେକ ଘଟଣା ସହ ସଂଶ୍ଳିଷ୍ଟ, କେବେ ସେ କୌଣସି ଆନ୍ଦୋଳନରେ ସାମିଲ ହୋଇଯାଏ ଓ ପୁଣି କେବେ ସେ ବିସ୍ଥାପିତମାନଙ୍କ ପାଇଁ କାମ କରୁଥାଏ, ପୁଣି କେବେ ସେ ହିଂସା ଓ ଆତଙ୍କ ବିରୁଦ୍ଧରେ ଚାଲୁଥିବା ଶୋଭାଯାତ୍ରାରେ ସାମିଲ ହୋଇଯାଏ । ତା'ର ହଜାରେ ଫଲୋଅର୍ସ ଅଛନ୍ତି । ସେ ନିରନ୍ତର ନୂଆନୂଆ କଥା ପରୀକ୍ଷା କରୁଥାଏ, ସେ ପକ୍ଷୀଟିଏ ପରି ଦୂର ଆକାଶକୁ ଉଡ଼ିଯାଏ ଓ ପୁଣି ଫେରିଆସି ନିଜର ବସା ସଜାଡ଼େ ।

"ଆମେ କାଲିଠୁଁ ହିଁ କାମ ଆରମ୍ଭ କରିଦେବା । ଦେଖ, ମହାରାଜ (ରାଜୀବ) ଉଠିପଡ଼ିଲେଣିକି ।"

"ଏବେ ଭିତରକୁ ଯିବାକୁ ଇଚ୍ଛା ହେଉନି । ଅନେକ ବର୍ଷ ପରେ ଲାଗୁଛି

ଯେମିତି ଏଇ ବ୍ରହ୍ମାଣ୍ଡରେ ଥିବା ଗ୍ରହ, ତାରା-ନକ୍ଷତ୍ର, ନିହାରିକା ଆଦିଙ୍କ ସହ କଥା ହେଉଛି, ଏ ଦୃଶ୍ୟ ମୋ ଆଖିରେ ସବୁଦିନ ପାଇଁ ସାଇତା ହୋଇ ରହିବ।"

ସନ୍ଦୀପ ଆସି ପଟା ଖଟ ଉପରେ ଚିତ୍ ହୋଇ ଶୋଇଗଲା। ଦିଶାର ମୁଣ୍ଡ ତା ଛାତି ଉପରେ ଥିଲା। ଅନେକ ବର୍ଷ ପରେ। ଅନେକ ବର୍ଷ ପରେ ସେ କୌଣସି ପୁରୁଷର ସାନ୍ନିଧ ପାଉଥିଲା ନଚେତ୍ ରାଜୀବର ସେଇ ରାକ୍ଷସୀ ରୂପ। ଯେଉଁଠି ସେ କେବଳ ପଶୁଟେ ବନିଯାଉଥିଲା ଏବଂ ଦିଶା ଏକ ନିରୀହ ପ୍ରାଣୀ। ତା ପରେ ପରିସ୍ଥିତି କିଛି ଏପରି ହୋଇଯାଇଥିଲା ଯେ, କେଇବର୍ଷ ହେଲା ସେମାନଙ୍କ ମଧ୍ୟରେ କୌଣସି ଦୈହିକ ସମ୍ପର୍କ ହୋଇପାରି ନ ଥିଲା। ଦିଶା ଅଲଗା ଶୋଉଥିଲା ଏବଂ ସେ ରାତି ଦୁଇଟା ଯାଏଁ ମଦ ପିଇ, ନିଶାରେ ଚିତ୍କାର କରେ, ଗାଳିମନ୍ଦ ଦିଏ ଓ ଶେଷରେ ସେଇଠି ହିଁ ଢଳିପଡ଼େ। ଏଇ ଦିନଚର୍ଯ୍ୟାରେ କେବେ କୌଣସି ପରିବର୍ତ୍ତନ ଆସି ନ ଥିଲା।

"ଦିଶା, ତୁମ ଜୀବନକୁ ନେଇ ମୁଁ ଯୋଉ କାମ କରୁଥିଲି, ସେଥିରେ କୋଉଠି କିଛି ରହିଯାଇନି ତ!"

"ଯୋଉ ସବୁ କଥା ଯେତେବେଳେ ମନେପଡୁଛି ମୁଁ କହିଚାଲିଛି। ଅନେକ ଗୁଡ଼ାଏ କଥା... ଯେମିତିକି ମାମୁଙ୍କ ରାଜନୈତିକ ଜୀବନ, ସବୁ ନେତାମାନଙ୍କର ଯିବା ଆସିବା, ଗାଁର ସ୍ତ୍ରୀଲୋକମାନଙ୍କର ହଜାରେ କାହାଣୀ, ଗପ, ଘଟଣା, ଡାକ୍ତରମାନଙ୍କ ଦ୍ୱାରା ଅପହରଣ ଏବଂ ଡକାୟତିର ଲୋମହର୍ଷଣକାରୀ ଘଟଣା ଏବଂ ସେହି ପ୍ରେମ ପ୍ରସଙ୍ଗ, ଯାହା ଝିଅମାନଙ୍କ ଜୀବନରେ ଝଡ଼ ସୃଷ୍ଟି କରିଦେଉଥିଲା। ସେହିସବୁ ଖରାପ ଲୋକେ, ଯେଉଁମାନେ ଚୁପ୍‌ଚାପ୍ ଘୃଣ୍ୟ କାମ ସବୁ କରୁଥିଲେ।"

"ଭଲ ଭଲ ଲୋକ ଓ ସେମାନଙ୍କ କଥା କାହିଁକି ମନେନାହିଁ?"

"ସେ ସବୁ ବିସ୍ମୃତିର ଖାଇରେ ପୋତି ହୋଇ ଗଲାଣି।"

"ତା ହେଲେ ଭଲ ଭାବରେ ମନେ ପକାଇ କୁହ।"

"ପ୍ରଥମେ କିଛି କାମ ହୋଇଯାଉ। ଟଙ୍କା ପଇସାର ଅସୁବିଧା ଆଗ ଦୂର ହୋଇଯାଉ।"

"କାମ ତ କରିବାକୁ ହିଁ ପଡ଼ିବ। ମୁଁ ବରୋଦା ନ ହେଲେ ଆଉ ଅନ୍ୟ ଗୋଟେ ଦୁଇଟି ସହରକୁ ଯାଇ ସନ୍ଧାନ ନିଏ ଯେ, ଆମ କଳାକୃତିଗୁଡ଼ିକର ମାର୍କେଟରେ ଡିମାଣ୍ଡ କ'ଣ ଅବା ଡିମାଣ୍ଡ ଅଛି କି ନାହିଁ। ସେ ପର୍ଯ୍ୟନ୍ତ ତୁମେ ଏଠି ସଫେଇ ଆଦି କାମ କରେଇ ନିଅ।"

"ଫେରିବ କେବେ?"

"ଏଇ ଦୁଇ ତିନିଦିନ ଭିତରେ। କାହା କଥାରେ ଭାଙ୍ଗିପଡ଼ିବନି କି କନ୍ଦାକଟା କରିବନି। ଚୁପ୍ ରହିବ। ଏବେ ଆମକୁ କାମ କରିବାର ଅଛି। ଯଦି ସମସ୍ତଙ୍କ ସହ ଝଗଡ଼ା ଯୁକ୍ତିତର୍କ କରିବାକୁ ବସିଯିବ ତା ହେଲେ ଆମ ସମୟ ଏଇଥିରେ ହିଁ ନଷ୍ଟ ହୋଇଯିବ, କିନ୍ତୁ ପ୍ରତିଟି ମୁହୂର୍ତ୍ତ ଆମ ପାଇଁ ମୂଲ୍ୟବାନ।"

"ଠିକ୍ ଅଛି।" ଦିଶା କହିଲା।

ସେମାନଙ୍କ ନିଦ ଭାଙ୍ଗିବା ବେଳକୁ ଚାରିଆଡ଼େ ପକ୍ଷୀମାନଙ୍କର କିଚିରିମିଚିରି ଆରମ୍ଭ ହୋଇ ଯାଇଥିଲା। ଏଠି ଶୀଘ୍ର ସୂର୍ଯ୍ୟୋଦୟ ହୋଇଯାଏ। ଗଛ ପତ୍ରର ଗହଳ ଭିତରୁ ଝଲସି ଉଠୁଥିବା ସୂର୍ଯ୍ୟକିରଣ ଅତି ସୁନ୍ଦର ଏବଂ ଅଲୌକିକ ଲାଗୁଥିଲା।

"ତୁମେ ସୁନ୍ଦର ଲାଗୁଛ। ଆଇନାରେ ଦେଖ ଟିକେ ନିଜକୁ।" ସନ୍ଦୀପ କହିଲା।

ସେ ହସିଲା, ଏବଂ ହସିଚାଲିଲା... ଏକ ଲମ୍ବା ମନଖୋଲା ହସ! ହସ ଯେପରି ସାରା ଆକାଶରେ ପ୍ରତିଧ୍ୱନିତ ହେଉଥିଲା।

"କାହିଁକି, କ'ଣ ଭୁଲ କହିଲି?"

"ମୁଁ ତ ଭୁଲି ହିଁ ଯାଇଥିଲି ଯେ, ମୋ ବାଳ, ମୋ ଦାନ୍ତ ଏବଂ ମୋ ଖିଲିଖିଲି ହସର ସମସ୍ତେ ପ୍ରଶଂସା କରୁଥିଲେ।"

"କିନ୍ତୁ ସେସବୁ ବିଶେଷତ୍ୱ ଏବେ ବି ତୁମ ପାଖରେ ରହିଛି! ତୁମେ ଲାବଣ୍ୟମୟୀ। ହଁ ମନେପଡ଼ିଲା, ଆଜି ମୋତେ କୃଷକମାନଙ୍କର ବିହନ ସମସ୍ୟା ଉପରେ ଏକ ରିପୋର୍ଟ ପ୍ରସ୍ତୁତ କରିବାର ଅଛି। କୃଷକମାନେ କେମିତି ବିହନ ନ ପାଇ ଚିନ୍ତାରେ ଅଛନ୍ତି। ଖରିଫ ଫସଲ କରିବାକୁ ଏଯାଏଁ କିଛି ପ୍ରସ୍ତୁତି ଆରମ୍ଭ ହେଇନି, ସରକାରଙ୍କର ତ ଚେତା ବି ପଶିନି। ଦଲାଲ ସବୁ ବସିଛନ୍ତି ପଇସା କମେଇବାକୁ। ଏଇ ଦଲାଲମାନଙ୍କର ଏତେଟିକେ ବି ଦୟା ସହାନୁଭୂତି କି ଲଜ୍ଜା ନାହିଁ ଯେ ବଢ଼ି ମରୁଡ଼ି ଆଦିରେ ସର୍ବସ୍ୱ ହରେଇଥିବା ଚାଷୀଟିଏ କୋଉଠୁ ଆଣି ଟଙ୍କା ଦେବ? ସତ କହୁଛି, ଏସବୁ ଚିନ୍ତା କଲେ ମୁଣ୍ଡ ଖରାପ ହୋଇଯାଏ। ଲାଗୁଛି, ଏକ ବିରାଟ ଆନ୍ଦୋଳନ ହେବା ଉଚିତ। ଚାଷୀମାନଙ୍କ ବିଷୟରେ କଥା ହେବାବେଳେ ସମସ୍ତେ ନିଜନିଜ ନେତାଗିରି ଦେଖାଇବାକୁ ଆଗଭର ହୋଇଯାଆନ୍ତି ଓ ସେଇ ରାଜନୀତିରେ ହିଁ ସେମାନଙ୍କୁ ଖୁସି ମିଳେ।" ସନ୍ଦୀପ ଉତ୍ତେଜିତ ହୋଇଗଲା।

"ପାଟିତୁଣ୍ଡ କରିବନି... ତୁମେ ଖାଲି ନିଜ ମତ ହିଁ ଉପସ୍ଥାପନ କରିବ।"

"ପାଟିତୁଣ୍ଡ କ'ଣ! ସ୍ୱର ଉତ୍ତୋଳନ ବିନା କିଛି ବି ହେବାର ନାହିଁ... ସେହି ରିପୋର୍ଟ, ଯାହା ମୁଁ ତଥ୍ୟଗୁଡ଼ିକର ଆଧାରରେ ପ୍ରସ୍ତୁତ କରିଛି, ସେସବୁ ଉପରିସ୍ଥ ବିଭାଗକୁ ପଠେଇ ଦେବି। ହଉ ଠିକ୍ ଅଛି, ଏବେ ଏସବୁ କଥା ଛାଡ଼... ଗୋଟେ

ବଢ଼ିଆ ଚା'ଟେ କର। ମୁଁ ରେଡ଼ି ହୋଇଯାଏ। ଦୁଇତିନିଟା ଲୋକ ଖୋଜିକି ଆଣେ, ଯୋଉମାନେ ଚାରିପାଖ ଡାଳପତ୍ର ସଫା କରିଦେବେ।" କହିଦେଇ ସନ୍ଦୀପ ଦିଶାର କାନ୍ଧକୁ ଆପୁଡ଼ାଇ ଦେଲା।

"ଦେଖ, ଟିକେ ସାବଧାନ ହୋଇ ରହିବ। ତୁମ ଉପରକୁ କେହି ଯେପରି ପଥର ଫିଙ୍ଗି ନ ଦେଉ।" ଦିଶାର ଏ ପରିହାସରେ ନିଜେ ଦିଶା ଓ ସନ୍ଦୀପ ଖିଲିଖିଲି ହୋଇ ହସିଉଠିଲେ।

ତା ହେଲେ କ'ଣ ଦିଶା ଏଥିପାଇଁ ସନ୍ଦୀପ ସହ ସେଠି କାମ କରିବାର ବାହାନା ଖୋଜୁଥିଲା।

ଫୁଲଗଛ ଓ ପରିବା ଚାଷ କରିବା ପାଇଁ ପଟାଳି ପ୍ରସ୍ତୁତ କରିବ, କମ୍ପୋଷ୍ଟ ଖତର ପ୍ରସ୍ତୁତି, ଗାଈମାନଙ୍କ ଯତ୍ନ... ଇତ୍ୟାଦି। ଯେମିତି ସେ ଏସବୁର ଦେଖାରଖା କରିବା ବାହାନାରେ ସେଠି ରହିପାରିବ।

ସେ ଲୋକଟାର ନଜର ଆଉ ତା ଜମି ଉପରେ ନାହିଁ ତ ! ସେ ଦିଶାର ମାନସିକ ଏବଂ ଆର୍ଥିକ ଦୁର୍ଦ୍ଦଶା ଏବଂ ପୂରା ପରିବାରର ସ୍ଥିତି ବିଷୟରେ ଜାଣିଯାଇଛି। ଦିଶା ସମସ୍ତଙ୍କ ବିଷୟରେ ଗପି ଜଣେଇଦେଇଛି ଯେ ସେ ଏ ଦୁନିଆରେ କେତେ ଏକୁଟିଆ। ନିତାନ୍ତ ଏକାକୀ ଓ ଅସହାୟ ମହିଳା ! ଯିଏ ବିଦ୍ରୋହ ତ କରୁଛି କିନ୍ତୁ ଅଧାରୁ ହିଁ ରାସ୍ତା ବଦଳାଇ ଦେଉଛି। ଯାହାର ବିରୋଧ, କ୍ରୋଧ ଏବଂ ଅବରୋଧ ଅନ୍ୟମାନଙ୍କୁ ସୁଯୋଗ ଦେଇଥାଏ ତା ବ୍ୟକ୍ତିଗତ ଜୀବନରେ ମୁଣ୍ଡ ଖେଳାଇବାକୁ। ସନ୍ଦୀପକୁ ନେଇ ସମସ୍ତଙ୍କ ମନରେ ଗୋଟିଏ ମାତ୍ର ଭୟ ଯେ, ସେ ନିଜ ପ୍ରେମଜାଲରେ ଫସେଇ ତା ଜମିବାଡ଼ି ଉପରେ କବ୍‌ଜା କରି ନ ଦେଉ। ପାର୍ଟନରସିପ୍‌ରେ କାମ କରିବାର ପ୍ରସ୍ତବ ତ ତାର ହିଁ ଅଟେ। ଜମିବାଡ଼ି ସମ୍ପତ୍ତି ପାଇଁ ମଣିଷ କ'ଣ ସବୁ କରୁଛି ? ତାଙ୍କ ମନରେ ନାନା ପ୍ରକାର ଭୟ ଆଶଙ୍କା ଉଙ୍କି ମାରୁଥିଲା।

"କୋଉଠି ଅଛୁ ?"

"ଫାର୍ମ ହାଉସରେ।"

"ଏକୁଟିଆ !"

"ନାଁ, ରାଜୀବ ଅଛନ୍ତି ଓ ସନ୍ଦୀପ ବି।"

"ତୁ କାହିଁକି ସମସ୍ତଙ୍କ ଚିନ୍ତା ବଢ଼ାଉଛୁ ?" ଗୋଟିଏ ଖୁବ୍ ଜୋରରେ ହସ ଶୁଭିଲା। ସେ ହସ ଯେପରି ଆଖପାଖ ପବନରେ ପ୍ରତିଧ୍ୱନିତ ହୋଇ ତାଙ୍କ ହୃଦୟକୁ

ଖଣ୍ଡ ବିଖଣ୍ଡ କରିଦେଉଥିଲା। ଏପରି ହସ ପଛରେ ତା'ର ଖୁସି ଥିଲା ନା ଆହ୍ୱାନ...
ସେ କିଛି ବୁଝିପାରୁ ନ ଥିଲେ।

ତା ହସ ଧୀରେ ଧୀରେ ଏକ ଝରଣାର କୁଳୁକୁଳୁ ସ୍ୱର ପରି ଶୁଭିଲା। ଲାଗୁଥିଲା
ଯେପରି ଏ ଧାରା ଭୂଇଁରେ ନୁହଁ ଆକାଶରୁ ଝରି ପଡୁଛି! ତାଙ୍କର ମନେହେଲା
ଯେପରି ସେ ହସରେ ତାଙ୍କୁ ଉପହାସ କରୁଛି।

"ଏଇଟା କ'ଣ ହସିବାର କଥା!"

"ଆଗ ତୁ କବିତାଟେ ଶୁଣେ –

ତୁମକୁ ଟୋପେ ଜଳ ନୁହଁ

ନଦୀଟିଏ ହେବାର ଅଛି

ତୁମକୁ ସହନଶୀଳ ଏବଂ ତ୍ୟାଗମୟୀ

ହେବାର ଅଛି।

ସ୍ୱପ୍ନ ଦେଖୁଥିବା ଲୋକେ ତୁମକୁ

ସବୁକିଛି ହେବାର ଦେଖିବାକୁ

ଚାହାନ୍ତି।

କନ୍ତୁ କେବେ ବି ପଚାରନ୍ତି ନାହିଁ ଯେ

ପ୍ରକୃତରେ ତୁମେ ସ୍ୱୟଂ କ'ଣ ହେବାକୁ

ଚାହଁ?

ଏହି ସବୁ କିଛି ହେବାର ପ୍ରଚେଷ୍ଟାରେ

ମନ-ପୁଷ୍କରିଣୀ ଶୁଷ୍କ ହୋଇଯାଏ

କିନ୍ତୁ

ହେବାକୁ ଦେଖିବା ପାଇଁ ଚାହୁଁଥିବା

ଲୋକର ମନ

କେବେ ବଦଳେନି

କେବେ ଭରେନି।"

"କ'ଣ କହିବାକୁ ଚାହୁଁ?" ସେ ବିରକ୍ତ ହୋଇ ପଚାରିଲେ।

"ତୁମେ ସମସ୍ତେ, ବିଶେଷ କରି ମହେଶ... କେବେ ମୋ ପିଛା କରିବା ବନ୍ଦ
କରିବ? ସମସ୍ତେ କାହିଁକି ମୋ ଉପରେ ନଜର ରଖୁଛନ୍ତି, କ'ଣ ମୋତେ ମୋ ନିଜ
ପାଇଁ ଚିନ୍ତା ନାହିଁ? କ'ଣ ମୁଁ ନିଜେ ମୋ ଭଲମନ୍ଦ ଜାଣିପାରୁନି? ଏଠି କିଛି ଡରଭୟ

ନାହିଁ। ମୁଁ ଠିକ୍ ଅଛି। ମୋତେ ଏଠି ଭଲ ଲାଗୁଛି। ମୋ ପଛରେ ଗୁପ୍ତଚର ପରି ଲାଗି ମହେଶ ମୋତେ ବଦ୍‌ନାମ୍ କରୁଛି। ତାକୁ କହିଦେ, ସେ ଏ ଛୋଟ କାମ କରିବା ବନ୍ଦ କରୁ।"

"ସେ ତୋ ଭାଇ, ଶୁଭଚିନ୍ତକ। ରାତି ଅଧରେ ବି ତୋ ପାଖରେ ଆସି ଠିଆ ହୁଏ। ସେ କାହିଁକି ତୋତେ ବଦନାମ କରିବ!"

"ତୁ ବି ତାଙ୍କ କଥାରେ ଭାସିଯାଉଛୁ। ମନେ ଅଛି, ଦଶହଜାର ଟଙ୍କା ପାଇଁ ମୋତେ କେତେ ଅପମାନିତ କରିଥିଲେ। ଏହା ପୂର୍ବରୁ ଝୋ ଝୋ ବର୍ଷାରେ ହିଁ ଘରୁ ବାହାର କରିଦେଇଥିଲେ ଏଇଆ କହି ଯେ ଆଭା ପାଠକକୁ ଘର ବିକିବାର ଅଛି। ମୋତେ କେତେ କଷ୍ଟ ହୋଇ ନ ଥିବ! କେତେ କଷ୍ଟ ସେ ମୋତେ ନ ଦେଇଛି। ଦଶ ହଜାର ଟଙ୍କାର ହିସାବ ମାଗୁଛି। ତା' ସ୍ତ୍ରୀ ବିୟୁଟି ପାର୍ଲରରେ ଗୋଟେ ଥରରେ ଯାଇ ଦଶହଜାର ଟଙ୍କା ଖର୍ଚ୍ଚ କରି ଚାଲି ଆସୁଥିବ, ଆଉ ମୋଠାରୁ ଆଶା କରୁଛନ୍ତି ଯେ ଦଶହଜାର ଟଙ୍କାରେ ମୁଁ ଘର ଚଳେଇବି। ମୁଁ ଗାଡ଼ି କାହିଁକି ଚଲାଉଛି, ମୁଁ ଏତେ ପ୍ରକାର ପରିବାପତ୍ର କାହିଁକି ଖାଉଛି, ମୁଁ ଫଳ କାହିଁକି ଆଣୁଛି, ମୁଁ ନୂଆ ଲୁଗା କାହିଁକି କିଣୁଛି, ମୋ ଝିଅମାନେ ଫିଲ୍ମ କାହିଁକି ଦେଖୁଛନ୍ତି? ମୋ ଝିଅମାନେ ଓଲା ଟ୍ୟାକ୍ସିରେ କାହିଁକି ଯିବା ଆସିବା କରୁଛନ୍ତି... ଇତ୍ୟାଦି। ମୋର ସ୍ୱାଭିମାନ ଅଛି ନା ନାହିଁ? ସବୁ କଥାରେ ଆପତ୍ତି!"

"ସ୍ୱାଭିମାନୀ ହେବା ଅଲଗା କଥା ଓ ବାଜେ ଖର୍ଚ୍ଚ କରିବା ଅଲଗା କଥା। ମୁଁ ମାନୁଛି ଯେ ମହେଶର ଏପରି କହିବା ଉଚିତ ନୁହେଁ। ତା'ର ଯେତିକି ଅଭିଯୋଗ ବିରୋଧ କେବଳ ସେଇ ଲୋକଟାକୁ ନେଇ।"

"ଏଥିରେ କ୍ଷତି କ'ଣ? ସେ ମୋ ବିଷୟରେ ମୋ କାମ ବିଷୟରେ ଲେଖୁଛନ୍ତି। ଏଠିକାର ସବୁ କାମ କରାଉଛନ୍ତି। ମୋ ପାଇଁ କେତୋଟି ପ୍ରୋଜେକ୍ଟ କରିଛନ୍ତି। ତାଙ୍କୁ ମଧ୍ୟ ଲାଗୁଛି ଯେ ଏତେ ବଡ଼ ଘରର ହୋଇଥିବା ସତ୍ତ୍ୱେ ମୁଁ ଏତେ କଷ୍ଟରେ ରହୁଛି। ତାଙ୍କ କହିବା କଥା ହେଲା ଯେ ଯେତେବେଳେ ଏମାନଙ୍କ ପାଖରେ ଏତେ ଟଙ୍କା ଅଛି, ତାହେଲେ କାହିଁକି କୌଣସି ଭଲ ବଡ଼ କାମ କରେଇ ଦେଉ ନାହାନ୍ତି। ଏମାନେ ଅନ୍ୟ ପିଲାମାନଙ୍କୁ ଡାକ୍ତର, ଇଞ୍ଜିନିୟର ଇତ୍ୟାଦି ହେବାରେ ସାହାଯ୍ୟ କରୁଛନ୍ତି, ଯା'ଙ୍କ ସ୍ତ୍ରୀ ଦୁନିଆର ଅଧେ ଜାଗା ବୁଲିସାରିଲେଣି, ଆଉ ମୁଁ? ଆଉ କେତେଦିନ ପର୍ଯ୍ୟନ୍ତ ତାଙ୍କ ଦୟାରେ ବଞ୍ଚୁଥିବୁ? ଅଫିସକୁ ଯଦି ଦେଖା କରିବାକୁ ଡାକିବେ ତେବେ ଦୁଇ ତିନି ଘଣ୍ଟା ବସି ରୁହ। ନିଜ କାମ କରି ଚାଲୁଥିବେ, ଫୋନ୍‌ରେ ଗପୁଥିବେ, ତା ପରେ କହିବେ, "କୁହ କିଛି କାମ ଥିଲା କି?" ସେତେବେଳେ କେମିତି ଲାଗିବ?

କେବଳ ତାଙ୍କରି ଗୋଲାମୀ କର। ଗାଳି ଶୁଣ। ତାଙ୍କ ସ୍ତ୍ରୀ ଓ ପିଲାଙ୍କ ପ୍ରଶଂସା କର। ସେ ଯେତେବେଳେ ଡକେଇବେ ସେତେବେଳେ ଯାଅ। ଅର୍ଥାତ୍ ମୁଁ ମୋ ପେଟ୍ରୋଲ ପୋଡ଼ି ତାଙ୍କ ପାଖକୁ ଯିବି ଆଉ ସେ ଇଚ୍ଛା ହେଲେ କଥା ହେବେ ନ ହେଲେ ନାହିଁ। ଭାଇ କହେ ତୋର କାମ ଅଛି, ତେଣୁ ତୋତେ ଥରେ କ'ଣ ଦଶଥର ବି ଆସିବାକୁ ପଡ଼ିବ। ମନେ ପକେଇବାକୁ ପଡ଼ିବ। ଟଙ୍କା କଥା କହିଲେ ଖାତା କଲମ ଧରି ହିସାବ କରିବାକୁ ବସିଯିବ। ମୋ ପାଖରେ ଅଛି କ'ଣ! ଲୁଗାପଟା ଦରକାର ପଡୁନି ନା ଜିନିଷ ପତ୍ରର ଆବଶ୍ୟକତା ପଡୁନି? ଭାତ ଡାଲି ଟିକେ ତ ଖାଇବୁ। ବର୍ଷ ବର୍ଷ ଧରି ଆମ ପାଖରେ ନୂଆ ଲୁଗା, ଜୋତା କି ଚପଲ ନ ଥାଏ। ଆମ ଘରକୁ ଆସି ଦେଖ। କ'ଣ ଦଶ ପନ୍ଦର ହଜାର ଟଙ୍କାରେ ଘର ଚଳେ? ଏତେ ବାଧ୍ୟବାଧକତା, ଏତେ ଅପମାନ! ଜମି ଥିଲେ କ'ଣ ତାକୁ ଖାଇବୁ? ବିକିଲେ ସିନା! ଏପରି ପରିସ୍ଥିତିରେ ଯଦି ଜଣେ ମୋ ପାଖରେ ଠିଆହେଉଛି ତେବେ ସମସ୍ତଙ୍କୁ ବାଧୁଛି, ସମସ୍ତଙ୍କ ସମ୍ମାନ ହାନୀ ହୋଇଯାଉଛି, ସମସ୍ତଙ୍କ ବଦ୍‌ନାମ୍ ହେଉଛି। ଆଉ ସେତେବେଳେ ବଦ୍‌ନାମ୍ ହେଉ ନ ଥିଲେ, ଯେତେବେଳେ ମୁଁ ଭଡ଼ା ନ ଦେଇ ପାରିବା ଯୋଗୁଁ ଏଠିକୁ ଚାଲି ଆସିବାକୁ ବାଧ୍ୟ ହୋଇଥିଲି। ତାଙ୍କୁ ମୋ ସୁବିଧା ଅସୁବିଧାରେ କିଛି ଯାଏ ଆସେ ନାହିଁ, ତାଙ୍କୁ ଖାଲି ଏଇକଥାକୁ ଡର ଯେ, କିଏ ଆଉ ପଚାରି ନ ଦେଉ ଏତେ କୋଟିପତି ଭାଇର ଭଉଣୀ ଏକୁଟିଆ ଏ ଜଙ୍ଗଲରେ କାହିଁକି ପଡ଼ିରହିଛି।" ସେ ସୁଁ ସୁଁ ହୋଇ କାନ୍ଦୁଥିଲା। ଧକେଇ ଧକେଇ ସେ ଆଜି ମୋତେ ସବୁକଥା କହିଦେଇଥିଲା। ନିଜ ଭିତରର ଲାଭାକୁ ସେ ଆଖିଲୁହରେ ଶୀତଳ କରି ଦେଉଥିଲା।

ବିବାହ ପୂର୍ବରୁ ପ୍ରେମ କଲେ ଅପରାଧ, ବିବାହ ପରେ ପ୍ରେମ କଲେ ଆହୁରି ବଡ଼ ଅପରାଧ, ତାହେଲେ ପ୍ରେମ କରିବ କେବେ? ପ୍ରତ୍ୟେକ ମଣିଷଙ୍କୁ ପ୍ରେମ କରିବାର ସୁଯୋଗ ଟିକେ ମିଳିବା ଉଚିତ।

ସିଏ, ଯିଏ ଆଜି ଏତେ ବିରୋଧ କରୁଛନ୍ତି, ସେ ନିଜେ କ'ଣ କିଛି କମ୍ ବିରୋଧରେ ସମ୍ମୁଖୀନ ହୋଇଥିଲେ? ରାତି ରାତି ଅନିଦ୍ରା ହୋଇ କାନ୍ଦୁଥିଲେ। ନିଜର ଚିରାଫଟା ଚିଠିକୁ ପାଇବା ପାଇଁ ବିକଳ ହେଉଥିଲେ। ସେ ଆଜି ପର୍ଯ୍ୟନ୍ତ ବୁଝି ପାରିଲେନି ଯେ, ଯାହାକୁ ସେ ପ୍ରେମ କରିଥିଲେ ତାକୁ ବିବାହ କାହିଁକି କଲେନି। ସେ ମାଡ଼, ରାଗ, କଡ଼ା ପହରା, ଡାକବାଲାଠାରୁ ସବୁ ଚିଠି ଛଡ଼େଇ ନେବା ଏବଂ ସନ୍ଧ୍ୟାରେ ପଞ୍ଚାୟତ ଆଗରେ ତାଙ୍କୁ ଚରିତ୍ରହୀନର ଆଖ୍ୟା ଦେବା। ସେହି ସଂଘର୍ଷର ସମୟ, କିନ୍ତୁ ଆଜି ସେହି ଅନୁଭୂତି ଦିଶା ପାଇଁ ପୁଣିଥରେ ରୂପ ନେଇଛି। ନା... ନା...

ସେ ଦିଶାକୁ ସେହି ଯନ୍ତ୍ରଣାର ଖାଇରେ ଠେଲି ଦେବାକୁ ଚାହାନ୍ତିନି। ତାଙ୍କୁ ଅତୀତକୁ ନୁହେଁ ବର୍ତ୍ତମାନକୁ ଦେଖିବାକୁ ପଡ଼ିବ।

ସେ ସ୍ତବ୍ଧ! ନୀରବ! ନିରୁତ୍ତର।

ସେ ଆଉ ସହିପାରୁ ନ ଥିଲେ, ଫୋନ୍ କାଟିଦେଲେ। ତା'ର କାନ୍ଦ, ଧକେଇ ହେବା ତାଙ୍କ କାନକୁ ତାବ୍‌ଦା କରିଦେଉଥିଲା। ସେ ଦୁଇ କାନରେ ଆଙ୍ଗୁଳିକୁ ଚାପିଧରିଲେ। କେତେ ଲୋକଙ୍କ ବିଷୟରେ କେତେ କଥା ଶୁଣିଛନ୍ତି। ସେ ଏମିତି ଲୋକଙ୍କୁ ବି ଜାଣନ୍ତି, ଯେଉଁମାନେ କେବଳ ପ୍ରେମ କରିବା ଯୋଗୁଁ ପରିଚିତ। ସେମାନେ ସମସ୍ତେ କ'ଣ ପ୍ରେମ ପାଇଁ ଏପରି ଲାଞ୍ଛିତ ହୋଇଥିବେ? ପ୍ରେମ ତ ମଣିଷ ଆତ୍ମାର ସମସ୍ତ କଲୁଷତାକୁ ଧୋଇ ଦେଇଥାଏ, ତାକୁ ଆହୁରି ପବିତ୍ର ଏବଂ ଶକ୍ତିଶାଳୀ କରିଦେଇଥାଏ। ତାହେଲେ ଏଠି କାହିଁକି ପରିସ୍ଥିତି ଓ ଘଟଣାସବୁ ବିପରୀତ ଦେଖାଦେଉଛି! କୌଣସି ବ୍ୟକ୍ତି କ'ଣ ଏପରି ରହିପାରିବନି? ଏକାନ୍ତରେ, କିନ୍ତୁ ଫାର୍ମହାଉସ୍‌ରେ, ତାହା ପୁଣି ରାତିରେ! ଗାଁ ଗହଳିର ମଫସଲି ଲୋକ ତ ଏମିତି ବି ଏସବୁ କଥାକୁ ଘୃଣା ଦୃଷ୍ଟିରେ ଦେଖନ୍ତି। ସେହିମାନେ ହିଁ ଚୁଗୁଲୀ କରୁଛନ୍ତି, ସେଥିପାଇଁ ମହେଶ ଏତେ ରାଗି ଯାଇଥିଲା। ଏକଥା ସ୍ପଷ୍ଟ ଯେ, ଦିଶା ଏ ସମୟରେ ଭାଇକୁ ନିଜ ପାଖରୁ ଦୂରେଇ ଦେବାକୁ ଚାହୁଁଥିଲା। ସେ ଭାଇ ନାଁରେ ଖାନଦାନୀ ପୁରୁଷର ସତ୍ତାକୁ ଆହ୍ୱାନ ଦେଉଥିଲା। କୌଣସି ଝିଅ... ନିଜ ବଂଶର ପୁରୁଷମାନଙ୍କୁ ଚ୍ୟାଲେଞ୍ଜ କରିବ, ଏକଥା କାହାକୁ ବି ସ୍ୱୀକାର୍ଯ୍ୟ ନ ଥିଲା। ତାଙ୍କ ମନକୁ ଏ କଥା ବି ଆସୁଥିଲା ଯେ ଦିଶା ଅନେକ ବର୍ଷ ଧରି ଦବି ରହିଥିବା ପ୍ରେମକାମନାକୁ ପୂରଣ କରିବା ପାଇଁ ସନ୍ଦୀପର ସଙ୍ଗ ଚାହୁଁଥିଲା, କିନ୍ତୁ ଏ ଧାରଣା ତାଙ୍କ ମନରେ ବେଶୀ ସମୟ ପାଇଁ ରହିପାରିଲାନି।

"ଝିଅ, ମାଆକୁ ଟିକେ ଫୋନ୍ ଦେ।"

"ସେ ଏଠି ନାହାନ୍ତି।"

"ତା ହେଲେ ତୁ ଟିକେ କଥା ହୋଇଯା।"

"ମାଉସୀ, ମୁଁ ତ ଆଦୌ କଥା ହେବିନି। ମୁଁ ତ ଏକଥା ଭାବିଭାବି ବେଶୀ ଚିନ୍ତାରେ ଅଛି ଯେ, ମାଆଙ୍କ ଜୀବନ କାହିଁକି ଗୋଟେ ନିର୍ଦ୍ଦିଷ୍ଟ ଦିଗରେ ଯାଉନି। ଆଗରୁ ସେ ଗୋପେଶ ନାମକ ଏକ ବ୍ୟକ୍ତି ସହ ବନ୍ଧୁତା କରିଥିଲେ। ଘଣ୍ଟାଘଣ୍ଟା ଧରି ତା ସହ ଗପୁଥିଲେ। ତା ସହ ମିଶି ମଧ୍ୟ ବିଭିନ୍ନ ପ୍ରକାର ପ୍ରୋଜେକ୍ଟ ପ୍ଲାନିଂ କରୁଥିଲେ। ଯେତେବେଳେ ତାଙ୍କ ପତ୍ନୀ ଏକଥା ଜାଣିପାରିଲେ ତାଙ୍କ ସହ ଖୁବ୍ ଝଗଡ଼ା କଲେ। ମାଆଙ୍କ କହିବା କଥା ଥିଲା ଯେ ତାଙ୍କ ପତ୍ନୀ ସେଠି ଓଲଟା ସିଧା କାମ କରୁଥିଲେ, ଅନେକ ଧନୀ ଧନୀ ବ୍ୟକ୍ତିଙ୍କୁ ନିଜ ଫାର୍ମହାଉସକୁ ଡକାଉଥିଲେ। ପାର୍ଟି କରୁଥିଲେ।

ଡକ୍ୟୁମେଣ୍ଟାରୀ ନାମରେ କିଛି ନା କିଛି ସୁଟିଂ ଚାଲୁଥାଏ ଓ ସେ ଚାହୁଁଥିଲେ ଯେ ମାଆ ସେଠାକୁ ନ ଆସନ୍ତୁ ବୋଲି। ମୁଁ ସେତେବେଳେ ମଧ୍ୟ ମନାକରିଥିଲି ଯେ ସେ ଲୋକ ଠିକ୍ ନୁହେଁ। ତୁମ ବନ୍ଧୁତାକୁ ସେ ଅଲଗା ଦୃଷ୍ଟିରେ ଦେଖିବ। ପରେ ଜଣାପଡ଼ିଲା ଯେ ଏହାହିଁ ସବୁ ହୋଇଛି। ମାଆ ହିଁ ତାଙ୍କ ପତ୍ନୀ ବିଷୟରେ ଅଭିଯୋଗ କରି ଦେଇଥିଲେ ଏବଂ ସେ କିଛି ଅନୈତିକ କାମ କରୁଥିବା କଥା ଜଣା ବି ପଡ଼ିଥିଲା। ଏବେ କୁହ, ସିଏ ଯଦି ମାଆଙ୍କ ଉପରେ ରାଗ ରଖି ଆକ୍ରମଣ କରାଇଦେଇଥାନ୍ତେ କି ଆଉ କିଛି ଅସୁବିଧାରେ ପକାଇଥାନ୍ତେ! ମନେଅଛି ମାଉସୀ, ତା ପରେ ମାଆଙ୍କ ସମ୍ପର୍କ ଭଟ୍ଟାଚାର୍ଯ୍ୟ ନାମକ ଲୋକଟେ ସହ ହୋଇଥିଲା। ସବୁଦିନ ସକାଳୁ ତାକୁ ଦେଖା କରିବାକୁ ଯାଉଥିଲେ। ତା ସହ ମିଶି ଇଣ୍ଟରନ୍ୟାସ୍‌ନାଲ ଷ୍ଟୁଡ଼ିଓ ଖୋଲିଥିଲେ, ଯେଉଁଠି ପିଲାମାନେ ଟ୍ରେନିଂ ନେବାକୁ ଆସିଥାନ୍ତେ। ସେ ନିଜ ସ୍ତ୍ରୀକୁ ଛାଡ଼ି ଦେଇଥିଲା। ତା'ର ଦୁଇଝିଅ ମଦ ପିଇ ପୁଅମାନଙ୍କ ପରି ପାଟିତୁଣ୍ଡ କରନ୍ତି। ସେମାନଙ୍କୁ ସୁଧାରିବାକୁ କାଉନ୍‌ସେଲିଂ କରିବାକୁ ମାଆ ଯାଉଥିଲେ। ମାଆ ସେମାନଙ୍କ ସମସ୍ୟା ସମାଧାନ କରିବାକୁ ଯାଉଥିଲେ, ହେଲେ ନିଜର ସମସ୍ୟାକୁ ବୁଝି ପାରିଲେନି। ପରେ ଜଣାପଡ଼ିଲା ଯେ ସେ ଲୋକଟା ମାଆଙ୍କ ଜାଗାରେ ସେରାମିକ୍ ଓ ଟେରାକୋଟାର ଇଣ୍ଡଷ୍ଟ୍ରି ଖୋଲିବ, ସରକାରଙ୍କ ଠାରୁ ପ୍ରୋଜେକ୍ଟ ପାସ୍ କରେଇବ, ସବୁ କିଛି କରିବ, କିନ୍ତୁ ମାଆଙ୍କ ନାମ କେବଳ ଏକ ମେମ୍ବର ଭାବରେ ରହିବ। ତା କହିବା କଥା ଥିଲା ଯେ ମାଆଙ୍କ ନା'କୁ କିଏ ଜାଣିଛି, ତା ନାମ ଓ କାମକୁ ସାରା ଦୁନିଆ ଜାଣିଛି। ତେବେ ଯାଇ ମାଆ ତା ଠାରୁ ଦୂରେଇଗଲେ। ପରେ ତା ବିଷୟରେ ଦୁନିଆ କଥା ଲୋକଙ୍କ ପାଖରେ କହି ଚାଲିଲେ। ସେ ଲୋକ ମଧ୍ୟ ସମସ୍ତଙ୍କୁ ସମାଲୋଚନା କରୁଥାଏ। ମାଆଙ୍କର ତାକୁ ଜଣେଇ ଦେବା ଉଚିତ ଥିଲା ଯେ ପୂରା ପରିବାର ତାଙ୍କ ପାଇଁ କେତେ କ'ଣ କରିଛି। ଅତି କମ୍‌ରେ ଆମେ ଗୋଟେ ଘରେ ତ ରହିପାରୁଛୁ। ଦୁଇ ଓଳି ଖାଇ ତ ପାରୁଛୁ। ମାଆ ଏଠିସେଠିକୁ ଯାଇ ତ ପାରୁଛନ୍ତି। ଆମେ ପାଠ ବି ତ ପଢ଼ିପାରୁଛୁ। କକା ଭଲମନ୍ଦ ଯାହା କୁହନ୍ତୁ ପଛକେ, କିନ୍ତୁ ଅସୁବିଧା ସମୟରେ ସେ ହିଁ ତ ସାହାଯ୍ୟ କରନ୍ତି। ଏ ଜମି କକା ହିଁ ତ କରେଇ ଦେଇଥିଲେ। ଆମ ପାଖରେ ପଇସା ନ ଆଉ ପଛକେ, କିନ୍ତୁ ଗୋଟେ ଜିନିଷ ତ ଅଛି। ଆମ ସମସ୍ତଙ୍କ ଭବିଷ୍ୟତ ପାଇଁ ଏପରି ଏକ ଜିନିଷ, ଯାହାକୁ ବିକ୍ରିକରି ଆମେ ଚଳିଯାଇ ପାରିବୁ। ତା ପରେ ମାଆ ପୁଣି ଏକ ଗୁରୁଜୀ ପାଲରେ ପଡ଼ିଯାଇଥିଲେ। ଗୁରୁଜୀ ତ ନୁହଁ ଗୋଟେ ଲଫଙ୍ଗା। ତା ପାଲରେ ପଡ଼ି ମାଆ ତ ସମସ୍ତଙ୍କୁ ଭୁଲ୍ ବୋଲି ମାନି ନେଇଥିଲେ। ମାଉସୀ, ଆପଣଙ୍କୁ ଖରାପ ଲାଗୁ କି

ମାଆ ମୋତେ ଯେତେ ବି ଗାଳି ଦିଅନ୍ତୁ, ମୁଁ କିନ୍ତୁ କହିବି ସେ ଗୁରୁଜୀ ଗୋଟେ ମହାଠକ, ଭଣ୍ଡ ଓ ଲୋଭୀ ଅଟେ। ନିଜେ ନିଜ ପାଇଁ ଧନ ସମ୍ପତ୍ତି ଠୁଳେଇ ରଖିଦେଇଛି। ମାଉସୀ ଶିକ୍ଷିତ, ଅଫିସର, ପୁଲିସବାଲା, ନେତା ସମସ୍ତେ ତା ପାଖକୁ ଆସନ୍ତି। ମାଆ କୁହନ୍ତି ଯେ ସେ ସିଦ୍ଧିଲାଭ କରିଛି, କିନ୍ତୁ ମୋର ମନେହୁଏ ଏ ଲୋକମାନେ ନିଜର ଅନ୍ୟ କୌଣସି ଧନ୍ଦା କରୁଛନ୍ତି। କାରଣ ମୋର ତ ଆଜି ଯାଏଁ ଗୋଟେ ବି କାମ ହୋଇନି। କେଜାଣି ମନ୍ଦିର କରିବା ଆଳରେ ସେ କେତେ ଏକର ଜମି ନିଜ ନାଁରେ କରିନେଇଛି। ଖାଲି ଗୋଟେ ଛୋଟିଆ ମନ୍ଦିରଟେ ତିଆରି କରିଦେଇଛି। ବାକି ଜାଗାରେ ବିରାଟ ବଙ୍ଗଳାଟେ ତିଆରି କରିଦେଇଛି। ଝିଅକୁ ନେଇ ଆଜି ବି ତା ମାନସିକତା ନିମ୍ନସ୍ତରର। କହୁଛି ଯେ ପୁଅ ହିଁ ତା ଉତ୍ତରାଧିକାରୀ ହୋଇ ଆସନରେ ବସିବ ଓ ତା ନାଁକୁ ଆଗକୁ ବଢ଼େଇବ। ଦୁଇ ଦୁଇଟି ବାହା ହୋଇ ଆରାମରେ ଅୟସରେ ରହୁଛି। ମୁଁ ତ ତାକୁ ଗାଳିକରେ, ହେଲେ ମାଆଙ୍କୁ ଖରାପ ଲାଗେ। ମୁଁ ମିଡ଼ିଆବାଲା ଓ ପୁଲିସବାଲାକୁ ଡାକିଆଣି ତା କଳାକାରନାମା ଦେଖାଇ ଦେଇଥାନ୍ତି। କିନ୍ତୁ ମାଆ ଆତ୍ମହତ୍ୟା କରିବାର ଧମକ ଦେଇଦେଉଥିଲେ। ଏବେ ତ ସେ ଡରିକି ଆସୁନି, ନ ହେଲେ ଏଇଠି ହିଁ ବସିରହୁଥିଲା। ମାଆଙ୍କୁ ମିଛ ଗପସବୁ ଶୁଣାଏ। ବଡ଼ବଡ଼ ନେତାମାନଙ୍କ ନା କହି ନିଜର ବଡ଼ପଣିଆ ପ୍ରତିଷ୍ଠା ଦେଖାଏ। ମାଆ ତା'ର ପ୍ରଶଂସା କରିବା ଯାଏ ଠିକ୍ ଥିଲା। କିନ୍ତୁ ମାଆ ତ ତାକୁ ଚମତ୍କାରୀ ସିଦ୍ଧ ପୁରୁଷ ବୋଲି ଭାବନ୍ତି। ମୋତେ ବି ତା କଥା ମାନିବାକୁ ବାଧ୍ୟ କରନ୍ତି। ମୁଁ ମନା କରିଦେଲି। ଦିନେ ରାତି ଅଧରେ ଆସି ପହଞ୍ଚିଗଲା ଓ କହିଲା ମୁଁ ତୁମର ସବୁ ଇଚ୍ଛା ପୂରଣ କରିପାରିବି। ମୁଁ କହିଲି- ପ୍ରଥମେ ନିଜ ଇଚ୍ଛା ତ ପୂରଣ କର, ତା ପରେ ମୋ ଇଚ୍ଛା କଥା ବୁଝିବ। ମାଆ ମୋ ଉପରେ ଚିଲ୍ଲେଇବାକୁ ଲାଗିଲେ।

ଆଉ ଏବେ ଏଇ ଲୋକଟା ! ଲୋଭୀ, ରୋଜଗାରଶୂନ୍ୟ। ଆମମାନଙ୍କ ଉପରେ ହୁକୁମ୍ ଚଳାଉଛି, ସତେ ଯେମିତି ଆମେ ତା ଚାକର।"

"କ'ଣ କରୁଛି ସେ ?"

"ସେ କହୁଛି ଯେ, ତୁମେସବୁ ମାଆକୁ ହଇରାଣ କରୁଛ। ତୁମ ଦୁଇଜଣ ତାଙ୍କୁ ସମର୍ଥନ ସାହାଯ୍ୟ କରିବା ଉଚିତ। ଏ ବୟସରେ ବି ସେ ଏକୁଟିଆ ଚିନ୍ତାରେ ରହୁଛି। ଝିଅମାନେ ପୂରା ଘର ସମ୍ଭାଳି ଦେଉଛନ୍ତି କିନ୍ତୁ ତୁମେ ଦି'ଜଣ ନିଜ ମାଆ ଉପରେ ବୋଝ ହୋଇଛ। ତୁମମାନଙ୍କ ବ୍ୟବହାର ବହୁତ ଖରାପ। ମାଉସୀ, କୁହ... ଏବେ କ'ଣ ଇଏ ଶିଖେଇବ ଆମକୁ ଯେ ଆମ ମାଆ ସହ ଆମକୁ କେମିତି ବ୍ୟବହାର କରିବାକୁ ହେବ ! ମୁଁ ତ ପଳେଇଯିବି ! ମୁଁ ମାଉସୀ ଥକି ଯାଇଛି ପୂରା ଏସବୁ

ଜଞ୍ଜାଳରେ। କିନ୍ତୁ ପୁଣି ଏକଥା ଭାବି ରହିଯାଉଛି ଯେ, ଯଦି ଚାଲିଯିବି ତା ହେଲେ ମାଆର କ'ଣ ହେବ?"

"ଏକଦମ୍ ସତକଥା। ତୋର ମାଆ ସହ ହିଁ ରହିବା ଉଚିତ।"

"ମାଆ ଭାବୁଛନ୍ତି ଆମେ ସବୁ ଯେମିତି ସେ ଲୋକ ପଛରେ ଲାଗିଯାଇଛୁ। ଛାଡ଼ ମାଉସୀ, ଦିନେ ମାଆ ନିଜେ ହିଁ ଏସବୁ କଥା ବୁଝିପାରିବେ।"

"ସେତେବେଳକୁ ଆଉ ବେଶୀ ଡେରି ହୋଇଯାଇ ନ ଥାଉ।" ସେ ଉଦାସ ସ୍ୱରରେ କହିଲେ।

"ତା ହେଲେ ଆଉ କ'ଣ କରିପାରିବ ମାଉସୀ?" ନିଧି ହତାଶ ହୋଇ କହିଲା।

"ଏହାର ଅର୍ଥ ଏଇଆ ଯେ ଦିଶା ସବୁବେଳେ ଏପରି ଏକ ବ୍ୟକ୍ତିର ସନ୍ଧାନରେ ଥିଲା ଯିଏ ତା ସହ ଠିଆ ହୋଇପାରିବ... ତା କାମରେ, ତା ଜୀବନରେ ଓ ଜୀବନର ପ୍ରତ୍ୟେକ ସଂଘର୍ଷରେ!"

•••

"କିଛି ଜଣାପଡ଼ିଲା? କିଏ ସେ, କ'ଣ କରେ? ଆମେ ସିନା ଦୁଇଟା ଦିନରେ ତାକୁ ସେଠୁ ବାହାର କରେଇଦେବା, କିନ୍ତୁ ଜାଣିଛି, ଦିଶା ତାକୁ ସମର୍ଥନ କରିବାକୁ ଠିଆ ହୋଇଯିବ। ଏବେ ବି ସମୟ ଅଛି, ସମ୍ଭାଳି ଯାଉ। ତାକୁ ବୁଝେଇଦିଅ, ଆକଟ କର, ନ ହେଲେ ଆମେ କୋଉଠି ବି ମୁହଁ ଦେଖାଇ ପାରିବା ନାହିଁ। ପରିସ୍ଥିତି ବହୁତ ଗମ୍ଭୀର। ତୁମମାନଙ୍କ ଶାଶୂଘରେ ଏ ଖବର ପହଞ୍ଚିଲେ ଆମେ ସେମାନଙ୍କୁ ମୁଣ୍ଡ ଟେକି ଚାହିଁ ପାରିବାନି।" ମହେଶ ପୁଣି ଫୋନ୍‌ରେ ବକି ଚାଲିଥିଲା। ଏସବୁ ଘଟଣାକୁ ନେଇ ସେ ବହୁତ ଚିନ୍ତିତ ଥିଲା।

ସେ ଅନେକ ସମୟ ଯାଏ ଏଇ ଚିନ୍ତାରେ ବୁଡ଼ି ରହିଲେ। ମହେଶ ପୁଣିଥରେ ଫୋନ୍ କଲା। ମନେ ହେଉଥିଲା ସେ ସାରା ରାତି ଶୋଇନି। କ'ଣ ଅବା କରିପାରିବେ ସେ?

ଦିଶା ସହ ଏ ବିଷୟରେ କଥା ହେଲେ ସେ ନିଜ ଜୀବନ କାହାଣୀ ଶୁଣାଇବାରେ ଲାଗିଯାଏ।

ଅନେକ ଦିନ ହୋଇଯାଇଥିଲା। ଋତୁ ବଦଳୁଥିଲା। ଖରାର ପ୍ରକୋପ ବଢ଼ି

ଚାଲିଥିଲା। ଆକାଶରେ ଠାଏ ଠାଏ ମେଘ ଭାସି ବୁଲୁଥିଲା। ରାସ୍ତାରେ ଏତେ ଧୂଳି ଉଡୁଥିଲା ଯେ ଆଗରେ ଆସୁଥିବା ଗାଡ଼ି ବି ଦେଖାଯାଉ ନ ଥିଲା। ପୂରା ବାତାବରଣ ଶୁଷ୍କ ଓ ଧୂଳି ଧୂଳି ଥିଲା। ସେ ରାଜନୀତି ବିଷୟରେ ରୁଚି ରଖନ୍ତି, ଏପରିକି ରାଜନୀତି ଓ ତା'ର ବିଚାରଧାରା ଉପରେ ସେ ନିୟମିତ ଲେଖାଲେଖି ବି କରନ୍ତି। ତାଙ୍କର ଏକ ନିଜସ୍ୱ ବନ୍ଧୁ ସମାଜ ଅଛନ୍ତି, ଯେଉଁମାନଙ୍କ ସହ ସେ ନିଜ, ଭାବ ଓ ବିଚାରର ଆଦାନପ୍ରଦାନ କରନ୍ତି। କିନ୍ତୁ ଏ ସମୟରେ ସେ କୌଣସି ବିଚାରକ ଅବା ବିଶ୍ଳେଷକ ନୁହଁ ବରଂ ଜଣେ ସାଧାରଣ ସ୍ତ୍ରୀ ଭାବେ ଚିନ୍ତା କରୁଥିଲେ। ପରିବାରକୁ କେନ୍ଦ୍ରରେ ରଖି ସ୍ତ୍ରୀ-ପୁରୁଷଙ୍କ ସମ୍ବନ୍ଧ ବିଷୟରେ ସେ ଗଭୀର ଭାବରେ ତର୍ଜମା କରୁଥିଲେ। ଆଜିକାଲି ସେ ତ କେବଳ ଦୁଇଜଣ ବ୍ୟକ୍ତିଙ୍କୁ ନେଇ ହିଁ ଚିନ୍ତିତ ଥିଲେ। ସମାଜ କ'ଣ ସତକୁ ସତ ପରିବର୍ତ୍ତନ ହେଇନି? ନାରୀ ବଦଳି ଯାଇଛି, କିନ୍ତୁ ପୁରୁଷ ତ ବଦଳିନି। ସେ ନିଜର ଅହଂର ପାଚେରୀ ଆରପାଖେ ବସିଛି। ସେ ପାଚେରୀକୁ ଭେଦ କରିବା କାଠିକର ପାଠ। ମାନୁଛି ଯେ ଦିଶା ଶତପ୍ରତିଶତ ଭୁଲ, ପରିବାର ଦୃଷ୍ଟିରେ ସମାଜ ଦୃଷ୍ଟିରେ। କିନ୍ତୁ ତା'ର ନିଜର ଜୀବନ... ତାହା ଦିନକୁଦିନ ଶେଷ ହେବାକୁ ଲାଗିଛି। କେହି କାହିଁକି ଏକଥା ବୁଝିପାରୁନାହାନ୍ତି ଯେ ସେ ଏ ଦୁନିଆକୁ ଅମର ହୋଇ ଆସିନି। ତା ବୟସ ମଧ୍ୟ ବଢ଼ି ଚାଲିଛି, ଆୟୁଷ କମିଚାଲିଛି। ତା'ର ବିରାଟ ଲକ୍ଷ୍ୟକୁ ସମସ୍ତେ କେତେ ଛୋଟ ଓ ମହତ୍ତ୍ୱହୀନ କରିଦେଇଛନ୍ତି। ଏହି ଜୀବନରେ ସେ ପ୍ରେମ କରିବାକୁ ଇଚ୍ଛା କରୁଛି। ପ୍ରେମର ସନ୍ଧାନରେ ଘୁରିବୁଲୁଥିବା ଦିଶାକୁ ଯଦି କୌଣସି ଏକ ସାଥିଟିଏ ମିଳିଗଲା, ତା ହେଲେ ସମସ୍ତେ ଏତେ ବିରୋଧ କାହିଁକି କରୁଛନ୍ତି! କାହିଁକି ସମସ୍ତେ ନିଜ ଅନୁସାରେ ଭାବୁଛନ୍ତି! ଅନର କିଲିଂ ପରି ଘଟଣା କାହିଁକି ବନ୍ଦ ହୋଇପାରୁନି? ଏହି ବିଚାର ଓ ମାନସିକତା କାରଣରୁ ହିଁ ତ? ଏହି ସବୁ ପ୍ରଶ୍ନ ତାଙ୍କୁ ମନଭିତରେ ବିବ୍ରତ ଓ କ୍ଷତାକ୍ତ କରିଦେଉଥିଲା। ସେ ଯଦି ମହେଶକୁ ନ ଅଟକେଇବେ ତେବେ ସେ ବି କ'ଣ ଯାଇ ଦିଶାକୁ ଦୁଇ ଚାରି ଚାପୁଡ଼ା ମାରିଦେବନି?

ଦିନେ ଦିଶାର ଫୋନ୍ ଆସିଲା।

"ଏଠି ଆମେ ସବୁ ବହୁ ସଂଖ୍ୟାରେ ଗଛ ଲଗାଉଛୁ, ଜାଗା ଦେଖିସାରିଛୁ, କ'ଣ ତୁମେ ନିଜ ଭାଗ ଜାଗାରେ କିଛି ଗଛ ଲଗେଇବ? ବୁଢ଼ୀ ହୋଇଗଲେ ତୁ ବି ଏଠି ଆସି ରହିପାରିବୁ। ମୋ ଦୁଆର ସମସ୍ତଙ୍କ ପାଇଁ ଖୋଲା।" ସେ ନିଜର ଚିର ପରିଚିତ ଖିଲିଖିଲି ହସ ହସି କହିଲା। "ମୋ ଉପରେ ସିନା ରାଗିଛୁ, ଗଛ ଉପରେ ତ ନୁହଁ।" ସେ ପୁଣି କହିଲା।

କିଛିଦିନ ପରେ ସେ ପୁଣି ଫୋନ୍ କଲା "ଆମେ ଗାଈମାନଙ୍କ ପାଇଁ ଗୋଟେ ଗୁହାଳ କରିଛୁ। କ୍ଷୀର ଦେଉଥିବା ଗାଈଙ୍କ ସହ ଯେତେ ବି ବୁଲା ଗାଈ ଅଛନ୍ତି ସେ ସମସ୍ତଙ୍କ ବନେଇଛୁ। ପ୍ରବଳ ଗରମ, ଥଣ୍ଡା, ବର୍ଷା କାକର, ଭୋକ ଶୋଷ ଆଦିରୁ ରକ୍ଷା କରିବା ପାଇଁ ଏକ ଛୋଟିଆ ପ୍ରୟାସ କରୁଛୁ। ପୂର୍ବରୁ କୁକୁରମାନଙ୍କ ପାଇଁ କରିଥିଲୁ। ସକାଳୁ ସକାଳୁ ଏତେ ମୟୂର ଆସନ୍ତି ଯେ ଦେଖିଲେ ଜାଣିବୁ ସେମାନେ ବି ଏଇଠି ରହିବାପାଇଁ ଜାଗାଟେ କରିଦେଇଛନ୍ତି। ଅଣ୍ଡା ବି ଦିଅନ୍ତି। କ'ଣ ତୁ ଦେଖିବାକୁ ଆସିବୁନି ?"

ଦିଶା ଜାଣିଛି ଯେ ତାଙ୍କୁ କେବଳ ଏଇପରି କଥାରେ ହିଁ ବାନ୍ଧି ରଖାଯାଇପାରିବ। ଡାକି ହେବ। ପ୍ରଲୋଭିତ କରିହେବ। କାରଣ ପଶୁପକ୍ଷୀ ତାଙ୍କର ବଡ଼ ଦୁର୍ବଳତା।

"ତୁ ବି ଗୋଟେ ଗାଈଟେ କିଣିଦେ। ଆମେ ଏଇଠି ରଖିଦେବୁ, ତାହିଁଲେ ଦାନ ବି କରିପାରୁ।" ସେ ପୁଣି ଏକ ମନଖୋଲା ହସ ହସିଲା।

"ମୁଁ ଦାନଧର୍ମ କରିବାରେ ବିଶ୍ୱାସ କରେନି। ହଁ, ତୁ ଯଦି ଗାଈ ରଖିବାକୁ ଚାହୁଁଛୁ ତା ହେଲେ ଅଲଗା କଥା।"

"ଆଉ କିଛି ବି କରିପାରିବା।"

"ତୁ କ'ଣ ଡାଏରୀ ଫାର୍ମ ଖୋଲୁଛୁ କି ?" ସେ ଶାନ୍ତ ସ୍ୱରରେ ପଚାରିଲେ।

"ଚେଷ୍ଟା ତ କରୁଛି। କାମ କରିବାକୁ ପିଲା ଆବଶ୍ୟକ।"

ତା ପରେ ତା'ର ବୃକ୍ଷରୋପଣ ଓ ଗାଈ ପାଳନ ଡାଏରୀ ଫାର୍ମ ଆଦି ଯୋଜନା ବିଷୟରେ କ'ଣ ହେଲା ଜଣା ନାହିଁ, କାରଣ ସମସ୍ତେ ତା ସହ କଥାବାର୍ତ୍ତା କରିବା ବନ୍ଦ କରିଦେଇଥିଲେ। ସମସ୍ତେ ଅସନ୍ତୁଷ୍ଟ ଥିଲେ। ଗାଳି ଦେଉଥିଲେ। ସମ୍ପର୍କ କାଟି ଦେବା କଥା କହୁଥିଲେ। ତା'ର ସ୍ୱାଧୀନ ସ୍ୱଚ୍ଛନ୍ଦ ଜୀବନଶୈଳୀ ଓ ଚିନ୍ତାଧାରା ପ୍ରତି ସମସ୍ତେ ବୀତସ୍ପୃହ ହୋଇଯାଇଥିଲେ। ବନ୍ଧୁବାନ୍ଧବ, ଶୁଭେଚ୍ଛୁ ଆଦି ସମସ୍ତେ କୌଣସି ନା କୌଣସି ବାହାନାରେ ଏକଥା ନିଶ୍ଚିତ କରି ସାରିଥିଲେ।

"ତୁ ବି ଏଠିକୁ ଆସି ନିଜ କାମ କରିପାରିବୁ। କୌଣସି ୱାର୍କସପ୍ ଅବା କାହା ସହ କୌଣସି ଆଲୋଚନା ଯାହା କରିବାକୁ ଇଚ୍ଛା" ଦିଶା ବାରମ୍ବାର ତାଙ୍କୁ ଆମନ୍ତ୍ରିତ କରୁଥିଲା।

"ଭାବିବା !" ସେ ଦିଶା ସହ ସମ୍ପର୍କିତ ପ୍ରତ୍ୟେକ କଥାକୁ ନେଇ ଖୁବ୍ ସତର୍କ ଥିଲେ। ତାଙ୍କର ଓ ଦିଶାର ବନ୍ଧୁଗୋଷ୍ଠୀ ପ୍ରାୟ ସମାନ ଥିଲେ। ସେଥିପାଇଁ ଦିଶା ଯୁଆଡ଼େ

ଯାଏ, ଯାହା ସହ ବି ଦେଖାକରେ ତାଙ୍କ ପାଖରେ ଖବର ପହଞ୍ଚି ଯାଏ। ଦିଶାର ମେଧାଶକ୍ତି, ବିଶେଷକରି ଆଲୋଚନା କରିବାର ଦୃଷ୍ଟିଭଙ୍ଗୀ ଏବଂ ସୂକ୍ଷ୍ମ ଗଭୀର ଅବବୋଧର ସେ ପ୍ରଶଂସକ ଥିଲେ। ଏବେ ଦିଶା ଓ ତାଙ୍କ ମଧ୍ୟରେ କମ୍ କଥାବାର୍ତ୍ତା ତାଙ୍କୁ ଏକାକୀ ଓ ଉଦାସ କରିଦେଇଥିଲା।

ଦିନେ ସେ ସକାଳୁ ଉଠି ଚା' କରିବାକୁ ଯାଉଥିବା ବେଳେ କବାଟରେ ଘଣ୍ଟି ବାଜିଲା।

ଦେଖିଲେ ସାମ୍ନାରେ ଦିଶା ଠିଆ ହୋଇଛି। ବ୍ୟସ୍ତ ବିବ୍ରତ ହୋଇ। ଅବିନ୍ୟସ୍ତ କେଶ୍ ଓ ମଇଳା କାଦୁଅ ଲୁଗାପଟା। ମାଟି ସରସର ପାଦ ଓ ଚପଲ।

"କୁଆଡ଼େ ଯାଇଥିଲୁ?"

"ନର୍ସରୀକୁ ଚାରା ଆଣିବାକୁ। ବାହାରକୁ ଦେଖ, କେତେ ସୁନ୍ଦର ପାଗ ହୋଇଛି। କଳା ମେଘ ଘୋଟି ଆସିଛି ଓ ପବନରେ ଗୋଟେ ସୁନ୍ଦର ବାସ୍ନା ଭାସି ଉଠୁଛି। ତୁ ବାହାରକୁ ବାହାରୁଛୁ ନା ଖାଲି ଘର ଭିତରେ ବସି ରହୁଛୁ? କବାଟ ଝରକା ଖୋଲେ। ଥଣ୍ଡା ମିଠା ପବନ ଭିତରକୁ ଟିକେ ଆସୁ।"

"ବସ, ଚା' କରୁଛି।"

ସେ ବସିପଡ଼ିଲା! ଏକଦମ୍ ଚୁପ୍‌ଚାପ୍, ନୀରବ... ନିସ୍ପନ୍ଦ! ସେ ଆଜି ନା ହସୁଥିଲା, ଆଉ ନା ଭିତରକୁ ଆସି ଖାଇବା ଜିନିଷ ଅଣ୍ଡାଳୁ ଥିଲା! ସେ ଚା' ନେଇ ଆସିବା ବେଳକୁ ଦିଶା ବସି କାନ୍ଦୁଥିଲା।

"କ'ଣ ହେଲା! ଏବେ ତ ତୁ ଭାରି ବଡ଼ବଡ଼ କଥା କହୁଥିଲୁ।"

ସିଏ ପଚାରିବା ମାତ୍ରେ ଦିଶା କଇଁ କଇଁ ହୋଇ କାନ୍ଦିପକାଇଲା। ଜୋର୍‌ରେ... ଧକେଇ ହୋଇ। ସେ ପ୍ରଥମେ ତାକୁ ଚାହିଁ ରହିଲେ। ଥରି ଉଠୁଥିବା ଦେହ ମୁଣ୍ଡ, ଲୁହ ଭର୍ତ୍ତି ଆଖିରେ ଯନ୍ତ୍ରଣା ଚମକି ଉଠୁଥିଲା ଏଇଟା ତ ହେବାର ହିଁ ଥିଲା। ତୋର କାନ୍ଦିବା ଲେଖା ହୋଇଥିଲା। ସେ ମନେମନେ ଭାବିବାକୁ ଲାଗିଲେ। କିନ୍ତୁ ସେ ଆଉ ସମ୍ଭାଳି ପାରିଲେ ନାହିଁ, ପାଖକୁ ଆସି ତାକୁ ଛାତିରେ ଜାକି ଧରିଲେ। ଛୋଟ ପିଲାଟିଏ ପରି ସେ ଅନେକ ସମୟ ଯାଏଁ ତାଙ୍କ ଛାତିରେ ମୁହଁ ଜାକି କାନ୍ଦିବାକୁ ଲାଗିଲା। ତାଙ୍କ ଆଖିରୁ ମଧ୍ୟ ଲୁହଧାର ବହି ଆସୁଥାଏ। ସେ ଚେଷ୍ଟା କରିବା ସତ୍ତ୍ୱେ ଗୋଟେ ବି ଶବ୍ଦ କହିପାରିଲେନି। କେବଳ ତା ପିଠିକୁ ଆଉଁସି ଚାଲିଲେ। ଦୁଇଟି ନଦୀ ଯେପରି ପରସ୍ପର ସହ ମିଶି ଯାଉଥିଲେ!

"ତୁନି ହ', ଚା' ପିଇଦେ।"

"ନାଁ, ସେ ତଳେ ଠିଆ ହୋଇଛନ୍ତି।"

"ସେ! ସେ କିଏ?"

"ସନ୍ଦୀପ। ସନ୍ଧ୍ୟାରେ ତୋର ପ୍ରୋଗ୍ରାମ ଅଛି?"

"ହଁ"

"ତାଙ୍କୁ ବି ଡାକେ। ତୋର କୌଣସି କାମ କରିଦେବେ, ବିଶେଷକରି ମିଡ଼ିଆ ପାଇଁ ରିପୋର୍ଟିଂ। ଲୋକମାନଙ୍କୁ ନିମନ୍ତ୍ରଣ କରିବା କାମ। କାର୍ଯ୍ୟକ୍ରମ ସଂଯୋଜନା ବି କରିଦେବେ। ବହୁତ ଭଲ ଭାଷଣ ବି ଦିଅନ୍ତି। କେତେବେଳେ ତାଙ୍କୁ ବି ଦି ପଦ କହିବାକୁ କହିପାରୁ।" ଏଇଆ କହି ଦିଶା ତାଙ୍କ ହାତରେ ନିଜ ମୋବାଇଲ ଧରେଇ ଦେଲା।

"ମୁଁ ଜାଣେ, ଦିଶା ଆପଣଙ୍କୁ କଥା ହେବାକୁ ବାଧ୍ୟ କରିଛି। ଆପଣ ଓ ଅନ୍ୟମାନେ ସମସ୍ତେ ଦିଶାକୁ ଗୋଟେ କୋଣକୁ ଠେଲି ଦେଇଛନ୍ତି। ଆପଣ ଜାଣନ୍ତି ଯେ ସେ କେତେ ଟାଲେଣ୍ଟେଡ୍। କେତେ କାମ କରିପାରିଥାନ୍ତା, ଏବେ ବି କରିପାରିବ, କିନ୍ତୁ ଘର ପରିବାରର ବୋଝ ଏବଂ ନିତିଦିନିଆ ଜୀବନର ସଂଘର୍ଷ ତାକୁ ମାରିଦେଉଛି। ଆପଣ ବି ତାକୁ ଅଲଗା କରି ଦୂରେଇ ଦେଇଛନ୍ତି। କ'ଣ ଆପଣ ଜାଣନ୍ତି ଯେ କେତେ ଯନ୍ତ୍ରଣା ଅଛି ତା ମନରେ? ମୁଁ ଏ ବିଷୟରେ ଅଲଗା ସମୟରେ ଆପଣଙ୍କ ସହ କଥା ହେବାକୁ ଚାହେଁ। ଦିଶା ସହ ଆପଣ ଠିକ୍ କଲେନି। ଏକ ଅସାଧାରଣ ବ୍ୟକ୍ତିତ୍ୱକୁ ଆପଣମାନେ ସମସ୍ତେ ଶେଷ କରିଦେଲେ!" ସନ୍ଦୀପ କହି ଚାଲିଥିଲା।

"କ'ଣ କଥା ହେବେ!" ପଚାରିବା ସମୟରେ ତାଙ୍କ ସ୍ୱର ଥରି ଉଠୁଥିଲା। ଅପମାନରେ ତାଙ୍କ ମୁହଁ ନାଲି ପଡ଼ିଯାଇଥିଲା। ସତେ ଯେମିତି ହାଟ ମଝିରେ କେହି ତାଙ୍କୁ ଚପଲରେ ପିଟି ଦେଇଛି! ସେ ଏତେ ଗଭୀର ଆଘାତ ମନ ଭିତରେ ପାଇଥିଲେ ଯେ ସ୍ତବ୍ଧ ହୋଇ ଠିଆ ହୋଇଗଲେ।

"କ'ଣ ହେଲା! କିଛି କହୁନୁ କାହିଁକି?" ଦିଶା ପଚାରିଲା।

"ଇଏ କିଏ ମୋତେ କହିବାକୁ। ଇଏ କ'ଣ କହିବ ଯେ ତୋ ସହ ମୁଁ କେମିତି ବ୍ୟବହାର କରିବି? ତୋ ପାଇଁ ମୁଁ କ'ଣ କରିବି କ'ଣ ନ କରିବି... ସେକଥା ଶିଖେଇବ? ଆମ ଭଉଣୀ ଭଉଣୀ ଭିତରେ ଇଏ କାହିଁକି କହୁଛି? ତୁ ମୋ ବିଷୟରେ କିଛି ଯାଡୁସାଡୁ କହିଥିବୁ, ସେଥିପାଇଁ ତ ତା'ର ଏତେ ସାହସ ହୋଇଯାଇଛି।"

"ତାଙ୍କୁ ସେମିତି ଲାଗୁଥିବ।" ଦିଶା ସନ୍ଦୀପକୁ ସମର୍ଥ କରି କହିଲା।

"ତୋ ପାଇଁ କରୁଛି କିଏ ? ଆମେ ସମସ୍ତେ ତୋ ପାଇଁ କ'ଣ ସବୁ କରିଛୁ କ'ଣ ତୋତେ ଜଣା ନାହିଁ ? ସେ ଏପରି ଦୋଷ କେମିତି ଦେଇପାରୁଛି ! ସେ ଏପରି କଥାସବୁ କେମିତି କହି ପାରିଲା !" ସେ କୋହଭରା ସ୍ୱରରେ କହିଲେ । ତାଙ୍କ ଆଖି ଛଳଛଳ ହୋଇ ଯାଇଥିଲା ।

"ତୁ ଭୁଲ ବୁଝୁଛୁ । ତା କଥା ବୁଝିବାକୁ ଚେଷ୍ଟା କର ।" କହିଦେଇ ଦିଶା ଚାଲିଗଲା, ତା ପାଦରେ ଲାଗିଥିବା ମାଟିକାଦୁଅ ଚିହ୍ନ ବାଣ୍ଡାରେ ପଡ଼ିଥିଲା ।

ଚା ଥଣ୍ଡା ହୋଇଯାଇଥିଲା ଆଉ ତାଙ୍କ ଶରୀର ବି । ଏପରି ଅପମାନ ! ଓଃ !

ସାନ ଭଉଣୀକୁ ଫୋନ କଲେ । ସବୁ କଥା ଜଣେଇଥିଲେ । ତାପରେ କଇଁକଇଁ ହୋଇ କାନ୍ଦିବାକୁ ଲାଗିଲେ । ଦିଶା ଏତେ ବଦଳିଯାଇଥିବା ତାଙ୍କୁ ବହୁତ କଷ୍ଟ ଦେଉଥିଲା । ଅନେକ ଦୂରକୁ ସେ ଚାଲିଯାଇଥିଲା । ସେ କାହିଁକି ବୁଝିପାରୁନି ଯେ ନିଜ ପରିବାରର ଲୋକଙ୍କୁ ଅନ୍ୟ ପାଖରେ ସମାଲୋଚନା କରି ନିଜକୁ ହିଁ ଦୁର୍ବଳ କରିଦେଉଛି । ଦୀନ-ହୀନ ଦୟାର ପାତ୍ର କରିଦେଉଛି । ସେ ବ୍ୟକ୍ତି ସହ ତା'ର ଅବା କେତେଟା ଦିନରେ ପରିଚୟ ? ସେ କାହିଁକି ନିଜ ଜୀବନକୁ ଜାଣିଶୁଣି ବିଷାକ୍ତ କରି ଦେଉଛି । ପରିସ୍ଥିତି ଏମିତି ହୋଇଯାଇଛି ଯେ, ସେ ପରିବାରର କୌଣସି ବି ସଦସ୍ୟଙ୍କୁ କିଛି ବି କହିଦେଉଛି, ଏପରିକି ଦିଶାର ପକ୍ଷ ନେଇ ଯୁକ୍ତି ବି କରିପାରୁଛି ! କେଉଁଠି ବି ହେଉ ଲେଖିପାରିବ, ଫେସ୍‌ବୁକ୍‌ରେ... ଟ୍ୱିଟରରେ... ଏବଂ ନିଧି କହୁଥିଲା ଯେ ସେ ସମସ୍ତଙ୍କ କଥାକୁ ରେକର୍ଡ଼ କରି ରଖେ... ଆଉ ଦିଶା, ଖୁସି ହୋଇଯାଉଛି । ହସୁଛି । ପିଲାଟି ଦିନରୁ ନେଇ ଆଜି ପର୍ଯ୍ୟନ୍ତ ପୂରା ପରିବାର କୌଣସି ନା କୌଣସି ରୂପେ ତା ପାଇଁ କିଛି ନା କିଛି କରିଆସୁଛି । ପତି-ପତ୍ନୀ, ଦୁଇଟି ପିଲା । ଛ'ସାତଟି ବିଲେଇ କୁକୁର ଆଉ ସେମାନଙ୍କର ବି ଖର୍ଚ୍ଚ । ସେମାନଙ୍କ ଯିବା ଆସିବା ଖର୍ଚ୍ଚ, ରହିବା ଖର୍ଚ୍ଚ । କ'ଣ ଦିଶାକୁ ଦୟା ଆସୁନି ନିଜ ଭାଇଭଉଣୀଙ୍କ ପ୍ରତି, ତାଙ୍କ ଟଙ୍କା ପଇସା ପ୍ରତି ।

"କ'ଣ ତୁମମାନଙ୍କର ଆଉ କିଛି କାମ ନାହିଁ ?" ଦିଶାର ଫୋନ୍ ଆସିଲା, କ୍ରୋଧରେ ସେ ଥରିଯାଉଥିଲା ।

"ଭାଇ ଦିନ ସାରା ଏ.ସି. ରୁମ୍‌ରେ ବସି ମୋତେ ଜୀବନର ଶିକ୍ଷା ନ ଦେଉ । ତାକୁ କୁହ ଗାଁକୁ ଯାଉ, ସେଠି ମରୁଡ଼ି ପଡ଼ିଛି । ଗାଁ ଲୋକଙ୍କୁ ଚାଉଳ ଗହମ ବାଣ୍ଟିଆସୁ । ଟିଉବ୍‌ୱେଲ୍ ଖୋଳେଇ ଦେଉ । ପିଇବା ପାଣିର ବ୍ୟବସ୍ଥା କରୁ । ନିଜ ଛଡ଼ା ସେ ଅନ୍ୟ ପାଇଁ ଆଉ କ'ଣ କରିଛି କି । ତା ଭିତରେ କ୍ରୁରତା ଓ ଅସଭ୍ୟତା ଭରି ରହିଛି । ଅହଂକାରରେ ବୁଡ଼ିରହି ସେ ଏକଥା ଭୁଲିସାରିଛି ଯେ, ଅନ୍ୟକୁ ମରିବାକୁ ଦେବା

କେତେବଡ଼ ଅପରାଧ!" ସେ କଠୋର ସ୍ୱରରେ କହିବାକୁ ଲାଗିଥିଲା। "ବାପର ରୋଜଗାରରେ ବିଜ୍‌ନେସ୍ କରି, ଅନ୍ୟମାନଙ୍କ ଜମି ହଡ଼ପ କରି, ଲାଞ୍ଚ ଦେଇ ଫ୍ଲାଟ୍ ଏଲର୍ଟ କରାଇ ନିଜକୁ ବହୁତ ବଡ଼ ବ୍ୟକ୍ତି ବୋଲି ଭାବୁଛି। ଅହଂକାର ଏତେ ଯେ ଭାବୁଛି ସେ ସବୁକିଛି ଜାଣିଛି। ନିଜେ କୋଉ କାମ କରିଛି! ଦେଖି ଗୋଟେ କାମ କରିକି ତ ଦେଖାଉ। ମମ୍ମିକୁ ମୋ ନାଁରେ କେତେ ବେକାର କଥା ସବୁ କହିକି ଆସିଛି। ତାକୁ କହିଦିଅ, ମୁଁ ତାଙ୍କ ପାଇଁ ମରିଯାଇଛି ଓ ସେ ମୋ ପାଇଁ।" କହିଦେଇ ସେ ଫୋନ୍ କାଟିଦେଲା।

ସେ ନିରୁତ୍ତର, ନିର୍ବାକ୍! ଦୁଃଖରେ ମ୍ରିୟମାଣ, ସତେ ଯେପରି ଜଳନ୍ତା ଅଙ୍ଗାର ଉପରେ ପାଦ ରଖି ଦେଇଛନ୍ତି।

ଏଣିକି କେବଳ ଦିଶା ବିଷୟରେ ଚର୍ଚ୍ଚା ହେଉଥିଲା। ତାଆରି ନିନ୍ଦା ସମସ୍ତଙ୍କ ମୁହଁରେ ଏବଂ ଶେଷରେ ସେ ଯେଉଁ କଥାକୁ ଡରୁଥିଲେ, ତାହା ହିଁ ହେଲା। ଭାଉଜଙ୍କ କାନରେ ଏସବୁ କଥା ପହଞ୍ଚିଗଲା।

"ମୁଁ ଏକଥା ମାନିନେଇ ପାରିବିନି।" ଭାଉଜ କହିଲେ।

"ତୁମେ ମାନ କି ନ ମାନ, କିନ୍ତୁ ଏହାହିଁ ସତ। ସେ ଆଉ କାହା ସହ ରହୁଛି। ଦିନସାରା ସେଠି କୋଉଗୋଟେ କାମ କରୁଛି, କିନ୍ତୁ ରାତିରେ ସେମାନେ ସେଇଠି ହିଁ ରହୁଛନ୍ତି। ଭାଇନା ତ ସେଠିକୁ ଯାଉ ବି ନାହାନ୍ତି। ପ୍ରଥମେ ତ ମୋର ବି ବିଶ୍ୱାସ ହେଉ ନ ଥିଲା ଯେ ଅପା ଏମିତି କାମ କରିପାରେ ବୋଲି।"

"ଆରେ, ତାକୁ ଯଦି ଏମିତି କରିବାର ଥିଲା, ତା ହେଲେ ଦଶ ପନ୍ଦର ବର୍ଷ ପୂର୍ବରୁ କରିଥାନ୍ତା। ସେ ସେତେବେଳେ ନିଜ ମଦୁଆ ସ୍ୱାମୀକୁ ଯଦି ଛାଡ଼ି ନଥିଲା ତେବେ ଆଜି କେମିତି ତାଙ୍କୁ ଧୋକା ଦେଇ ପାରିବ। ନିଶ୍ଚୟ କିଛି ଭୁଲ୍ ବୁଝାମଣା ସୃଷ୍ଟି ହୋଇଛି।" ଭାଉଜ ଯୁକ୍ତି କଲେ କିନ୍ତୁ ପିଲାଟି ରାଣ ପକାଇ କହୁଥିଲା। କଥାଟି ଭୁଲ ପ୍ରମାଣିତ ହେଲେ ଚପଲରେ ମାରିବାକୁ ବି ସର୍ତ୍ତ ରଖିଲା।

ଭାଉଜ ସାଙ୍ଗେସାଙ୍ଗେ ଭାଇଙ୍କୁ ଡକାଇଲେ। ସବୁ କଥା କହିଲେ। ଏ ପରିବାର ପାଇଁ ଏହା ଅବିଶ୍ୱସନୀୟ ଥିଲା। ଅସମ୍ଭବ ଓ କଳ୍ପନା ବାହାରେ।

"ପ୍ରକାଶ କହୁଥିଲା ଯେ ଦିଶା କୋଉ ଗୋଟେ ଲୋକ ସହ ବନ୍ଧୁତା ରଖିଛି। ସେ ଦୁହେଁ ଫାର୍ମହାଉସ୍‌ରେ ଏକାଠି ରହୁଛନ୍ତି।"

"ତୁମେ ବି! କାହା କଥାକୁ ବିଶ୍ୱାସ କରୁଛ? ଏମାନେ ସବୁ ଫାଲ୍‌ତୁ ଲଫଙ୍ଗା ପିଲା। ବସିବସି ଏସବୁ ଗୁଲିଖଟି କରନ୍ତି। ଯଦି ସେ କାହା ସହ ସାଙ୍ଗ ହେଉଛି, ତା ହେଲେ କ'ଣ ହେଇଗଲା।" ଭାଇ କଥାକୁ ଟାଳିଦେଇ କହିଲେ। ସେ ଜାଣିଥିଲେ

ଯେ, ଯଦି ଏମାନଙ୍କ ମୁଣ୍ଡରେ ଥରେ ଏକଥା ପଶିଯାଏ ଦିନସାରା ଏଇ ଚର୍ଚ୍ଚାରେ ଲାଗିଯିବେ ଓ ସମସ୍ତଙ୍କୁ ପଚାରି ପଚାରି ବିରକ୍ତ କରିଦେବେ!

ଭାଇ ଖାଇସାରି ଟିକେ ଗଡ଼ପଡ଼ ହେଉଥିଲେ, ଏତିକିବେଳେ ମାଆଙ୍କ ଫୋନ୍ ଆସିଲା।

"କ'ଣ ହେଲା, କାହିଁକି ଫୋନ କଲ? ମୁଁ ତ ବ୍ୟସ୍ତ ହୋଇଯାଇଥିଲି ଯେ କିଛି ଅସୁବିଧା ହୋଇଗଲା ଭାବି।"

"କେମିତି କହିବି, ଦିଶାର ହେଇଛି କ'ଣ? ଏ ବୟସରେ ମୋ ନା ବଦନାମ୍ କରୁଛି। ତୁ କିଛି ଶୁଣିଲୁ? କୋଉ ଗୋଟାଏ ଲୋକସହ ସେ...।" ମାଆ ଏମିତି କହି ସୁଁ ସୁଁ ହୋଇ କାନ୍ଦିବାକୁ ଲାଗିଲେ, "ଏ ବୟସରେ ବିଚରା ସେ ରାଜୀବ ଏଠି ପଡ଼ି ରହୁଛି ଆଉ ସେ ଲୋକଟା ସେଠି ରହୁଛି। ଯେତେବେଳେ ଛାଡ଼ିବାର ଥିଲା ସେତେବେଳେ ତ ଛାଡ଼ିଲାନି। ଏବେ ଏ ବୟସରେ ତାକୁ ଏକୁଟିଆ କରିଦେଇଛି। ସମସ୍ତେ ଛି-ଛାକର କରୁଛନ୍ତି।"

"ମାଆ, ତୁମର ବେଶି ଦୟା ହେଉଛି ସେ ରାକ୍ଷସ ଓ ନିର୍ଲଜ ରାଜୀବ ପାଇଁ। ଜୀବନସାରା ଆମ ଝିଅକୁ ଧୋକା ଦେଇ ଆସୁଛି। ଗାଳିଗୁଲଜ କରୁଛି। କାହିଁକି? କ'ଣ ସେ ଗାଳି ଖାଇବା ଯୋଗ୍ୟ? ସେ କ'ଣ ଏମିତି ଗୋଟେ ଜୀବନ ଜିଇଁବାକୁ ଯୋଗ୍ୟ? ତା'ଣ ବି ତ ନିଜ ଜୀବନ ବଞ୍ଚିବାର ଅଛି। ହେଲେ କାହା ଭରସାରେ? ତା ଜୀବନକୁ ସେ ନର୍କ କରିଦେଇଛି। କିଏ ଗୋଟେ କହିଦେଲା ଆଉ ତୁମେ ମାନିନେଲ? କିଏ ଆସିଥାଇପାରେ, ରହିଥାଇପାରେ ମଧ୍ୟ। ହେଲେ କାହା ସହ କାମ କରିବା କ'ଣ ପାପ? ଆମେମାନେ ବି ତ କେତେ ମହିଳାମାନଙ୍କ ସହ କାମ କରୁଛୁ।" ବଡ଼ଭାଇ ମାଆଙ୍କୁ ଟିକେ କଠୋର ସ୍ୱରରେ ବୁଝାଇବାକୁ ଚେଷ୍ଟା କରୁଥିଲେ।

ପୁଅ ବୁଝାଇବାରୁ ମାଆ ଚୁପ୍ ହୋଇଗଲେ। କିନ୍ତୁ ଭିତରେ ଥିବା ଏକ ପବିତ୍ର ସଂସ୍କାରୀ ମାଆର ଆତ୍ମା ବିଳପି ଉଠୁଥିଲା।

ଇଏ କି ବିଡ଼ମ୍ବନା ତା ଭାଗ୍ୟର! ନା ସମସ୍ତଙ୍କ ଚିନ୍ତାଧାରାର!

ସ୍ୱାମୀ ନାମକ ପ୍ରାଣୀ ଆଜି ଦୟାର ପାତ୍ର ହୋଇଯାଇଥିଲା ଏବଂ ବର୍ଷ ବର୍ଷ ଧରି ନିଜର ପରିଚୟ ଅସ୍ତିତ୍ୱର ସନ୍ଧାନରେ ଥିବା ଦିଶା, ଟିକେ ସ୍ନେହ ପ୍ରେମ ଓ ସୁଖର ସନ୍ଧାନରେ ଥିବା ଦିଶା ଆଜି ସମସ୍ତଙ୍କ ପାଇଁ କଠୋର, ସ୍ୱାର୍ଥୀ ଏବଂ ନିର୍ଲଜ ହୋଇ ଯାଇଥିଲା।

●●●

"ଦିଶା ! ଦିଶା... ତୁମ ପାଇଁ ଗୋଟେ ଖୁସି ଖବର ଅଛି ।"

"କ'ଣ ?"

"ମୁଁ ଚିଫ୍ ମିନିଷ୍ଟରଙ୍କ ହେଲ୍ପଲାଇନ ଜରିଆରେ ଅଭିଯୋଗ କରିଥିଲି ଏବଂ ସେ ଡିପାର୍ଟମେଣ୍ଟଗୁଡ଼ିକୁ ଚିଠି ବି ଦେଇଥିଲି, ଅଧାତିଆରି ହୋଇଥିବା ରାସ୍ତାର ଫଟୋ ବି ପଠେଇଥିଲି । ଆଉ ଏସବୁର ଏଇଆ ଲାଭ ହେଲା ଯେ ଏ ରାସ୍ତାକାମ କାଲିଠୁ ପୁଣି ଆରମ୍ଭ ହୋଇଯିବ ।"

"ଆରେ ! ସତରେ ତ ଏଇଟା ଗୋଟେ ବହୁତ ବଡ଼କାମ ହୋଇଗଲା । ତା ହେଲେ ତ ଯିବା ଆସିବା ପାଇଁ ବହୁତ ସୁବିଧା ହୋଇଗଲା । ଆଉ ଯିବା ଆସିବା ସହ ଜିଇଁବାର ରାସ୍ତା ବି ସହଜ ହୋଇଯିବ ।"

"ହଁ, ମୁଁ ବ୍ୟାଙ୍କକୁ ବି ଯାଇଥିଲି । ସେ ପ୍ରପୋର୍ଟି ଭାଲ୍ୟୁଏସନ କରିବାକୁ କହିଛନ୍ତି । ତାଙ୍କର ଟିମ୍ ଆସିବେ ଦିନେ ଦି'ଦିନ ଭିତରେ ସର୍ଭେ କରିବାକୁ । ହ୍ୟାଣ୍ଡପମ୍ପ ବସେଇବାକୁ ଯଦି ଲୋନ୍ ମିଳିଯାଉଛି, ତେବେ ତୁମର ଅନେକ ଗୁଡ଼ାଏ କାମ ସହଜ ହୋଇଯିବ । ପାଣିର ଅଭାବ ରହିବନି । ଆହାଃ ! ସବୁଜ ସୁନ୍ଦର କ୍ଷେତ ମୋ ଆଖିରେ ନାଚି ଯାଉଛି !"

"ହଁ, ଆଉ ତା ହେଲେ ତ ଆମ କାମ ବି ଆରମ୍ଭ ହୋଇଯିବ ।"

"ଆଜି ଏ ଲୋକମାନେ କେତେ କାମ କଲେ ? ଗାତ ଖୋଳିଲେ ସବୁ ? ଆଉ କାଠ ଆଣିଲେ... ? ହଉ ମୁଁ ନ ହେଲେ ଦେଖି ଦେଉଛି ।" କହିଦେଇ ସନ୍ଦୀପ ଚାରିଆଡ଼େ ବୁଲିବୁଲି କାମ ଦେଖିଲା । କିଛିଟା ଗାତ ଖୋଳା ସରିଥିଲା, ମାଟିର ଓଦାଗନ୍ଧ ଆସୁଥିଲା ।

"ମୌସୁମୀ ଆସିବା ଆଗରୁ ଚାରାଗଛ ଲଗାଇବା ପାଇଁ ଗାତଗୁଡ଼ିକ ରେଡ଼ି କରିନେବା ଦରକାର ।"

"ଆଜି ଷାଠିଏଟା ଗାତ ଖୋଳିଛନ୍ତି, ଆଉ ବାକି କାଲି କିମ୍ବା ପହରଦିନ ଖୋଳିଦେବେ ।"

"ଭଲ କଥା, ଆଜି ମୋର ମହେନ୍ଦ୍ର ସହ ଟିକେ ଯୁକ୍ତିତର୍କ ହୋଇଗଲା । ମୁଁ ଯୁକ୍ତି କରୁଥିଲି ପର୍ଯ୍ୟାବରଣର ସୁରକ୍ଷା, ନଦୀ ସୁରକ୍ଷା ଓ ପ୍ରତି ତିନି କିଲୋମିଟର ଦୂରତାରେ ପୋଖରୀ ଖୋଳାଇବା ପାଇଁ । ମୁଁ କହିଲି ଯେ ସରକାରଙ୍କ ଭରସାରେ ନ ରହି ଆମେ ସମସ୍ତଙ୍କୁ ମିଳିମିଶି ଏ କାମ କରିବାକୁ ହେବ । ସମିତି ସବୁ ଗଢ଼ାଯାଉ, ଯେମିତି କି ପୋଖରୀ ସଂରକ୍ଷଣ ସମିତି, କୂପ ସଂରକ୍ଷଣ ସମିତି, ବୃକ୍ଷ ସଂରକ୍ଷଣ ସମିତି ଆଦି କାହିଁକି ଗଢ଼ାଯାଇ ପାରିବ ନାହିଁ ? ଏସବୁ ସମିତି ନିଜନିଜ କାମର ଦାୟିତ୍ୱ

ନେବେ। ଏ ପରାମର୍ଶ ମୁଁ କେଉଁଠି ଗୋଟାଏ ପଢ଼ିଥିଲି। ମୁଁ ଜଣେଇଦେଲି ଯେ, ଯଦି ଆମେ ଏପରି ନ କରିବା ତା ହେଲେ, ଭୟଙ୍କର ମରୁଡ଼ିର ସମ୍ମୁଖୀନ ହେବା। ପଶୁପକ୍ଷୀ ଆଦି ସମସ୍ତେ ଶୋଷରେ ମରିଯିବେ। ଗଛପତ୍ର ଶୁଖିଯିବେ, କିନ୍ତୁ ଦେଖ ! ସେ ମୋର ସବୁ କଥାକୁ କାଟି ଦେଉଥିଲା। କି ମୂର୍ଖାମୀ ! ଆଜିକାଲି ପରିବେଶ ଓ ଜଳବାୟୁରେ ଯେଉଁ ପରିବର୍ତ୍ତନ ଦେଖାଦେଉଛି ତାହାର କାରଣକୁ ଯଦି ଇଏ ବୁଝି ନ ପାରିବ ତେବେ ପୃଥିବୀକୁ ରକ୍ଷା କରିବା କଷ୍ଟକର ହୋଇପଡ଼ିବ। ଗଛପତ୍ର ଗୁଡ଼ିକୁ ଏପରି ଦାୟିତ୍ୱହୀନ ରୂପେ କାଟିଚାଲିବା ମଣିଷ ଜାତିକୁ କେତେବଡ଼ ସଂକଟରେ ପକାଇ ଦେଉଛି... ଏକଥା ଏମାନେ କାହିଁକି ବୁଝିପାରୁ ନାହାନ୍ତି ! ଆଜି ଗୋଟେ ବଡ଼ ଲେଖାଟେ ଲେଖିବାର ଅଛି ଏ ବିଷୟକୁ ନେଇ। ଇଣ୍ଟରନେଟ୍‌ରେ ଲେଖିବାର ଅଛି ଏ ବିଷୟକୁ ନେଇ। ଇଣ୍ଟରନେଟ୍ ଚାଲୁଛି ନା ବାହାରକୁ ଯିବାକୁ ପଡ଼ିବ ?”

“ଏବେ ତ ଚାଲୁଛି ଠିକ୍‌ଠାକ୍।”

“ଆଜି ସାରା ରାତି ଚେଇଁ ରହିବି ଓ ଯୋଉମାନେ ଚୁପ୍‌ଚାପ୍ ଆସି ଗଛକାଟି ଚାଲିଯାଉଛନ୍ତି ସେମାନଙ୍କୁ ଧରିବି। ମୋ ଦେଖିବାରେ ହିଁ କେତେ ଗଛ କାଟି ପକାଇଲେଣି !”

“ସେ ଲୋକମାନେ ଭାରି ବଦମାସ୍। ଆକ୍ରମଣ ବି କରିଦେଇପାରନ୍ତି।”

“ତୁମେ ଡରିବା ବନ୍ଦକର। ଯଦି କାମ କରିବାର ଅଛି ତାହେଲେ ବାହାରକୁ ଏକଦମ୍ ନିର୍ଭୟ ହୋଇ ବାହାରିବାକୁ ପଡ଼ିବ। ବିରୋଧ ଅଥବା ପ୍ରତିରୋଧ କରିବା ସମୟରେ ଆମ ମନ ସଂକଳ୍ପବଦ୍ଧ ଏବଂ ନିର୍ଭୀକ ହୋଇଥିବା ଆବଶ୍ୟକ।”

“ଟଙ୍କା ? ପଇସାପତ୍ର ଯୋଗାଡ଼ କରିବାକୁ ଏବେ କିଛି କାମ କରିବାକୁ ହିଁ ପଡ଼ିବ।”

“ହଁ, ଏବେ ଟଙ୍କା ପଇସାର ବ୍ୟବସ୍ଥା କରିବାକୁ ହେବ।”

“ପୁରୁଣା କୃଷିଋଣ ଯଦି ମିଳିଯାଏ, ତେବେ ଲୋନ୍ ନେଇ ଏଠି କିଛି କାମ ଆରମ୍ଭ କରାଯାଇପାରିବ। ଏଥର ମଟର, ଡାଲି... ଇତ୍ୟାଦି ଲଗାଇବ ନା ଆଉ କିଛି ?”

“ମାଟି ପରୀକ୍ଷାରୁ କ’ଣ ଜଣାପଡ଼ିଲା ?”

“ସେମାନେ କହିଥିଲେ ଯେ ଆମେ ଏଠି ସବୁ ଚାଷ କରିପାରିବା। ଗଛ ତ ସହଜରେ ଲଗେଇଦେଇ ହେବ, କିନ୍ତୁ ଅଲଗା ସବୁ ଚାଷ କରିବା ପାଇଁ ଏ ମାଟି ଉପଯୁକ୍ତ ନୁହଁ।”

“ତୁମେ ଜାଣ, ଆମ ନିଜର ଜୀବନଶୈଳୀ ଯେପରି ଅଟେ, ତାହାର ଏକ

ନିୟମ ରହିବା ଦରକାର। ତାହା ହେଲା- ଆବଶ୍ୟକତାନୁସାରେ ଜିନିଷପତ୍ର ଉପଯୋଗ କରିବା। ଆମେ ଯେପରି ଭାବରେ ଜଙ୍ଗଲଗୁଡ଼ିକୁ କାଟିଚାଲିଛନ୍ତି, ଯେପରି ନଦୀଗୁଡ଼ିକୁ ଅପରିଷ୍କାର କରିଚାଲିଛନ୍ତି, ତାହା ଆତ୍ମହତ୍ୟା କରିବା ପରି କଥା। ଜୀବନରେ ଯଦି ଏସବୁ ଜିନିଷ ନ ରହିବେ ତେବେ ଆମେ କିପରି ବଞ୍ଚିରହିବା? ମୁଁ ଏଇ କଥା ଉପରେ ଗୁରୁତ୍ୱ ଦେବାକୁ ଚାହୁଁଛି ଯେ, ଗୋଟେ ପତ୍ର ମଧ୍ୟ ଛିଣ୍ଡାଇବା ପୂର୍ବରୁ ଆମେ ଏକଥା ଚିନ୍ତା କରିବା ଉଚିତ ଯେ ପତ୍ରଟି ଆମେ କାହିଁକି ଛିଣ୍ଡାଉଛୁ ଏବଂ ଏହାଦ୍ୱାରା କ'ଣ ସବୁ କ୍ଷତି ହେବ।" ସନ୍ଦୀପ ଫୋନ୍‌ରେ କାହା ସହ ଗୋଟେ ଯୁକ୍ତିତର୍କ କରିବାରେ ଲାଗିଯାଇଥାଏ।

ଦିଶା ବୁଝିପାରିଲା ଯେ ଆଜି ସନ୍ଦୀପ ଯେପର୍ଯ୍ୟନ୍ତ ସଂସାରଯାକର ବିଚାର, ତର୍କ, ବହିପତ୍ର, ଗ୍ରନ୍ଥ... ଆଦି ନ ଘାଣ୍ଟି ପକାଇଛି, ସେପର୍ଯ୍ୟନ୍ତ ତାକୁ ତ ଶାନ୍ତି ମିଳିବନି। ଆଜି ସେ ବିଜ୍ଞାନ, ମନୁଷ୍ୟର ଧାର୍ମିକ ଏବଂ ଆଧ୍ୟାତ୍ମିକ ଚେତନା, ପ୍ରକୃତି ଏବଂ ତା'ର ମହତ୍ୱ ବିଷୟରେ ପୂରା ସବିଶେଷ ତଥ୍ୟ ବାହାର କରିଦେବ। ଏସବୁ ବିଷୟରେ ସେ ପୂରାପୂରି ପାଗଳ ଅଟେ। ନିଜ କଥାକୁ ତାର୍କିକ ଢଙ୍ଗରେ ଉପସ୍ଥାପନ କରିବା ପାଇଁ ସେ ଆଠ-ଦଶ ଘଣ୍ଟା ଧରି ପଢ଼ିପାରେ ଓ ଲେଖିପାରେ ମଧ୍ୟ।

ମଶାରୀ ଲାଗିଥିବା ଗୋଟିଏ ଖଟିଆ ଉପରେ ତା'ର ସମସ୍ତ ବହି, କାଗଜ, ରେଜିଷ୍ଟାର, ଡାଏରୀ ଆଉ କଲମ ପଡ଼ି ରହିଥିଲା। ଲାପଟପ୍ ଚାର୍ଜ ହୋଇପାରୁ ନ ଥିବାରୁ ସେ ନଜର ସବୁକାମ ହାତରେ ହିଁ କରୁଥିଲା। କାମ କରିବା ସମୟରେ ସେ ଭୁଲିଯାଉଥିଲା ଯେ ସେ କେଉଁଠି କାହା ସହ ଅଛି। ତା ଆଖପାଖରେ କିଏ ସବୁ ଅଛନ୍ତି, ପାଟିତୁଣ୍ଡ ହେଉ ଅବା ଖାଁ ଖାଁ ନୀରବତା, ତାକୁ ଏସବୁ କିଛି ଜଣା ହିଁ ପଡୁ ନ ଥିଲା।

ଦିଶା ଖାଇବା ବାଢ଼ିବାକୁ ଯାଉଛି, ଭାଇର ଫୋନ୍ ଆସିଲା -

"କେଉଁଠି ଅଛୁ, କେମିତି ଅଛୁ, କ'ଣ କରୁଛୁ?"

"ଫାର୍ମ ହାଉସରେ"।

"ଆଜିକାଲି ସେଇଠି ରହୁଛୁ?"

"କାମ ଚାଲିଛି। ଘାସ ସଫା କରାଉଛି। ଗଛ ଲଗେଇବାକୁ ଗାତ ଖୋଳାହେଉଛି। ଭାଇ ତୁମେ ଆସୁନ ଟିକେ, ସକାଳୁ ଚାଲିବାକୁ ଯାଉଛ ଯେତେବେଳେ ଏପଟେ ଟିକେ ଚାଲିଆସିବ। ତୁମକୁ ବହୁତ ଭଲ ଲାଗିବ।" ଦିଶା ସହଜ ଭାବରେ କହିଲା।

ଭାଇ ଦୁନିଆ ସାରା ବୁଲିଛନ୍ତି। ଭିନ୍ନ ଭିନ୍ନ ଦେଶର ସଂସ୍କୃତି ଚାଲିଚଳଣ ଓ

ଜୀବନଶୈଳୀକୁ ଦେଖିଆସିଛନ୍ତି ସେ। ସେ ଚିନ୍ତାକଲେ, ପ୍ରଥମେ ଦିଶାଠାରୁ ସମସ୍ତ ଘଟଣା ବିଷୟରେ ଶୁଣାଯାଉ, ତା ପରେ ଯାଇ ଏ ବିଷୟର ସତ୍ୟାସତ୍ୟ ଜଣାପଡ଼ିବ ଓ ତେବେ ଯାଇ କିଛି ଗୋଟାଏ ନିଷ୍କର୍ଷରେ ପହଞ୍ଚି ହେବ। ସେଥିପାଇଁ ତା ପରଦିନ ହିଁ ସେ ଯାଇ ସକାଳୁ ସକାଳୁ ଦିଶା ପାଖରେ ପହଞ୍ଚିଗଲେ।

ସକାଳର ସୁନ୍ଦର ଶୀତଳ ଶାନ୍ତ ବାତାବରଣ। ଚାରିଆଡ଼େ ଥୁଣ୍ଟା ଗଛରେ ନୂଆ ସବୁଜ ପତ୍ର କଅଁଳି ଆସିଥିଲା। ପକ୍ଷୀମାନଙ୍କ କିଚିରିମିଚିରି ଶବ୍ଦ ଗଛ ଭିତର ଦେଇ ପ୍ରତିଧ୍ୱନିତ ହେଉଥିଲା। ମନେହେଉଥିଲା, ସତେଅବା କୌଣସି ବାଦ୍ୟଯନ୍ତ୍ର ଏକା ସାଙ୍ଗରେ ବାଜି ଉଠୁଛି। ସକାଳର ଖରାରେ ଏକ ଅଦ୍ଭୁତ ସୁଗନ୍ଧ ଭାସି ଆସୁଥିଲା। ଦିଶା ଚାରୋଟି ବେତର ଚେୟାର ପକାଇ ଦେଇଥିଲା। ମଝିରେ ଗୋଟେ ଓସାରିଆ ପଥର ରଖିଥିଲା ଯାହାକି ସେଣ୍ଟର ଟେବୁଲର କାମ କରୁଥିଲା। ଚାରିପଟେ ଲମ୍ବାଲମ୍ବା କାଠ ପୋତି ବାଉଁଶ ଛନ୍ଦି ଆବଦ୍ଧ କରିଦେଇଥିଲା ଓ ତା ବାହାର ପଟକୁ ଚାରିପାଖରେ ଆମ୍ବ ପିଜୁଳି, ଲେମ୍ବୁ, ଅମୃତଭଣ୍ଡା, ଲିମ୍ବ ଆଦି ଗଛର ଚାରା ଲଗାଯାଇଥିଲା। ଗୋଟିଏ ବଡ଼ ଅଗଣା ଥିଲା, ଯେଉଁଥିରେ ପାର୍ଟିସନ୍ କରି ଗୋଟେ ପଟକୁ ପଲଙ୍କ ପକାଇ ଦିଆ ଯାଇଥିଲା। ଆବଡ଼ା ଖାବଡ଼ା ରାସ୍ତା। ଚବିଶି ଘଣ୍ଟା ଭିତରୁ କେବଳ ଦୁଇଘଣ୍ଟା ପାଇଁ ଲାଇନ୍ ଆସେ। କେବଳ ଫାର୍ମହାଉସରେ ହିଁ ଲାଇଟ୍ ଥିଲା। ପାଣି ମଧ୍ୟ ଅନ୍ୟ କେଉଁଠୁ ଆଣୁଥିଲା। ଅବଶ୍ୟ ରବିବାରରେ ତଥା ଅନ୍ୟ ଛୁଟିଦିନ ଗୁଡ଼ିକରେ ପର୍ଯ୍ୟଟକମାନଙ୍କ ଗାଡ଼ି ପିକ୍‌ନିକ୍ କରିବାକୁ ଜଙ୍ଗଲ ଭିତରକୁ ଯାଉଥାଏ। ନେତା, ଅଧିକାରୀଗଣ ତଥା ଧନୀ ବ୍ୟକ୍ତିଙ୍କ ପିଲାମାନେ ଅଲଗା ରାସ୍ତା ଦେଇ ଯାଉଥିବାର ଦେଖାଯାଏ। କେବେ କେମିତି କୌଣସି ଷ୍ଟୁଡ଼େଣ୍ଟମାନଙ୍କ ଦଳ ଏପଟକୁ ଆସିଯାଆନ୍ତି। ଦିଶାକୁ ଦେଖା କରନ୍ତି, ତା ସହ କଥାବାର୍ତ୍ତା କରନ୍ତି। କେବେ କେମିତି କିଛି ବନଅଧିକାରୀ ବା ସେମାନଙ୍କ ସାଙ୍ଗମାନେ ମଧ୍ୟ ଆସନ୍ତି। ଏକୁଟିଆ ରହୁଥିବା ସ୍ତ୍ରୀ ଲୋକର ନିକଟକୁ ଆସିବାକୁ କୋଉ ମଣିଷ ନ ଚାହିଁବ, ସେଥିରେ ପୁଣି ସେମାନଙ୍କ ପାଖରେ ଏ ଉତ୍ତର ବି ଥିଲା ଯେ ତୁମେ ବି ତ କେଉଁ ଗୋଟେ ପୁରୁଷ ସହ ଏଠି ରହୁଛ। ମିତ୍ରତା, ସ୍ନେହ, ପ୍ରେମ, ପବିତ୍ରତା, ବିଶ୍ୱାସ ପରି ଶବ୍ଦ ଯେପରି ସେମାନଙ୍କ ପାଖରେ ସିଗାରେଟ୍‌ର ଧୂଆଁ ଉଡ଼ାଇବା ପରି ଥିଲା। ସବୁଠାରୁ ଯନ୍ତ୍ରଣାଦାୟକ କଥା ଏଇଆ ଥିଲା ଯେ ତା ଚରିତ୍ରକୁ ନେଇ, ତା'ର ଓ ସନ୍ଦୀପର ବନ୍ଧୁତା ଓ ଉପସ୍ଥିତିକୁ ନେଇ ଭିନ୍ନ ଏକ ଧାରଣା ସୃଷ୍ଟି ହୋଇସାରିଥିଲା। ଏସବୁ ଭିତରେ ସ୍ୱାମୀ ରାଜୀବ ତା ପାଇଁ ଏକ ସମ୍ମାନର ପ୍ରତୀକ ଥିଲା, ସୁରକ୍ଷା କବଚ ପରି। ସମାଜ ଆଗରେ ନିଜର ବନ୍ଧୁତାକୁ ପ୍ରେମକୁ ପବିତ୍ର କରି ରଖିବାର ଏକ ଅସ୍ତ୍ର! ପାଖଆଖର ଲୋକମାନେ ତାକୁ ଧମକ ଦେଇ ଚୋରି କରୁଥିଲେ। ମୂଲିଆମାନେ

ଏବଂ ବନକର୍ମଚାରୀମାନେ ବିଭିନ୍ନ ଜଙ୍ଗଲଜାତ ଜିନିଷକୁ ଚୁପ୍‌ଚାପ୍ ନେଇ ଯାଉଥିଲେ ଓ ବାହାରେ ବିକ୍ରି କରି ଦେଉଥିଲେ। ଦିଶା ସେମାନଙ୍କ ପାଖରୁ ନିଜକୁ ସୁରକ୍ଷିତ ରଖେ। କେବେ ସନ୍ଦୀପର ମାଉସୀକୁ ଡକାଇ ଆଣେ ତ କେବେ ରାଜୀବକୁ ବାଧ୍ୟ କରି ନେଇଆସେ, କେବେ ପୁଣି ନିଜର କିଛି ପରିଚିତମାନଙ୍କୁ ନିମନ୍ତ୍ରଣ କରେ।

ଭାଇ ଚୁପ୍‌ଚାପ୍ ହୋଇ ଗମ୍ଭୀର ଭାବରେ ସବୁଆଡ଼େ ଆଖି ବୁଲାଇ ଆଣୁଥିଲେ। କିଛି ଖୋଜୁଥିଲେ। କିଛି ଉପଭୋଗ କରୁଥିଲେ, ସେତିକି ବେଳେ ସନ୍ଦୀପ ବାହାରକୁ ଆସିଲା। ଡେଙ୍ଗା ସୁଠାମ ଶରୀରର ଏ ବ୍ୟକ୍ତିର ବ୍ୟକ୍ତିତ୍ୱରେ ସତେ ଅବା କିଛି ଚୁମ୍ବକୀୟ ଶକ୍ତି ଲୁଚି ରହିଥିଲା। ତା ଗଭୀର ଗହମ ରଙ୍ଗର ଆଖିରେ ଜୀବନକୁ, ସମସ୍ତ ବସ୍ତୁକୁ ଦେଖିବାର ପରଖିବାର ଏକ ଅଦ୍ଭୁତ ଦୃଷ୍ଟିଭଙ୍ଗୀ ଥିଲା।

"ଇଏ ସନ୍ଦୀପ ପାଠକ। ଏଇ ଯୋଉ ସବୁ କାମ ତୁମେ ଦେଖୁଛ, ଏସବୁ ସିଏ ହିଁ କରେଇଛନ୍ତି।" ଦିଶା ହସିଦେଇ କହିଲା।

ଭାଇ କିଛି ବୁଝିପାରୁ ନ ଥିଲେ ଯେ କଥା କୋଉଠୁ ଓ କେମିତି ଆରମ୍ଭ କରିବେ। ସମ୍ପର୍କର ଡୋର ଶକ୍ତ ହୋଇଥାଏ ଅବା କୋମଳ। ସେ ଦ୍ୱନ୍ଦ୍ୱ ଭିତରେ ଛନ୍ଦି ହେଉଥିବା ବେଳେ ସନ୍ଦୀପ ଆଗକୁ ଆସି ନମସ୍କାର କଲା- "ବଡ଼ ଭାଇ, ନମସ୍କାର!"

ଭାଇ ଉଠିପଡ଼ି ହାତ ମିଳାଇଲେ।

"ଆପଣଙ୍କର ବହୁତ ପ୍ରଶଂସା ଶୁଣିଛି। ଆପଣ ତ ସାରା ଦୁନିଆ ବୁଲିସାରିଛନ୍ତି। ଆପଣଙ୍କ ଅନୁଭବ ଓ ଅଭିଜ୍ଞତା ବହୁ ବ୍ୟାପକ। ଅନେକ ଇଣ୍ଡଷ୍ଟ୍ରି ଆପଣ କରିସାରିଛନ୍ତି। ଆପଣ ତ ମାଟିକୁ ବି ସୁନା କରିବାର କୌଶଳ ଜାଣନ୍ତି! ଆପଣଙ୍କ ଜ୍ଞାନ, ଅନୁଭବ ଅଭିଜ୍ଞତାର ଲାଭ ଆମେ ମଧ୍ୟ ନେବାକୁ ଚାହୁଁ। ଆପଣଙ୍କଠାରୁ ଶିଖିବାକୁ ଚାହୁଁଛୁ। ଏପରି କିଛି ତ କାମ ଥିବ ଯାହା ଏଠାରେ କରାଯାଇପାରିବ। ମୁଁ ଆଜିକାଲି ଖାଲି ଅଛି, ଅର୍ଥାତ୍ ଚାକିରି କରୁନି, କିଛିକିଛି ଲେଖାଲେଖି କରେ... ସାମ୍ପ୍ରତିକୀ ସମସ୍ୟା ଅଥବା ବ୍ୟବସ୍ଥାକୁ ନେଇ ବିଷୟରେ। ଦିଶା ମାଡ଼ାମ୍ ବହୁତ ପରିଶ୍ରମୀ। ସୃଜନଶୀଳତା ରହିଛି ତାଙ୍କ ପାଖରେ, କାମ ମଧ୍ୟ କରିବାକୁ ଚାହାଁନ୍ତି, କିନ୍ତୁ ଭାଇ, ପରିବାର କଥା କହିବି ଯଦି.... କାମ କରିବାକୁ ଟିକେ ବି ସହଯୋଗ ନାହିଁ ଆଉ ସମାଲୋଚନା କରିବାକୁ ନିରୁତ୍ସାହିତ କରିବାକୁ ତିନିଜଣଯାକ ସବୁବେଳେ ପ୍ରସ୍ତୁତ! ମହାରାଜ (ରାଜୀବ) ଦୁଇଟା ଯାଏ ପିଇବେ, ପାଟି କରିବେ, ଚିତ୍କାର କରିବେ, ଖାଇ ଦେଇ ପୁଣି ଶୋଇଯିବେ। ତା ପରେ ଦିନ ଦୁଇଟାରେ ଯାଇ ତାଙ୍କ ନିଦ ଭାଙ୍ଗିବ, ତା ପରେ ଖାଇ ପିଇ ପୁଣି ରାତି ପାଇଁ ଯୋଜନା। ସବୁ କଥାରେ ସବୁ କାମରେ ଜୀରାରୁ ଶିରା ବାହାର କରିବା ଆଉ ନିଜେ... ନିଜେ ତ ଉଠି ଟିକେ କବାଟ ବି ଖୋଲିବେନି!

ପିଲାଏ ଏମିତିରେ ତ ମାଆ-ବାପାଙ୍କୁ ଦିଅନ୍ତି, କିନ୍ତୁ କାମ କରିବା ବେଳେ ରାଜୀବ କଥାରେ ହିଁ କରନ୍ତି। ଏଠି ଏ ଜମିସବୁ ଖାଲିପଡ଼ିଛି ଏଥିରେ କେତେ କ'ଣ କାମ ସବୁ କରାଯାଇ ପାରିବ। ଋତୁ ଅନୁସାରେ, ମାଟି ଅନୁସାରେ। ଆପଣଙ୍କ ମତ କ'ଣ?"

ସନ୍ଦୀପର କଥା, ବୁଦ୍ଧି, ତା ଇଂରାଜୀ, ହିନ୍ଦୀ, ସ୍ପାନିଶ୍ ଏବଂ ରୁଷିୟାନ ଭାଷା ଉପରେ ଦକ୍ଷତା ଦେଖି ଭାଇ ଅଭିଭୂତ ହୋଇଗଲେ। ସେ କେତେ ସ୍ପଷ୍ଟବାଦୀ ଓ ଯୁକ୍ତି ସଂଗତ କଥା କହୁଛି। କାମ କରିବାକୁ କେତେ ଆଗ୍ରହୀ। ସେ ଯଦି ଜମି, ମଞ୍ଜି ବିହନ ଓ ଚାଷବାସ ଆଦି ଉପରେ କଥା କହୁଥିଲା, ବୈଷୟିକ ଜ୍ଞାନ କୌଶଳ ଉପରେ ମଧ୍ୟ ନିଜର ମତ ଦେଉଥିଲା। ଗୋଟେ ପଟେ ତା'ର ଚାଷକାମ ବିଷୟରେ ଯେତିକି ଜ୍ଞାନ ଥିଲା ଅନ୍ୟପଟେ ସେ ଧର୍ମ, ଆଧ୍ୟାତ୍ମ, ବିଜ୍ଞାନ ଏବଂ ରାଜନୀତି ବିଷୟରେ ମଧ୍ୟ ପ୍ରାଞ୍ଜଳ ଭାବରେ ଆଲୋଚନା କରିପାରୁଥିଲା! ସେ ଗାଉଁଲୀ, ମୂର୍ଖ ରାଜୀବ କୋଉଠି! ଆଉ କେଉଁଠି ଏ ବୁଦ୍ଧିଦୀପ୍ତ, ଶୃଙ୍ଖଳିତ, ସୁରୁଚି ସମ୍ପନ୍ନ ବ୍ୟକ୍ତିତ୍ୱ, ଦିଶାକୁ ଏପରି ବ୍ୟକ୍ତିଟିଏ ହିଁ ଜୀବନରେ ମିଳିବା ଉଚିତ ଥିଲା। ସେଥିପାଇଁ ତ ସେ ଦିଗହୀନ ହୋଇ ଘୂରି ବୁଲୁଛି।

"ଠିକ୍ ଅଛି, ଆପଣଙ୍କ ମନରେ କିଛି ଯୋଜନା ଅଛି ଯଦି ଜଣାନ୍ତୁ। କୌଣସି ପ୍ରୋଜେକ୍ଟ ଆମେ ଆଗକୁ ନେବୁ। ଆପଣଙ୍କ ସହଯୋଗରେ ନିଶ୍ଚୟ କିଛି କାମ ହୋଇପାରିବ!" ଭାଇ କହିଲେ।

"ଆପଣଙ୍କୁ ଏ ଲୋକଟା କୌଣସି ଦୃଷ୍ଟିରୁ ବଦମାସ୍, ବେଇମାନ ଅଥବା ଠକ ପରି ଲାଗିଲା? ପରିବାରରେ ଝିଅ ଅଛି। ସ୍ତ୍ରୀ ସହ ମୁଁ ସବୁଦିନ ପ୍ରାୟ କଥା ହୁଏ। ମୁଁ କ'ଣ ଭୁଲ୍ କରୁଛି? ଗୋଟେ ଲୋକ ମୋତେ ସାହାଯ୍ୟ କରିବାକୁ ଚାହୁଁଛି, ସେଇଟା ପୁଣି ରାଜୀବର ସହମତିରେ। ତୁମେ କୁହ, ସମସ୍ତେ କ'ଣ କ'ଣ ସବୁ ନ କହି ଦେଇଛନ୍ତି? ଅପା, ମାଆ, ମହେଶ ଭାଇ ଓ ପ୍ରଜ୍ଞା... ଏତେ କଥା କହୁଛନ୍ତି ଯେ ମୁଁ ତ ଡିପ୍ରେସନକୁ ଚାଲିଯାଉଛି। ଲୁହ ବନ୍ଦ ହୁଏନି। ରାଜୀବର ଅବସ୍ଥା ତ ତୁମେ ଦେଖିଆସୁଛ। ଆଜି ଯାଏଁ ନିଜେ ହାତରେ ପାଣି ଗ୍ଲାସେ ବି ନେଇ ପିଇନି। ପ୍ରତ୍ୟେକ ଦିନ ଗୋଟେ ବୋତଲ ଦରକାର। ମଦପିଇ ବାହରେ ବସି ଗାଳି ଦେଉଛି। ରାତି ଅଧରେ ଜିନିଷପତ୍ର ଫିଙ୍ଗାଫୋପଡ଼ା କରୁଛି। ଏବେ ତାକୁ ଛାଡ଼ିଦେଲେ ରହିବା ଦୁରୁହ ହୋଇଯିବ। ମହେଶର ଗୁପ୍ତଚର ପ୍ରତ୍ୟେକ କଥାକୁ ବଢ଼େଇଚଢ଼େଇ କହିଦେଇ ଆସୁଛନ୍ତି, ଆଉ ସେ ମାଆଙ୍କୁ। ମାଆ ଅପାଙ୍କୁ ଓ ଅପା ବାକି ସମସ୍ତଙ୍କୁ...।" କହୁ କହୁ ଦିଶା କାନ୍ଦି ପକାଇଲା।

"ଛାଡ଼ ସମସ୍ତଙ୍କ କଥା! ତୁ ନିଜ କାମ ବିଷୟରେ ଭାବେ। ଯେଉଁ ବି କାମ

ଠିକ୍ ଭାବରେ ହୋଇପାରିବ ଓ ଯେଉଁଥିରୁ ପଇସା ମିଳିବ ସେମିତି କିଛି ପ୍ରୋଜେକ୍ଟ ଗୋଟେ ଆରମ୍ଭ କର। ସନ୍ଦୀପ ବହୁତ ସ୍ମାର୍ଟ ଓ ଇଣ୍ଟେଲିଜେଣ୍ଟ। ବୁଦ୍ଧି ଅଛି ଓ କାମ କରିବାକୁ କୁଣ୍ଠିତ ନୁହେଁ। ସନ୍ଦେହ କରିବା ପରି କାଇଁ କିଛି ତ ମୋ ଦୃଷ୍ଟିରେ ପଡୁନି। ଭଦ୍ରଲୋକ ବୋଲି ମନେହେଉଛି।"

ଭାଇଙ୍କ ପାଖରୁ ସନ୍ଦୀପର ପ୍ରଶଂସା ଶୁଣି ଦିଶାର ମନ ହାଲୁକା ହୋଇଗଲା। ମନେହେଲା ସତେ ଯେମିତି ଛାତି ଭିତରେ ପଶିରହିଥିବା ଅନେକ ଗୁଡ଼ିଏ କଣ୍ଟା ଏକାସାଙ୍ଗରେ ବାହାରି ଆସିଲା। ଚାରିପଟୁ ସମାଲୋଚନା ନିନ୍ଦା ଶୁଣିଶୁଣି ଦିଶା ମାନସିକ ଭାବେ ଅସୁସ୍ଥ ହୋଇ ପଡ଼ିଥିଲା।

"ତୁମେ ସମସ୍ତଙ୍କୁ ମନା କରିଦେବ। କେହି ମୋ ସହ କଥା ହେବେନି। କିଛି ପଚାରିବେନି। ନହେଲେ ମୁଁ ପାଗଳ ହୋଇଯିବି।"

"କହିଲି ନା ଛାଡ଼ ସେ କଥା। ବେକାର କଥାକୁ କାହିଁକି ଗୁରୁତ୍ୱ ଦେଉଛୁ! ମୁଁ ବୁଝେଇ ଦେବି।" ଭାଇ ଆଶ୍ୱାସନା ଦେଲେ।

ଭାଇ ସେଇଠୁ ହିଁ ମାଆ, ପ୍ରଜ୍ଞା ଓ ତାଙ୍କୁ ମଧ୍ୟ ଜଣଜଣ କରି ଫୋନ ଲଗାଇଲେ।

"ମୁଁ ତୁମମାନଙ୍କୁ ଦେଖ କହିଦେଉଛି... ଦିଶା ସହ ସନ୍ଦୀପ ବିଷୟରେ କେହି କିଛି ଆଲୋଚନା ପ୍ରଶ୍ନ କରିବନି। ସେ ବହୁତ ଭଲ ଲୋକ। ଭଦ୍ରବ୍ୟକ୍ତିଟିଏ, ତା'ର ଘର ପରିବାର ଅଛି। ତୁମେମାନେ ଦିଶାକୁ ଏକଥା ପଚାରି ଏକ ପ୍ରକାର ନିର୍ଯାତନା ଦେଉଛ। ତା ଉପରେ ନାନା ଦୋଷ ଲଗାଉଛ। ଅନେକ ଦିନ ହେଲାଣି ସେ ଏ ଅପମାନକୁ ସହି ଆସୁଛି। ସେଇ ରାକ୍ଷସଟା ସହ ରହି ସେ ପାଗଳ ହୋଇ ଯାଇନି, ଏଇଟା କ'ଣ କିଛି କାମ କଥା। ମଣିଷ ଯେତେବେଳେ ସବୁଆଡୁ ନିରାଶ ହୋଇଯାଏ, ସମାଜ ତାକୁ କେବଳ ଏଥିପାଇଁ ନିନ୍ଦା ଦିଏ ଯେ... ତା ପାଖରେ ପଇସା ନାହିଁ, ଆଉ ଏମିତି ସମୟରେ ଯଦି କେହି ତାକୁ ସ୍ନେହ ଓ ସମ୍ମାନ ଦିଏ ତାକୁ ସାହାଯ୍ୟ କରେ ତା ହେଲେ ସେ ବ୍ୟକ୍ତି ଜଣକ ତା ପ୍ରତି ଆକର୍ଷିତ ହୋଇଯିବା ସ୍ୱାଭାବିକ କଥା। ଆଜିଠାରୁ ତା ଦାୟିତ୍ୱ ମୁଁ ନେଉଛି। ସେଠି ତା'ର କାମ ବି ଦେଖିବି, ଯଦି ତା କାମରେ ତାକୁ କାହାର ସାହାଯ୍ୟ ମିଳିଯାଏ ତା ହେଲେ ବହୁତ ଭଲ ହେବ। ସେ ଯଦି ତା ସହ ଖୁସିରେ ଅଛି ତାହେଲେ ତାକୁ ରହିବାକୁ ଦିଅ। ଏଇ ଅଳ୍ପ ଟିକେ ଖୁସି ତା ଜୀବନକୁ ଫେରି ଆସିଛି ଆଉ ତୁମେମାନେ ସବୁ ତା ପଛରେ ପଡ଼ିଯାଇଛ। ଆଜିଠୁ ଗୋଟେ ଶବ୍ଦ ବି ତା ବିରୁଦ୍ଧରେ ଶୁଣିବାକୁ ଚାହେଁନି। ସମାଜ ଓ ବନ୍ଧୁବାନ୍ଧବ ଯାହା କହୁଛନ୍ତି କୁହନ୍ତୁ। ମୁଁ କାହାକୁ ଖାତିର କରେନି। କେଉଁ ସମାଜ ନା କେଉଁ ବନ୍ଧୁ ଆତ୍ମୀୟ... କିଏ ଆସିଲା ତାକୁ ସାହାଯ୍ୟ କରିବାକୁ? ସମସ୍ତେ ସ୍ୱାର୍ଥପର। ଟଙ୍କା ପଇସା ଥିବା ଲୋକ

ଯାହା ବି କରିବେ ତାଙ୍କୁ ସବୁ ଦୋଷ ପାପରୁ ମୁକ୍ତି। ମୁଁ ଦେବି ସମସ୍ତଙ୍କୁ ଉତ୍ତର।" କହିଦେଇ ଭାଇ ଫୋନ୍ ରଖିଦେଲେ।

"କେତେ ସ୍ୱାର୍ଥୀ!" ତାଙ୍କୁ ମୁହଁରୁ ବାହାରିଗଲା। ଫୋନ୍ ରଖିବା ମାତ୍ରେ ହିଁ ତାଙ୍କ ଆଖିରୁ ଲୁହ ଝରିବାକୁ ଲାଗିଲା। କ'ଣ ମୁଁ କହିଲି। କାହିଁକି ଅଭିଯୋଗ କଲି। ଏଇ ଦିଶା ପାଇଁ ମହେଶ ସହ ଝଗଡ଼ା କଲି। ଅନ୍ୟ ବାକି ଲୋକଙ୍କ ଆଗରେ ମଧ୍ୟ ଦିଶାକୁ ହିଁ ସମର୍ଥନ କରେ। ନା... ନା... ଆଉ ଏବେ ତା ସହ କଥାବାର୍ତ୍ତା କରିବା ଦରକାର ନାହିଁ। ସେଦିନ ସନ୍ଦୀପ ଅପମାନିତ କରିଥିଲା ଓ ଆଜି ଭାଇଙ୍କ ଦ୍ୱାରା ଅପମାନିତ କରାଉଛି। ସେ ନିଜକୁ ବୁଝାଇପାରୁ ନ ଥିଲେ। ଭାଇଙ୍କ କଥା ସବୁ ତୀର ପରି ଛାତିକୁ ଭେଦକରି ଯାଉଥିଲା।

•••

"ଦିଶା! ଆମକୁ ଦିଲ୍ଲୀ ଯିବାକୁ ହେବ।"

"କାହିଁକି?"

"ସେଇ ପ୍ରୋଜେକ୍ଟ କାମରେ।"

"ପ୍ରୋଜେକ୍ଟ ପାସ୍ ହୋଇଯିବ ତ!"

"ଭାଇ ସାହାଯ୍ୟ କରୁଛନ୍ତି ମାନେ କାମ ନିଶ୍ଚୟ ହୋଇଯିବ।"

"ସେଥିପାଇଁ ମୋର ଯିବା କ'ଣ ନିହାତି ଦରକାର?"

"ହଁ, ଏବେ ଡେରି କରିବା କଥା ନୁହଁ।"

"ପଇସାର ବ୍ୟବସ୍ଥା?"

"ତୁମେ କହୁଥିଲ ଯେ ବର୍ଷେ ତଳେ ତୁମେ ଇଣ୍ଡଷ୍ଟ୍ରିଆଲ୍ ପ୍ଲାଣ୍ଟ୍ ପାଇଁ ଆପ୍ଲାଏ କରିଥିଲ।"

"ହଁ, ପଇସା ବି ଜମା କରିଥିଲି!"

"ପୁଣି କ'ଣ ହେଲା?"

"ଯାହା ପାଖରେ ଟଙ୍କା ଥିଲା, ସେମାନଙ୍କୁ ପ୍ଲାଣ୍ଟ ଏଲଟ୍ ହୋଇଗଲା। ମୋ ନମ୍ବର ପଛକୁ କରିଦିଆଗଲା।"

"ଫାଇଲ ଅଛି?"

"ହଁ।"

"ବାହାର କର ତ?"

ଦିଶା ଫାଇଲ ଖୋଜିବାରେ ଲାଗିଲା।

"ଯଦି ଆଉ କାହାକୁ ପ୍ଲଟ୍ ଦେଇ ଦିଆଗଲା ତାହେଲେ ତୁମକୁ କାହିଁକି ନୁହଁ?" ସନ୍ଦୀପ ପଚାରିଲା।

ଗୋଟି ଗୋଟି କରି ସବୁ କାଗଜକୁ ନେଇ ସେ ଅଫିସରେ ଯାଇ ପହଞ୍ଚିଗଲା।

"ଏ ପର୍ଯ୍ୟନ୍ତ କାହିଁକି ହୋଇନି? ଆଉ କେତେ ଜଣଙ୍କୁ ପ୍ଲଟ୍ ଏଲଟ୍ ହୋଇଛି?" ସନ୍ଦୀପର ପ୍ରଶ୍ନରେ ବାବୁ ନୀରବ ରହିଲେ।

"ଯାଙ୍କୁ କାହିଁକି ମିଳିନି! ଲାଞ୍ଚ? ହଁ ଯା'ଙ୍କ ପାଖରେ ଦେବାକୁ ଲାଞ୍ଚ ନ ଥିଲା।"

ଅଫିସର ତଟସ୍ଥ ହୋଇ ଚାହିଁ ରହିଲେ। ମନେମନେ ଭୟଭୀତ ଓ ବିବ୍ରତ ବି!

"ଖବର କାଗଜରେ ସବୁ କଥା କାହାରିବ।" ଏହା କେବଳ ମାତ୍ର ଧମକ ହିଁ ନ ଥିଲା... ସନ୍ଦୀପ ପୂରା ଘଟଣାର ଅନୁସନ୍ଧାନ କରି ଏକ ରିପୋର୍ଟ ପ୍ରସ୍ତୁତ କଲା ଏବଂ ଉପରିସ୍ଥ ଅଧିକାରୀ ମାନଙ୍କ ପାଖକୁ ପଠାଇଦେଲା।

"କହିଥିଲି କିଛି ହେବନି, ସମସ୍ତେ ମିଶିଛନ୍ତି। ହଜାର ହଜାର ଏକର ଜମି ଏମିତି ବାଣ୍ଟି ଦେଉଛନ୍ତି।"

"ମୁଁ ଖବରକାଗଜରେ ଦେବି।"

"ତୁମ କଥା କିଏ ଶୁଣିବ!"

"ଶୁଣିବେନି ବୋଲି କ'ଣ ଚୁପ୍‌ଚାପ୍ ବସିରହି ଦେଖୁଥିବା?"

"ଫାଇଲ କ'ଣ ଆଗକୁ ବଢ଼ିବ?"

"ନିଶ୍ଚୟ।"

"ଦେଖିବା।"

ସନ୍ଦୀପ ନିଜ କାମରେ ଲାଗିସାରିଥିଲା। ଫାଇଲଗୁଡ଼ିକ ପୁଣିଥରେ ଖୋଲା ହେଉଥିଲା। କେସ୍‌କୁ ପୁଣିଥରେ ନୂଆ କରି ଆରମ୍ଭ କରଯାଉଥିଲା। ଆଶ୍ୱାସନା ଦିଆଯାଉଥିଲା। ଜାଗା ଖୋଜା ଚାଲିଥିଲା।

"ଏ କାମ ତ ଯେତେବେଳେ ହେବ ଦେଖାଯିବ। ଏବେ ତ ପଇସା ହିଁ ଦରକାର।"

"ହଁ, କିଛି ପରିମାଣ ତ ଆମ ପାଖରେ ରହିବା ଦରକାର।"

"ଅଲିଗଡ଼ରୁ ଫୋନ୍ ଆସିଥିଲା। ସେମାନେ କହିଲେ ଯେ ଜେଜେ ବାପାଙ୍କ ଜମି ଉପରେ ନାତିର ଅଧିକାର ଥାଏ। ରାଜୀବକୁ କୁହ ଯେ ସେ ଚାଲିଯାଉ। ଝିଅମାନଙ୍କ

ବାହାଘର ପାଇଁ ଟଙ୍କା ଦରକାର ହେବ। ଇଏ ପାଟିତୁଣ୍ଡ କରି ସମସ୍ତଙ୍କ ସହ ଶତ୍ରୁତା କରିସାରିଲାଣି। ସମ୍ପତ୍ତିର କିଛି ବି ଭାଗ ଯାକୁ ମିଳିବନି। ବୁଝେଇଲେ, କହୁଛି ଯେ ମୋତେ ଭିକ ଦରକାର ନାହିଁ।" ଦିଶା ନିରାଶ ହୋଇ କହିଲା।

"ତୁମେ କହିବାରେ କ'ଣ ଅଛି, ଯା ବାପାଙ୍କ ସହ କଥା ହେବାକୁ ହେବ।"

"ତୁମେ ନେଇ କି ଯାଅ। ଯଦି ଦୁହିଁଙ୍କ ଭିତରେ ବୁଝାମଣା ହେଇଯାଇପାରେ ହୁଏତ। ଚେଷ୍ଟା କରି ଦେଖ।" ଦିଶା ବିରକ୍ତ ହୋଇଯାଇଥିଲା।

"ଦିଶା! ଅନ୍ୟମାନଙ୍କ ଅପେକ୍ଷା ନିଜ ଉପରେ ଭରସା କରିବା ଶିଖ। ପଇସା ମିଳିବାର ଥିଲେ, ଜମି ହେଉ ବା ଆଉ କିଛି ଜିନିଷ ହେଉ- ଏତେବେଳକୁ ମିଳି ସାରନ୍ତାଣି। ତୁମେ ଜଣେ କର୍ମଠ ମହିଳା, ସ୍ୱାଭିମାନୀ ଓ ପରିଶ୍ରମୀ ମଧ୍ୟ। ଯାହାକୁ କାହା ଆଗରେ ବି ହାତ ପତେଇବା ଶୋଭା ଦିଏନି।" କହିଦେଇ ସନ୍ଦୀପ ତା କାନ୍ଧ ଉପରେ ହାତ ରଖିଲା।

"ହଉ, ଯାଏଁ କିଛି ସମୟ ବିଶ୍ରାମ କରେ। ଦେହଟା ଟିକେ ଭଲ ଲାଗୁନି।"

"ମେଡ଼ିସିନ ଖାଇଛ? ଚେକଅପ୍ କରେଇ ଥିଲ?" ଦିଶା ବ୍ୟସ୍ତ ହୋଇ ପଚାରିଲା।

"ବ୍ୟସ୍ତ ହୁଅନି"।

"ମୁଁ ମନା କରିଥିଲି ଏତେ ଭାରି ଜିନିଷ ଉଠେଇବାକୁ।"

"ମୁଁ ପାଇଁ ଯଦି ମରିଯାଏ ତାହେଲେ ତୁମ ଭଗବାନ ଖୁସି ହୋଇଯିବେ, କିନ୍ତୁ ମୁଁ ଏବେ ମରିବାକୁ ଚାହୁଁନି। ଏଠି ମୋତେ କେତେ ଭଲଲାଗୁଛି। ତୁମ ସହ ରହି, ତୁମ ପାଇଁ କିଛି କରିବାକୁ। ତୁମ ସହ ଯଦି ଆରମ୍ଭରୁ କେହି ରହିଥାନ୍ତେ ତେବେ ତୁମେ ଆଜି କୋଉଠି ଯାଇ ପହଞ୍ଚି ସାରନ୍ତଣି।"

"ମୁଁ ତ କେବେଠୁ କହୁଛି ଯେ ମୋତେ କିଛି କାମ କରିବାର ଅଛି ବୋଲି।"

"ତୁମେ ଲଗାତାର ତ କାମ କରିଆସୁଛ।"

"କିନ୍ତୁ ସବୁବେଳେ ଅସଫଳ ହେଉଛି। ଅସଫଳତା ମୋ ଜୀବନର ଅଙ୍ଗ ହୋଇଯାଇଛି।"

"ଜୀବନ କ'ଣ କେବଳ ଏତିକିରେ ସୀମିତ! ଖାଇବା... ପିଇବା... କାମ ପାଇଁ ସଂଘର୍ଷ କରିବା! ଜୀବନ ବିରାଟ ଅଟେ, ବହୁମୁଖୀ ଅଟେ... ସଂଘର୍ଷ ଏବଂ ସୌନ୍ଦର୍ଯ୍ୟର ମିଳନ ଅଟେ। ପ୍ରେମ ଓ ଘୃଣାର ସମନ୍ୱିତ ରୂପ। ତୁମ ଜୀବନରେ ତ ଦୁଇଟିଯାଇ ଭାବ ନିଜ ଚରମ ସୀମାରେ। ଗୋଟେ ପଟେ ପ୍ରେମ ଏବଂ ଅନ୍ୟପଟେ ନିଜ ଲୋକମାନଙ୍କ ଦ୍ୱାରା ହିଁ କରାଯାଇଥିବା ତିରସ୍କାର ଘୃଣା। କାରଣ ସେମାନେ

ତୁମ ଜୀବନର ସୁନ୍ଦରତାକୁ, ଖୁସିକୁ ଭଲ ପାଆନ୍ତିନି, ସେମାନଙ୍କର କେବଳ ନିଜ ସମ୍ମାନ ଓ ଷ୍ଟାଟସ ପ୍ରତି ପ୍ରେମ ଓ ମୋହ ଅଛି। ଜୀବନର ଏ ଖେଳ ଆମେ କେବଳ ଆମ ନିଜ ବ୍ୟକ୍ତିଙ୍କୁ ଆଘାତ ଦେବାପାଇଁ ହିଁ ଖେଳିଥାଉ। ତୁମେ ନିଜ ଜୀବନରେ ସଂଘର୍ଷ କରି କରି ମରିଗଲେ ମଧ୍ୟ କାହାକୁ ତିଳେ ହେଲେ ଦୁଃଖ କି ଅନୁତାପ ହେବନି।" ସନ୍ଦୀପ ତା ମୁଣ୍ଡକୁ ଆଉଁସି ଦେଉଦେଉ କହି ଚାଲିଥିଲା। ଝରକା ସେପାଖେ ଦୂର ପଡ଼ିଆରେ ସୁନେଲୀ ରଙ୍ଗର ଖରାରେ ଏକୁଟିଆ ଗାଇଟିଏ ଶୁଖିଲା ଘାସ ଚରୁଥିଲା।

ସନ୍ଦୀପ ପ୍ରସଙ୍ଗ ବଦଳାଇ କହିଲା, 'ଦିଶା, ଯେଉଁଠି ତାରବାଡ଼ ଦିଆହୋଇଛି ତା ଭିତରେ ହିଁ ବଡ଼ବଡ଼ ଫଳଗଛ ଲଗାଇ ଦେବା। ଏମାନେ ଯେତେ ଗଛ ଲୁଚାଚୋରାରେ କାଟୁଛନ୍ତି, ଆମେ ସେତେ ଗଛ ଆମେ ଲୁଚାଚୋରାରେ କାଟିବା ଓ ତାକୁ ନେଇ ବଜାରରେ ବିକ୍ରି କରିବାକୁ ନିଜର ଅଧିକାର ବୋଲି ଭାବି ନେଇଛନ୍ତି। କାହାକୁ ବି ଡରୁନାହାନ୍ତି। ମୋ ଆଖିରେ ଯଦି କେବେ ପଡ଼ିଯାଆନ୍ତି ସିଧା ଭିଡିଓ କରି ପଠେଇଦେବି। ବାରମ୍ବାର ମୁଁ ଧମକ୍ ଦେଉଛି, କିନ୍ତୁ କେବେ ଦେଖା ହିଁ ଯାଉ ନାହାନ୍ତି। କେତେବେଳେ କେଉଁ ରାସ୍ତାରେ ଆସି କେମିତି ଲୁଚି ଗଛକାଟି ସାରିଲେଣି। ପ୍ରଥମଥର ମୁଁ ମୋ ମିଶନରେ ଫେଲ୍ ହେଉଛି। ଦିନେ କିନ୍ତୁ ସେଇଠି ବସି ଲୁଚି ଦେଖିବି।"

"କୋଉ କୋଉ କଥାକୁ ଅଟକାଇବ, ସବୁ ମହୁଲ ବିକ୍ରି କରିଦେଉଛନ୍ତି। ଝୁଣା, ଲାଖ ଆଦି ଜିନିଷ କେମିତି କୁଆଡ଼େ ଯାଉଛି କିଛି ଖବର ମିଳୁନି... ସମସ୍ତେ ମିଶିଛନ୍ତି।"

"ଏହାର ଅର୍ଥ ଏଇଆ ନୁହଁ ଯେ ହାର୍ ମାନି ବସିଯିବ!"

ଦିଶା ଆଖି ବନ୍ଦ କରିଦେଲା। ଧୀରେ ଧୀରେ ଆଉଁସୁଥିବା ଆଙ୍ଗୁଳିର ସ୍ପର୍ଶ ତା ଦେହକୁ ରୋମାଞ୍ଚିତ କରିଦେଉଥିଲା। ଗୋଟେ ମୁହୂର୍ତ୍ତ ପାଇଁ ବି ତା'ଠାରୁ ଅଲଗା ହୋଇ ରହିବାକୁ ସେ ସହି ପାରୁନଥିଲା। ସନ୍ଦୀପର ଯିବା କଥା ଶୁଣି ସେ ବ୍ୟଥିତ ହୋଇଯାଇଥିଲା।

"ତୁମେ ନ ଥିଲେ ମୁଁ ବଞ୍ଚିବି କେମିତି ?"

"ଏଇଭଳି କଥା ତୁମକୁ ନିଜ ମନରୁ ଦୂରେଇ ଦେବା ଉଚିତ।" କହିଦେଇ ସନ୍ଦୀପ ତାକୁ ନିଜ ବାହୁରେ ଜଡ଼େଇ ଧରିଲା, "ମୋ ଆଡ଼କୁ ଦେଖ! ଏ ଆଖି ଗୋଟେ ମୁହୂର୍ତ୍ତ ପାଇଁ ମଧ୍ୟ ଶୂନ୍ୟ ହୋଇ ରହେନି। ପ୍ରତି ମୁହୂର୍ତ୍ତରେ ନୂଆ ନୂଆ ସ୍ୱପ୍ନ ଭରି ଦୁନିଆକୁ ଦେଖେ। ମନ ମସ୍ତିଷ୍କରେ ହଜାରେ ଯୋଜନା ଅହରହ ଚାଲିଥାଏ।" ସନ୍ଦୀପ ଦିଶା ଆଖିକୁ ଚାହିଁ କହିଲା।

"କେବଳ ଏଇ ସ୍ପର୍ଶ, ଏଇ ପ୍ରେମ! ଏହି କୋମଳତାକୁ ମୁଁ ସବୁବେଳେ ଅନୁଭବ କରିବାକୁ ଚାହେଁ।"

"ତୁମେ ଭାବପ୍ରବଣ ହୋଇଯାଇଛ। ଦିଶା, ଜୀବନକୁ ତା ବାଟରେ ଯିବାକୁ ଦିଅ। ତୁମର ସେଇ ଯୋଉ କବିତାଟେ ଅଛି 'ନାରୀର ବାରମ୍ବାର ଜନ୍ମିବା' ସେ କବିତା ଗୋଟେ ଆନ୍ଦୋଳନକୁ ଜନ୍ମ ଦେଇଥାଏ। ଜୀବନକୁ ବଦଳାଇବାର ବିଦ୍ରୋହ, ପ୍ରେମରେ ବୁଡ଼ିରହି ଜୀଇଁବାର ବିଦ୍ରୋହ... ଯାହା ଆମେ କଦାପି ଛାଡ଼ିବା କଥା ନୁହଁ।"

ଦିଶା ସନ୍ଦୀପର ପାଟି ଉପରେ ହାତ ପାପୁଲି ରଖିଦେଲା "ଚୁପ୍! କିଛି କୁହନି। ମୋତେ ନିଜ ବାହୁରେ ଜଡ଼େଇ ଧର, ଛାତିରେ ଜାକି ଧର, ବହୁତ ପ୍ରେମ କର ମୋତେ! ଏତେ ପ୍ରେମ ଯେ... !"

"ଦିଶା ଏକଥା ସତ ଯେ ଏଇ ତୁମର ସୁନ୍ଦର ପବିତ୍ର ଭାବନାରେ ଭରିରହିଥିବା ଦେହ ମୋତେ ଆମନ୍ତ୍ରିତ କରିଥାଏ, କିନ୍ତୁ...।" ଦୁଇଟି ଉଷ୍ମ ଓଠର ସ୍ପର୍ଶ ତାକୁ ନୀରବ କରିଦେଲା। ବାହାରୁ ଆସୁଥିବା ଗରମ ପବନ ସେମାନଙ୍କୁ ଆହୁରି ନିକଟତର କରି ଦେଉଥିଲା। ଦିଶାକୁ ଲାଗୁଥିଲା ସତେ ଯେମିତି ଲହରୀଟିଏ ତାକୁ ଉପରକୁ ଆକାଶ ଆଡ଼କୁ ଉଠେଇ ନେଉଛି। ଏକ ଆଦିମ ଗନ୍ଧ, ଆଦିମ ସ୍ପର୍ଶ, ଆଦିମ ଆକର୍ଷଣ ତା ଭିତରେ ଭରିଯାଇଥିଲା।।

"ଦିଶା, ମୁଁ କହିଥିଲି ନା ଜୀବନକୁ ତା ବାଟରେ ନିର୍ବିଘ୍ନରେ ବହିଯିବାକୁ ଦିଅ।"

ଧୀରେଧୀରେ ଯେପରି ଦିଶା ଚେତନା ଫେରି ପାଉଥିଲା- ସନ୍ଦୀପ! ସନ୍ଦୀପ! ସନ୍ଦୀପ!

"ତୁମେ ମୋ ପ୍ରାଣରେ ଆତ୍ମାରେ ରହିଛ ଦିଶା। ପିଲାଳିଆ କଥା କହିବା-ଶୁଣିବା କ'ଣ ଜରୁରୀ ଅଟେ। ଚାଲ, ଉଠ। ହସିଦିଅ। ମୁଁ ମଧ୍ୟ ତୁମ ପ୍ରେମକୁ ଗଭୀରତାର ସହ ଅନୁଭବ କରିଛି, ଏପରି ପ୍ରେମ, ଯେଉଁଥିରେ କୌଣସି ସ୍ୱାର୍ଥ ନାହିଁ।"

"ଆଗରୁ କାହିଁକି ଭେଟ ହେଲନି?" ଦିଶା ପଚାରିଲା।

"ଏକଥା ନିଜ ଭଗବାନଙ୍କୁ ପଚାର।" ସେ ଦୁହେଁ ହସିଉଠିଲେ।

କିଛିଦିନ ଏପରି ସୁନ୍ଦର ଭାବରେ ନୀରବରେ କଟିଗଲା।

ଅନ୍ୟଆଡୁ ଖବର ମିଳିଚାଲିଥାଏ ଯେ, ସେ କେବେ କୁଆଡ଼େ ଯାଉଛି, କ'ଣ ସବୁ କାମ କରୁଛି। ଦିନେ ହଠାତ୍ ଯେପରି ବିସ୍ଫୋରଣ ହୋଇଗଲା। ସାନ ଭଉଣୀ ମେସଜ୍‌ଟିଏ ଦେଲା ଯେ-

ଆମର ଏଠି ଶାଶୂଘରେ ବି ଖବର ଆସି ପହଞ୍ଚିଗଲାଣି। ଆମେ ତୋ ଖୁସି ଆନନ୍ଦର ଶତ୍ରୁ ନୁହଁ, କିନ୍ତୁ ଗୋଟେ ବେକାର ରୋଜଗାର ଶୂନ୍ୟ ଲୋକ ନିଜ ସ୍ତ୍ରୀ ନାଁରେ ଆତ୍ମୁସାତ୍ଧୁ କହି, ତାକୁ ଛାଡ଼ି ତୋ ପାଖରେ ପଡ଼ିରହିଛି, ତାହା ପୁଣି କାମ କରିବାର ବାହାନା କରି ! ସେ ଆଜି ପର୍ଯ୍ୟନ୍ତ କି କାମ କରେଇଛି ? ଆଉ ଯଦି ତା'ର ତୋ ପାଇଁ ଏତେ ଦରଦ ସହାନୁଭୂତି ଅଛି ତାହେଲେ ଘର ବିକ୍ରିକରି ଟଙ୍କା ଦେଇଦଉ, କିନ୍ତୁ ସବୁ କିଛି ଓଲଟା। ସେ ତୋ ଉପରେ ବୋଝ ହୋଇ ରହିଛି। ଏଇଟା ବି ତ ହୋଇପାରେ ଯେ ଏହା ସ୍ୱାମୀ ସ୍ତ୍ରୀ ଦି'ଜଣଙ୍କର ସୁଚିନ୍ତିତ ଯୋଜନା ! ଆଜି ଏକଥା ତୋତେ ଖରାପ ଲାଗୁଥାଇପାରେ, କିନ୍ତୁ ସତ୍ୟକୁ ତୁ କେବେ ଅସ୍ୱୀକାର କରିପାରିବୁ ନାହିଁ ! ପ୍ଲିଜ୍ ହୋସ୍‌କୁ ଆସ ! ପ୍ଲିଜ୍ ଅପା, ନିଜ ଘର ପରିବାର ଆଉ ଝିଅମାନଙ୍କୁ ଦେଖ। ଆଜି ସେମାନଙ୍କ ପାଖରେ ତୋର ଆବଶ୍ୟକତା ରହିଛି। ଯଦି ସେମାନେ ହାତରୁ ଚାଲିଗଲେ ତେବେ ପରିଣାମ କ'ଣ ହେବ ? ସେ ତ ପର, ପର ହୋଇ ରହିବ।"

"ତୋର ସାହସ କେମିତି ହେଲା ତାଙ୍କ ବିଷୟରେ ଏତେ ଖରାପ କଥା ଲେଖିବାକୁ ?" ଦିଶା ଚିତ୍କାର କରୁଥିଲା। ଯୁକ୍ତି କରୁଥିଲା "ଯେତେବେଳେ ମୁଁ ସମସ୍ତଙ୍କ ସହ ସମ୍ବନ୍ଧ କାଟି ଦେଇଛି ସେତେବେଳେ ମୋ ବିଷୟରେ କାହାରି କିଛି କହିବାର କି ଭାବିବାର ଆବଶ୍ୟକତା ନାହିଁ। ତାକୁ କହିଦିଅ ଜୀବନରେ କେବେ ବି ମୋ ସହ କଥାବାର୍ତ୍ତା କରିବନି।"

"ଠିକ୍ ଅଛି, ବୁଝେଇ ଦେବି।" ସେ ତାକୁ ଶାନ୍ତ କରିବାକୁ ଚେଷ୍ଟା କରୁଥିଲେ।

କିନ୍ତୁ ସାନଭଉଣୀ ନିଜ କଥାରେ ଅଟଳ ଥିଲା। "ତା କହିବାରେ କ'ଣ ଅଛି। ଆମକୁ ତ ଆମ ଘର ଛାଡ଼ିବାକୁ ପଡ଼ିବ। ସେଇଟା ପୁଣି ଏଇ ଏ ବୟସରେ ଆଉ ୟାଙ୍କରି ଏଇ ବାଜେ କଥା ଓ କାମ ଯୋଗୁଁ। ଇଏ ଆମ ସମସ୍ତଙ୍କୁ ବରବାଦ କରିଦେବ।"

"ଭାଇ ଦାୟିତ୍ୱ ତ ନେଇଛନ୍ତି ନା !"

"ଭାଇ କିଛି ବୁଝିପାରୁ ନାହାନ୍ତି।"

ତା ପରଦିନ... ସେ ମାର୍କେଟ ଯାଇଥିଲେ।

ଭିଡ଼ ଗହଳି ଓ ପାଟିତୁଣ୍ଡ ଭିତରେ ତାଙ୍କ ଫୋନ ଲଗାତାର ବାଜି ଚାଲିଥିଲା। ଯେତେବେଳେ ଗାଡ଼ିରେ ବସିଲେ, ଦେଖିଲେ ଯେ ଦିଶାର ବାର-ତେରଟି ମିସ୍‌କଲ୍ ହୋଇଛି।

"ଅପା, ମୋ ଦେହ ଭୀଷଣ ଖରାପ।"

"କାହିଁକି ! କ'ଣ ହୋଇଛି ?"

"କେଜାଣି ! ବହୁତ ବ୍ୟସ୍ତ ଆଉ ଅସହଜ ଲାଗୁଛି। ଲାଗୁଛି ଯେମିତି ବଞ୍ଚିବିନି।"

"ରହ, ମୁଁ ଆସୁଛି।"

ସେ ମାର୍କେଟ୍‌ରୁ ସିଧା ଦିଶା ଘରେ ଯାଇ ପହଞ୍ଚିଗଲେ। ବାହାରଟା ପୂରା ଶୂନ୍‌ଶାନ୍ ଲାଗୁଥିଲା। ପ୍ରବଳ ଖରା ଓ ଗୁଳୁଗୁଳି ଯୋଗୁଁ ସେ ଝାଳରେ ଭିଜି ଯାଇଥିଲେ। ଶୋଷରେ ଗଳା ଶୁଖିଯାଉଥିଲା। କବାଟ ଖୋଲାଥିଲା। ଦେଖିଲେ, ସେ ସୋଫା ଉପରେ ପଡ଼ି ଛଟପଟ ହେଉଛି। ରାଜୀବ ଘରେ ନ ଥିଲା। ଝିଅ ବି କୁଆଡ଼େ ଯାଇଥିଲା। ଗାଡ଼ି ମଧ୍ୟ ନ ଥିଲା। ସେ ଦେଖିଲେ, ଗୋଟେ ଲୋକ ବସି ତା ପିଠିକୁ ଆଉଁସି ଦେଉଛି। ମଝି ମଝିରେ କେଉଁ ଡାକ୍ତରଙ୍କ ସହ ଫୋନ୍‌ରେ କଥା ହେଉଛି। ଆମ୍ବୁଲାନ୍ସ ପାଇଁ ମଧ୍ୟ ସେ ଫୋନ କରିଦେଇଥିଲା।

"ନମସ୍କାର ! ମୁଁ ସନ୍ଦୀପ ପାଠକ। ଶୀଘ୍ର କୁହନ୍ତୁ କେଉଁ ହସ୍‌ପିଟାଲକୁ ଯିବା ?" ସେ ଦିଶାକୁ କାନ୍ଧ ପାଖରୁ ହାତଦେଇ ଧରି ଗାଡ଼ି ପାଖକୁ ନେଲେ ଓ ଗାଡ଼ିରେ ଶୁଆଇ ଦେଲେ।

ଏସବୁ ଭିତରେ ସନ୍ଦୀପ ଗୋଟିଗୋଟି କରି ସବୁ ଜିନିଷ ଆଣି ରଖିସାରିଥିଲା। ତା ପରେ ସେ ଝିଅକୁ ଫୋନ୍ କଲା ଏବଂ କଠୋର ସ୍ୱରରେ କହିଲା- "ଚାବି ବାହାରେ କୁଣ୍ଡ ଭିତରେ ରଖିଛି। ନ କହି କୁଆଡ଼େ ଚାଲିଗଲ ? ଦେଖିନ କି, ମାଆ ଦେହ କେତେ ଖରାପ। ମୋତେ ତମର ଏ କାମ ଆଦୌ ଭଲ ଲାଗିଲାନି। ଏତେ ଦାୟିତ୍ୱହୀନ ଝିଅ ମୁଁ କେବେ ଦେଖିନି।" କହିଦେଇ ସେ ଗାଡ଼ି ପଛ ସିଟ୍‌ରେ ବସିପଡ଼ିଲା। ଦିଶାର ମୁଣ୍ଡ ତା କୋଳରେ ଥିଲା।

ଜଣେ ପରିଚିତ ଡାକ୍ତରଙ୍କ ନର୍ସିଂହୋମ୍‌ରେ ନେଇ ଭର୍ତ୍ତି କରେଇଦେଲେ। ଗୋଟି ଗୋଟି କରି ସବୁ ପରୀକ୍ଷା କରାଗଲା। ସେ ତଳ ଉପର ଧାଉଁଥାନ୍ତି। କେତେବେଳେ ଏ ଔଷଧ ତ କେତେବେଳେ ସେ ଔଷଧ। କେତେବେଳେ ଏ ଜିନିଷ ଆଣ ତ କେତେବେଳେ ସେ ଜିନିଷ ଆଣ ! ସବୁ ବ୍ୟବସ୍ଥା କରି ସାରିବା ପରେ ସେ ଟିକେ ଶାନ୍ତିରେ ନିଃଶ୍ୱାସ ମାରିଲେ। ସନ୍ଦୀପ ଦିଶା ସହ ଥିଲା। ତା ହାତକୁ ଗୋଟେ ହାତରେ ଧରି କପାଳରେ ଆଉଁସି ଦେଉଥିଲା।

"ଦିଶା, ବ୍ୟସ୍ତ ହୁଅନି। ତୁମେ ଏବେ ହସ୍ପିଟାଲରେ ଅଛ। ମୁଁ ଏଠିକା ବିଷୟରେ କିଛି ଜାଣିନି, ନ ହେଲେ ତାଙ୍କୁ ଏତେ ଧାଁ ଦଉଡ଼ କରିବାକୁ ପଡ଼ି ନ ଥାନ୍ତା।" ତା କଥାରେ କଟାକ୍ଷ ଭରି ରହିଥିଲା ନା ସେ ସତ କହୁଥିଲା, ବୁଝି ହେଲାନି।

ଯେତେବେଳେ ଟଙ୍କା ପଇସା ଜମା କରିବା କଥା ହେଲା, ସେତେବେଳେ ସେ ଏପଟସେପଟକୁ ଚାହିଁବାକୁ ଲାଗିଲା, "ମୋ ପାଖରେ ଅଳ୍ପ କିଛି ପଇସା ପଡ଼ିଛି, କାର୍ଡ଼ ବି ଘରେ ଛାଡ଼ିଦେଇ ଆସିଛି।"

"ନାଁ, କିଛି ଦରକାର ନାହିଁ। ମୁଁ ଜମା କରେଇ ଦେଇଛି।" ସେ ନିଜ ଘୃଣା ଓ କ୍ରୋଧକୁ ନିୟନ୍ତ୍ରଣରେ ରଖି କହିଲେ। ସେ ପୂରା ଆଶ୍ଚର୍ଯ୍ୟ ହୋଇଯାଇଥିଲେ।

କିନ୍ତୁ ଦିଶା ସେଇ ଅବସ୍ଥାରେ ମଧ୍ୟ ବାରମ୍ବାର ଗୋଟିଏ ହିଁ କଥା ପଚାରି ଚାଲିଥିଲା- "ତୁମେ ନିଜ ଔଷଧ ଖାଇଛ ନା ନାହିଁ। ଘରେ ଛାଡ଼ିଦେଇ ଆସିନ ତ! ନହେଲେ ତଳୁ ଯାଇ ନେଇଆସ। ପର୍ସରେ ଟଙ୍କା ଅଛି।"

ନିଜ ଦେହ ଖରାପ ଥାଇ ମଧ୍ୟ ଦିଶାକୁ ସନ୍ଦୀପର ଚିନ୍ତା ଘାରୁଛି! ଏକଥା ଭାବିକି ହିଁ ତାଙ୍କୁ ବିରକ୍ତ ଲାଗିଲା।

"କିଛି ଖାଇଥିଲ ନା ନାହିଁ? ନ ହେଲେ ବାହାରେ ଯାଇ ଖାଇଆସ।" ଦିଶା ପୁଣି କହିଲା!

"ଖାଇ ନେବି। ମୋ ପାଇଁ ବ୍ୟସ୍ତ ହୁଅନି।" ସେ ଦିଶାର ପିଠି ଥାପୁଡ଼େଇ କହିଲା।

"କ'ଣ ମୁଁ ଆପଣଙ୍କୁ ଅପା ବୋଲି ଡାକିପାରେ?"

"କାହିଁକି ନୁହେଁ।"

"ଅପା, ମୁଁ ସେଦିନ ଆପଣଙ୍କୁ କହିଥିବା କଥା ଓ ବ୍ୟବହାର ପାଇଁ କ୍ଷମା ମାଗୁଛି। ମୁଁ ଜାଣି ନ ଥିଲି ଯେ ଆପଣ ଦିଶା ବିଷୟରେ ଏତେ ଭାବନ୍ତି। ମୋତେ ଲାଗୁଥିଲା ଯେ ଆପଣମାନେ ସମସ୍ତେ ଆରାମରେ ଜୀବନ ଜିଉଁଛନ୍ତି, ଆପଣ ସମସ୍ତଙ୍କ ପାଖରେ ଟଙ୍କା ପଇସା, ସୁଖ ସମୃଦ୍ଧି ସବୁ ଅଛି, କେବଳ ଦିଶା ହିଁ ଏକାକୀ ଅଛି। କେବଳ ଆର୍ଥିକ ଦୃଷ୍ଟିରୁ ନୁହଁ ବରଂ ସାମାଜିକ ଦୃଷ୍ଟିରୁ ମଧ୍ୟ ତା'ର କୌଣସି ମାନସମ୍ମାନ ନାହିଁ। ସ୍ୱାମୀ ଓ ପିଲାମାନଙ୍କ ସହ ମଧ୍ୟ ତାକୁ ଲଢ଼ିବାକୁ ପଡ଼ିଥାଏ। ସ୍ୱାମୀ ତ ଏକ ପ୍ରକାର ମାନସିକ ରୂପେ ବିକଳାଙ୍ଗ ଅଟେ, କିନ୍ତୁ ମନଟି ଭଲ। ଦିଶା ସହ ମୋର ବନ୍ଧୁତା ୨୦୨୧ ମସିହାରେ ହୋଇଥିଲା। ଦିଶାକୁ ମୋ କବିତା ଓ ଲେଖା ବହୁତ ଭଲ ଲାଗେ। ଦିଶା ସେଥିରେ ନିଜ ମତାମତ ବି ଦିଏ। ଆମେ ପରସ୍ପରର ଲେଖାକୁ ପସନ୍ଦ କରୁଥିଲୁ। ଆମ ଦୁହିଁଙ୍କ ଚିନ୍ତାଧାରା ମଧ୍ୟ ମେଳଖାଏ। ତା ପରେ ଆମ ଦୁହିଁଙ୍କ ଭିତରେ କଥାବାର୍ତ୍ତା ଆରମ୍ଭ ହେଲା। ଆମ ଦୁହିଁଙ୍କ ରୁଚି ମଧ୍ୟ ସମାନ ଥିଲା। ମୁଁ ଦେଖେ ଯେ ସବୁବେଳେ ଦିଶା ଏକା ଏକା ଜମିକୁ ଯିବା ଆସିବା କରୁଛି। ଦିନେ ସନ୍ଧ୍ୟା ହୋଇଯାଇଥିଲା। ଅନ୍ଧାର ହୋଇଆସିଲାଣି, ମୁଁ ଭିଡ଼ିଓ କଲ୍‌ରେ ଦେଖିଲି ପୂରା

ଶୂନ୍‌ଶାନ୍ ରାସ୍ତା। ଆଖପାଖରେ କେହି ନାହିଁ। ମୁଁ ତାକୁ ଫୋନ୍ ଅନ୍ କରି ରଖିବାକୁ କହିଲି। ସେ ଫୋନ୍ ଅନ୍ କରି ଗାଡ଼ି ଚଲାଏ। ଆଶ୍ଚର୍ଯ୍ୟର କଥା ସେ ପରିସ୍ଥିତିରେ ମଧ୍ୟ ତା ବିଷୟରେ କେହି କିଛି ଚିନ୍ତା ବି କରୁ ନ ଥିଲେ।"

ସେ ନୀରବ ହୋଇ ତା କଥା ଶୁଣି ଚାଲିଥିଲେ। "ଏଠିକୁ ଆସି ମୁଁ ଦେଖିଲି ଯେ ତା ପାଖରେ ରୋଜଗାରର କୌଣସି ମାଧ୍ୟମ ନାହିଁ। ଶାଶୂଘରେ ତା'ର କୌଣସି ସ୍ଥାନ ନାହିଁ, କାରଣ ଯାହା ହୋଇଥାଉ ପଛେ। ମାଆ ଘରେ ମଧ୍ୟ ସେଇ ସମାନ ପରିସ୍ଥିତି। ତା ଘରର ଅବସ୍ଥା, ବେଶପୋଷାକ, ଚପଲ ଇତ୍ୟାଦି ଦେଖି ମୋତେ ବହୁତ ଦୁଃଖ ଲାଗୁଥିଲା। ଭାଇ ଭଉଣୀଙ୍କ ଜୀବନ ଭିତରେ ଏତେ ପାର୍ଥକ୍ୟ ଏତେ ନିଷ୍ଠୁରତା ! କ'ଣ କାହାରି ହୃଦୟ ତରଳେନି ? ଯଦି ଗୋଟିଏ ଲୋକ କାମ କରୁନାହିଁ, ତା ହେଲେ ଆଉ ଜଣେ ତାକୁ କୋଉ କଥା ପାଇଁ ଦଣ୍ଡ ଦେଉଛି ? ପୁଣି ପଇସା ଦେଇ ନିଜ କଥାକୁ ତା ଉପରେ ଲଦିଦେବା ! ମୁଁ କୌଣସି ବହୁତ ପଇସାବାଲା ଲୋକ ନୁହଁ, ତଥାପି ସମସ୍ତେ ଭଲରେ ରହିଯାଉଛୁ। ମୋର ଦୁଇଟି ଫ୍ଲାଟ୍ ଅଛି, ଗୋଟେ ପୁଅକୁ ଦେଇଛି ଓ ଆଉ ଗୋଟେ ଝିଅକୁ। ମୋ ସ୍ୱଭାବ ହେଲା କିଛି ଭୁଲ କି ଅନ୍ୟାୟ ଦେଖିଲେ ଚୁପ୍ ହୋଇ ରହିପାରେନି। ଏହି କାରଣରୁ ହିଁ ମୋତେ ମୋ ଚାକିରି ହରେଇବାକୁ ପଡ଼ିଥିଲା। ସେତେବେଳେ ମୁଁ ନିଷ୍ପତ୍ତି ନେଇଥିଲି ଯେ ଦିଶା ପାଇଁ କିଛି କରିବି। ତାକୁ ସାହାଯ୍ୟ ଓ ସମର୍ଥନ କରିବି। ଏବେ ଜାଣିଲି ଯେ ଆପଣମାନେ ଦିଶାକୁ ସମର୍ଥନ କରନ୍ତି କିନ୍ତୁ କେତେ ଓ କେତେଦିନ ଯାଏ ? କେବେ ନା କେବେ ତ ତାକୁ ନିଜ ଗୋଡ଼ରେ ଠିଆ ହେବାକୁ ପଡ଼ିବ। ଆତ୍ମସମ୍ମାନର ସହ ବଞ୍ଚିବାକୁ କିଏ ବା ନ ଚାହେଁ। କାଲି ଭାଇ ଦିଶାର ଦେହ କେମିତି ଅଛି ପଚାରିବାକୁ ଆସିଥିଲେ। ସେ ଦିଶା ସହ କଥାବାର୍ତ୍ତା ହୋଇପାରିବେ, ଟଙ୍କା ପଇସା ଦେଇ ପାରିବେ କିନ୍ତୁ ଦିଶାକୁ ନିଜ ସହ ନିଜ ଘରେ ନେଇ ତ ଆଉ ରଖିପାରିବେନି। ଏହା ପୂର୍ବରୁ ମଧ୍ୟ ଆମର ଅନେକଥର ସାକ୍ଷାତ ହୋଇଛି। ସେ ଗୁଡ଼ାଏ କାମ କରିବାକୁ କହିଛନ୍ତି। ଦେଖିବା ! କୋଉଟା ଫାଇନାଲ ହେଉଛି।" ସନ୍ଦୀପ ଏକା ନିଃଶ୍ୱାସରେ କହିଚାଲିଥିଲା।

ତାଙ୍କୁ ଲାଗିଲା ଲୋକଟି ଶୃଙ୍ଖଳିତ ଏବଂ ପରିଶ୍ରମୀ। ଦିଶାକୁ ସାହାଯ୍ୟ କରୁଛି।

"ଦେଖନ୍ତୁ, କାଲିଠାରୁ ହିଁ ୟା'ର ଅବସ୍ଥା ଠିକ୍ ନଥିଲା। ରାତିସାରା ଛଟପଟ ହେଉଥିଲା। ସେତେବେଳେ ମୁଁ ପାଖରେ ଥିବା ଡାକ୍ତରଙ୍କ ପାଖକୁ ନେଇଯାଇଥିଲି, କିନ୍ତୁ ସାନଝିଅ ନ କହି ନିଜ ସାଙ୍ଗଘରକୁ ଚାଲିଗଲା। ରାଜୀବ ମହାରାଜ ସବୁଦିନ ପରି ମଦନିଶାରେ ଚୁର୍ ! ଆଜି ମୋତେ ଲାଗିଲା ଯେ ଡାକ୍ତରଖାନାରେ ଆଡ୍‌ମିଟ୍ ନ କଲେ ଠିକ୍ ହେବନି। ତେବେ ଯାଇ ମୁଁ ହିଁ ତା ଦ୍ୱାରା ଆପଣଙ୍କୁ ଫୋନ୍ କରେଇଲି।"

"ସେ ମୋର ବେଶୀ ଅନ୍ତରଙ୍ଗ। ମୁଁ ତା ସ୍ୱଭାବ ଜାଣେ! ତା ସମସ୍ୟାଗୁଡ଼ିକୁ ମଧ୍ୟ ଦେଖିଆସୁଛି। ଆମେମାନେ ଏବେ ବି ଏ ପ୍ରକାରର ସମ୍ପର୍କକୁ ସ୍ୱୀକାର କରିପାରିନୁ, ଯଦିଓ ଘର ବାହାରେ ସମସ୍ତେ ଏପରି ସମ୍ପର୍କକୁ ପ୍ରଶଂସା କରନ୍ତି, ପ୍ରେରଣା ଦିଅନ୍ତି, ଦିଶା ପରି ଦୁଃଖୀ ମହିଳାମାନଙ୍କୁ ନାୟିକା ସଜାଇ ଦିଅନ୍ତି, କିନ୍ତୁ ନିଜଘରେ ଠିକ୍ ଏହାର ବିପରୀତ ବ୍ୟବହାର କରନ୍ତି, ବିଶେଷକରି ନିଜ ସ୍ୱାମୀ ଓ ଶଶୁରଘର ଲୋକଙ୍କ ଆକ୍ଷେପ କଥା ମନେପଡ଼ିବା ମାତେ ହିଁ ସବୁକିଛି ଭୁଲ, ଅନୈତିକ ଓ ପାପମୟ ଲାଗିବା ଆରମ୍ଭ ହୋଇଯାଏ। ଲାଗେ ଯେମିତି ବି ହେଉ ସବୁକିଛି ଚାଲିଥାଉ।"

"ଆପଣଙ୍କ ସହ ମୁଁ ଏକମତ। କୌଣସି ବି ବିବାହିତା ମହିଳା ପାଇଁ ଏହା ଏକ ଆତ୍ମଘାତୀ ପଦକ୍ଷେପ ଅଟେ, ବିଶେଷ କରି ଆମପରି ପରିବାରଗୁଡ଼ିକରେ। ଦିଶା କେତେକ କ୍ଷେତ୍ରରେ ବହୁତ ସ୍ପଷ୍ଟ ଏବଂ ଆଧୁନିକ ଅଟେ। ସେ ନାନା ପ୍ରକାରର ସଂଘର୍ଷ କରିଆସିଛି। ତାକୁ ଅନେକ ଲୋକଙ୍କୁ ସାମ୍ନା କରିବାକୁ ଓ ବିରୋଧର ସମ୍ମୁଖୀନ ହେବାକୁ ପଡୁଛି। ସବୁଠାରୁ ଦୁଃଖର କଥା ଏଇଆ ଯେ ଏସବୁ ସମସ୍ୟା ଭିତରେ ତା'ର ପ୍ରତିଭା, ଶକ୍ତି ଓ ସମୟ ନଷ୍ଟ ହେଉଛି। ଜାଣିଛି ଯେ ମୋର ତା ସହ ରହିବା ଠିକ୍ ନୁହେଁ।"

"ଏବେ ବି ମୁଁ ମୋ ସ୍ୱାମୀଙ୍କୁ କହିନି ଯେ ମୁଁ ଦିଶା ପାଖରେ ଅଛି। ତାଙ୍କୁ ଜଣେଇବା ମାତ୍ରେ ସେ ଦିଶାକୁ ଦେଖିବାକୁ ନିଶ୍ଚୟ ଆସିବେ। ଆପଣଙ୍କ ସହ ଦେଖା ହେବ। ରାଜୀବକୁ କହିବେ। ସେଥିରେ ପୁଣି ଆପଣ ସ୍ୱାମୀ ସ୍ଥାନରେ ନିଜର ନା ଲେଖିଛନ୍ତି!"

"ନାଁ, ମୁଁ ଆଦୌ ଚାହେଁନି ଯେ ମୋର ଓ ଦିଶା ପାଇଁ ଆପଣଙ୍କ ସାମ୍ନାରେ କୌଣସି ଅପ୍ରୀତିକର ପରିସ୍ଥିତି ସୃଷ୍ଟି ହେଉ।"

"ରାତିରେ କିଏ ରହିବ?" ଦିଶା ପଚାରିଲା।

"ମୁଁ ହିଁ ରହିବି।" ସେ କହିଲେ।

"ତୁ ରହିଲେ ତ ଭାଇନା ଚାଲିଆସିବେ।"

"ଆଉ ତା ହେଲେ।"

"ମୁଁ ରହିଯିବି।" ସନ୍ଦୀପ କହିଲା

"ପାରୁଲ ପଚାରିଲେ କ'ଣ କହିବା? ରାଜୀବକୁ କ'ଣ କହିବା? ଦିନ କଥା ତ ସେ ଜାଣିଛି, କିନ୍ତୁ ରାତିରେ...!" ଦିଶା ବ୍ୟସ୍ତ ହୋଇ ଉଠୁଥିଲା।

"କହି ଦେବା ଯେ..."

"ମିଛ କହିବାକୁ ପଡ଼ିବ, ଆଉ କ'ଣ!"

ଏବେ ସେ ତାଙ୍କ ପାଖରେ ସହଜ ହୋଇଯାଇଥିଲା। ଦିଶାକୁ ଉଠେଇବା, ବସେଇବା, ପାଣି ପିଆଇବା, ଔଷଧ ଦେବା, ଖାଇବାକୁ ଦେବା, ଡାକ୍ତରଙ୍କ ସହ ଆଲୋଚନା କରିବା... ଏ ସବୁ କାମ ସେ ହିଁ କରୁଥିଲା।

"ମୁଁ ଆପଣଙ୍କ ପାଇଁ ଖାଇବା ନେଇଆସେ।"

"ନାଁ ଅପା, ମୁଁ ବାହାରେ ଖାଇନେବି। ଆପଣ ହଇରାଣ ହେବେ।"

"ନା ନା, ମୁଁ ଘରୁ ନେଇଆସିବି।" କେଜାଣି କେମିତି ତାଙ୍କ ମନରେ ଜମାଟ ବାନ୍ଧିଥିବା ଘୃଣା ତରଳିବାକୁ ଲାଗିଥିଲା। ହୁଏତ ତା କଥାବାର୍ତ୍ତା ଯୋଗୁଁ ଅଥବା ଦିଶା ପ୍ରତି ତା'ର ସେବାଭାବ ଯୋଗୁଁ।

ଘରକୁ ଆସି ସେ ତା ପାଇଁ ଖାଇବା, ବେଡ୍‌ସିଟ୍, ଚାଦର ଆଦି ନେଇ ପହଞ୍ଚିଗଲେ। ସତକୁ ସତ ସନ୍ଦୀପ ସକାଳୁ ନା ଜଳଖିଆ ଖାଇଥିଲା ନା ଔଷଧ। ସେ ବହୁତ ବେଶୀ ଥକି ଯାଇଥିଲା, ତା ମୁହଁ ପୂରା ଝାଉଁଳି ଯାଇଥିଲା ଓ ତା ଗହମ ରଙ୍ଗର ଆଖିରେ ଚିନ୍ତା ସ୍ପଷ୍ଟ ଦେଖାଯାଉଥିଲା।

ବାରମ୍ବାର ପାରୁଲ ଫୋନ୍ କରି ଚାଲିଥାଏ "ମାଆ ପାଖରେ କିଏ ଅଛି, ପାପା କେଉଁଠି ଅଛନ୍ତି, ତାଙ୍କ ପାଖରେ କିଏ ଅଛି? ମାଆଙ୍କ ସହ ଏବେ କଥା କହି ହେବକି?" ପୁଣି କିଛି ସମୟ ପରେ ସେ କହିଲା "ପାପା କହୁଥିଲେ ଯେ ସେ ଲୋକଟା ମାଆଙ୍କ ସହ ଆସିଥିଲା। ସେ ଚାଲାକ ଲୋକଟା ଗଲାଣି ନା ନାହିଁ? ଦେଖିଲ ନା ମାଉସୀ, ସେ କେମିତି ମାଆଙ୍କୁ ନିଜ ହାତମୁଠାରେ ରଖିଛି ଆଉ ମାଆଙ୍କୁ ତ ତା ଭିତରେ କିଛି ବି ଖରାପ ଗୁଣ ଦେଖାଯାଉନି। ମୁଁ କାଲି ଭିତରେ ଆସି ପହଞ୍ଚିଯିବି।" ପାରୁଲର କଥା ଶୁଣି ତାଙ୍କ ମନରେ ଆଶଙ୍କା ସୃଷ୍ଟି ହେଲା। ସମସ୍ତଙ୍କର ନିଜସ୍ୱ ମତ, କୁସଂସ୍କାର, ଘୃଣାଭାବ ଅଛି, କିନ୍ତୁ ଦିଶାର ପରିସ୍ଥିତି ବିଷୟରେ କେହି ହେଲେ ଏଯାଏ ଭାବୁ ନ ଥିଲେ।

ସେହି ତିନିଦିନ ଭିତରେ ତାଙ୍କୁ ସନ୍ତୁଳନ ରକ୍ଷା କରିବାକୁ ମିଛ ପରେ ମିଛ କହିବାକୁ ପଡ଼ିଥିଲା। ଏହି ମିଛ ଅପେକ୍ଷା ତାଙ୍କୁ ଦିଶାର ଚିନ୍ତା ବେଶୀ ଘାରୁଥିଲା। ସେ ଗଭୀର ଅବସାଦ ଭିତରେ ଥିଲା ଓ ମାନସିକ ରୂପେ ଭାଙ୍ଗିପଡ଼ିଥିଲା। ପୂରା ପରିବାର ତାକୁ ଯେମିତି ବହିଷ୍କାର କରିଦେଇଥିଲେ। ନା କେହି ତା ବିଷୟରେ ପଚାରୁଥିଲେ ନା ତାକୁ କେହି ଦେଖିବାକୁ ଆସୁଥିଲେ।

"ତୁ ତ କଥା ହେଲୁ। ଏଇ ତିନିଦିନ ଭିତରେ କ'ଣ ଦେଖିଲୁ! କ'ଣ ବୁଝିଲୁ, କହ କ'ଣ ଚାଲାକି ଅଛି ତାଙ୍କ ଭିତରେ? କ'ଣଟା ସେ ନେଇଯିବେ ଆମ ପାଖରୁ? ନିଧି ତ ଏଇ ଅବସ୍ଥାରେ ଛାଡ଼ି ଚାଲିଯାଇଥିଲା। ଗୋଟେ ଗ୍ଲାସ୍ ପାଣି ଦେବାକୁ ବି

କେହି ନାହିଁ। ମୋତେ ବି ତ କେହି ଦରକାର ନା ନାହିଁ! ମୁଁ ବଞ୍ଚିବି କାହା ପାଇଁ? ରାଜୀବର ଆସିବାର ନ ଥିଲା, ଆସିଲାନି କି ଆସିବନି ମଧ୍ୟ! ହଁ, ବାରମ୍ବାର ଫୋନ ଏଥିପାଇଁ କରୁଥିଲା ଯେ ସନ୍ଦୀପ ବିଷୟରେ ଖବର ଜାଣିପାରିବ।" ଦିଶାର ଆଖି ଛଳଛଳ ହୋଇଯାଇଥିଲା। ତା ମୁହଁ ପୂରା ମଳିନ ଦିଶୁଥିଲା ଓ ଆଖି ଚାରିପଟେ ଗାଢ଼କଳା ପଡ଼ିଯାଇଥିଲା। ବେକରେ ଚମଡ଼ା ହାଲ୍‌କା ଲୋଚାକୋଚା ହୋଇ ବୟସର ଛାପ ସ୍ପଷ୍ଟ ଜଣାପଡୁଥିଲା।

ସେ କାହାର ପକ୍ଷ ନେବେ, କାହା ବିଷୟରେ ଭାବିବେ?

ପାରୁଲ ଦ୍ୱିପ୍ରହର ସୁଦ୍ଧା ଆସି ପହଞ୍ଚିଗଲା।

ତାଙ୍କ ଘରେ ଆସି ସିଧା ପହଞ୍ଚିଗଲା।

"ସେ ଥାଉଥାଉ ମୁଁ ସେଠିକୁ ଯିବିନି। ମୁଁ ତା ମୁହଁ ମଧ୍ୟ ଦେଖିବାକୁ ଚାହେଁନି। ସେ ଆମମାନଙ୍କୁ ଏମିତି ଗାଳି ଦେଉଛି, ଯେମିତି ଆମ ବାପା! କାଲି ସେ ନିଧି ଉପରେ ମଧ୍ୟ ପାଟି କରିଥିଲା। ସେ କୋଉ ଅଧିକାରରେ ଆମମାନଙ୍କ ସହ କଥା ହେଉଛି? ତା ପାଇଁ ଆମେ ଆମ ଘରଠୁ ଦୂରେଇଗଲୁ। ମାଆ ତ କେବେ ଆମ ପାଇଁ ନ ଥିଲେ। ଆଉ ଏବେ ଆହୁରି ବେଶୀ ଦୂରକୁ ଚାଲିଗଲେ।" କହିଦେଇ ପାରୁଲ କାନ୍ଦିବାକୁ ଲାଗିଲା।

"ଏବେ ମାଆର ଦେହ ଭଲ ନାହିଁ। ଏମିତି କିଛି ବି କଥା କହିବୁନି ଯାହା ତାକୁ ଆହୁରି ଅସୁସ୍ଥ କରିଦେବ।"

"ସବୁ ନାଟକ! ସେ ଜଣେ ମିଛୁଆ, ଚାଲାକ ଏବଂ ମିଛ ନାଟକ କରୁଥିବା ସ୍ତ୍ରୀ ଲୋକ।"

"ପାରୁଲ! ବେକାର କଥା ବନ୍ଦ କର। ମାଆ ବିଷୟରେ ଏମିତି ସବୁ କଥା କହିବାକୁ ତୋତେ ଟିକେ ଲାଜ ଲାଗୁନି!"

"ଲାଜ ତ ମାଆଙ୍କୁ ଲାଗିବା କଥା ଯେ ସେଇ ଲୋକଟା ସହ ରହୁଛନ୍ତି। ତୁମେ ବି ତ ତାଙ୍କ କଥାରେ ଭାସିଗଲ ମାଉସୀ! ମାଆଙ୍କୁ ତୁମେ ବୁଝାଅ।"

"ସେ ଏବେ ଡିପ୍ରେସନ୍‌ରେ ଅଛି। ପରେ କଥା ହେବି।"

କିନ୍ତୁ ପାରୁଲର ଧୈର୍ଯ୍ୟ ବା କୋଉଠି ଥିଲା! ହସ୍ପିଟାଲରେ ହିଁ ସେ ଯୁକ୍ତିତର୍କ କରିବାକୁ ଆରମ୍ଭ କରିଦେଲା। "ଆପଣ ଆମମାନଙ୍କ ଜୀବନରେ ସମସ୍ୟା ସୃଷ୍ଟି କରୁଛନ୍ତି। ଆମ ନିଜ ମାଆଙ୍କୁ ଆପଣ ଆମ ସମସ୍ତଙ୍କ ବିରୁଦ୍ଧରେ ଶିଖାଉଛନ୍ତି। ସେ ଆମ ସମସ୍ତଙ୍କଠୁ ଦୂରେଇ ଗଲେଣି। ଆପଣଙ୍କ ପାଇଁ ଅଲଗା ହୋଇଯାଇଛନ୍ତି। ଆଉ ଆପଣ ଆମ ଫାର୍ମହାଉସ୍‌ରେ ନିଜ ଇଚ୍ଛାରେ କୌଣସି କାମ କରିବେନି। ସେଇଟା

ମୋ ପାପାଙ୍କ ପ୍ରପୋର୍ଟି ଆପଣଙ୍କର ନୁହଁ। ମାଆଙ୍କ ଇଚ୍ଛା କି ଆପଣଙ୍କ ଇଚ୍ଛାରେ ନୁହଁ। ବୁଝିଲେ ?"

ସନ୍ଦୀପ ଅଳ୍ପ ଅଳ୍ପ ହସୁଥିଲା। ସେ ଜାଣିଛି ଯେ ଗୋଟେ ଝିଅର ପ୍ରତିକ୍ରିୟା ଏମିତି ହିଁ ହେବ। ସେ ଗାଳି ନ କରି ଆଉ କ'ଣ ଫୁଲ ଦେଇଥାନ୍ତା !

"ଆପଣ ମାଆଙ୍କୁ କାହିଁକି ଏଣୁତେଣୁ କାମରେ ଛନ୍ଦି ଦେଉଛନ୍ତି। ଅର୍ଗାନିକ ପରିବାପତ୍ର ତ ଆମେ ବି ଚାଷ କରିପାରିବୁ। ଗାଈ ରଖି ଡାଏରୀ ଫାର୍ମ କରିବା ସହଜ କାମ ନୁହେଁ। ମାଆ ତ ଗୋଟେ ବାହାନା, ତାଙ୍କ ମାଧ୍ୟମରେ ଆପଣ ନିଜ ଭବିଷ୍ୟତ ସଜାଡ଼ି ଦେଉଛନ୍ତି। ଆପଣଙ୍କୁ ନିଜ କାମ କରିବାର ଅଛି। ଜାଗା ଅଛି, ପାଣି ଅଛି, ଘର ଅଛି, ଗାଡ଼ି ଅଛି... ଆଉ ଅଧିକ କ'ଣ ଦରକାର ଗୋଟେ ଲୋକକୁ ବାହାରେ ଏକ ଅଲଗା ସହରରେ ରହିବା ପାଇଁ?" ପାରୁଲ ରୁକ୍ଷ ସ୍ୱରରେ କହି ଚାଲିଥିଲା। ରାଗରେ ତା ମୁହଁ ନାଲି ପଡ଼ିଯାଇଥିଲା।

"ମୋର କୌଣସି ସ୍ୱାର୍ଥ ନାହିଁ। ଏସବୁର ଆବଶ୍ୟକତା ତୁମ ମାନଙ୍କର ରହିଛି। କେତେ ଦିନ ଯାଏଁ ତୁମେ ଓ ତୁମ ମାଆ ନିଜ ଭାଇମାନଙ୍କ ଉପରେ ନିର୍ଭର କରି ରହିବ। କେବେ ଚିନ୍ତା କରିଛ ଯେ, ଅନ୍ୟ ପାଖରେ ହାତ ପାତିବା ଓ ଅନ୍ୟ ଉପରେ ନିର୍ଭର କରି ରହିବା କେତେ କଷ୍ଟଦାୟକ ହୋଇଥାଏ ! ତୁମକୁ ଯଦି ମାଆର ଚିନ୍ତା ଥାଆନ୍ତା ତାହେଲେ, ଏତେବେଳକୁ କିଛି କାମ କରି ତାକୁ ସାହାଯ୍ୟ କରୁଥାନ୍ତ। ବୁଝିଲ ! ତୁମ ତିନିଜଣଙ୍କର କେବଳ ନିଜ ସୁଖସୁବିଧା ଦରକାର। ଏ ବୟସରେ ତୁମ ଦି'ଜଣଙ୍କୁ ଘର ସମ୍ଭାଳିବା ଉଚିତ। କିଛି କାମ କରିବା ଉଚିତ, ହେଲେ ଏସବୁ ବଦଳରେ ତୁମେ ସାରାଦିନ ମାଆ ଉପରେ ହୁକୁମ ଚଳେଇ ଚାଲିଛ। ତାଙ୍କୁ ଦୋଷ ଦେବାରେ ଲାଗିଛ। ଏଇ ଯୋଉ ପଇସା ମିଳୁଛି, ଯାହା ବଳରେ ତୁମେମାନେ ଆଡ଼ମ୍ବରରେ ସଉକ କରି ରହୁଛ, ସେଇଟା ମାଆ ପାଇଁ... !"

"ସେ ତ ପର ନୁହଁ। ମୋ ମାମା। ନିଜ ମାମା ! ଆପଣ ପର। ବୁଝିଲେ ?"

"ଆମକୁ ଯାହା କରିବାର ଅଛି, କରିବୁ।"

"ଏମିତି କେମିତି କରିବେ ! ଆପଣଙ୍କ ଇଚ୍ଛାରେ ହୋଇପାରିବନି। ପାପାଙ୍କୁ କହି ଆପଣଙ୍କୁ ଧକ୍କା ଦେଇ ବାହାର କରାଇଦେବି।"

"ପାରୁଲ ! ପାରୁଲ, ଚୁପ୍ ରହ।" ଦିଶା ତାକୁ ବାରମ୍ବାର ଅଟକାଇବାକୁ ଚେଷ୍ଟା କରୁଥିଲା। ବଡ଼ ପାଟିରେ ମନା କରୁଥିଲା। କିନ୍ତୁ ପାରୁଲ ଶୁଣିବା କି ଚୁପ୍ ରହିବାକୁ ପ୍ରସ୍ତୁତ ନ ଥିଲା।

"କାହିଁକି ଚୁପ୍ ରହିବି, ତୁମକୁ କାହିଁକି ବାଧୁଛି ? ଏ ଲୋକ ତୁମର କିଏ ? ଏ

ବୟସରେ ଏଇ ଲୋକଟା ହିଁ ତୁମକୁ ମିଳିଲା ? ବେକାର ! ଖାଲି କଥାକୁହା, ଫାଲ୍‌ତୁ ! ଯାଙ୍କୁ ଟିକେ ଲାଜ ବି ଲାଗୁନି ଏମିତି ପରଘରେ ମାଗଣାରେ ରହି ଖିଆପିଆ କରିବାକୁ ।"

"ତୁମେ ଯାଅ ।" ଦିଶା ସନ୍ଦୀପକୁ କହିଲା ।

"ଇଏ କି ଅଭଦ୍ରାମି ?"

"ଆମକୁ ଶିଖାଅନି ମାଆ ! ନିଜେ ଶିଖ ଆଉ ବୁଝ । ଆମେମାନେ ଯଦି ପୁଅଙ୍କ ସହ ରହିବୁ, ତେବେ ? ତୁମକୁ କେମିତି ଲାଗିବ ? ତୁମେ ଏ ଲୋକଟା ସହ ରହିଲେ କିଛି ଅସୁବିଧା ନାହିଁ ? କେତେ ଲଜ୍ଜାର କଥା ! ଏତେ କଥା ଶୁଣିବା ସତ୍ତ୍ୱେ ବି ଏଠି ଠିଆ ହୋଇ ରହିଛନ୍ତି । ଏଇ ଦେଖ, ବାହାରେ ଠିଆହୋଇ କାହା ସହ ଲଗାତାର ଫୋନ୍‌ରେ କଥାହୋଇ ଚାଲିଛନ୍ତି । ପୂରା ପରିବାର ଏଥିରେ ଆଉ ସମ୍ପୃକ୍ତ ନୁହନ୍ତି ତ । ତୁମକୁ ବୋକା ବନାଯାଉଛି, ଆଉ ଶୁଣ ମାଆ... ଜାଗା ଜମିର କାଗଜ ଆଉ ରେଜେଷ୍ଟ୍ରିର କପି ମୋର ଦରକାର । କିଏ ଜାଣେ, ସେ କେତେବେଳେ ହୁଏତ ତୁମଠାରୁ ଦସ୍ତଖତ କରେଇ ନେବେ ଅଥବା ତୁମେ ନିଜେ ତା ନାଁରେ ଲେଖି ନ ଦେବ ।" ପାରୁଲର ଏ ରୂପ ଦେଖି ଦିଶା ସ୍ତବ୍ଧ ହୋଇ ରହିଯାଇଥିଲା ।

"ଗୋଟେ କାମ କର, ତୁମେ ଦୁହେଁ ମିଶି ଫାର୍ମହାଉସ୍‌କୁ ବିକ୍ରି କରିଦିଅ । ତୁମ ଦୁହିଁଙ୍କୁ କ'ଣ ଲାଗୁଛି ଯେ ସେ ତୁମ ଜମିବାଡ଼ି ହଡ଼ପ କରିନେବେ ବୋଲି ? ଯାହା ପାଖରେ ରଖିବାକୁ ଚାହଁ ରଖିଦିଅ । ଘରକୁ ଯାଇ କାଗଜପତ୍ର ନେଇଆସ । ଏଇ ନିଅ ଆଲମାରୀ ଚାବି । ତାଙ୍କର ଟଙ୍କା ହିଁ ଖର୍ଚ୍ଚ ହୋଇଯାଇଛି । ମୁଁ ଏଠି ରହିବାକୁ ବି ଚାହୁଁନି । ସାରା ଜୀବନ ତୁମ ବାପା ମୋତେ ଅପମାନିତ ଅତ୍ୟାଚାର କରି ଆସିଲେ, ଏବେ ତୁମେ ମାନେ କରୁଛ ।" ଦିଶା କେବଳ କାନ୍ଦିକାନ୍ଦି କହିଲା ।

"ମୁଁ ବି ଚାଲିଯାଉଛି । ତୁମେ ରୁହ ଏଇ ଲୋକଟା ସହ, କାରଣ ତୁମ ପାଇଁ ନିଜ ପିଲା ନୁହଁ ଏଇ ଲୋକଟା ହିଁ ଆପଣାର, ଭଲ । ଇଏ ଆମ ପରିବାରର ମୁଖିଆ ହୋଇ ସବୁ ନିଷ୍ପତ୍ତି ନେବାକୁ ଲାଗିଲାଣି । ଏବେ ପାପା ବି ତୁମ ଶତ୍ରୁ ହୋଇଗଲେଣି ।"

"ତୁ କେବେଠୁ ପାପାକୁ ଏତେ ନିଜର ଭାବିଥିଲୁ ? ଆଜିଯାଏଁ ତ ଗାଳିଦେଇ ଆସୁଥିଲୁ ।"

ପାରୁଲ ନିଜ ବ୍ୟାଗ୍ ଧରିଲା ଓ ଖାଇଦେଇ ବସ୍‌ଷ୍ଟାଣ୍ଡ ଆଡ଼କୁ ବାହାରିଗଲା, "ସେ ରହିବେ ନ ହେଲେ ଆମେ" ସେ ଏକା ଜିଦ୍‌ରେ କହି ଚାଲିଥିଲା । ସେ ବୁଝେଇବାକୁ ଅନେକ ଚେଷ୍ଟା କଲେ । ପଛରୁ ଡାକିଚାଲିଲେ, କିନ୍ତୁ ପାରୁଲ ଶୁଣିଲାନି । ସେ ଟ୍ୟାକ୍ସି ଡାକି ଝଡ଼ପରି ବାହାରିଗଲା ।

"ଅପା !" ଦିଶା କଇଁକଇଁ ହୋଇ କାନ୍ଦି ଚାଲିଥିଲା ।

"କ'ଣ ସବୁ ସେ କହିଦେଇଗଲା ?"

"କ'ଣ କରାଯିବ ?"

"ମୁଁ ସବୁକିଛି ଛାଡ଼ିଦେବି ଅପା। ଘରକୁ ଯାଇ ୟାଙ୍କୁ ରେଜେଷ୍ଟ୍ରୀର କପି ଦେଇଦେବି। ମୁଁ ତ ସେସବୁ ନେବାକୁ ଆଲମାରୀର ଚାବି ଦେଇ ଦେଇଥିଲି। ଏବେ ଏଇମାନେ ମୋତେ କହିବେ ଯେ ମୁଁ କ'ଣ କରିବି ଆଉ କ'ଣ ନ କରିବି ! ଏ ଦି'ଜଣ ମୋ ଜୀବନର ମାଲିକ ସାଜି ବସିଛନ୍ତି।"

"ସନ୍ଦୀପ ?"

"ବାହାରକୁ ଯାଇଛନ୍ତି।"

"କୁଆଡ଼େ ? ସେ ଖାଇଛି ?"

"ଖାଇଲେ ଆଉ କେତେବେଳେ ? ସେ ତ ଖାଇବାକୁ ହିଁ ଦେଲାନି।"

"ତୁ ଏତେ କାହିଁକି କାନ୍ଦୁଛୁ ?"

"ତା କଥା ଶୁଣି। ତା'ର ଏ ରୂପ ଦେଖି। ମୋତେ ଗୋଲାମ ବୋଲି ଭାବିନେଇଛି। ଖାଲି ସକାଳୁ ସଞ୍ଜେ ଏଇମାନଙ୍କ କଥାରେ ଉଠବସ୍ ହୁଅ। ମୋ ଜୀବନର କୌଣସି ମୂଲ୍ୟ ନାହିଁ।"

"ଏମିତି କେମିତି ହେବ।" ଅପା ବ୍ୟସ୍ତ ହୋଇ କହିଲେ।

"ମନକୁ ଯାହା ଆସୁଛି ମୋତେ କହିଦେଉଛନ୍ତି। ତାକୁ ଏତିକି ବି ଜ୍ଞାନ ରହୁନି ଯେ ସେ ତା ମାଆ ସହ କଥା ହେଉଛି, କୌଣସି ସାଙ୍ଗସହ ନୁହଁ। ଏମିତି ମୁଁ ଆଉ କି ଅପରାଧ କରିଦେଇଛି କି ! ଯୋଉ କାମ ବି ଆରମ୍ଭ କର, ବାସ୍... ହଙ୍ଗାମା ଆରମ୍ଭ କରିଦେବ। ମୁଁ କୋଉଠୁ ପଇସା ଆଣିବି ? କେତେଦିନ ଯାଏଁ ମାଗୁଥିବି ? ସମ୍ପତ୍ତିକୁ ନେଇ ଏ ତିନିଜଣଙ୍କର ଯଦି ଏତେ ଗର୍ବ, ତାହେଲେ ବିକ୍ରି କରିଦିଅନ୍ତୁ ! ବିକ୍ରିକରିବା ନାଁ ଉଠିବା ମାତ୍ରେ ହିଁ ତ ଅଶାନ୍ତି ଆରମ୍ଭ କରିଦେଉଛନ୍ତି। ଦସ୍ତଖତ କରିବାକୁ ବି ତିନିଜଣ ରାଜି ହେଉନାହାନ୍ତି। କିଛି ନା କିଛି ତ କରିବାକୁ ହିଁ ପଡ଼ିବ।"

ସନ୍ଦୀପ ଆସି ସାରିଥିଲା।

"କାନ୍ଦୁଛ କାହିଁକି ! ପୁଣିଥରେ ଦେହ ଖରାପ କରିବାର ଅଛି କି। ଏମିତିରେ ବି ତୁମେ ଅସୁସ୍ଥ ଅଛ। ହସ୍ପିଟାଲରେ ଅଛ। ସେମାନଙ୍କ କଥାକୁ ଗୁରୁତ୍ୱ ଦିଅନି।" ସନ୍ଦୀପ ଏବେ ତାଙ୍କ ସାମ୍ନାରେ ହିଁ ଦିଶାକୁ ନିଜକୁ ପାଖକୁ ଆଉଜେଇ ଆଣିଲା।

"ବାବୁ (ରାଜୀବ) ମୋତେ ଗାଳି କରନ୍ତି। ଚାକରମାନଙ୍କ ପରି କାମ କରାନ୍ତି। ତାଙ୍କ ପାଇଁ ମଦ-ସିଗାରେଟ୍ ଆଣିକି ଦିଏ। ଦୁଇ ଝିଅଙ୍କ ବ୍ୟବହାର ଆପଣ ଦେଖିଛନ୍ତି। ମୁଁ ଏଠି ରହିଛି ଆଉ ରହିଥିବି। ଦିଶାକୁ ନିଜ ଗୋଡ଼ରେ ଛିଡ଼ା କରେଇ ସାରି ଯିବି।

କୌଣସି ସମ୍ପର୍କର ଖାତିରରେ ନୁହଁ... ମାନବିକତା ଦୃଷ୍ଟିରୁ। ବନ୍ଧୁତା ଦୃଷ୍ଟିରୁ।" ସନ୍ଦୀପ ଗମ୍ଭୀର ସ୍ୱରରେ କହିଚାଲିଥିଲା। ତା କଣ୍ଠରେ ଦୃଢ଼ତା ଥିଲା ଆଉ ମୁହଁରେ କ୍ରୋଧ !

କୋଠରିରେ ଏକ ପ୍ରକାର ନୀରବତା ବ୍ୟାପୀ ଯାଇଥିଲା। ଦିଶା ଆଖିରୁ ଲୁହ ବନ୍ଦ ହେବାର ନା ନେଉ ନ ଥିଲା। ସେ ନିର୍ବିକାର ପରି ବସିରହିଥିଲା ଏବଂ ସନ୍ଦୀପ ଗଭୀର ଚିନ୍ତାରେ ବୁଡ଼ିଯାଇଥିଲା।

"ମୋତେ କିଛି ପତ୍ରିକା ଆଉ ବହି ମିଳିପାରିବ ?"

"ମୁଁ ପଠେଇ ଦେବି।" ସେ ବୁଝିପାରୁନଥିଲେ ଯେ କେଉଁ ଆଧାରରେ ସେମାନେ ସନ୍ଦୀପକୁ ଅପମାନିତ କରୁଥିଲେ, ଚାଲିଯିବାକୁ କହୁଥିଲେ ଅବା ସେମାନଙ୍କ ସମ୍ପର୍କକୁ ଅସ୍ୱୀକାର କରୁଥିଲେ ! ଜୀବନରେ ଏପରି ପରିସ୍ଥିତିର ସାମ୍ନା ସେ କେବେ କରି ନ ଥିଲେ।

ହସ୍ପିଟାଲରୁ ଡିସ୍‌ଚାର୍ଜ ହେବା ସମୟରେ କେବଳ ସେ ଦୁଇଜଣ ହିଁ ଥିଲେ।

ସନ୍ଦୀପ ଗାଡ଼ିରେ ଜିନିଷପତ୍ର ରଖୁଥିଲା।

"କୁଆଡ଼େ ଯିବ ?"

"ଘରକୁ ହିଁ, କାରଣ ପୁଣିଥରେ ଦେହଖରାପ ହେଲେ... ସେଠୁ ଆସିବାକୁ ଅସୁବିଧା ହେବ।" ଦିଶା କହିଲା।

"ଦିଶା, ତୁମେ ଏବେ ସମ୍ପୂର୍ଣ୍ଣ ଭାବରେ ସୁସ୍ଥ, କେବଳ ଦୁର୍ବଳତା ଟିକେ ରହିଛି।" ଗାଡ଼ିରେ ବସାଇବା ବେଳେ ସନ୍ଦୀପ କହିଲା- "ପହଞ୍ଚିସାରି ଫୋନ୍ କରିବେ।" ସେ ନିଜକୁ ଅଟକାଇ ପାରିଲେନି।

•••

ଦିନେ ଭାଇଙ୍କର ଫୋନ୍ ଆସିଲା। ସେ ଗୋଟେ ମାସ ପରେ ବିଦେଶରୁ ଫେରିଥିଲେ।

"କ'ଣ ଏ ଲୋକଟା ସବୁଦିନ ପାଇଁ ଏଠି ରହିଗଲାଣି। ଯିବ ନା ନାହିଁ ?"

"କିଏ ଜାଣେ ?"

"କୌଣସି ଷଡ଼ଯନ୍ତ୍ର ଆଉ ନାହିଁ ତ। ପ୍ରଥମେ ମୁଁ ଭାବୁଥିଲି ଯେ କାମ ସମୟରେ ହିଁ ସେ ଆସୁଥିବ, ହେଲେ ଏବେ ଜାଣିଲି ଯେ ସେ ତ ଏଇଠି ଘରେ ହିଁ ରହୁଛି। ମଝିରେ ତା ସ୍ତ୍ରୀ ମଧ୍ୟ ଆସି ପହଞ୍ଚିଥିଲା। ଏମିତି ଆଉ ନ ହେଉ ଯେ ପୂରା ପରିବାର ଆସି ରହିବାକୁ ଲାଗିଯିବେ।"

"ତୁମେ ମନା କରିଥିଲ, ସେଥିପାଇଁ ଏ ବିଷୟରେ ମୁଁ କଥାବାର୍ତ୍ତା କରିବା ହିଁ ବନ୍ଦ କରିଦେଇଛି ।।"

"ଆଜି ସକାଳେ ମୁଁ ସେଠିକୁ ଯାଇଥିଲି । ସେମାନେ ଜାଣି ନ ଥିଲେ ଯେ ମୁଁ ଆସିବି । ମୁଁ ଦେଖିଲି, ସେ ଦି'ଜଣ ଗୋଟେ ରୁମ୍‌ରେ ହିଁ ଶୋଇଛନ୍ତି । ରାଜୀବ ତ ସେ ଜାଗାରେ ହିଁ ନ ଥିଲା, ଏସବୁ ଦେଖି ମୋ ମୁଣ୍ଡ ଖରାପ ହୋଇଗଲା ।" ଏକଥା ଭାଇ କହୁଥିଲେ, ସେ ଟିକେ ଆଶ୍ଚର୍ଯ୍ୟ ହେଲେ । ଏମିତି ଆଉ କୋଉ କଥାଟା ଭାଇଙ୍କୁ ଏତେ ଖରାପ ଲାଗିଲା ଯେ ତାଙ୍କ ମନ ମସ୍ତିଷ୍କ ଆଉ ଚିନ୍ତାଧାରା ବଦଳି ଯାଇଥିଲା ।

"ମୁଁ ବହୁତ ସମୟ ଯାଏଁ ଦିଶା ସହ କଥା ହେଲି । ମୁଁ ତାକୁ ବୁଝେଇଲି ଯେ, ତୁ ଏବେ ଦୁଇ ଦୁଇଟା ଘରେ ରହିବା ଠିକ୍ ହେବନି । ମାତ୍ର ଗୋଟିଏ ଲୋକ (ରାଜୀବ) ପାଇଁ ଏତେବଡ଼ ଘର ରଖିବ । ଯାହା ହେଲେ ବି ସବୁ ଖର୍ଚ୍ଚ ତ ଉଠେଇବାକୁ ପଡୁଛି । ଏଠି ତୋର ଅଲଗା ଘରକରଣା ଅଛି । ଯିବା ଆସିବା ଖର୍ଚ୍ଚ, ତା ସହ ପଚାଶ ପ୍ରକାର ଚିନ୍ତା ! ଦୁଇ ଝିଅ ବି ଅଲଗା ରହୁଛନ୍ତି । ପ୍ରଶ୍ନ ପଇସାର ନୁହଁ, କଥା ହେଲା ଅନୁଶାସନ, ଶୃଙ୍ଖଳାର ! ଚାରିଜଣ ଲୋକ, ଚାରି ଜାଗାରେ ଘରକରଣା ! ସମସ୍ତଙ୍କର ନିଜନିଜର ଭିନ୍ନ ଭିନ୍ନ ଇଚ୍ଛା । ଜିଦ୍ ! କେହି କାହାରି କଥାକୁ ଶୁଣିବାକୁ କି ମାନିବାକୁ ପ୍ରସ୍ତୁତ ନୁହନ୍ତି ।" ଭାଇ କହି ଚାଲିଥିଲେ ।

"ସେ କ'ଣ କହିଲା ?"

"ଖାଲି ଶୁଣିଚାଲିଲା ! ମୁଁ କହିଲି ଯେ ମୁଁ ବହୁତ ଖୋଲା ସ୍ୱଭାବର । ଆଧୁନିକ ବିଚାରଧାରାରେ ବିଶ୍ୱାସ କରେ । ଯଦି ତୁ ସନ୍ଦୀପ ସହ ରହିବାକୁ ଚାହୁଁ, ତେବେ ରହିପାରୁ କିଛି ଅସୁବିଧା ନାହିଁ, କିନ୍ତୁ ତୋତେ ରାଜୀବକୁ ଛାଡ଼ପତ୍ର ଦେବାକୁ ହେବ । ସନ୍ଦୀପ ସହ ତୋର ବାହାଘର କରେଇଦେବି । ମୁଁ ଅଛି ତୋ ସହ । ପୂରା ଘର ପରିବାରକୁ ମୁଁ ସାମ୍ନା କରିବି । ଆଉ ବାକି ରହିଲା ସମାଜର କଥା... ସମାଜକୁ ମୁଁ ଟିକେ ବି ଖାତିର କରେନି । କାରଣ ଦୁଃଖ, ସମସ୍ୟା ଆଦି ସମୟରେ କୋଉ ସମାଜ ଆସି ପାଖରେ ଠିଆ ହୁଏନି । ତୁ ଦୁଇଜଣଙ୍କ ସହ ରହିବୁ, ଏକଥାକୁ ମଧ୍ୟ ମୁଁ ଉଚିତ ମନେ କରୁନି । ରାଜୀବକୁ ଛାଡ଼ପତ୍ର ଦେଇ ଦେ ନ ହେଲେ ସନ୍ଦୀପକୁ ବାହା ହୋଇଯା । ତୋର ବିବାହ କରିବା ଉଚିତ । ଖୁସିରେ ରହିବାର ଅଧିକାର ତୋର ବି ତ ଅଛି । ତୋତେ ଗୋଟେ ସୁନ୍ଦର ଜୀବନ ଜିଇଁବାକୁ ପଡ଼ିବ । ଏବେ ବୟସ ବା ଆଉ କେତେ ବାକି ଅଛି ।"

କ'ଣ ସତକୁ ସତ ଭାଇ ଏମିତି ଭାବୁଛନ୍ତି ! ବା ଏମିତି କରିବାକୁ ଚାହୁଁଛନ୍ତି !

ସେ ଭାଇଙ୍କ କଥାକୁ ଗଭୀରତାର ସହ ଚିନ୍ତା କରିବାକୁ ଲାଗିଲେ । ଭାଇ

ଏକ୍‌ଦମ୍ ଯେପରି ଦିଶାର ଉଡ଼ାଣକୁ ପଞ୍ଜୁରୀ ଭିତରେ ବନ୍ଦ କରି ରଖି ଦେଇଥିଲେ। ନା ସେ ସନ୍ଦୀପକୁ ଛାଡ଼ିପାରୁଥିଲା ନା ରାଜୀବକୁ। ଦିଶା ଏକ ଧର୍ମସଂକଟରେ, ଜଣଙ୍କୁ ଛାଡ଼ିବାର ଏବଂ ଅନ୍ୟଜଣଙ୍କୁ ଆପଣେଇବାର। ଜଣଙ୍କୁ ତ୍ୟାଗ କରି ଆର ଜଣକୁ ଗ୍ରହଣ କରିବାର ଥିଲା। ଅବସାଦଗ୍ରସ୍ତ ହୋଇ ସେ ବିଛଣାରେ ପଡ଼ିରହି କେବଳ କାନ୍ଦି ଚାଲିଥିଲା। ଲୁହ ଅଟକିବାର ନାଁ ଧରୁ ନ ଥିଲା।

ଏଠି ବାହାଘର କଥା କାହିଁକି ଆସିଲା? ଛାଡ଼ପତ୍ର ଓ ବାହାଘର ଖେଳ। ଏଇଟା ଭାଇଙ୍କ କୌଣସି ଚାଲାକି ଥିଲା ନା ବାସ୍ତବିକତା। ରାଜୀବକୁ ଛାଡ଼ପତ୍ର ଦେଇ ସନ୍ଦୀପକୁ ବିବାହ କଲେ କ'ଣ ସବୁକିଛି ବଦଳିଯିବ? ଖୁସି ଫେରିଆସିବ? ପଇସା ଆସିଯିବ? ଦୁଇ ଝିଅଙ୍କର ବାହାଘର କରେଇବାର ଅଛି, ମୋ ନିଜର ନୁହଁ! ସନ୍ଦୀପ ଏକ ସଦସ୍ୟ ଭାବରେ କାହିଁକି ରହିପାରିବନି? ପ୍ରକୃତ କଥା ହେଲା ଜୀବନକୁ ବଦଳାଇବାର ଅଛି, ସମ୍ପର୍କକୁ ନୁହଁ। ଭାଇ ନିଶ୍ଚୟ କିଛି ଭୁଲ ବୁଝିଛନ୍ତି। ସିଏ ହିଁ ଏକମାତ୍ର ଶେଷ ଭରସା ଥିଲେ; ଯାହାକୁ ଭାଇ ଗୋଟେ ଝଟକାରେ ଟାଣିନେଇ ଅଧା ଆକାଶରେ ଝୁଲେଇ ଦେଇଥିଲେ।

"ତୁମେ ବ୍ୟସ୍ତ କାହିଁକି ହେଉଛ! ମୁଁ କାହା କହିବାରେ ଆସି ନ ଥିଲି କି କିଏ କହିଦେଲେ ଚାଲିଯିବିନି। ତୁମକୁ ମଧ୍ୟ ଏସବୁ କଥା, ବାଧ୍ୟବାଧକତା ଆଦି ଦ୍ୱାରା ଚିନ୍ତିତ କି ବ୍ୟସ୍ତ ହେବା ଦରକାର ନାହିଁ।"

"ତୁ କ'ଣ ଚିନ୍ତା କଲୁ?" ଭାଇ ଫୋନ୍‌ରେ ପଚାରୁଥିଲେ।

"ମୁଁ ଏପରି କିଛି ବି କରିବିନି।"

"ତୋତେ ନିଷ୍ପତ୍ତି ତ ନେବାକୁ ହିଁ ପଡ଼ିବ।"

"ଏହା କ'ଣ ତୁମର ଆଦେଶ?"

"ହଁ"

"ମୁଁ ମାନିପାରିବିନି।"

"ଭାବିନେ, କଥାକୁ ଟିକେ ଗମ୍ଭୀରତାର ସହ ଚିନ୍ତା କର।"

କିଛି ନ କହି ଦିଶା ଫୋନ୍ ରଖିଦେଲା।

•••

ମାସଟେ ଭିତରେ ହିଁ ବହୁତ ବଡ଼ ପରିବର୍ତ୍ତନ ଘଟି ସାରିଥିଲା, ଏଠାକାର ଘର ସେମାନେ ଛାଡ଼ିଦେଇଥିଲେ। ସବୁ ଜିନିଷପତ୍ର ନିଆ ସରିଥିଲା। ରାଜୀବ ଯିବା ପାଇଁ

ପ୍ରସ୍ତୁତ ନ ଥିଲା । କୌଣସି ପ୍ରକାରେ ତାକୁ ରାଜି କରାଗଲା । ଦିଶା ପାଖରେ ଏବେ ରହିବା ପାଇଁ ଏକମାତ୍ର ସ୍ଥାନ ଫାର୍ମହାଉସ ହିଁ ଥିଲା, ଯେଉଁଠାରେ ସେ ରହିପାରିବ । ବିନା ପାଣିରେ କେମିତି ରହିଥାନ୍ତା । ସେଥିପାଇଁ ପ୍ରଥମେ ପାଣି ପାଇଁ ବୋରୱେଲ୍ ଖୋଳାଗଲା ଏବଂ ତା ଆଶାକୁ ସତ କରି ପାଣିର ସୁନ୍ଦର ଝରଟେ ଫୁଟି ପଡ଼ିଥିଲା । ପାଣିର ଧାର ତା ଘର ଅଗଣା ବାଡ଼ି ବଗିଚାକୁ ସୁନ୍ଦର ସବୁଜ କରିଦେଇଥିଲା ।

"ଇଏ କ'ଣ ଏଇଠି ରହିବ ?" ସମସ୍ତଙ୍କ ମୁହଁରେ ଏଇ ଗୋଟିଏ ପ୍ରଶ୍ନ ଥିଲା ।

"କାମ ତ ସେହିଁ ସମ୍ଭାଳିଛନ୍ତି । ରହିବାକୁ ଦିଅ, କେହି ଜଣେ ତ ରହୁ ।"

ସେ ଲଗାଇଥିବା ଚାରାଗଛ ଏବେ ବହୁତ ବଡ଼ ବଡ଼ ଗଛରେ ପରିଣତ ହେବାକୁ ଲାଗିଥିଲେ । ତା'ର ଶାଖାପ୍ରଶାଖା ଚାରିଆଡ଼କୁ ମାଡ଼ିଯାଇ ଏକ ସୁନ୍ଦର ଛାଇର ଚାଦର ବିଛେଇ ଦେଇଥିଲା ।

"ତା ଲୋଭ ଏଇ ଫାର୍ମହାଉସ ଉପରେ ନାହିଁ ତ !" ପୁଣି ସେଇକଥା । ସେଇ ଆଶଙ୍କା । ଭାଇଙ୍କ କଥା ଶୁଣି ସେ ବି ଚିଡ଼ିଯାଉଥିଲେ ।

"କୋଟିକୋଟି ଟଙ୍କାର ସମ୍ପତ୍ତି । ଯେତେବେଳେ ବିକ୍ରି ହେବ, ସେତେବେଳେ ଜାଣିବ ।"

"କଥାବାର୍ତ୍ତାରୁ ତ ଲାଗୁନି ଯେ ଲୋଭୀ କିମ୍ବା ଠକଟେ ହୋଇଥିବ ।"

"ତଥାପି ଲକ୍ଷ୍ୟ ରଖିଥା, ଦିଶା ତ ତା ବିରୁଦ୍ଧରେ କିଛି ବି ଶୁଣିବାକୁ ପ୍ରସ୍ତୁତ ନୁହେଁ । କେବେ କେମିତି ଦେଖା କରିବାକୁ ବି ଚାଲିଯିବୁ । ଆମେମାନେ ଦିଶାକୁ ଯେତେ ସ୍ନେହ ଆଦର ଦେବା, ଯତ୍ନ ନେବା, ତା ମନ ସେତେ ତା ଉପରୁ ଦୂରେଇ ଯିବ । ଝିଅମାନଙ୍କୁ ବି ବୁଝେଇ ଦେ' ଯେ ମାଆ ସହ କଥାବାର୍ତ୍ତା କରନ୍ତୁ । ସମସ୍ତେ ମିଳିମିଶି ଚେଷ୍ଟା କଲେ ହୁଏତ କିଛି ହୋଇପାରିବ... ନ ହେଲେ କିଛି ବି ଦୁର୍ଘଟଣା ହୋଇପାରେ ।" ଚିନ୍ତିତ ସ୍ୱରରେ ଭାଇ କହିଲେ ।

ଭାଇଙ୍କ ଚିନ୍ତା ମଧ୍ୟ ସ୍ୱାଭାବିକ ଥିଲା ।

ତାଙ୍କୁ ଲୋକମାନଙ୍କ ସହ ମିଳାମିଶା କରିବାକୁ ପଡ଼ିଥାଏ । ସିଏ ପରିଚିତ ଅଥବା ସମାଜକୁ ଯେତେ ଅଣଦେଖା କଲେ ସୁଦ୍ଧା ସମାଜ ତ ତାଙ୍କୁ ଅଣଦେଖା କରେନାହିଁ । ସେମାନଙ୍କର ହଜାରେ ଆଖି ଓ ସହସ୍ର ପ୍ରଶ୍ନ !

ଲୋକମାନେ ସେମାନଙ୍କୁ କେଉଁ ଦୃଷ୍ଟିରେ ଦେଖୁଥିବେ ଆଉ କ'ଣ ସବୁ କହିବାକୁ ଚେଷ୍ଟା କରୁଥିବେ, ସେ ବୁଝିପାରୁଛନ୍ତି ! କେଉଁଠି ନା କେଉଁଠି ଭାଇ ଖୁବ୍ ଆଘାତ ପାଇଛନ୍ତି ।

ମହେଶର ଯିବା-ଆସିବା, କଥାବାର୍ତ୍ତା ସବୁ ବନ୍ଦ ହୋଇଯାଇଥିଲା। ଏପରିକି ସେ ନିଜ ପୁଅର ବାହାଘରରେ ମଧ୍ୟ ତାକୁ ନିମନ୍ତ୍ରଣ କରି ନ ଥିଲା।

ଦୁଇଝିଅ ଅସନ୍ତୁଷ୍ଟ ଥିଲେ। ଘରଛାଡ଼ି ବାହାରେ ରହୁଥିଲେ। ଦିଶା ହିଁ ଥରେ ଅଧେ ଦେଖା କରିବାକୁ ଯାଇଥିଲା, ଯେଉଁଠୁ ସେମାନେ ତାକୁ ବାହାରିଯିବାକୁ କହିଥିଲେ।

ଫୁଲ ବଗିଚାରେ ଫୁଲ ଫୁଟି ଭର୍ତ୍ତି ହୋଇଯାଇଥିଲା। ପରିବା ବଗିଚାରେ ପରିବା ଫଳିବା ଆରମ୍ଭ ହେଉଥିଲା। ଗଛରେ ମଧ୍ୟ ଫୁଲଫଳ ଆସିବା ଆରମ୍ଭ ହୋଇ ସାରିଥିଲା। ଆମ୍ବ ଗଛରେ ବଉଳ କଷି ଆସି ସାରିଥିଲା। କୋଇଲି ଓ ଅନ୍ୟ ପକ୍ଷୀମାନଙ୍କ କିଚିରିମିଚିରିରେ ଚାରିଆଡ଼େ କୋଳାହଳ ଭରିଯାଇଥିଲା, କିନ୍ତୁ ଦିଶାର ମନ ଭିତରେ ଶୂନ୍ୟତା ଭରି ରହିଥିଲା।

ବିନା ଲାଇଟ୍‌ରେ ଦିନ କଟୁଥିଲା ଏବଂ ଜହ୍ନ ଆଲୁଅ ଓ ଥଣ୍ଡା ପବନ ସହ ରାତି।

"ଏବେ ଯିବାର ସମୟ ଆସିଗଲା।" ସନ୍ଦୀପ କହିଲା।

"ମୁଁ କେମିତି ରହିବି ?"

"ତୁମର ଝିଅମାନେ ଫେରିଆସିବା ଆବଶ୍ୟକ।"

"ସେମାନେ ତ ଏମିତି ବି ଫେରିବେନି। ସେମାନଙ୍କୁ ଏଠାରେ ପରିବେଶ ଭଲ ଲାଗେନି।"

"ନାଁ, ସେମାନଙ୍କୁ ଫେରିବାକୁ ପଡ଼ିବ।"

"କ'ଣ ଆଉ କେବେ ବି ଫେରିବନି ?" ଦିଶା କରୁଣ ସ୍ୱରରେ ପଚାରିଲା।

"କାହିଁକି ନୁହେଁ ? ଯଦିଓ ମୋର ଏଠାକାର କାମ ଶେଷ ହୋଇସାରିଛି। ତୁମକୁ ଆତ୍ମନିର୍ଭରଶୀଳ କରି ଛିଡ଼ା କରେଇ ମୁଁ ଜିତିଗଲି ଦିଶା !"

"ଏଇଆ ହିଁ ତୁମ ନିଷ୍ପତ୍ତି ! ଅଧାରୁ ଛାଡ଼ି ଚାଲିଯିବା ତୁମ ଅଭ୍ୟାସ ନା ଅସହାୟତା।"

"ଆମେ ଭେଟୁଥିବା। ଦେଖା ହେବାର ଇଚ୍ଛା କେବେ ଶେଷ ହେବନି।"

"ଏଇଟା କେବଳ ତୁମର ଇଚ୍ଛା, ମୋର ନୁହଁ।"

"ଆମେ କଥା ଦେଇଥିଲେ ଯେ ଆମେ ସବୁବେଳେ ପରସ୍ପରର ଇଚ୍ଛାକୁ ସମ୍ମାନ ଦେବା। ଭାଇ ଆମ ସମ୍ପର୍କକୁ ବୁଝିଲେ ଆଉ ସମ୍ମାନ ଦେଲେ। ମୁଁ ସାରା ଜୀବନ ତାଙ୍କ ପାଖରେ ଋଣୀ।"

"ଭାଇଙ୍କୁ ଲାଗୁଛି ଯେ ତୁମେ ହାର୍ଟ ପେସେଣ୍ଟ, କେତେବେଳେ କିଛି ଅସୁବିଧା ହୋଇଗଲେ ଏଇଠୁ କୁଆଡ଼େ ଯିବ ?"

"ହୁଁ, ସେ ମଧ୍ୟ ନିଜ ଜାଗାରେ ଠିକ୍। ସତ କହୁଛନ୍ତି।"

"ରାଜୀବକୁ ଗୋଟେ ଚାକରର ଆବଶ୍ୟକତା ଥିଲା, ବନ୍ଧୁ ବା ସାଥୀର ନୁହଁ। ଆମ ସମ୍ପର୍କକୁ ସେ ସହିଗଲା, ଏଇଟା କ'ଣ କିଛି କମ୍ କଥା ?"

ରାଜୀବ ଏବେ ମଧ୍ୟ ଭିତରେ ଥିଲା। ମଶାରୀ ଭିତରେ ପଲଙ୍କ ଉପରେ ଶୋଇ ଆରାମରେ ଟି.ଭି. ଦେଖୁଥିଲା। ସନ୍ଦୀପ ନିଜର ପତ୍ରିକା, ବହିପତ୍ର, କାଗଜ ଆଦି ଏକାଠି କରି ବ୍ୟାଗ୍‌ରେ ରଖୁଥିଲା। ସେ ତା ଜିନିଷପତ୍ର ସଜାଡ଼ି ଚାଲିଥିଲା ଓ ଦିଶାର ହୃଦୟ ତା ସହ ତାଳ ଦେଇ ଖଣ୍ଡଖଣ୍ଡ ହେବାରେ ଲାଗିଥିଲା।

"ଏବେ ଆଗକୁ !"

"କହିଥିଲି ନା... ପଚାଶ ହଜାର ଗଛ ଲଗାଇବାର ଅଛି ଓ ଖଣିଜ ସମ୍ପଦ ନାଆଁରେ ଯେଉଁ ଜଙ୍ଗଲ କଟା ଚାଲିଛି ତାକୁ ବନ୍ଦ କରିବାକୁ ହେବ। ସେଠିକୁ ଯାଉଛି। ତୁମ ନାଆଁରେ ପଚାଶ ହଜାର ଗଛ। ପ୍ରେମକୁ ଗଛର ଡାଳପତ୍ର ଶାଖାପ୍ରଶାଖା ଛଡ଼ା ଆଉ କିଏ ବା ଅଧିକ ପଲ୍ଲବିତ ପ୍ରସ୍ଫୁଟିତ କରିପାରିବ ! ସବୁଜିମା, ରସ, ଗନ୍ଧ, ଫୁଲଫଳ, ପବନ, ଆକାଶ, ମେଘ... ଏ ସବୁଥିରେ ହିଁ ତ ପ୍ରେମର ପ୍ରକୃତ ରୂପ ଦେଖାଯାଏ। ପାଖରେ ଥିଲେ ପ୍ରେମକୁ ବୁଝିହୁଏନି ଅନୁଭବ କରିହୁଏନି କିନ୍ତୁ ଦୂରେଇ ଗଲେ ଅଭାବବୋଧ ସୃଷ୍ଟି ହୋଇଥାଏ।"

"ଏବେ ପୁଣି ଆଉ କେବେ ଆସିବ ?" ରାଜୀବ ତାକୁ ଡାକି ପଚାରିଲା।

"ଯେତେବେଳେ ବି ଆପଣଙ୍କୁ ମୋର ଆବଶ୍ୟକତା ପଡ଼ିବ।"

"ମୋ ଅପରେସନ ସମୟରେ ଆସିବ। ଡାକ୍ତରଖାନାରେ କେହି ଜଣେ ତ ରହିବା ଦରକାର।"

'ନିଶ୍ଚୟ' ସନ୍ଦୀପ ଅଳ୍ପ ହସି କହିଲା।

ଖାଇବା ସମୟରେ ଦିଶାର ହାତ ଥରି ଉଠୁଥିଲା। ଦେହ ପୂରା ତାତି ଯାଇଥିଲା, ଆଖିକୁ ଧୂଆଁଳିଆ ଦେଖାଯାଉଥିଲା।

"ଦେହ ଠିକ୍ ଅଛିତ !" ସନ୍ଦୀପ ପଚାରିଲା।

"ଆପଣ ଯାଉଛନ୍ତି ମାନେ, ଦୁଃଖ ତ ନିଶ୍ଚୟ ଲାଗିବ। ଅସଲ ସ୍ୱାମୀ ତ ଆପଣ ହିଁ ଅଟନ୍ତି।" ରାଜୀବ ମୁହଁକୁ ବିକୃତ କରି ହୋ ହୋ ହୋଇ ନିର୍ଲଜ ପରି ହସିବାକୁ ଲାଗିଲା।

ଏ ରାଜୀବର କ'ଣ ହୋଇଛି ? ଯିବା ସମୟରେ ବି ଏତେ କଟୁ ଆଉ କଦର୍ଯ୍ୟ କଥା !

"କ'ଣ ଦିନରେ ବି ପିଇ ଦେଇଛ ?" ଦିଶା ରାଗିଯାଇ କହିଲା।

"ପିଇଲେ ମଧ୍ୟ ଆଖିକୁ ସବୁକିଛି ଦେଖାଯାଏ ଓ କାନକୁ ଶୁଣାଯାଏ। ମୁଁ ବୋକା ନୁହଁ।"

ଦିଶା ଖାଇବା ଛାଡ଼ି ବାହାରକୁ ଉଠି ଚାଲି ଆସିଲା। ବାସ୍ ଏଇ ଶବ୍ଦ ହିଁ, କେବଳ ଏଇସବୁ ହିଁ ସେଇ ଶବ୍ଦ, ଯେଉଁଗୁଡ଼ିକ ତାକୁ ଛୁରୀ ପରି ଚିରି ଦିଅନ୍ତି, କାଟି ଟିକ୍‌ଟିକ୍ କରିପକାନ୍ତି ତା ମନକୁ ତା ଆତ୍ମାକୁ। ବର୍ଷ ବର୍ଷ ଧରି ଏଇ ଶବ୍ଦ, ଏଇ ଭାଷା, ଏଇ ଆରୋପ ହିଁ ତା'ର ଅସ୍ତ୍ର ହୋଇ ଆସିଛନ୍ତି।

"ଶୁଣିଲ ?"

"ସବୁକିଛି ସହିଯାଅ। ଶୁଣିବା ବନ୍ଦ କରିଦିଅ। ନିଜେ ବଞ୍ଚିବାର ଅଛି। ନିଜ ଜୀବନକୁ ଭଲପାଇବା ଶିଖ। ନିଜ ଜୀବନକୁ ବଞ୍ଚେଇ ରଖିବା ତୁମର ପ୍ରଥମ ଓ ଶେଷ ଦାୟିତ୍ୱ ଅଟେ। ତୁମେ ରହିଲେ ହିଁ ବାକିସବୁ ରହିବ।"

ସେ ସନ୍ଦୀପକୁ ଖୁବ୍ ଜୋର୍‌ରେ ଜଡ଼େଇ ଧରିଲା।

ଲୁହ ବହି ଚାଲିଥିଲା। କୋହରେ ଗଳା ରୁନ୍ଧି ହୋଇଯାଉଥିଲା।

"ଦିଶା, ପ୍ରେମ ତ ଭିତରେ ଅଛି। ତୁମ ଭାବନାରେ, ତୁମ ହୃଦୟରେ, ଆମେ ଭାଙ୍ଗିପଡ଼ିବାନି। ଏଇସବୁ ବଦନାମୀରୁ, ଏହି ନିନ୍ଦା ଅପବାଦରୁ, ଏହିସବୁ ଅପପ୍ରଚାରରୁ କିଛି ତ ଗ୍ରହଣ କରିବା ଦରକାର୍।"

ରାଜୀବ ଯାଇ ପୁଣି ବିଛଣାରେ ଗଡ଼ିପଡ଼ିଥିଲା।

ଏକ ନିବିଡ଼ ଆଲିଙ୍ଗନରେ ବାନ୍ଧିହୋଇ ଦୁହେଁ ଅନେକ ସମୟ ଯାଏଁ ସେଠାରେ ଠିଆ ହୋଇରହିଲେ। ରାଜୀବ ଯେତେବେଳେ କହିଦେଲାଣି ସେ ସ୍ୱାମୀକୁ ନିନ୍ଦା କରୁଛି ବୋଲି, ତାହେଲେ ଏବେ ଜଣେଇଦେଉ ଯେ ବାସ୍ତବରେ ସନ୍ଦୀପ ସହ ତା'ର ଆତ୍ମିକ ସମ୍ପର୍କ ରହିଛି ଆଉ ଆଜିଠାରୁ ଆଉ କେବେବି କାହାରି ଗାଳି, ନିନ୍ଦା କି ଅପମାନ ସହିବିନି। ମୋ ଭିତରଟା ଏବେ ପରିପୂର୍ଣ୍ଣ ଏବଂ ମୁଁ ଏବେ ଏହି ପରିପୂର୍ଣ୍ଣତା ଭିତରେ କାହାକୁ ବି ଗୋଡ଼ିଟିଏ ବି ଫିଙ୍ଗିବାକୁ ଦେବିନାହିଁ।

ଦିଶା ବାହାରକୁ ଗଲାନାହିଁ। ଗେଟ୍ ମଧ୍ୟ ଖୋଲିଲାନି।

ସନ୍ଦୀପ ବ୍ୟାଗ୍ ନେଇ ବାହାରକୁ ବାହାରିଗଲା, ଯେଉଁଠି ଏକ ମୋଟର ସାଇକେଲ ତାକୁ ଅପେକ୍ଷା କରିଥିଲା। ତା ଲକ୍ଷ୍ୟ, ତା କର୍ମପଥ ତାକୁ ହାତଠାରି ଡାକୁଥିଲା।

ଦିଶା ଜାଣେନା ଯେ ଆଉ କେବେ ପୁଣି ସେ ଫେରିବ ?

"ଶୀଘ୍ର ଫେରିବ।" ଦିଶା କୋହଭରା ସ୍ୱରରେ କହିଲା।

ସନ୍ଦୀପ କିଛି କହିଲାନି। ତା ନୀରବତା ସମ୍ପୂର୍ଣ୍ଣ ବାତାବରଣରେ ଖେଳିଯାଇଥିଲା।

"ମୁଁ କିଛି କହୁଛି !" ଦିଶା ତା ହାତକୁ ଧରିନେଇ କହିଲା ।

"ନିଜର ଯତ୍ନ ନେବ । ଏସବୁ ତୁମେ ହିଁ ନିଜେ କରିଛ, ସମ୍ଭାଳିକି ରଖିବ । ହାତକୁ ଦୃଢ଼ କରି ରହିବ ଏବଂ ଯଦି ସମ୍ଭବ ହୁଏ କାହା ଆଗରେ କେବେ ହାତ ପାତିବନି । ପବନରେ ତୁମ ବାସ୍ନା ମୋ ଯାଏଁ ଭାସିଆସିବ ଓ ଆକାଶରେ ମେଘ ଦେଖି ମୁଁ ଏଇଠି ରହିଥିବା ପରି ଅନୁଭବ କରିବି । ପୁଣିଥରେ ମେଘଦୂତ ପଢ଼ିବ ! ଗଛ ଲଗାଇବା ବେଳେ ତୁମର ମୁହଁକୁ ମନ ଭିତରେ କଳ୍ପନା କରିବି ଏବଂ ମୋ ତୃଷାର୍ତ୍ତ ଓଠ ଯେବେ ଶୁଖିଲା ହୋଇଯିବ, ସେତେବେଳେ ମୁଁ କବିତା ପଢ଼ିବି । ତୁମ ଶରୀର ଯେତେବେଳେ ମୋତେ ବ୍ୟାକୁଳ କରିବ, ସେତେବେଳେ ମୁଁ ଧ୍ୟାନରେ ବସିଯିବି ଓ ତୁମକୁ କଳ୍ପନା ନେତ୍ରରେ ଦେଖିବି । ପ୍ରିୟା ! ମୋ ଆତ୍ମା ! ମୋ ଚେତନା । ମୋ ଶକ୍ତି, ମୋ ସର୍ବସ୍ୱ ତୁମେ । ମୋତେ ମନେପକାଇ କେବଳ ଓଠରେ ହସ ଖେଳାଇବ, ଆଖିରୁ ଆଦୌ ଲୁହ ଝରାଇବନି । ପ୍ରିୟତମା... ଥରେ ମାତ୍ର ଡାକି ଦେଖ, ମୁଁ ନଦୀ ସମୁଦ୍ର ପାହାଡ଼ ପର୍ବତକୁ ଡେଇଁ ଧାଇଁ ଆସିବି ତୁମ ପାଖକୁ, ସମୟ ଅସମୟରେ କେବଳ ତୁମ ପାଇଁ । ମୁଁ କିଛି ଟଙ୍କା ସଞ୍ଚୟ କରି ରଖିଥିଲି, ସେ ମୂର୍ତ୍ତି ପଛରେ ରଖିଛି । ତାକୁ ନେଇ ଆସିବ ଆଉ ଏକ ସୁନ୍ଦର ଡାଏରୀ ପେନ୍ ଆଣି କବିତା ଲେଖିବ । ତା ସହ ଗୋଟେ ମୋବାଇଲ ମଧ୍ୟ କିଣିଦେବ, ଯାହା କେବଳ ତୁମରି ପାଖରେ ହିଁ ରହିବ । ବିଦାୟ ! କେବଳ ତୁମର ସନ୍ଦୀପ !!"

ମେସେଜ୍ ପଢ଼ିବା ପରେ ଦିଶା ବୁଝିପାରୁନଥିଲା ଯେ, ସେ ହସିବ ନା କାନ୍ଦିବ !

ସିଏ ନା ଟଙ୍କା ବାହାର କରି ଆଣିଲା, ନା ମୋବାଇଲ କିଣିଲା । ଘରେ ତିନୋଟି ରୁମ୍ ଥିଲା, ଗୋଟିଏରେ ସ୍ୱାମୀ ରାଜୀବ ରହେ, ଗୋଟେରେ ଦୁଇଝିଅ ଓ ଆଉ ଗୋଟେରେ ସେ ନିଜେ । ନା ପଲଙ୍କ ଅଛି ନା ଚେୟାର । ନା କିଛି ଫଟୋ କି କ୍ୟାଲେଣ୍ଡର । କ୍ୟାଲେଣ୍ଡରରେ ଲେଖା ହୋଇଥିବା ତାରିଖଗୁଡ଼ିକ ଏବେ ଦିନ, ମାସ ଏବଂ ବର୍ଷର ବିଭକ୍ତୀକରଣଠାରୁ ଅନେକ ଦୂରରେ । କେବଳ ସମୟ ଅଛି ଏବଂ ସମୟ ଭିତରେ କେବଳ ଦିନ ଓ ରାତି । ତଳେ ଭୂଇଁ ଉପରେ ବିଛଣା ପଡ଼ିଛି । ଗୋଟେ କୋଣକୁ ଛୋଟିଆ ପୁରୁଣାକାଳିଆ ବିମାନଟିଏ, ଯେଉଁଥିରେ ତା'ର ସେଇ ଭଗବାନ ଅଛନ୍ତି ଯାହାଙ୍କୁ ନା ତ ସ୍ନାନ କରାଯାଏ, ନା ସେଇଠି ଦୀପ ଦିଆଯାଏ ।

ନା କୌଣସି ପୂଜା ଆଳତୀ । ସାମ୍ନାରେ ଥିବା ଝରକା ଖୋଲିଦେଲେ ମାଟି ରାସ୍ତା ଦେଖାଯାଏ । ଘଞ୍ଚ ଗହଳିଆ ଗଛର ଲମ୍ବାଧାଡ଼ି ତାକୁ ହାତଠାରି ଡାକନ୍ତି । ପଛପଟ ଝରକା ଖୋଲିଦେଲେ ଉଦୟ ସୂର୍ଯ୍ୟ ଦେଖାଯାଆନ୍ତି । ସୂର୍ଯ୍ୟଙ୍କ କିରଣ ପତ୍ର ଗହଳରେ ଛାଣି ହେଇ ଘର ଭିତରକୁ ଆସି ପୂରା ଆଲୋକିତ କରିଦିଏ ।

ସୂର୍ଯ୍ୟଙ୍କୁ ଚାହିଁ ଦିଶା ବସି ଚା' ପିଏ।

ଖରା ଯେତେବେଳେ ଆସି କାନ୍ଥରେ ପଡ଼େ, ସେ ସେତେବେଳେ ସେ ଫୋନ୍ ଆଣି ଆସିଥିବା ମେସେଜ୍ ସବୁକୁ ପଢ଼େ। ଫେସ୍‌ବୁକ୍‌ରେ ନୂଆ ନୂଆ ଲୋକମାନଙ୍କର ମେସେଜ୍, ଫଟୋ ସେମାନଙ୍କ ପୋଷ୍ଟ ସବୁ ଦେଖେ। ଫେସ୍‌ବୁକ୍‌ରେ ଖୋଜିଗଲେ ତା ଚିହ୍ନ, କୋଉଠି କୌଣସି ଖବର। କୌଣସି ଫଟୋ, ଅବା କୋଉ ଭାଷଣ, କୌଣସି ମତ ମନ୍ତବ୍ୟ। ହେଲେ ସେ କେଉଁଠି ବି ଦେଖାଯାଏନି, ସେ କ'ଣ ଲେଖାଲେଖି କରିବା ବନ୍ଦ କରିଦେଲା, ସେ କ'ଣ ଭାଷଣ ଦେବା ବନ୍ଦ କରିଦେଲା? ସେ କ'ଣ ଆନ୍ଦୋଳନ ଆଦିକୁ ଯିବା ଛାଡ଼ିଦେଇଛି? ସେ ଯଦି ଏଠି ନାହିଁ ତା ହେଲେ ଅଛି କେଉଁଠି? ଜଙ୍ଗଲରେ, ପାହାଡ଼ରେ, ହିମାଳୟରେ ନା ଜେଲ୍‌ରେ? ନାଁ, ନାଁ... ସେ ମୋ ଜୀବନରୁ ଚାଲିଯାଇଛି, ହେଲେ ମୋ ମନ ମସ୍ତିଷ୍କରୁ କାହିଁକି ଯାଉନି? ମୋ ଚିନ୍ତା ଚେତନାରେ କାହିଁକି ଘେରି ରହିଛି? ମୋ ଭାଷାରେ କାହିଁକି ତା ଶବ୍ଦ ଆସି ମିଶିଯାଉଛି, ମୋ ଆତ୍ମାକୁ ସେ କାହିଁକି ଛଟପଟ କରୁଛି। ଘର ଭିତରେ ଯେପରି ତାଆରି ହିଁ ବାସ୍ନା ଭରିରହିଛି। ଡିଭାନ୍ ଉପରେ ତା'ରି ବହିପତ୍ର ପତ୍ରପତ୍ରିକା ଆଦି ପଡ଼ି ରହିଥାନ୍ତି। ଆଜି ସେ ଡିଭାନ୍ ଶୂନ୍ୟ। କିନ୍ତୁ କେହି ମଧ୍ୟ ସେ ଡିଭାନକୁ ସ୍ପର୍ଶ କରି ନାହାନ୍ତି, ଟଙ୍ଗାଯାଇଥିବା ମଶାରୀ ସେମିତି ଝୁଲି ରହିଛି।

"କ'ଣ ହେଲା, ଘରେ ସମସ୍ତେ ମରିଯାଇଛନ୍ତି ନା କ'ଣ? ସବୁବେଳେ ଖାଁ ଖାଁ ନିସ୍ତବ୍ଧତା। ସେ ଥିଲାବେଳେ କେତେ ନୂଆ ନୂଆ ଖାଇବା ବନାଯାଉଥିଲା। ଘର ଭିତରେ ହସ ଖୁସି ଖେଳିଯାଉଥିଲା। ଉତ୍ସବ ପରି ସଜା ଯାଉଥିଲା। ଏହବେ ଆମକୁ ଆଉ କିଏ ପଚାରେ?" ରାଜୀବ ରୁକ୍ଷ ସ୍ୱରରେ କହିଲା।

"ସବୁକିଛି ତ ରୋଷେଇ ହେଉଛି।"

"ହଁ କେବଳ ପେଟ ପୁରେଇବା ପାଇଁ।"

"ସୁଆଦିଆ ଖାଇବାକୁ ସଉଦା ଦରକାର, ଆଉ ସଉଦାପତ୍ର ପାଇଁ ଟଙ୍କା। ମୁଁ କୋଉଠୁ ଆଣିବି। ଯାଅ, ଯାଇକି ନିଜ ଜମିବାଡ଼ି ବିକିଦିଅ। ଟଙ୍କା ଆଣ।"

"ସେତେବେଳେ ଯେବେ ବିକ୍ରି କରିବା କଥା କହୁଥିଲି, ଆତ୍ମହତ୍ୟା କରିବାର ଧମକ ଦେଉଥିଲୁ ଯେ ଏଠୁ ଚାଲିଗଲେ ମରିଯିବି।"

ଦିଶା ନୀରବ।

"ମୋତେ ଏଠିକୁ ଜୋର କରି କିଏ ଆଣିଥିଲା?"

ଦିଶା ଜାଣେ, ରାଜୀବର ଜିହ୍ୱା ଛୁରୀଠାରୁ ବି ବେଶୀ ତୀକ୍ଷ୍ଣ ଓ ଭୟଙ୍କର। ସେ

ଅନ୍ୟମାନଙ୍କ ଆଗରେ ଏମିତି ଢଙ୍ଗରେ କଥାବାର୍ତ୍ତା କରିବା ଆରମ୍ଭ କରିଦିଏ ଯେ ସମସ୍ତେ ତା'ର ପ୍ରଶଂସକ ପାଲଟି ଯାଆନ୍ତି ଓ ଦିଶାର ନିନ୍ଦୁକ।

"କିଛି କାମ କରିବାକୁ ପଡ଼ିବ।" ଦିଶା କହିଲା।

"ଏବେ ବି କାମ କରିବାର ଭୂତ ମୁଣ୍ଡରେ ପଶିଛି। ଏବେ ତ ସେ ବି ନାହିଁ, ହେଲେ ଶିଖେଇ ଦେଇ ଯାଇଛି।"

"ଝିଅ ଦୁହିଁଙ୍କର ବାହାଘର ବି କରିବାର ଅଛି।"

"ଝିଅମାନଙ୍କୁ କାମ କରିବାକୁ ଦିଅ। କେତେଦିନ ଯାଏ ତୁମ ଉପରେ ବୋଝ ହୋଇ ରହିବେ।" ରାଜୀବ ଯୁକ୍ତି କଲା।

"ଆରେ! ଆମର ବି ତ କିଛି ଦାୟିତ୍ୱ ଅଛି।"

ଦିଶା କେମିତି ବୁଝେଇବ ଯେ ଏ ଘରେ କାମ ଓ ପଇସା ପରସ୍ପରର ଶତ୍ରୁ। ଏ ଯୁଗରେ ମଧ୍ୟ କିଛି କଥା ଅବିଶ୍ୱସନୀୟ ମନେହୁଏ, କିନ୍ତୁ ତାହା ନିଜର ଅସ୍ତିତ୍ୱ ସହ ମିଶିଯାଇଥାଏ, ଯେପରିକି ଦିଶାର ଜୀବନରେ ରାଜୀବର ନିଲଠାପଣ।

"ତୁମେ କିଏ ବାହାଘର କରେଇବାକୁ।" ପାରୁଲ ମୁହେଁ ମୁହେଁ ଜବାବ ଦେଲା।

"ତୋତେ ଆସି ୩୦ ବର୍ଷ ହେଲାଣି। କେତେ ଦିନ ଯାଏଁ ବାହା ହେବାକୁ ମନା କରୁଥିବୁ?"

"ଯେତେବେଳେ ମୋର ବାହାହେବାର ବୟସ ଥିଲା, ସେତେବେଳେ ତୁମକୁ ନିଜର ସୁଖ ଦେଖାଯାଉଥିଲା। ନିଜ ପ୍ରେମ ଦୁନିଆରେ ତୁମେ ଘୂରି ବୁଲୁଥିଲ।"

"ବାହା ହେବୁନି?"

"ତୁମ କଥାରେ ତ ଆଦୌ ନୁହେଁ।"

"କାହିଁକି?"

"କାରଣ, ବାହାହୋଇ ମୁଁ ତୁମପରି ବରବାଦ ହେବାକୁ ଚାହୁଁନି। ଆଜି ତୁମେ କ'ଣ? ଜଣେ ବେକାର ସ୍ତ୍ରୀ ଲୋକ। ଜଣେ ଏହପରି ସ୍ତ୍ରୀ, ଯିଏ ଜୀବନସାରା ଏକ ବାଜେ, ନିଶାସକ୍ତ ଆଉ ଧୂର୍ତ୍ତ ଲୋକର ଗୋଲାମୀ କରି ଆସୁଛ। କେତେଥର କହିଥିଲି ଯେ, ସେ ଲୋକକୁ ବାହାର କରିଦିଅ, କିନ୍ତୁ ନା... ତୁମକୁ ତ ତା ସହ ଶାରୀରିକ ସୁଖ ନେବାର ଥିଲା, ପିଲା ଜନ୍ମ କରିବାର ଥିଲା। ମୁଁ ବାହାଘର ନାଁରେ କୋଉ ଲୋକ

ସହ ଶୋଇ ପାରିବିନି। ବୁଝିଲ?" ସେଇ ଖାଲି ଘର ଭିତରେ ଏତେ ଜୋର୍‌ରେ ଚିତ୍କାର କରୁଥିଲା ଯେ ସେ ପାଟି ବାହାର ପର୍ଯ୍ୟନ୍ତ ଶୁଣାଯାଉଥିଲା।

"ବଦମାସ୍! ଚୁପ୍ ରହ।" ଦିଶା ଚିତ୍କାର କଲା।

"ଏଇଟା ସତ ଆଉ ସତ।"

"ମୁଁ କେତେଦିନ ଆଉ ତୁମମାନଙ୍କ କାରଣରୁ ଏଠାରେ ପଡ଼ିରହିବି।"

"କାହିଁକି! ତୁମର ବି ଯିବାର ଅଛି? କୋଉଠିକୁ? ସନ୍ଦୀପ ପାଖକୁ! ଯାଅ, ଚାଲିଯାଅ। ନିଜ ସ୍ୱାମୀକୁ ବି ନେଇଯାଅ। ମୁଁ ମଧ୍ୟ ତୁମଠାରୁ ଦୂରେଇଯିବାକୁ ଚାହୁଁଛି। ତୁମ ଛାଇ ବି ମୋ ଉପରେ ପଡ଼ିବା ଉଚିତ ନୁହେଁ। ତୁମ ଭିତରେ ନକରାତ୍ମକତା ଭରି ରହିଛି।" ପାରୁଲ ଆଖି ବଡ଼ବଡ଼ କରି ହାତ ହଲାଇ ଚିତ୍କାର କରି ଦିଶା ଉପରେ ବର୍ଷି ଚାଲିଥିଲା।

"ତୁମେ ୟା'କୁ କିଛି କହୁନ କାହିଁକି?"

"ମୋର ତା'ଠାରୁ ଅପମାନିତ ହେବାର ନାହିଁ। ମୁଁ କହିଥିଲି ଯେ ୟା' ନାରେ ଉଇଲ କରନି। ଉଇଲ କରନି ଯେ, କୋଉ ଅଂଶ ତା'ର ଓ କେଉଁ ଅଂଶ ନିଧିର! ମୁଁ ତାକୁ ଭଲଭାବରେ ଚିହ୍ନିଛି। ମୁଁ ତାକୁ ହାଡ଼େ ହାଡ଼େ ଚିହ୍ନେ। ତୁମେ ଯାହା କରିଛ, ଏବେ ଭୋଗ।"

ବାରଣ୍ଡା ମଝିରେ ଠିଆ ହୋଇ ଦିଶା କାନ୍ଥକୁ ଶୂନ୍ୟ ଦୃଷ୍ଟିରେ ଚାହିଁ ରହିଥିଲା। କ'ଣ ମୁଁ? ଏଇଟା ମୋ ଘର? ନାଁ, ଇଏ ମୁଁ ନୁହଁ, ଏମାନେ ମୋ ପିଲା ନୁହନ୍ତି। ସନ୍ଦୀପ, ତୁମେ ମୋତେ କାହିଁକି 'ମୋ ଅସ୍ତିତ୍ୱର ଅନୁଭବ' କରେଇଥିଲ? ନିଜ ଅସ୍ତିତ୍ୱ ବିଷୟରେ ସଚେତନ ହେବା ମାତ୍ରେ ହିଁ ମଣିଷଟିଏ, ବିଶେଷକରି ନାରୀଟିଏ ଏକ ଏପରି ଯନ୍ତ୍ରଣା ଗହ୍ୱର ଭିତରକୁ ଚାଲିଯାଏ ଯେଉଁଠି ତା' ହାତ ଧରିବାକୁ କେହି ଆସିନଥାନ୍ତି। ସମସ୍ତଙ୍କୁ ଏକ ବିବେକଶୂନ୍ୟ, ବିଚାରଶୂନ୍ୟ ଏବଂ ପ୍ରତିପ୍ରଶ୍ନ କରୁ ନ ଥିବା ନାରୀଟିଏ ଦରକାର ହୋଇଥାଏ। ସମ୍ବନ୍ଧ ଗୁଡ଼ିକ ମଧ୍ୟରେ ଏହି ଅସ୍ତିତ୍ୱ, ଆତ୍ମସମ୍ମାନବୋଧ ଅତି ଗମ୍ଭୀର ଓ ଆତ୍ମଘାତୀ ହୋଇଥାଏ। ଗାଳିକୁ ଗାଳି ଭାବୁନଥିବ, ଅପମାନକୁ ଅପମାନ ମଣୁ ନ ଥିବ, ତା ନିଜର ଏକାନ୍ତ ବୋଲି କିଛି ନ ଥିବ, ତା ନିଜର ଟେବୁଲ ଚେୟାର ନ ଥିବ, ତା ନିଜର ଯୁକ୍ତି, ବିଚାର ବିମର୍ଷ କରିବାର ବୁଦ୍ଧି ନ ଥିବ... ତା ହେଲେ ଦେଖ ସିଏ କେତେ ସୁଖରେ ରହିଥାଏ ସାରା ପରିବାରରେ ତାକୁ କେତେ ପ୍ରଶଂସା ମିଳିଥାଏ।

"ମୋତେ ପ୍ରପୋର୍ଟିର କାଗଜ ଦରକାର। ମୁଁ କିଛି ଗୋଟାଏ କାମ କରିବାକୁ ଚାହୁଁଛି।" ପାରୁଲ କହିଲା।

"କ'ଣ ଅଛି ପ୍ରପୋର୍ଟିରେ ! ଏ ଜମି ଖଣ୍ଡକ ତ । କ'ଣ କାମ କରିବୁ ଭାବିଛୁ ?" ଦିଶା ପଚାରିଲା ।

"ଯାହା କରିବା କଥା କରିବି, କିନ୍ତୁ ସେଥିରେ ତୁମର କୌଣସି ହସ୍ତକ୍ଷେପ ରହିବନି ।" ପାରୁଲର ମୁହଁର ଭାବ ଆହୁରି ରୁକ୍ଷ ହୋଇ ଉଠିଥିଲା ।

"ଆମେ ଟିକେ ଆରାମରେ ଶାନ୍ତ ମନରେ ବସି କଥା ହେବା ।" ଦିଶା ବୁଝାମଣା କରିବା ସ୍ୱରରେ କହିଲା ।

●●●

କ'ଣ କରିବି, କୁଆଡ଼େ ଯିବି ? କାହାକୁ କହିବି ଯେ କେବଳ ପୁଅ-ବୋହୂ ହିଁ ନୁହନ୍ତି, ଝିଅମାନେ ବି ମାଆ-ବାପାଙ୍କୁ କେତେ ମାନସିକ ନିର୍ଯାତନା ଦିଅନ୍ତି ।

ପୁରୁଣା ନମ୍ବରକୁ କେତେଥର ଲଗାଇ ସାରିଲାଣି, କିନ୍ତୁ ପ୍ରତ୍ୟେକ ଥର ବନ୍ଦ ହିଁ ଆସୁଛି ।

ପୁରୁଣା ବନ୍ଧୁମାନଙ୍କୁ ଫୋନ୍ କରୁଛି ।

"ତୁ ଚାଲିଆସ କିଛିଦିନ ପାଇଁ ।"

"କାହିଁକି, କ'ଣ ହୋଇଛି ?"

"ଏଇଠି ଆସିକି ଦେଖ ।"

ଦିଶା ମନ ଭିତରେ ଭୟଭୀତ ହୋଇପଡ଼ିଥିଲା । ଆଉ ଶୂନ୍ୟ ବି । ନିଜ ଶୂନ୍ୟତାକୁ ଦୂରେଇବାକୁ ସେ କେବଳ ଅପାକୁ ହିଁ ଡାକିପାରିବ ।

ସେ ନିଜ କାମରେ ବ୍ୟସ୍ତ ଥିଲେ । କିନ୍ତୁ ଦିଶାର ସ୍ୱର ଶୁଣି ତାଙ୍କ ମନ ଅସ୍ଥିର ହୋଇଉଠିଲା । କେଜାଣି ଏବେ ଆଉ କି ସମସ୍ୟା ଆସି ଠିଆହେଲା ?

ଦିଶାର ପୂରା ଜୀବନ ହିଁ ତାଙ୍କ ପାଇଁ ସଂକଟ, ସମସ୍ୟା ଏବଂ ପ୍ରଶ୍ନଟିଏ ହୋଇଯାଇଛି ।

ସେ ସେଠାରେ ପହଞ୍ଚିବା ବେଳକୁ ଦ୍ୱିପ୍ରହର ହୋଇ ସାରିଥିଲା । ବର୍ଷା ହେଲେ ରାସ୍ତାଘାଟ ଖରାପ ହୋଇଯାଏ, କିନ୍ତୁ ଆକାଶ ଓ ଧରିତ୍ରୀ ମଧ୍ୟରେ ଥିବା ଅନନ୍ତ ପ୍ରାଚୀର ସୁନ୍ଦର ସବୁଜ ଶ୍ୟାମଳ ଓ ଧୂସର ରଙ୍ଗରେ ଭରିଯାଇଥାଏ । ଗେଟ୍ ଖୋଲିବା ମାତ୍ରେ ହିଁ ଦିଶା ଛୋଟ ପିଲାଟେ ପରି ଧାଇଁ ଆସି ତାଙ୍କୁ କୁଣ୍ଢେଇ ପକାଇଲା ।

"ଇଏ କ'ଣ ? ଦେହ ଠିକ୍ ଅଛି ନା ?"

"ଅପା, ମୁଁ କିଛି କରିବାକୁ ଚାହୁଁଛି, ଯେ କୌଣସି କାମ । ଇଟା ତିଆରି

ପାଖରୁ ବାଉଁଶ ତିଆରି ଜିନିଷପତ୍ର ହେଉ ଖଲିପତ୍ର ଠୁଙ୍ଗା ତିଆରି ହେଉ କି ଗୋବର ଘଷି ପାରିବା କାମ !" ଦିଶା କହିଚାଲିଥିଲା ।

ସେ ଜାଣନ୍ତି ଯେ ଦିଶା କାମ ଖୋଜୁଛି, କିନ୍ତୁ ଯେକୌଣସି କାମ !

"ତୁ କ'ଣ ଏଇଠି ରହି କରିପାରିବୁ ? ତୁ ଲେଖାଲେଖି କରିବା ଉଚିତ । ତୁ କେତେ ସୁନ୍ଦର ଲେଖୁ ।"

"ଏପରି କିଛି କାମ, ଯେଉଁଠୁ ପଇସା ମିଳିବ ।" ଗୋଟେ ଛୋଟିଆ ଅଂଶ ସେ ନିଜ ପାଇଁ ରଖିଥିଲା । ସେଠିକୁ ଟ୍ରେକିଂ କରିବା ପିଲାମାନେ ଆସନ୍ତି, ସେମାନେ ଆସିଲେ ଚହଲ ଚହଲ ଲାଗିରହେ । ସେ ମାନେ ଦିନ ସାରା ନିଜ କାମ କରନ୍ତି, ସନ୍ଧ୍ୟାରେ ସେଇଠି ରନ୍ଧାରନ୍ଧି କରନ୍ତି, ଖାଆନ୍ତି, ବାଜା ବଜେଇ ଗୀତ ନାଚ କରି ପୁଣି ଚାଲିଯାଆନ୍ତି ।

କିନ୍ତୁ ସେ କାମ ବି ବନ୍ଦ ହୋଇଗଲା । ପାରୁଲର ବ୍ୟବହାର ପାଇଁ ।

"କାହାକୁ ପଚାରି ଆପଣମାନେ ଏଠିକୁ ଆସୁଛନ୍ତି ?"

"ଦିଶା ମାଡ଼ାମଙ୍କୁ !"

"ଦିଶା ମାଡ଼ାମ୍ ଜାଣନ୍ତିନି ଯେ ଏ ଜାଗାକୁ ଆପଣମାନେ ମାଗଣାରେ ବ୍ୟବହାର କରୁଛନ୍ତି ।"

"ସେମାନେ କେବେ କିଛି କହି ନାହାନ୍ତି ।"

"ଆପଣମାନେ ତାଙ୍କୁ ଡିନର ଦେଇ ଦେଉଛନ୍ତି ଆଉ ତାଙ୍କ ସ୍ୱାମୀଙ୍କୁ ମଦ ପିଆଇ ନିଜ କାମ ମାଗଣାରେ କରେଇ ନେଉଛନ୍ତି ।"

"ସେ ଏହାର ମାଲିକ ।" ପିଲାମାନେ କହିଲେ ।

"ସେ ନୁହନ୍ତି, ମୁଁ ହେଉଛି ମାଲିକ । ମୋ ବିନା ଅନୁମତିରେ ଆପଣମାନେ ଯଦି ଏଠାରେ ପାଦ ରଖନ୍ତି ତେବେ ମୁଁ ପୁଲିସରେ କମ୍ପ୍ଲେନ ଦେଇଦେବି ଯେ ଆପଣମାନେ ଜବରଦସ୍ତ ଏ ଭିତରକୁ ପଶି ଆସିଛନ୍ତି । ମୋତେ ତିନି ଦିନର ଭଡ଼ା ଦରକାର ।"

ପିଲାମାନେ ପାରୁଲର ମୁହଁ ଚାହିଁ ରହିଲେ ।

"ତୁମମାନଙ୍କୁ ସରକାରଙ୍କଠୁ ପଇସା ମିଳୁଛି ନା । ମିଛ ବିଲ୍ ବନେଇ ନିଜେ ଟଙ୍କା ନେଇଯାଉଛି । ଆଉ ଏଠି ଆମ ମାଆକୁ ବୋକା ବନେଇ ରଖିଛ ।"

"ମୁଁ ତ ଦିନରାତି ଆପଣମାନଙ୍କ ଚିନ୍ତା କରୁଛି । ଏ ପିଲାମାନଙ୍କୁ ବି ଏଥିପାଇଁ ନେଇକି ଆସେ ଯେ ଆପଣମାନଙ୍କୁ ଭଲ ଲାଗିବ ।" ଟ୍ରେକିଂ ଗ୍ରୁପର ମୁଖ୍ୟ ପଙ୍କଜ କହିଲା ।

"ଆମ ପାଇଁ ନୁହଁ, ତୁମେ ସବୁ କେବଳ ନିଜ ଖୁସିରେ ନିଜ ବୁଲାବୁଲି ପାଇଁ ଆସୁଛ। ଆଗକୁ ମୋତେ ଯେପରି ଏଠାରେ ଦେଖା ବି ନ ଦିଅ।"

ପିଲାମାନେ ନିଜନିଜ ଜିନିଷପତ୍ର ବାନ୍ଧିଲେ ଓ ଦିଶାକୁ ଦେଖା ନ କରି ହିଁ ଚାଲିଗଲେ।

"ଏଇ ଦେଖ।"

"କୋଉଠୁ ଆସିଲା ?" ପାରୁଲ ହାତରେ ଟଙ୍କା ଦେଖି ରାଜୀବ ପଚାରିଲା।

"ପଙ୍କଜ ଗ୍ରୁପ୍‌ରୁ।"

"କେମିତି ? କାହିଁକି ? ଆମ ବେଳ ଅବେଳରେ ସୁବିଧା ଅସୁବିଧାରେ ସାହାଯ୍ୟ କରୁଥିଲେ।"

"ସାହାଯ୍ୟ କରୁ ନ ଥିଲେ, ନିଜ ଫାଇଦା ଉଠାଉଥିଲେ। ସୁବିଧାବାଦୀ!"

ଏବେ! ଦିଶାକୁ ଲାଗିଲା ସତେଯେମିତି ପୂରା ସଂସାରରେ ସେ ଏକଦମ୍ ଏକାକୀ ହୋଇଯାଇଛି।

"ପାରୁଲ ସେମାନଙ୍କୁ ତଡ଼ି ଦେଲା।" ରାଜୀବ କହିଲା।

"ସେ ଚାହୁଁନି ଯେ ଏଠିକୁ କେହି ଆସୁ।"

"ନିଧିର ବୟଫ୍ରେଣ୍ଡ ବି ତ ଆସୁଥିବ।"

"ତାକୁ ମଧ୍ୟ ସେ ଗେଟ୍ ଭିତରକୁ ଆସିବାକୁ ଦେଉନି।"

"ଅଧା ସମ୍ପତ୍ତି ତା ନାଁରେ ବି କରିଦିଅ।" ରାଜୀବ କଟାକ୍ଷ କରି କହିଲା।

"ଏତେ ବ୍ୟଙ୍ଗ! କେତେ ବିଷ ଭରି ରହିଛି ତୁମ ଭିତରେ!"

"ଆଉ ତୁମ ଭିତରେ କ'ଣ କେବଳ ପ୍ରେମ!"

ରାଜୀବ ନିଜର ଜିନିଷପତ୍ର ସଜାଉଛି। ଗୋଟିଏ ଛୋଟ କଳା ବ୍ୟାଗ୍‌ରେ, ଯାହାକୁ ସେ ଅନେକ ବର୍ଷ ପରେ ବାହାର କରିଛି।

"କୁଆଡ଼େ ଯାଉଛ ?"

"ଏ ଜେଲ୍‌ରୁ ମୁକ୍ତ ହୋଇ।"

"ଆମ ସମସ୍ତଙ୍କୁ ଏକା ଛାଡ଼ିଦେଇ ?"

"ତୁମେ ତ ବାଘୁଣୀ ଥିଲ। ଏବେ ବିଲେଇ କେମିତି ପାଲଟିଗଲ। ଏକା କେଉଁଠି! ଏଇ ଏକୁଟିଆ ରହିବାକୁ ଆସିଥିଲା କିଏ ?"

"ଅପା, ତାକୁ ଟିକେ ବୁଝେଇ ଦେ।" ଦିଶା ଅପାକୁ ଅନୁନୟ ହୋଇ କହିଲା।

ରାଜୀବ ତା'ର ଜଣେ କେହି ପୁରୁଣା ସାଙ୍ଗକୁ ଡାକିଥାଏ।

"ତୁମ ସମସ୍ତଙ୍କ ପାଇଁ ମୁଁ ନିଜ ବାପାଙ୍କ ସହ ଝଗଡ଼ା କଲି। ବେଆଇନ

ଭାବେ ତାଙ୍କ ଜମିବାଡ଼ି ହଡ଼ପ କରିନେଲି। ମାଆବାପା ଦି'ଜଣଙ୍କୁ ଛାଡ଼ିଦେଲି। ପୁରୁଣା ଘର ଛାଡ଼ିଲି। ଆରାମରେ ଶାନ୍ତି ରହିପାରିବି ବୋଲି ଭାବି ଏଇଠିକୁ ଚାଲି ଆସିଲି, ହେଲେ ତୁମେ ଏଇଠି ଆଣି ମୋତେ ପୂରା ବରବାଦ କରିଦେଲ। ନିଧି କେଜାଣି କେତେ ଗାଳି ଦେଉଛି, ଆଉ ପାରୁଲ ତ ଯେମିତି ମୋ ମୁରବୀ ହୋଇଯାଇଛି। ମୁଁ ନିଜ ଇଚ୍ଛାରେ କାହାକୁ ଡାକି ପାରିବିନି, କୋଉଠି ବସିପାରିବିନି। ସନ୍ଦୀପ ଆସି ଆମ ସମସ୍ତଙ୍କ ଜୀବନକୁ ନର୍କ କରିଦେଲା। ତୁମେ ପଚାର ଅପା, ସେ କ'ଣ ଏସବୁ ନିଜ ବାପଘରୁ ଆଣିଥିଲା।"

"ତା ହେଲେ କ'ଣ ମୋର କିଛି ନାହିଁ। ମୋ କାମର ମୂଲ୍ୟ! ମୋ ଶରୀରର ମୂଲ୍ୟ, ଯିଏ ରାତିଦିନ ବଳଦ ପରି ଖଟି ଚାଲିଥାଏ!" ଦିଶା ଆଖିରୁ ଧାରଧାର ହୋଇ ଲୁହ ବହିଚାଲିଥାଏ।

ଗୋଟିଏ ପୁରୁଣା ଜରାଜୀର୍ଣ୍ଣ ଲମ୍ବାଚୌଡ଼ା ହଲ୍। ହଲ୍‌ରେ ସେ ତିଆରି କରିଥିବା କଳାକୃତିଗୁଡ଼ିକ ଅସମ୍ପୂର୍ଣ୍ଣ ହୋଇ ପଡ଼ିରହିଛନ୍ତି। ସେସବୁକୁ ଏକାଠି କରି ଗୋଟେ କାନ୍ଥ ପରି ସନ୍ଦୀପ ତିଆରି କରି ଦେଇଥିଲା। ସେ ଚାଲିଯିବା ପରେ ସାପ ବିଛାଙ୍କର ହିଁ ତାହା ଆଶ୍ରୟସ୍ଥଳୀ ହୋଇଯାଇଥିଲା। ମୂଷାମାନେ ତ ଦିନ ରାତି ଡିଆଁ ମାରୁଥାନ୍ତି।

ଦିଶା ନିଜ ଜିନିଷପତ୍ର ଧରି ଏପଟକୁ ଚାଲିଆସିଛି।

କିଛି ବହି, କିଛି ଡାଏରୀ।

"ମୋର ବି କୋଉ ଏତେ ଆକର୍ଷଣ ଅଛି! ଏଠିକୁ ମୁଁ ବି କୋଉ ସଉକରେ ଆସି ନ ଥିଲି। ଜାଣିଛ ନା ପଡ଼ୋଶୀମାନେ କେତେଥର ତୁମ ନାଁରେ ଅଭିଯୋଗ କରିଥିଲେ। ନିଧି ଓ ପାରୁଲଙ୍କ ବିଷୟରେ ବି।"

"ଆଉ ତୁମେ, ତୁମେ କ'ଣ କରୁଥିଲ?" ଦିଶା ଅଭିଯୋଗଭରା ଦୃଷ୍ଟିରେ ରାଜୀବକୁ ଚାହିଁଲା ଓ ସେଠାରୁ ଉଠି ବାହାରକୁ ଚାଲି ଆସିଲା।

"ତୁମେ ଯିବାକୁ ଚାହୁଁଛ ଯଦି ଯାଅ, ମୁଁ ଏବେ କାହାକୁ ବି ଅଟକାଇବିନି।"

"ଅଟକେଇଲେ ବି ମୁଁ ରହିବା ଲୋକ ନୁହଁ।"

"ଏତେ ବଡ଼ ଖାଁଖାଁ ଜାଗାରେ ସେ ଦି'ଜଣକୁ ଏକା ଛାଡ଼ିବା ଠିକ୍ ହେବ? ତୁମେ ନିଜ ଦାୟିତ୍ୱ କ'ଣ ସେତକ ଯଦି ବୁଝିଥାନ୍ତ ତାହେଲେ ଆଜି ଏ ସମୟ କାହିଁକି ଦେଖିବାକୁ ପଡ଼ନ୍ତା!" ଦିଶା କହିଲା।

"ମାନୁଛି ମୁଁ କିଛି କାମ କରିନି, କିନ୍ତୁ ତୁମ ଝିଅମାନେ ବି କୋଉ ପାହାଡ଼ ଖୋଳି ପକେଇଲେ!"

ଯୁକ୍ତିତର୍କ ବେଳକୁ ବେଳ ବଢ଼ିଯାଉଥିବା ଦେଖି ଦିଶା ସବୁଥର ପରି ଏଥର ବି ନିରବ ରହିବା ପସନ୍ଦ କଲା।

ରାଜୀବ ବ୍ୟାଗ୍ ଧରି ଝଡ଼ ପରି ବାହାରିଗଲା। ଦିଶାକୁ ଲାଗିଲା ସବୁଥର ପରି ଏଥର ବି ରାଜୀବ ବାପାଙ୍କ ପାଖରେ ଦି'ଚାରି ଘଣ୍ଟା ରହି ଚାଲି ଆସିବ।

ସନ୍ଧ୍ୟା ହୋଇ ରାତି ହେଲା। ପୁଣି ସକାଳ। ସୂର୍ଯ୍ୟଙ୍କ କିରଣ ଘର ଅଗଣା ଡେଇଁ ଚାରିଆଡ଼େ ଖେଳିଗଲା, କିନ୍ତୁ ରାଜୀବ ଫେରିଲାନି। ସକାଳର ଜଳଖିଆ ସରିଗଲା। ଲୋକମାନେ କମ କରିବାକୁ ଜଙ୍ଗଲକୁ ବାହାରିଗଲେ। ସେ ଆଶା କରୁଥିଲା ଯେ ଦ୍ୱିପ୍ରହର ସୁଦ୍ଧା ତା ବାପା ତାକୁ ଗାଳି ମନ୍ଦ ଦେଇ ସେଠୁ ପଠେଇଦେବେ। କିନ୍ତୁ ପ୍ରଥମଥର ପାଇଁ ସେ ଫେରିଲାନି। କାମ ପଛକେ କମ୍ କରୁ, କିନ୍ତୁ ଜାଗାଟା ତ ତାଆର। ଆଇନତଃ ଅସଲ ମାଲିକ ସେ ହିଁ। ଏଥରର ଅଘାତ ରାଜୀବ ସହିପାରିଲାନି, କିନ୍ତୁ କାହିଁକି ! କ'ଣ ସନ୍ଦୀପ ଯୋଗୁଁ ତା ଆତ୍ମସମ୍ମାନ ଉପରେ ଆଞ୍ଚ ଆସିଥିଲା ! ତା ଅଧିକାର ଛଡ଼ାଇ ନିଆଯାଇଥିଲା ! ତା ସ୍ୱାମୀତ୍ୱ ଉପରେ ପ୍ରଶ୍ନବାଚୀ ସୃଷ୍ଟି ହୋଇଥିଲା ! ସେ ସନ୍ଧ୍ୟା ପର୍ଯ୍ୟନ୍ତ ନ ଫେରିବାରୁ ଦିଶା ବ୍ୟସ୍ତ ହୋଇଉଠିଲା। ତା ଘର ଅସଜଡ଼ା ହୋଇ ପଡ଼ିଥିଲା। ଚାରିପାଞ୍ଚଟି ଗ୍ଲାସ୍, ସିଗାରେଟ୍ ଟୁକୁଡ଼ା, ପୋଡ଼ା ଦିଆସିଲି କାଠି। ଅପରିଷ୍କାର ଲୁଗାପଟା। ଖାଲି ବୋତଲ। ଘର ଭିତରଟା ଦୁର୍ଗନ୍ଧରେ ଫାଟିପଡୁଥିଲା।

"ଏସବୁ ନେଇ ବାହାରେ ଫୋପାଡ଼ିଦିଅ।" ଦିଶା ଚାକର ପିଲାଟିକୁ କହିଲା।

ରାଜୀବର ସବୁ ଜିନିଷପତ୍ର ବାହାରେ ଫିଙ୍ଗାଯାଉଥିଲା, କେବଳ ପଲଙ୍କଟା ହିଁ ପଡ଼ିଛି। ସେ ଚାରିପଟେ ଥିବା ଝରକାକୁ ଖୋଲିଦେଲା। ତାଜା ପବନର ସତେଜତାରେ ଘର ଭିତରଟା ମହକି ଉଠିଲା।

"ଏ ଲୋକଟା କୁଆଡ଼େ ଗଲା, କ'ଣ ସବୁଦିନ ପାଇଁ ?"

"ଏ ଲୋକଟା ତୋ ବାପା।"

"ଥିଲା, ଏବେ ନାହିଁ। ମୁଁ ତାକୁ ବାପା ବୋଲି ମାନିବାକୁ ଅସ୍ୱୀକାର କରୁଛି।"

"ଅସ୍ୱୀକାର କଲେ ବି ରକ୍ତର ସମ୍ପର୍କ ବଦଳି ଯାଏନି।"

"ମୁଁ ଏଠାକୁ ଚାଲି ଆସିବି।"

"ନାଁ, ସେ ଆସିବେ।"

"ସେ ଆସିବେନି।"

"ତେବେ ବି ଏ ରୁମ୍ ତାଙ୍କର ହୋଇ ରହିବ, ଖାଲି ପଡ଼ିରହୁ ପଛକେ।"

ଦିଶା ସେ ଘରଟିକୁ ବାହାରୁ ତାଲା ଲଗେଇଦେଲା।

"କ'ଣ ତୁମେ ଏବେବି ସେ ଲୋକଟାକୁ ଝୁରି ହେଉଛ ?"

"ବେକାର କଥା କହନା।"

"ମାଆ, ଭୁଲକୁ ଭୁଲ ବୋଲି କହିବା ଶିଖ। ଦୁନିଆଁରେ ଏତେ ଅଳିଆ ଭରି ରହିଛି କାରଣ ଲୋକମାନେ ସେସବୁ ସଫେଇ କରୁନାହାନ୍ତି।"

"ମଣିଷ ଅଳିଆ ଆବର୍ଜନା ନୁହଁ ଯେ ସଫା କରାଯିବ।"

"କାହିଁକି ? ଶରୀରକୁ ସଫା ରଖିବାକୁ ଆମେ ଗାଧୋଉଛନ୍ତି, ମନ ଭିତରର ଖରାପ ଚିନ୍ତାଧାରାକୁ ସଜାଡ଼ିବାକୁ ଆମେ କିଛି ଭଲ ପଢ଼ିଥାଉ, ଶିଖିଥାଉ, ଗୁରୁଙ୍କ ଶରଣରେ ଯାଉ, ତୁମେ ଫିଲୋସଫର୍ସ ମାନଙ୍କୁ ପଢୁଥିଲ, ଏତିକି କଥା କ'ଣ ବୁଝିପାରିଲନି।"

"ତୋର ଭୁଲ କଥାକୁ ଯେତେବେଳେ ମୁଁ ଭୁଲ ବୋଲି କହେ, ସେତେବେଳେ ତୋତେ କେତେ ଖରାପ ଲାଗେ ? ନୁହଁ ? ଏ ସଂସାରରେ ସବୁଠାରୁ ବଡ଼ ଅସୁବିଧା ଏଇଆ ଯେ, ଏଠି କେହି ବି ସତ ଶୁଣିବାକୁ ଚାହାନ୍ତିନି, ସମସ୍ତେ ଏକ ଭ୍ରମରେ ଜିଇଁବାକୁ ଚାହାଁନ୍ତି, ଛଳନା ଭିତରେ।"

"ଆଉ ତୁମେ! ତୁମେ ଭ୍ରମରେ ରହିବା କେବେ ଛାଡ଼ିଲ! ସେ ଲୋକକୁ ତୁମେ ସେତେବେଳେ ଯଦି ଛାଡ଼ି ଦେଇଥାନ୍ତ ତାହେଲେ ଆଜି ଆମ ଜୀବନ କିଛି ଅଲଗା ହୋଇଥାନ୍ତା। ରାତି ରାତି ଧରି ଆମେ ଦୁହେଁ ଭୟରେ ଲୁଚି ରହି କାନ୍ଦୁଥାଉ। ସେ ସମୟରେ ତୁମେ ତାକୁ ଘରୁ ବାହାର କରି ଦେଇଥିଲେ ଅବା ଯଦି ପୋଲିସରେ ଦେଇ ଦେଇଥାନ୍ତ ତା ହେଲେ ସେ ବି ସୁଧୁରି ଯାଇଥାନ୍ତା।"

"କୌଣସି ବ୍ୟକ୍ତିକୁ ସୁଧାରିବା ଅବା ବିଗାଡ଼ିବାକୁ ଆମେ କିଏ ? ଆମ ନିର୍ଣ୍ଣୟ ଠିକ୍ ଅବା ଭୁଲ୍ ହୋଇପାରେ। ପଛକୁ ଫେରି ଚାହିଁଲେ ଜାଣିପାରୁଛି ଯେ, ନିଷ୍ପତ୍ତି ସବୁକୁ ଆମ ଉପରେ ଚାପି ଦିଆଯାଇଥିଲା, ଚାଦର ପରି ଘୋଡ଼ାଇ ଦିଆ ଯାଇଥିଲା। ସେଇ ଆବରଣଟି ଛିନ୍ନ ହେଉ ହେଉ ଅନେକ ବିଳମ୍ବ ହୋଇଗଲା। ସମଗ୍ର ଚାଦରଟି ଉଡ଼ିଯାଇଥାନ୍ତା ଯଦି ଆହୁରି ବେଶୀ ଭଲ ହୋଇଥାନ୍ତା।"

"ତୁମ ଚୁଟି ଏବେ ଧଳା ହୋଇଗଲାଣି। ରଙ୍ଗ ମଳିନ ପଡ଼ିଗଲାଣି। ବେକର ଚମଡ଼ା ଢିଲା ହୋଇଆସିଲାଣି, କିନ୍ତୁ ଆଜି ବି ତୁମେ ଦୁଇଟି ପୁରୁଷଙ୍କ ମଝିରେ ଫସି ହୋଇ ରହିଛ। ମୋତେ ଭିଲିଆନ କରାଇ ଦିଆଗଲା। ଜିଦ୍ଦି ଆଉ ଅଶିଷ୍ଟ ଝିଅର ଉପାଧି ଦେଇ ଦିଆଗଲା। ଯଦି ମୁମ୍ବାଇରେ ରହି ମୁଁ ନିଜ ଇଚ୍ଛାରେ ନିଜ ଜୀବନ ବଞ୍ଚୁଥିଲି, ତାହେଲେ ଭୁଲ କ'ଣ ଥିଲା। ମାନୁଛି ମୁଁ ନୀଲ୍ ସହ ରହୁଥିଲି, କିନ୍ତୁ ନା, ତୁମକୁ ସେ ବି ପସନ୍ଦ ନଥିଲା। ତୁମ ବାହାହେବାର ସର୍ତ୍ତ ହିଁ ନୀଲ୍‌କୁ ମୋଠାରୁ ଅଲଗା କରିଦେଲା। ଆଜିକାଲି କେହି ବାହା ହେଉ ନାହାନ୍ତି। ସମସ୍ତେ ସ୍ୱାଧୀନ ଭାବରେ

ରହିବାକୁ ଚାହୁଁଛନ୍ତି। ମୋର ବି ସ୍ୱାଧୀନ ଭାବରେ ରହିବାର ଅଭ୍ୟାସ ହୋଇଯାଇଛି। ମୁଁ ଶାଶୂଘର, ଶାଶୂଘର ଲୋକଙ୍କ କଥା, ତାଙ୍କ ଅନୁଶାସନ ଆଉ ତଥାକଥିତ ନୀତିନିୟମକୁ ସହିପାରିବିନି। ମୁଁ ମୋ ନିଜ ଉପରେ କାହାରି ନିର୍ଣ୍ଣୟକୁ ନିଷ୍ପତ୍ତିକୁ ଲଦିଦେଇ ପାରିବିନି ତାହା ପୁଣି ପ୍ରେମ ଭଲ ପାଇବା ନ ଥାଇ। ତୁମେ ସହିପାରିଲ କି? ମାମୁଁ କହିଥିଲେ ସନ୍ଦୀପକୁ ବାହା ହୋଇଯାଅ ବୋଲି। ତୁମେ ହେଲ? ନାଁ... କାରଣ ତୁମେ ବି ଦୁଇଟି ଗଛ ପରି ପାଖରେ ପାଖରେ ଥାଇ ମଧ୍ୟ ଦୂରେଇ ରହିବାକୁ ଚାହୁଁଥିଲ। ମୁଁ ଏ ପର୍ଯ୍ୟନ୍ତ ତେର-ଚଉଦ ସାଙ୍ଗମାନଙ୍କ ସହ ନିଜ ଜୀବନକୁ ପରୀକ୍ଷା କରିଛି। କ'ଣ ବିଗିଡ଼ିଗଲା। କୁହ।"

"ତୁ ଯେତେବେଳେ ଏଇ ସବୁ କଥା ନିଜର ଭାବୀ ସ୍ୱାମୀକୁ ଜଣେଇ ଦେଉଛୁ ସେତେବେଳେ ସେ ବାହାହେବାକୁ ମନା କରିଦେଉଛନ୍ତି କାହିଁକି?"

"କାହିଁକି ନା ମୁଁ ସମ୍ପର୍କ ଗୁଡ଼ିକ ଭିତରେ ସଚ୍ଚୋଟତା ରଖିବାକୁ ଚାହେଁ।"

"ବାହାଘର ଆଦିରେ ସଚ୍ଚୋଟତା, ବେଇମାନୀ ପରି କିଛି ନ ଥାଏ।"

"ତା ହେଲେ କେଉଁଠି ଥାଏ? ବାହାଘର ପରେ?"

ଦିଶା ବୁଝିଗଲା ଯେ ପାରୁଲ କୋଉ କଥାକୁ ଆଘାତ ଦେଇ କହୁଛି।

"ସ୍ତ୍ରୀର ଦେହ ସବୁବେଳ ପାଇଁ ପବିତ୍ର।"

"ତା ହେଲେ ଭାବୀ ସ୍ୱାମୀ କାହିଁକି ଆଶା କରୁଥାଏ ଯେ ସେ ଯୋଉ ଝିଅକୁ ବିବାହ କରିବ ସେ ଶତପ୍ରତିଶତ ପବିତ୍ର ହୋଇଥିବ। କ'ଣ ସେ ସନ୍ଦୀପ ସହ ତୁମର କିଛି ସମ୍ପର୍କ ନଥିଲା?"

"ନାଁ!"

"ମିଛ!"

"ସତ।"

"ତା ହେଲେ ଆଉ କ'ଣ ଥିଲା?"

"ଗୋଟେ ନିର୍ଦ୍ଦିଷ୍ଟ ସଂଜ୍ଞା ଦେଇପାରିବିନି। ସେ ଦେହରୁ ଊର୍ଦ୍ଧ୍ୱରେ, ସବୁ କିଛି ଥିଲା, ଦେହ ଅଲଗା ହୋଇଯାଏ କିନ୍ତୁ ଆତ୍ମା ନୁହଁ... ସେ ମୋ ପାଇଁ "ମୁଁ" ବା "ସେ" ହିଁ ନ ଥିଲା!"

"ସେ ଚାଲିଯିବା ପରେ ଆଉ ଥରୁଟେ ବି ପଛକୁ ଫେରି ଚାହିଁଲାନି କାହିଁକି, କାହିଁକି ନା ସେ ନିଜ ସ୍ୱାର୍ଥ ହାସଲ କରିବାକୁ ଆସିଥିଲା।"

"ଏଇଟା ତୁ କହୁଛୁ, ତୋତେ ବୁଝିବାକୁ ଆହୁରି ଗୋଟେ ଜନ୍ମ ଲାଗିଯିବ, କାରଣ ତୁ ନିଜ ସାଙ୍ଗମାନଙ୍କ ସହ ଦେହର ସମ୍ପର୍କ ବନେଇଥିଲୁ, ଆତ୍ମାର ନୁହଁ!

ସେମାନେ ଚାଲିଯିବା ପରେ କ'ଣ ତୁ ସେମାନଙ୍କ ବାସ୍ନାକୁ ଅନୁଭବ କରିଥିଲୁ, ସେମାନେ ଯିବା ପରେ କ'ଣ ତୋ ହୃଦୟ ଧକ୍ କରି ରହିଯାଇଥିଲା, ତୋ ହୃଦୟ କାନ୍ଦି ଉଠିଥିଲା, ତୁ ସେମାନଙ୍କୁ ଅପେକ୍ଷା କରିଥିଲୁ ?"

"ତୁମେ ପାଗଳ ହୋଇଯାଇଛ। ତୁମ କଥା ମୁଁ କିଛି ବି ବୁଝିପାରୁନି।" କହିଦେଇ ପାରୁଲ ଉଠି ଚାଲିଗଲା।

ଦିଶା ବହୁତ ଦିନ ପରେ ଶଶୁର ଘରକୁ ଫୋନ୍ ଲଗାଇଲା, ରାଜୀବ ଆସିଲା କି ନାହିଁ ଜାଣିବାକୁ।

"ଛାଡ଼ ନା ମାଆ, କାହିଁକି ତାଙ୍କ ପଛରେ ପଡ଼ି ରହିଛ। ତାଙ୍କୁ ବି ନିଜ ଇଚ୍ଛାରେ ବଞ୍ଚିବାକୁ ଦିଅ।"

"ହେଲେ ଟିକେ ଜାଣେ ତ !"

ଆଜି ସନ୍ଦୀପ ଥିଲେ ବୁଲିବୁଲି ଲାଗିପଡ଼ି ତାକୁ ଖୋଜି ବାହାର କରିଆଣନ୍ତା। ବୁଝାଇ ସୁଝାଇ ରାଜି କରିଦିଅନ୍ତା।

•••

ସନ୍ଦୀପ ଲଗେଇ ଦେଇ ଯାଇଥିବା ଗଛ ଗହଳକୁ ଦିଶା ଚାଲିଗଲା... ନଡ଼ିଆ ଗଛ। ପିଜୁଳି ଗଛ, ଆମ୍ବ ଗଛ ଆଦି... ଦେଖୁ ଦେଖୁ କେତେ ବଡ଼ ବଡ଼ ହୋଇଗଲେଣି।

ମାଆଙ୍କୁ ବ୍ୟାକୁଳତା ନିଧି ଭଲଭାବରେ ବୁଝିପାରୁଥିଲା। ସେ ଜାଣେ ଯେ ପାରୁଲ କଡ଼ାକଡ଼ା କଥା କହି ମାଆଙ୍କ ମନକୁ ଆଘାତ ଦେଇ ଚାଲିଛି।

"ମାଆ, ପାରୁଲ ତୁମକୁ ପୁଣି ଆଡୁସ୍ୟାଡୁ କଥା କହିଦେଇ ଗଲା ନା ! ତା'ର ବି ଦୋଷ ନାହିଁ। ପାରୁଲ ଓ ମୁଁ କ'ଣ କିଛି କମ୍ ଇଣ୍ଟଲିଜେଣ୍ଟ ଥିଲୁ, କିନ୍ତୁ ଦେଖ, ଆମେ ଦୁହେଁ ଏବେ କୋଉଠି ! ଆମେ ପଢ଼ିବାକୁ ଚାହୁଁଥିଲୁ। ପ୍ରତିଯୋଗିତାମୂଳକ ପରୀକ୍ଷାଗୁଡ଼ିକ ପାଇଁ ପ୍ରସ୍ତୁତ ହେବାକୁ ଚାହୁଁଥିଲୁ, କିନ୍ତୁ ତୁମମାନଙ୍କ ନିଜ ନିଜ ଭିତରେ ଥିବା ଅଶାନ୍ତି ଆମ ଦି'ଜଣଙ୍କୁ ଶେଷ କରିଦେଲା। ମାଆ, ଏହା ପ୍ରକୃତିର ନିୟମ ଯେ ଯୋଉ ଜିନିଷ ଯେତେ ବେଶୀ ଆମକୁ ଟାଣିଧରେ, ତାହା ସେତିକି ଆମଠାରୁ ଦୂରେଇ ମଧ ଯାଏ। ତୁମେ ପ୍ରତ୍ୟେକ ଦିନ, ପ୍ରତ୍ୟେକ ସନ୍ଧ୍ୟାରେ ତା ବାଟ ଚାହିଁ ବସୁଛ।"

"କାହାର !"

"ତୁମେ ଜାଣିଛ, ମୁଁ କାହା କଥା କହୁଛି। ଗୋଟିଏ ଖୋଲା ଆକାଶ ତୁମ ଆଗରେ ଅଛି। ଆମେ ଦୁହେଁ ଅଛୁ।"

ଦିଶା ଗଭୀର ପ୍ରଶ୍ନିଳ ଦୃଷ୍ଟିରେ ନିଧିକୁ ଚାହିଁ ରହିଲା।

"ସନ୍ଦୀପ ଓ ତୁମ ସ୍ୱାମୀ! ଦୁଇ ଜଣ ପୁରୁଷ... କିନ୍ତୁ ତୁମେ ନା କାହାକୁ ସମ୍ପୂର୍ଣ୍ଣ ଭାବେ ନିଜର କରିପାରିଲ, ନା ଦୁହିଁଙ୍କୁ ଛାଡ଼ି ପାରିଲ। ମୁଁ ତୁମ ଡାଏରୀ ପଢ଼ିଛି, କବିତା ସବୁକୁ ପଢ଼ିଛି, ଆଉ ସେ ଚିଠିଗୁଡ଼ିକୁ ମଧ୍ୟ, ଯାହା ତୁମେ ତା ପାଇଁ ଲେଖିଥିଲ, କିନ୍ତୁ କେବେ ପୋଷ୍ଟ କରି ପାରିଲନି।"

"କ'ଣ! ତୁ ଚିଠି ପଢ଼ିଦେଇଛୁ?"

"ଆଡ୍ରେସ୍ ଥିବା ଲଫାପା ରଖା ହୋଇଛି।"

"ପୋଷ୍ଟ ଆଉ କରିଦେଇନୁ ତ।"

"କାହିଁକି! ଏତେ ବି କ'ଣ ଲୁଚାଛପା? ଯଦି ତୁମ ମନରେ ଥିଲା ଯେ ସେ ଚିଠି ସବୁ ପୋଷ୍ଟ କରିଦେବା ଉଚିତ ତାହେଲେ କଲନି କାହିଁକି? ଯେଉଁ ଲୋକଟା ପାଇଁ ତୁମେ ସାରା ଘର ପରିବାର ସହ ଶତ୍ରୁତା କରିବସିଲ, ତାକୁ ହିଁ ଯେତେବେଳେ ଚିଠି ପଠାଇବାର ଥିଲା ସେତେବେଳେ ଲୁଚେଇକି ରଖିଦେଲ। ମୁଁ ତୁମ ସାଇକୋଲୋଜି ବୁଝିପାରୁଛି, ତୁମେ ଏକ ଦ୍ୱୈତ ମାନସିକତା ଥିବା ନାରୀ... ନା ପ୍ରେମ... ନା ବିତୃଷ୍ଣା! ଏ କି ପ୍ରକାର ଦୋଗଲା ଚରିତ୍ର ତୁମର?"

"କ'ଣ ତୁ ଟିକେ ବେଶୀ କହିଦେଉନୁ ନିଜ ମାଆ ବିଷୟରେ। ପୁଣି କହୁଛି, ମୁଁ ତୋ ମାଆ... ତୁ ମୋ ମାଆ ନୁହଁ।"

"କେବଳ ମାଆ ହୋଇଗଲେ ତୁମେ ବଡ଼ ହୋଇଯିବନି। ତୁମ ଭିତରେ ଏକ ପୁରୁଣା ରୁଢ଼ିବାଦୀ ମାଆର ଅସ୍ତିତ୍ୱ ରହିଛି। ମନ ଭିତରେ ଭୟଭୀତ ହୋଇ ଯାଇଥିବା ମାଆ। ଗୋଟେ ଡରୁଆ ପତ୍ନୀ। ଗୋଟେ ଡରୁଆ ପ୍ରେମିକା।"

"ତୁ ମାଆର ସତ୍ତାକୁ ଅପମାନିତ କରୁଛୁ।"

"ହଁ, ମୁଁ ସେହି ପ୍ରତ୍ୟେକ ଜିନିଷକୁ ନାପସନ୍ଦ କରେ, ଯାହା ମୋ ଇଚ୍ଛାକୁ ପ୍ରତିରୋଧ କରିବ।"

"ନିଧି!"

"ତା ହେଲେ ସେଇ ଲୋକ ଅର୍ଥାତ୍ ସନ୍ଦୀପକୁ ଖୋଜିବା ଶେଷ ହୋଇଗଲା, ତୁମକୁ ଏକ ମିଶନ ପାଇଁ ଅଧାବାଟରୁ ଯିଏ ଛାଡ଼ିକି ଚାଲିଗଲା। ଆମେମାନେ ସିନା ବିରୋଧ କରୁଥିଲୁ, କିନ୍ତୁ ତୁମେ ତ କରୁ ନ ଥିଲ। ସେ ବି ତ ସ୍ୱାର୍ଥପର ହେଲା। କ'ଣ ତା'ର ସେ ମିଶନ ତୁମ ଜୀବନଠାରୁ... ତୁମ ସମ୍ପର୍କଠାରୁ ବଡ଼ ଥିଲା?"

"ହଁ"

"କାହିଁକି ନା ଏଠି ଆଉ ରହିବା ତା ପାଇଁ ଠିକ୍ ନଥିଲା।"

"ଆଉ ତୁମ ପାଇଁ ?"

"ତୁ ଯଦି ମୋ ଜାଗାରେ ଥାଆନ୍ତୁ ତେବେ କ'ଣ କରିଥାନ୍ତୁ ?"

"ମୁଁ ତାକୁ ଯିବାକୁ ଦେଇ ନ ଥାନ୍ତି।"

"ସେ ଯଦି ରହି ନ ଥାନ୍ତା, ତାହେଲେ ?"

"ତାହେଲେ ତାକୁ ଆଉ କେବେବି ଝୁରି ହୋଇ ନ ଥାନ୍ତି, ତା ପାଇଁ ଡାଏରୀ ଓ କବିତା ଲେଖି ନ ଥାନ୍ତି। ଗାଳି ଦେଇଥାନ୍ତି ଓ ତା ମୁହଁ କେବେ ବି ଦେଖି ନ ଥାନ୍ତି।"

"ମୁହଁ ଦେଖିବାର ଇଚ୍ଛା ମୁଁ କେତେବେଳେ କଲି ?"

"ନିଜକୁ ନିଜେ ପଚାର।"

"କରିଛି ଯଦି ତୁ କହ।"

"ଏବେ ତ ତୁମ ସ୍ୱାମୀ ମଧ୍ୟ ଛାଡ଼ି ଚାଲିଗଲା।"

"ନିଧି, କେତେ ଆଉ କଠୋର କଥା କହିବୁ ?"

"କାହିଁକି ନା, ତୁମେ କେବଳ ଏମିତି ଭାଷା ହିଁ ବୁଝିପାର।"

"ମୁଁ ଆଉ ଗୋଟେ ବି ଶବ୍ଦ ଆଗକୁ ଶୁଣିବାକୁ ଚାହୁଁନି।"

"ପାରୁଲକୁ ଦେଖ। ସେ ଯେତେଦିନ ଯାଏଁ ଚାହିଁଲା ହସନ ସହ ରହିଲା। ତୁମେ ଦିନରାତି ଚିନ୍ତାରେ ମରିଯାଉଥିଲ। କାନ୍ଦୁଥିଲ। ସେ କ'ଣ ମାନିଲା ? ହସନ ହିଁ ତାକୁ ଛାଡ଼ି ଚାଲିଗଲା ବୋଲି ସିନା, ନ ହେଲେ ତ ସେ କେତେ ଖୁସିରେ ରହୁଥିଲା। ଛଅମାସ ପରେ ତା ଜୀବନରେ ପ୍ରସନ୍ନ ଆସିଲା। ଏବେ ସେ ତା ସହ ରହୁଛି। ତୁମେ କ'ଣ କରି ପକେଇଲ, କେବେ ତୁମେ ତାକୁ ଉଦାସ ଦେଖିଛ, ଅଭିଯୋଗ କରୁଥିବାର ଦେଖିଛ କି ଶୁଣିଛ, ଚରିତ୍ର ନାଁରେ କେହି କିଛି କହିପାରିବ ? ନାଁ। ଏବେ ଚରିତ୍ରର ପରିଭାଷା ବଦଳି ଯାଇଛି। ସମ୍ବନ୍ଧ ସମ୍ପର୍କର ରୂପ ବଦଳି ଯାଇଛି। ମାଆ, ଆମେମାନେ ଆଜିର ଝିଅ, ଆମ ପାଇଁ ବିବାହ ବାଧ୍ୟତାମୂଳକ ନୁହେଁ।"

"ଜାଣିଛି"

"ତୁମେ କ'ଣ ଭାବୁଛ ସେ ଦୁହେଁ ବିବାହ କରିବେ ?"

"ବୋଧହୁଏ।"

ନିଧିର ହାତରେ ତା ଡାଏରୀଗୁଡ଼ିକ ଥିଲା। ଗୋଟେ ବ୍ୟାଗ୍‌ରେ ଲଫାପାଗୁଡ଼ିକ।

"କ'ଣ ମୁଁ ପଢ଼ିପାରିବି ?"

"ନା"

"ଡାଏରୀ ?"

"ନା"

"କବିତା ସବୁ?"

"ହଁ"

"ଥାଙ୍କ୍ୟୁ!"

●●●

ଦିଶା ନିଜ ଭିତରର ଗୋପନ କବାଟ ଯେପରି ଖୋଲିଦେଲା। ପରସ୍ତ ପରସ୍ତ ହୋଇ ତା ଭିତରଟା ଖୋଲି ହେଇଯାଉଥିଲା।

ପ୍ରଥମ ଦରଜା ଖୋଲିଲା। ଉଜ୍ଜଳ ଖରାତେଜ ଘର ଭିତରେ ଝଲସି ଉଠିଲା। ଦେଖିଲା, ତା ଆଗରେ ତା'ର ବହୁପୁରୁଣା ସାଙ୍ଗ ବସିଛି। ଧଳା କେଶ। ମୁହଁ ଉପରେ ମାଂସର ପତଳା ଆବରଣ। କପାଳରେ ଚନ୍ଦନ ତିଳକ!

"କାହିଁକି? ଏଠି କାହିଁକି, ଅନେକ ବର୍ଷ ପୁରୁଣା ଏଇ ଘରେ କାହିଁକି?"

"ତୋ ଭିଣୋଇଙ୍କ ମୃତ୍ୟୁ ପରେ ଏଠି (ଗାଁକୁ) ଚାଲିଆସିଥିଲି। କାକାଙ୍କର ମନ୍ଦିର ଥିଲା, ଘର ଥିଲା। ତାଙ୍କର ପୁସ୍ତକାଳୟ ଥିଲା। ଏଇଠି ରହି କିଛି ପିଲାଙ୍କୁ ପାଠ ପଢ଼ାଏ। ଲାଇବ୍ରେରୀ ସମ୍ଭାଳେ।"

"ତୁମେ ଭାଇନାଙ୍କୁ ପ୍ରେମ କରୁଥିଲ?"

"ଇଏ କି ପ୍ରଶ୍ନ?"

"ଏଇ ପ୍ରଶ୍ନର ଉତ୍ତର ପାଇଁ ହିଁ ମୁଁ ଏଠିକୁ ଆସିଛି।"

"ନାଁ"

"ତା ହେଲେ ତାଙ୍କ ନାମରେ ବିଧବା ବେଶ କାହିଁକି ଧାରଣ କଲ?"

"କାରଣ ସମାଜ ଏଇଆ ହିଁ ଚାହେଁ। ଏହା ହିଁ ନିୟମ।"

"ଯାହାକୁ ପ୍ରେମ କରୁଥିଲ, ତାକୁ କ'ଣ ପସନ୍ଦ ଥିଲା?"

"ପୁଣି ସେଇ କଥା!"

"ତା'କୁ କ'ଣ ପସନ୍ଦ ଥିଲା, ମୋର ମନେ ଅଛି ତୁମର ପ୍ରେମ ସମ୍ପର୍କ ଆଖିରେ ପଡ଼ିଯାଇଥିଲା। କାକୀ ତୁମକୁ ଘର ଭିତରେ ବନ୍ଦ କରି ବହୁତ ମାରିଥିଲେ। ଏଇ ଘର ଥିଲା ନା ସେଇଟା?"

"ମାଡ଼ ଖାଇବା ଛଡ଼ା ଆଉ ଉପାୟ କ'ଣ ଥିଲା?"

"ତା ସାଙ୍ଗରେ ଲୁଚି ପଳେଇଯାଇଥାନ୍ତ।"

"ଏତେ ସହଜ ନ ଥିଲା।"

"ତା ହେଲେ ଯାହା ତାକୁ ପସନ୍ଦ ଥିଲା, ସେଇଆ କାହିଁକି କରୁନ?"

"ତା'ର ହଳଦିଆ ରଙ୍ଗ ପସନ୍ଦ ଥିଲା। ତାକୁ ଗୀତଗାଇବା - ବଜେଇବା ଆଦି ଭଲ ଲାଗେ।"

"ତା ହେଲେ ତୁମେ ଗାଇବା ବଜେଇବା ଆଦି ଆରମ୍ଭ କରିଦିଅ। ପିଲାମାନଙ୍କୁ ଗୀତ ଶିଖାଅ। କେତେ ଖୁସି ଲାଗିବ... ଦେଖିବ ସେ ତୁମ ସ୍ମୃତି ଭିତରେ ସବୁବେଳେ ବଞ୍ଚି ରହିବ। ତୁମେ ତାକୁ ମନେପକେଇ ଝୁରି ହେବନି, ବରଂ ଏକ ଅଦ୍ଭୁତ ଖୁସି ଆନନ୍ଦ ଅନୁଭବ କରିବ। ଆଉ ଗୋଟେ କଥା, ଏ ଚନ୍ଦନ ତିଳକ ପୋଛି ଦିଅ। ଏ ବେଶ ପରିପାଟୀ ବଦଳେଇ ଦିଅ।"

ଦ୍ୱିତୀୟ ଦରଜା ସେ ଖୋଲୁଛି ! ସାମ୍ନାରେ ଦରି ଉପରେ ଆଈ ବସିଛି। ବୈଠକ ଘରେ। ସଜାସଜି ହୋଇଛି। ଆଈର ଭାରି ନା ଡାକ ଥିଲା। ମେଳାପୀ ଓ ପରୋପକାରୀ ମହିଳାଙ୍କ ଭିତରେ ତାକୁ ଗଣାଯାଉଥିଲା।

"ଆଈ, ତୁମେ ଅଜାଙ୍କୁ ପ୍ରେମ କରୁଥିଲ?"

"ପ୍ରେମ ବୋଲି ତ ମୁଁ ଜାଣି ନ ଥିଲି, ହେଲେ ତାଙ୍କ ବିନା ମୁଁ ରହିପାରୁ ନ ଥିଲି। ସେ ମୋତେ ବାପଘରକୁ ଯିବାକୁ ଦେଉ ନ ଥିଲେ। ଟିକେ ସନ୍ଦେହୀ ସ୍ୱଭାବର ଥିଲେ। ତାଙ୍କ ରଙ୍ଗ କଳା ଥିଲା ଓ ମୁଁ ବହୁତ ଗୋରୀ। ସେ ଅଳ୍ପ ଉଚ୍ଚତାର ଓ ମୁଁ ଲମ୍ବା ସ୍ୱାସ୍ଥ୍ୟବତୀ। ଅଜା ସବୁବେଳେ ନିଜ କଳାରଙ୍ଗ ଯୋଗୁଁ ନିଜକୁ ଲଜ୍ଜିତ ମନେ କରୁଥିଲେ। ଲୋକେ ତାଙ୍କୁ 'ଶନିଚର' ଡାକୁଥିଲେ ଓ ମୋତେ 'ଚାନ୍ଦିନୀ'। ବହୁତ କ୍ରିମ୍ ପାଉଡ଼ର ଲଗାନ୍ତି। କଥା ହେବା ତ ଦୂରର କଥା ଓଢ଼ଣା ବି ଟିକେ ଖସାଉ ନ ଥିଲି।"

"ଏଇଟା କ'ଣ ପ୍ରେମ ହେଲା?"

"ଆକର୍ଷଣ ଓ ଚିନ୍ତା ରହୁଥିଲା ପରସ୍ପର ପ୍ରତି।"

"ଏମିତି ନଜରବନ୍ଦୀ ହୋଇ ରହିବା ତୁମକୁ କଷ୍ଟ ଦେଉ ନ ଥିଲା?"

"ମୁଁ କେବେ ଏ ଦୃଷ୍ଟିରୁ ଚିନ୍ତା ବି କରି ନ ଥିଲି। କିନ୍ତୁ ସେ ଚାଲିଯିବାପରେ ମୁଁ ବହୁତ କାନ୍ଦିଥିଲି ତାଙ୍କୁ ମନେପକେଇ, କାହିଁକି ନା ସେ ମୋତେ ବହୁତ ମାନ-ସମ୍ମାନ ଦେଇଥିଲେ। ଗୋଟେ ନାରୀକୁ ନିଜର ମାନ-ସମ୍ମାନ ସବୁଠାରୁ ବେଶୀ ପ୍ରିୟ ହୋଇଥାଏ। ସାରା ଧନ ଦୌଲତ ଗୋଟେ ପଟେ ଓ ନିଜର ମାନସମ୍ମାନ ଆଉ ଗୋଟେ ପଟେ।"

ଦରଜା ବନ୍ଦ କରିଦେଲା ଦିଶା। ଏଇ ମାନ ସମ୍ମାନ ତ ତାକୁ ରାଜୀବଠୁ ମିଳିଲାନି। ତା ହେଲେ କାହିଁକି ତା' ପାଇଁ ଏତେ କନ୍ଦାକଟା !

ଦିଶା ନିଜ ମନକୁ ବୁଝାଉଛି। ତା ମନ ଓ ହୃଦୟ ଦ୍ୱିଧାରେ ଘାଣ୍ଟି ହେଉଛନ୍ତି।

ତୃତୀୟ ଦରଜା ତା ନିଜର। ସେ ଖୋଲି ଦେଉଛି, ଆଉ ଖୋଲିବା ସମୟରେ ତା ହାତ କମ୍ପି ଉଠୁଛି। ସାମ୍ନାରେ ପଡ଼ିଛି ଏକ ଡିଭାନ୍ ! ଖାଲି। ସେ ଗୋଡ଼ ଲମ୍ବେଇ ବସିଛି। ଝରକା ଦେଇ ଆଲୁଅ ପଡୁଛି ଓ ଥଣ୍ଡା ଥଣ୍ଡା ପବନ ବି ଆସୁଛି। ଲଫାପାଗୁଡ଼ିକ ଆଗରେ ପଡ଼ିଛି। ଡାଏରୀର ଫର୍ଦ୍ଦ ସବୁ ଫଡ଼ଫଡ଼ ହୋଇ ଉଡୁଛନ୍ତି। ସେ ଫର୍ଦ୍ଦଗୁଡ଼ିକ ଆଜି ଖୋଲିଯିବାକୁ ଚାହୁଁଛନ୍ତି, ନିଜ ହାତ ଲେଖା ଅକ୍ଷରକୁ ସେ ସ୍ପର୍ଶ କରୁଛି, ଏଇ ଅକ୍ଷରଗୁଡ଼ିକରେ ହିଁ ତା ଜୀବନ ଲାଖି ରହିଛି। ସେ ସନ୍ୟାସିନୀ ନୁହଁ, ସେ ଭୋଗ୍ୟା ବି ନୁହଁ। ସେ ନିଜ ଅନ୍ତର୍ଜଗତର ରାଣୀ। ସ୍ୱାମିନୀ ଅଟେ।

ଚତୁର୍ଥ ଦରଜା ଖୋଲିଯାଉଛି। ଆଗରେ ଏକ ଅନୁଚ୍ଚ ପିଣ୍ଡା। ପିଣ୍ଡା ଉପରେ ଦରିଟିଏ ବିଛା ହୋଇଛି। ଦିଶାର ଜଣେ ଆତ୍ମୀୟା ବସିଛନ୍ତି ଓ ତାଙ୍କ ଆଗରେ କିଛି ଜିନିଷପତ୍ର ଖେଳେଇ ହୋଇପଡ଼ିଛି। କିଛି ଖାଲି ପୃଷ୍ଠା ଓ ଲେଖିବା ପାଇଁ ପେନ୍‌ସିଲ୍। ହଁ, ସିଏ କେବଳ ପେନ୍‌ସିଲରେ ହିଁ ଲେଖୁଥିଲେ।

"କେବେ ପ୍ରେମ କରିଛ ?" ଦିଶା ପଚାରିଲା।

"ଇଏ କି ପ୍ରକାର ପ୍ରଶ୍ନ ପଚାରୁଛ ?"

"ତୁମେମାନେ ତ ପ୍ରେମକୁ ରାଧା-କୃଷ୍ଣଙ୍କ ପ୍ରେମ ବୋଲି କହି ନିଜର ମନକଥା ସବୁ ବ୍ୟକ୍ତ କରିଦେଉଛ।"

ଦିଶା ତାଙ୍କର ଦୁଇ ହାତକୁ ମୁଠାଇ ଧରିନେଲା। ସେ ଏକ ମଧ୍ୟବିତ୍ତ ପରିବାରରେ ଜନ୍ମ ହୋଇଥିଲେ। ଘରୁ ଲୁଚି ପଳେଇଯାଇ ଭିନ୍ନ ଜାତିରେ ବିବାହ କରିଥିଲେ। କେଇ ମାସ ପରେ ଶଶୁରଘରକୁ ଫେରିଥିଲେ। ଶଶୁରଘର ନା ଲୋକମାନଙ୍କ ଆରାମ କରିବା ସ୍ଥାନ ଥିଲା ! ଶାଶୂ ନେତ୍ରୀ। ଶ୍ୱଶୁର ଏମ୍.ଏଲ୍.ଏ, ସ୍ୱାମୀ ସମାଜ ସେବକ। ସମାଜରେ ପରିବାରର ଏତେ ପ୍ରତିପତ୍ତି ଥିଲା ଯେ ମହାରାଣୀ ପରି ତାଙ୍କର ଚର୍ଚ୍ଚା ହେଉଥିଲା। ରାଜକୀୟ ଠାଟରେ ସେ ରହୁଥିଲେ।

"ବାହାଘର ସମୟରେ ଯେତେ ବିରୋଧ ନ ହୋଇଥିଲା, ଛାଡ଼ପତ୍ର ସମୟରେ ସେତିକି ହେଲା।"

"ଛାଡ଼ପତ୍ର ନେବା ଦରକାର ପଡ଼ିଲା କାହିଁକି ?"

"କାରଣ, ମୁଁ ତାଙ୍କ ପୁରୁଷ-ପ୍ରବୃତ୍ତି ବିରୁଦ୍ଧରେ ସ୍ୱର ଉତ୍ତୋଳନ କରିଥିଲି।

ଗୋଟେ ଦି'ଟା ବାହା ହେବା ତ ସାଧାରଣ କଥା ଥିଲା । କିନ୍ତୁ ତା ପରେ ବି ମନ ଶାନ୍ତି ନ ହେଲେ ଗୋଟେ ଦୁଇଟା ସୁନ୍ଦରୀ ସ୍ତ୍ରୀଙ୍କୁ ବି ରକ୍ଷିତା କରି ରଖିଦେଉଥିଲେ । ଏଇଟା ବଡ଼ ଗୌରବର କଥା ବୋଲି ଧରିନିଆଯାଉଥିଲା । ମୁଁ ନିଜ ଶାଶୂଙ୍କୁ କହିଲି, ଆପଣ ଏ କଥାକୁ ସହିଗଲେ ନା ସ୍ୱୀକାର କଲେ, ମୁଁ ଜାଣେନା । ମୁଁ କିନ୍ତୁ ଏ ସବୁ ସହ୍ୟ କରିପାରିବିନି । ମୋ ସହ ରାଜନଙ୍କୁ ଏକପତ୍ନୀବ୍ରତର ନିୟମ ପାଳନ କରିବାକୁ ହିଁ ପଡ଼ିବ । ଶାଶୂଙ୍କୁ ଲାଗୁଥିଲା ଯେ ମୁଁ ପତ୍ନୀ ଭାବେ ଟିକେ ଅଧିକ ପ୍ରଭୁତ୍ୱ ଜାହିର କରୁଛି, ବାସ୍... ଏଇଠୁ ହିଁ ମନାନ୍ତର ଆରମ୍ଭ ହୋଇଗଲା ଓ ଧୀରେ ଧୀରେ ବଢ଼ି ଚାଲିଲା । କିଛି ବର୍ଷ ପରେ, ବୋଧେ ସାଢ଼େ ତିନି ବର୍ଷ ପରେ ମୁଁ ଫେରି ଆସିଲି । ମୋ ପରିବାର ମୋ ଉପରେ ଅସନ୍ତୁଷ୍ଟ, କିନ୍ତୁ ଯେହେତୁ ଚାକିରି ଥିଲା, କିଛି ସମସ୍ୟା ହେଲା ନାହିଁ । ସେବେଠାରୁ ମୁଁ ମୋ ନିଜ ଦୁନିଆରେ ଖୁସିରେ ଅଛି । ଛାଡ଼ପତ୍ର ଦେଇ ଦେଇଥିଲି । କିଏ ପାଟିତୁଣ୍ଡ ଝଗଡ଼ାକୁ ମୁଣ୍ଡେଇ ବସିବ ?"

"ତୁମକୁ ତାଙ୍କ ଅଭାବବୋଧ ଘାରେ ନି ?"

"ଏମିତି-ସେମିତି ନୁହେଁ... ବହୁତ ବେଶୀ । ରାତି ରାତି ଧରି କାନ୍ଦୁଥିଲି । ରୀତି ଯୁଗର ନାୟିକାମାନଙ୍କ ପରି ଲୁହରେ ତକିଆ ଭିଜେଇ ଦେଉଥିଲି । ପ୍ରେମ କରିଥିଲି... ହୃଦୟ ଦେଇ... ଏକନିଷ୍ଠ ଭାବରେ । ଆମ ପ୍ରେମ କାହାଣୀକୁ କିଏ ନ ଜାଣେ...! ସେ ସମୟର ଲୋକମାନଙ୍କୁ ପଚାରିବ, ସମସ୍ତେ କହିବେ ।"

"ତା ହେଲେ ସେସବୁ ଭିତରୁ ନିଜକୁ କେମିତି ବାହାର କଲ ?"

"ବାହାର କଲିନି, ତା ଭିତରେ ବୁଡ଼ିଗଲି ।"

"କଷ୍ଟ ତ ହେଉଥିବ ।"

"ଅକଥନୀୟ ! ମାଆ ତ ମୋ ପାଇଁ କାନ୍ଦି କାନ୍ଦି ଚାଲିଗଲେ । ଦ୍ୱିତୀୟ ବିବାହ କରିବା ପାଇଁ କହୁଥିଲେ ।"

"କରିପାରିଥାନ୍ତ । ନିଜେ ବି ଖୁସିରେ ରହିଥାନ୍ତ ।"

"ପ୍ରେମର ବନ୍ଧନକୁ କାଟିଦେବା ଏତେ ସହଜ ନୁହେଁ । ପ୍ରେମ ତ ସେଇ ବୃକ୍ଷ, ଯିଏ ଚେର ପରି ଛନ୍ଦି ରଖେ । କେତେ ଚେର କାଟିବ ?"

"ଆମେ ତୁମ ଉଦାହରଣ ସମସ୍ତଙ୍କୁ ଦେଇଥାଉ । ତୁମେ ଆମ ପ୍ରେମର ଦେବୀ ଓ ପ୍ରେରଣା ଥିଲେ । କିନ୍ତୁ ତୁମେ ଏମିତି ନିଜକୁ ବିଚ୍ଛିନ୍ନ କରିଦେବା ଆମମାନଙ୍କ ପାଇଁ ଅତି ଯନ୍ତ୍ରଣାଦାୟକ ଥିଲା ।"

"ମୁଁ ନିଜ ତରଫରୁ ଚେଷ୍ଟା କରିପାରିଥାନ୍ତି, ଯାହା କି ମୁଁ କରିଥିଲି । ତୁମେ ତ ଜାଣିଛ, ମୁଁ ମୋ ସମୟରେ 'ମିସ୍ କଲେଜ୍' ଓ ତା ପରେ 'ମିସ୍ ସିଟି' ଭାବରେ ମଧ୍ୟ

ମୋତେ ବଛା ଯାଇଥିଲା। ତା ହେଲେ ଏଇଆ ମାନିନେବା ଯେ ପ୍ରେମ ତୁମର ବା ମୋ ରୂପ-ସୌନ୍ଦର୍ଯ୍ୟ ଉପରେ ତିଷ୍ଠି ରହିବ। ପ୍ରେମୀ ତା ଆଖପାଖରେ ଭଅଁର ପରି ଘୁରି ବୁଲିବ, ଏଇଟା ଭୁଲ। ପ୍ରେମରେ ରୂପ, ସୌନ୍ଦର୍ଯ୍ୟ, ଦେହ, ଧନ-ଦୌଲତ ଯେପର୍ଯ୍ୟନ୍ତ ବିସର୍ଜିତ ହୁଏ ନାହିଁ, ସେ ପର୍ଯ୍ୟନ୍ତ ପ୍ରେମ, ପ୍ରେମ ନୁହେଁ।"

ଏହା ତାଙ୍କ ବିଳାପ ଥିଲା ନା ଅବସାଦ ଅବା ଅସଫଳ ହେବାର ପୀଡ଼ାର ଅଭିବ୍ୟକ୍ତି ଥିଲା, ସେ ବୁଝିପାରୁ ନ ଥିଲା। ତାଙ୍କ ରୂପ ଜହ୍ନ ପରି ଏବେ ବି ଚମକୁ ଥିଲା। ସେ କିଛି ବଦଳାଇ ନ ଥିଲେ, ବରଂ ଆହୁରି ସୁନ୍ଦର ଢଙ୍ଗରେ ରହୁଥିଲେ। ବହୁତ ବୁଲାବୁଲି କରୁଥିଲେ। ଆମମାନଙ୍କ ସହ ହସମଜା ବି କରୁଥିଲେ। ଯଦି କିଏ ପଚାରୁଥିଲା କି ଉଖୁରେଇ କଥା ପଚାରୁଥିଲା ତେବେ ଯାଇ ସେ ଏ ପ୍ରସଙ୍ଗ ଉଠାଉଥିଲେ। ସେ ମୀରାବାଈ ସାଜି ବଞ୍ଚୁଥିଲେ ନା ରାଧା ସାଜି... ଦିଶା ବୁଝିପାରି ନ ଥିଲା।

"ତୁମେ କୁହ! ତୁମ ଜୀବନ କେମିତି ଚାଲିଛି। ମଝିରେ କିଛି ଶୁଣିଥିଲି! ସେଇଟା ବି କେମିତି, ଥରେ ମୋ ଭାଇ ସେପଟୁ ଆସୁଥିଲା, ତା ସାଙ୍ଗ ତୁମକୁ ଭାଇକୁ ଚିହ୍ନିଛି। ସନ୍ଧ୍ୟା ସମୟ ଥିଲା ଆଉ ଶୂନଶାନ ବି। ଅନ୍ଧାର ହୋଇ ଯାଇଥିଲା। ତୁମ ଭାଇ ସେମାନଙ୍କୁ ବୁଲେଇବାକୁ ନେଇ ଯାଇଥିଲା, ସେ ଗେଟ୍ ଖୋଲାଥିବା ଦେଖି ଭିତରକୁ ଚାଲିଗଲା, ଦରଜା ମଧ୍ୟ ଖୋଲାଥିଲା।

- ଇଆଡ଼େ କୁଆଡ଼େ ଯାଉଛ ? କେହି ପରିଚିତ ଅଛନ୍ତି ?

- ନାଁ, ସାନ ଭଉଣୀ ଏଠି ରହୁଛି।

- କ'ଣ ଏଠି ! ଏକା ! କ'ଣ ତୁମେ ପାଗଳ କି ? ତୁମେ କିଛି କହୁନ କାହିଁକି ! ମନା କର। କେହି ବି ପଶି ଆସିପାରେ, ମାରିଦେଇ ପାରେ। ତୁମକୁ ନିଜ କେମିତି ହେଉଛି ?

ଆଉ ସେତେବେଳେ ତୁମ ଭାଇ କହିଥିଲା ଯେ - ସେ ତୁମ ସହ କଥା ହେଉନି। ତୁମେ କାହା କଥା ଶୁଣୁନ। ମୁଁ ବୁଝିଯାଇଥିଲି, ତୁମେ ବି ମୋ ପରି କାହାରି କଥା ନ ମାନିବାର ଦଣ୍ଡ ଭୋଗୁଛ।" ସେ ହସିଦେଇ କହିଲେ।

ଦିଶା ଏବେ ପଞ୍ଚମ ଦରଜା ଖୋଲିଲା। ଆଗରେ ବହୁତ ବଡ଼ ଅଗଣା ଅଛି। ଆମ୍ବ ଗଛ ଲାଗିଛି ଓ ତାହା ବଢ଼ି ବଢ଼ି ଛାତକୁ ପାର ହୋଇଗଲାଣି। ଶୁଆ ଓ ଅନ୍ୟ ପକ୍ଷୀମାନଙ୍କୁ ଆଶ୍ରୟ ଦେଇ ସେ ଗଛ ସବୁବେଳେ ଖୁସିରେ ଅଛି। ଛାତ ଉପରେ ଖେଳେଇ ହୋଇ ପଡ଼ିଥିବା ତା ଡାଳ ଏବେ ପିଲାମାନଙ୍କ ଖେଳସାଥୀ ପାଲଟିଛି।

ଆମ୍ବ ଗଛ ତଳେ ଗୋଟିଏ ଖଟ ପଡ଼ିଛି, ଯାହା ଉପରେ ଉଲ୍ ବଣ୍ଡଲ୍ କିଛି ଓ

କଣ୍ଟା ସହ ଅଧାବୁଣା କିଛି ପଡ଼ିଛି। ସେସବୁ ଦିନମାନଙ୍କରେ ହାତ ବୁଣା ସ୍ୱେଟର ବହୁତ ପିନ୍ଧା ଯାଉଥିଲା। ଖଟ ଉପରେ ବଡ଼ ମା'ଙ୍କ ଘରକରଣା ଜମା ହୋଇଛି। କିଛି ପାରିବାରିକ ପତ୍ରିକା, ଗୁଲସନ ନନ୍ଦାଙ୍କ ଉପନ୍ୟାସ। ଗୋଟେ ପାନଡବା... ଯାହା ଭିତରେ ଚୁନ, ଖଇର, କଟାଗୁଆ ଆଉ ଅଳେଇଚ ରହିଥାଏ। ଗୋଟେ କପଡ଼ାରେ ପାନପତ୍ର ଗୁଡ଼ାଇ ରଖିଥାନ୍ତି ଯାହା ଉପରେ ବାରମ୍ବାର ପାଣି ଛିଞ୍ଚି ଦେଉଥାନ୍ତି।

"ତୁମକୁ ପଢ଼ାପଢ଼ି କରିବାକୁ ଭଲ ଲାଗେ ?"

"ଆଉ ଲେଖିବାକୁ ବି"

"ସତ ! କିଛି ଲେଖିଛ, କହୁନ ?"

"ଲେଖିବା ବେଳେ ହାତ କମ୍ପିଉଠେ, ଥରେ ତୁମ ବଡ଼ ବାପା ମୋ ଖାତା ଦେଖିଦେଲେ। ପୁଣି ସାରା ରାତି ଲଣ୍ଠନ ପାଖରେ ବସି ପଢ଼ିବାକୁ ଲାଗିଲେ। ତାଙ୍କ ମନରେ ସନ୍ଦେହ ଥିଲା ଯେ, ମୁଁ ଆଉ ଲୁଚିଲୁଚି କାହାକୁ ପ୍ରେମପତ୍ର ଲେଖୁନାହିଁ ତ !"

"ସେ ଏମିତି କାହିଁକି ଭାବୁଥିଲେ ?"

"ପୁରୁଷର ସ୍ୱଭାବ ହିଁ ଏମିତି।"

"ସତ କହିଲ ! ସେସବୁ ଗପ ଥିଲା ନା ପ୍ରେମ ପତ୍ର।"

"ଏବେ କ'ଣ ମାଡ଼ ଖୁଆଇବୁ ?"

"ଆରେ ! ମୁଁ କାହାକୁ କିଛି କହିବିନି।"

"ତୁମ କକାଙ୍କୁ ହିଁ ମୁଁ ସେସବୁ ଚିଠି ଲେଖିଥିଲି। ସବୁଦିନ ଲେଖେ, ଆଉ ଖାତା ଭର୍ତ୍ତି କରିଗଲେ। ସେ ବେଶୀ ବୁଝିପାରୁ ନ ଥିଲେ।"

"ତାଙ୍କୁ ଜଣେଇଲନି କାହିଁକି ?"

"ଲଜ୍ଜା ଯୋଗୁଁ... !"

"କ'ଣ ବଡ଼ ମା', ତୁମେ ବି !"

"ତୁମ ବଡ଼ବାପାଙ୍କ ମୃତ୍ୟୁପରେ ମୋ ଜୀବନ ଛାରଖାର ହୋଇଯାଇଥିଲା।"

"କେମିତି ?"

"ଘରର ପୁରୁଷମାନେ... ସେମାନେ ଜିଇଁବା ଅସମ୍ଭବ କରିଦେଇଥିଲେ। ମୁଁ କିଛି ବର୍ଷ ଯାଏଁ ବାପଘରେ ଯାଇ ରହିଲି।"

"ପୁଣି ଫେରିକି ଆସିଲ କେମିତି ?"

"ତୋ ବାପାଙ୍କ ବାହାଘର ପରେ।"

"ତୁମେ ଆଉଥରେ ବାହାହେଲନି କାହିଁକି ?"

"ସେତେବେଳେ ଆଉ କିଏ ବାହାହେଇଥାନ୍ତା ?"

"ତୁମେ କହିଥାନ୍ତ।"

"କିଏ ଶୁଣିଥାନ୍ତା!"

"ହେଲେ ମଝିଆଁ ବଡ଼ବାପା ତ ଦିଇଟା ବାହା ହୋଇଥିଲେ।"

"ସେ କରିପାରିବେ।"

"ତୁମେ ଲୁଚି ପଳେଇ ଯାଇଥାନ୍ତ।"

"ପାଗଳ! କିନ୍ତୁ, ମୁଁ ମନେମନେ ଆଉ କାହାକୁ ପ୍ରେମ କରୁଥିଲି।"

ଦିଶା ଚମକି ପଡ଼ିଲା। ହଠାତ୍ ଯେମିତି ତାରାଟିଏ ତା ହାତ ମୁଠାରେ ଖସି ପଡ଼ିଲା।

"ନାରୀର ମନର ଦୁଃଖଯନ୍ତ୍ରଣା କାହା ଆଖିରେ ପଡ଼ିଯାଇପାରେ, କିନ୍ତୁ ମନର ଦୁଃଖ କଷ୍ଟକୁ ବୁଝିବା ଅନୁଭବ କରିବା ଲୋକ ବିରଳ। ତୁମ କକା ମୋ ଆତୁରତା ଓ ଦୁଃଖକୁ ବୁଝିପାରୁଥିଲେ, ସେ ମୋ ପାଇଁ ଏକ ଢାଲ ପରି ଠିଆ ହୋଇଯାଉଥିଲେ। ମୁଁ ମନେମନେ ତାଙ୍କୁ ପସନ୍ଦ କରୁଥିଲି। ଅସଲ ଜୀବନର ଯଦି କେହି ହୀରୋ ଥାଏ, ତାହେଲେ ତାହା ମନ ହିଁ ହୋଇଥାଏ। ମନ ଯଦି ଥରେ ଲାଗିଯାଏ, ତା ହେଲେ ସମୟ ଓ ବୟସ ଆଖି ପିଛୁଳାକେ ଫୁର୍ ହୋଇଯାଏ।"

"ବଡ଼ ମା'! ପାପପୁଣ୍ୟର ଡର ମନକୁ ଆସିଲାନି!"

"ପାପ-ପୁଣ୍ୟ ପରି ସେମିତି କିଛି ହିଁ ନ ଥିଲା। ସବୁ କିଛି ପୁଣ୍ୟ ହିଁ ପୁଣ୍ୟ ଥିଲା। ତୁ କାହିଁକି ଏସବୁ କଥା ପଚାରୁଛୁ? କ'ଣ ତୁ ବି କାହା ପ୍ରେମରେ ପଡ଼ିଯାଇଛୁ?"

"ମୋ ଆଗରେ ବହୁତ ବଡ଼ ଧର୍ମ ସଂକଟ। ମୁଁ ଏପଟ ସେପଟକୁ ଚାହିଁ ପାରିବିନି। କଥାବାର୍ତ୍ତା ଆଦି ସବୁ ଜୀବନରୁ ଚାଲିଗଲାଣି। ଏବେ ତ ସେଇ ରାସ୍ତାରେ ଚାଲିବା ହିଁ ଗୋଟେ ଆହ୍ୱାନ। ମୁଁ ଭିନ୍ନ ଉପାଦାନ। ମୁଁ ତ ଏଇଆ ଜାଣିବାକୁ ଚାହୁଁଛି ଯେ, ଯିଏ ନିଜ ବିଷୟରେ ସବୁ ସତକଥା କହିଦିଏ ସେ ଅନୈତିକ, ଚରିତ୍ରହୀନ। ଆଉ ଯିଏ ନ କହିବ ସେ ନୈତିକ, ଚରିତ୍ରବାନ୍! ବଡ଼ ଗୋଳମାଳିଆ କଥା ସବୁ ରହିଛି ଆମ ସମାଜରେ।"

"ତୁ ଉଦାସ ହ'ନା। ନିଜ ମନ ଭିତରେ ସନ୍ତୁଷ୍ଟ ଓ ଖୁସିରେ ରହିବା ଶିଖ୍। ଯେଉଁଦିନ ତୁ ନିଜକୁ ଭଲ ପାଇଯିବୁ, ସେଦିନ ତୋତେ ଏ ଦୁନିଆ ବହୁତ ଅର୍ଥହୀନ ଓ ସାନ ମନେ ହେବ।"

"ସତ କହୁଛ ବଡ଼ ମା'। ପୁରୁଷର ଦେବା ନ ଦେବାର ହିସାବ କେହି ରଖନ୍ତିନି... ହେଲେ ନାରୀ!"

"ତୁ ନିଜ କାମ କର।" ବଡ଼ ମା' ତା ହାତକୁ ଜୋରରେ ମୁଠାଇ ଧରିଲେ।

ଯାହା ହେଉ, କେହି ଜଣେ ହେଲେ ତ ମୋ ସପକ୍ଷରେ ଅଛି। ଦିଶା ମନ ଟିକେ ଆଶ୍ୱସ୍ତ ହେଲା।

ଦିଶା ଏବେ ଷଷ୍ଠ ଦରଜା ଖୋଲୁଛି। ସାମ୍ନାରୁ ଦେଖିଲେ ପ୍ରତ୍ୟେକ ଦରଜା ଦେଖିବାକୁ ଏକା ପରି, କିନ୍ତୁ ଭିତରଟା ପୂରାପୂରି ଭିନ୍ନ। ରହିବା ଲୋକ ଯେହେତୁ ଭିନ୍ନ ଥିଲେ...।

ଷଷ୍ଠ କବାଟ ଭିତରର କାହାଣୀ ବହୁତ ହୃଦୟ ବିଦାରକ ଥିଲା। କାହାଣୀ ଯେତିକି ହୃଦୟ ବିଦାରକ ହୋଇଥିବ, ତା ଦରଜା ସେତିକି ହିଁ ମଜବୁତ୍ ହେବ, ଯେପରିକି ସେଥିରୁ ଆସୁଥିବା ଶବ୍ଦ ଶୁଭିବନି। ସେମାନେ ସମସ୍ତେ ସ୍କୁଲରେ ଏକା ସାଙ୍ଗରେ ପଢୁଥିଲେ। ପୂରା ଗୋଟେ ଦଳ ଥିଲେ, ଏକାଠି ବୁଲୁଥିଲେ, ଖିଆପିଆ କରୁଥିଲେ, ଘରଲୋକଙ୍କଠୁ ଲୁଚି ଲୁଚି ଫିଲ୍ମ ଦେଖିବାକୁ ଯାଉଥିଲେ, ସମସ୍ତଙ୍କର ନିଜ ନିଜର ସ୍ୱପ୍ନ ଥିଲା। ସେମାନଙ୍କ ଭିତରୁ କେହି ବି ଶୀଘ୍ର ବାହା ହେବାକୁ ଚାହୁଁ ନ ଥିଲା। ବାହାଘର ମାନେ ନିଜ ଜୀବନକୁ ନଷ୍ଟ କରିଦେବା ବୋଲି ସେମାନେ ଭାବୁଥିଲେ ଆଉ ସେତେବେଳେ ସେମାନେ ସମସ୍ତେ ମିଶି ପ୍ରତିଯୋଗିତାମୂଳକ ପରୀକ୍ଷାରେ ବସିବା ପାଇଁ ନିଷ୍ପତ୍ତି ନେଲେ। ପ୍ରଥମ ଥରରେ କେବଳ ଅନାମିକାକୁ ଛାଡ଼ି ଆଉ କାହାର ବି ଚୟନ ହୋଇ ନ ଥିଲା। ଅନାମିକା ମଧ୍ୟ ଇଣ୍ଟରଭିଉରେ ଅସଫଳ ହୋଇଯାଇଥିଲା। ସେତେବେଳେ ସେ ବି.ଏଡ୍ କରିବାକୁ ଠିକ୍ କଲା ଯେମିତିକି ସ୍କୁଲରେ ଶିକ୍ଷକତା କରିପାରିବ।

ସେସବୁ ବଡ଼ ଅଦ୍ଭୁତ ଦିନ ଥିଲା। ଛୁଟିଦିନ। ସମସ୍ତେ ନିଜନିଜ ଘରେ ଥିଲେ ଆଉ ଅନାମିକା ନିଜ ଦଳ ସହ ଫିଲ୍ମ ଯିବାର ଯୋଜନା କରୁଥିଲା। ସାମ୍ନାରେ କୋଚିଂ କ୍ଲାସ୍‌କୁ ଆସୁଥିବା ପୁଅର ଆଖି ସବୁବେଳେ ଯା' ଉପରେ ଥାଏ। ଆଖି ଆଖିରେ ପ୍ରେମ ହେବାର ଅନୁଭୂତି ଅନାମିକାକୁ ତା'ପାଇଁ ପାଗଳ କରିଦେଇଥିଲା। ସାନଭଉଣୀ ହାତରେ ପଠାଉଥିବା ଚିଠି ହିଁ ସେତେବେଳେ ନିଜ ମନର ଭାବକୁ ବ୍ୟକ୍ତ କରିବାର ଏକମାତ୍ର ମାଧ୍ୟମ ଥିଲା। ଚିଠି ଧରାପଡ଼ିବା ଓ ଭଲ କରି ମାଡ଼ ଖାଇବା। ଏସବୁ ଗୋପନୀୟ ଖବର ସବୁ ସେତେବେଳେ ଗ୍ରୁପ୍‌ରେ ବେଶୀ ଚର୍ଚ୍ଚା ହେଉଥିଲା।

ଅନାମିକା ଘରୁ ଲୁଚି ପଳାଇଯାଇ କେବଳ ଏକ ଅପ୍ରତ୍ୟାଶିତ ପଦକ୍ଷେପ ନ ଥିଲା ବରଂ ସେ ଜାତିପ୍ରଥାକୁ ମଧ୍ୟ ଭାଙ୍ଗି ଦେଇଥିଲା। ପରିବାର ଲୋକେ ସତେ ଯେମିତି ଲଜ୍ଜା ସଂକୋଚରେ ସଢ଼ି ଯାଉଥିଲେ। ବାପାଙ୍କର ହୃଦ୍‌ଘାତ ହୋଇଯାଇଥିଲା ଓ ମାଆ ଅସୁସ୍ଥ ହୋଇଯାଇଥିଲେ। ଅନାମିକା ଯେତେବେଳେ ଫେରିଆସିଲା

ସେତେବେଳେ ତାକୁ ସମସ୍ତେ ଗୋଟେ ଘରେ ବନ୍ଦ କରିଦେଲେ । ସକାଳେ ସନ୍ଧ୍ୟାରେ ତାକୁ ଖାଲି ମାଡ଼ ଦିଆଗଲା । ଭୋକ ଉପାସରେ ରଖାଗଲା, କିନ୍ତୁ ଅନାମିକା ବି ନିଜ ଜିଦ୍ ଛାଡ଼ିଲାନି । ନିଜ ନିଷ୍ପତ୍ତିରେ ଅଟଳ ରହିଲା । ତିନି ବର୍ଷ ଯାଏଁ ସେ ଏମିତି ସେହି ଘର ଭିତରେ ବନ୍ଦୀ ହୋଇ କଷ୍ଟ ନିର୍ଯାତନା ସହି ଚାଲିଲା । ଚତୁର୍ଥ ବର୍ଷର ଜାନୁଆରୀ ମାସ । ପ୍ରବଳ ଶୀତ ପଡ଼ିଥିଲା । ବରଫ, କାକର, ଥଣ୍ଡା ପବନ, ଏସବୁ ଭିତରେ ତାକୁ ବାହାରକୁ ଡକାଗଲା । ମଝିରେ ସେ ଛିଡ଼ା ହୋଇଥାଏ ଓ ତା' ଚାରିପାଖରେ ମାଆ, ବାପା, ଭାଇ-ଭାଉଜ, ଭଉଣୀ ଓ ଭିଣୋଇ ଆଦି ।

"ତା ନା ବି ଧରିବୁନି ।" ଭାଇ ଧମକ ଦେବା ପରି କହିଲେ ।

"ଦ୍ୱିତୀୟ ବିବାହ କରେଇଦେବୁ ।" ଭାଉଜଙ୍କ ସ୍ୱର ଶୁଭିଲା ।

"ନା" ଅନାମିକାର ସ୍ୱର ଦୃଢ଼ ହୋଇଯାଇଥିଲା ।

"ସାରା ଜୀବନ ସେଇ ବନ୍ଦ ଘର ଭିତରେ ରହି ସଢ଼ିଯିବ ।"

"ଠିକ୍ ଅଛି ।"

ଗାଲରେ ଠାଏ କରି ଚଟକଣୀଟିଏ ପଡ଼ିଥିଲା । କାନ ମୁଣ୍ଡା ଯେପରି ତା'ର ଭାଁ ଭାଁ ହୋଇଗଲା ।

"ତୁ କ'ଣ ଚାହୁଁଛୁ ?"

"ତା ପାଖକୁ ଯିବି ।"

"ସେ ଚାଲିଗଲାଣି ।"

"ମୁଁ ଖୋଜିନେବି ।"

"ଏମିତି ଚିନ୍ତା ବି କରିବୁନି ।"

"ତା ହେଲେ ମୋତେ ପଢ଼ିବାକୁ ଦିଅ । ମୁଁ ଆଗକୁ ପଢ଼ିବାକୁ ଚାହୁଁଛି ।"

ସମସ୍ତେ ପରସ୍ପରକୁ ଚାହିଁବାକୁ ଲାଗିଲେ ।

"କଲେଜ ଯିବାକୁ ଦିଆଯିବନି ।"

"ମୁଁ ଘରୋଇ ଭାବେ ପଢ଼ି ପରୀକ୍ଷା ଦେବି ।" ଅନାମିକା ନିଜ ଜୀବନର ଅନ୍ଧକାର ଘରର ଗୋଟିଏ ଝରକା ଖୋଲିଥିଲା ଅର୍ଥାତ୍ ଖୋଲିଦିଆ ଯାଇଥିଲା । କୋର୍ସର ବହିପତ୍ର ଖାତା ଆଦି ଆଣି ଦିଆଯାଇଥିଲା । ମୁଣ୍ଡ ପାଖରେ ବହିପତ୍ର ରଖି ଅନାମିକା ନିଜ ଜୀବନଯାତ୍ରା ପୁଣିଥରେ ଆରମ୍ଭ କରିଥିଲା, ଏଇ ଆଶା ଥିଲା ଯେ ଆଜି ନ ହେଲେ ବି କାଲି ସେ ବାହାରକୁ ବାହାରିବ ଓ ତାକୁ ନିଶ୍ଚୟ ଖୋଜିନେବ । ଘର ଭିତରେ ଛୋଟ ବଲ୍‌ବକୁ ବାହାର କରି ବାର୍‌ଲାଇଟ୍ ଲଗାଯାଇଥିଲା ।

ଅନାମିକାର ଏପରି ନିଜ ସାଙ୍ଗ ଦଳରୁ ବାହାରିଯିବା ଦିଶା ପାଇଁ ସବୁଠାରୁ

ବେଶୀ ଦୁଃଖର କଥା ଥିଲା। ସେ ବାରମ୍ବାର ତା ବିଷୟରେ ଖବର ନେଉଥିଲା, କିନ୍ତୁ ଅନାମିକା ଯେ ଅନ୍ଧାରୁଆ ବନ୍ଦ କୋଠରି ଭିତରେ ନିଜ ପାଇଁ ସଂଘର୍ଷ କରୁଛି ଏକଥା ସେ କେମିତି ଜାଣିବ! ଦିଶା ସବୁବେଳେ ନିଜ ସାଙ୍ଗଙ୍କ ଦଳକୁ 'ସପ୍ତଧାରା' ବୋଲି କହି ମନେ ପକାଉଥିଲା। ସପ୍ତାଧାରା, ଅର୍ଥାତ୍ ସାତଟି ନଦୀର ଧାରା। ସପ୍ତଋଷି, ସପ୍ତଦ୍ୱାର! ତା'ର ସ୍ୱଭାବ ଜଳଧାରା ପରି ହିଁ ଥିଲା। ଗୋଟିଏ ସ୍ଥାନରେ ସ୍ଥିର ହୋଇ ରହିପାରୁ ନ ଥିଲା।

ସେ ଦରଜା ତ ଖୋଲି ଦେଉଛି, କିନ୍ତୁ ବନ୍ଦ କରିବାକୁ ଭୁଲି ଯାଉଛି। ସେ ଚାହୁଁଛି ଯେ ଏ ଦରଜା ସବୁ ଏବେ ଖୋଲା ହିଁ ରହିବା ଉଚିତ। ସେମାନଙ୍କ ଖୋଲା ହୋଇ ରହିବାର ସମୟ ଆସିଯାଇଛି। ହଜାରେ ଚେହେରା ତା ଆଖିଆଗକୁ ଚାଲି ଆସୁଛନ୍ତି, ଯେଉଁମାନେ ମୁଖା ପିନ୍ଧି ହସିବା ଶିଖି ନେଇଛନ୍ତି, କିନ୍ତୁ ଯିଏ ଛଳନାର ମୁଖା ଖୋଲି ହସିପାରେ, ଦିଶାକୁ ସେ ହିଁ ପସନ୍ଦ।

ଦରଜା... ହଁ, ସେ ଏଇ ଦରଜାଗୁଡ଼ିକୁ ବନ୍ଦ କରିବାକୁ ଚାହୁଁନି।

•••

ରାଜୀବ! ସନ୍ଦୀପ! ଦୁହେଁ ଦୁଇ ପ୍ରକାରର ପୁରୁଷ।

ନିଧି! ପାରୁଲ! ରକ୍ତ ଏକା, କିନ୍ତୁ ସ୍ୱଭାବ ଏକଦମ୍ ଭିନ୍ନ।

"ମାଆ, ମାଉସୀ ଆସିଛନ୍ତି।" ବାହାରୁ ନିଧିର ଡାକ ଶୁଭିଲା।

"ରାଜୀବର କୌଣସି ଖବର?"

"ନା"

"ତୁ ଫୋନ୍ କରିଥିଲୁ?"

"ନା"

"କି! କରିନୁ କାହିଁକି?"

"ମୁଁ କାହା ପଛରେ ଧାଇଁବାକୁ ଚାହୁଁନି।"

"ସେ ଯଦି ନ ଫେରିଲା ତା ହେଲେ! ଆଗରୁ ତ କେବେ ଯାଉ ନ ଥିଲା, ତେବେ ଅଚାନକ?"

"ତାକୁ ଏଠି ଆମ ସମସ୍ତଙ୍କ ଭିତରେ ଅଣନିଃଶ୍ୱାସୀ ଲାଗୁଥିଲା! ଏକଥା ବି ସତ ଯେ ତା'ର ମଧ୍ୟ ନିଜ ଇଚ୍ଛାମୁତାବକ ବଞ୍ଚିରହିବାର ଅଧିକାର ଅଛି।"

"ଆଉ ସନ୍ଦୀପ୍?"

"ଜଣା ନାହିଁ!

"ପାରୁଲ ବାହାରକୁ ଯିବା କଥା କହୁଥିଲା।"

"ହଁ, ସେ ବାହାରେ ରହି ପଢ଼ିବାକୁ ଚାହୁଁଛି।"

"ମୁଁ ବୁଝେଇବି?" ଅପା କହିଲେ।

"ନା, ସେ ନିଜ ଇଚ୍ଛାର ମାଲିକ।"

"ତୁ କ'ଣ କରିବୁ ବୋଲି ଭାବୁଛୁ?"

"ଭାବୁଛି... ଏଇ ବଡ଼ ହଲକୁ ପ୍ରଦର୍ଶନୀ ପାଇଁ ଦେଇଦେବି। ଏଇ ବାହାନାରେ ଲୋକମାନଙ୍କର ଯିବା ଆସିବା ବି ଲାଗିରହିବ ଓ ମୋ ଖର୍ଚ୍ଚ ବି ବାହାରିଯିବ।"

"ଭାବି ନେ।"

"ଅପା, ତୁ ବି ଏଠି ରହିପାରିବୁ।"

"ଏବେ ପାଇଁ ତ ମୋର ଏଠିକୁ ଆସିବା ସମ୍ଭବ ନୁହେଁ।"

"ମାଉସୀ ମୁଁ ଗୋଟେ ଚାକିରି ଦେଖିଛି, ବାଙ୍ଗାଲୋର ଯିବାକୁ ପଡ଼ିବ।" ନିଧି ହଠାତ୍ କହିଲା।

"ତା ହେଲେ ଏଠି କିଏ ରହିବ? ସମସ୍ତେ ଛାଡ଼ି ଚାଲିଗଲେ, ସେ ଏଠି କାହା ଭରସାରେ ରହିବ?"

"ଯାହାକୁ ଭରସା କରି ସେ ଆସିଥିଲେ, ଆମକୁ ବି ତ ଆମ ନିଜ ଜୀବନ ଭବିଷ୍ୟତ ବିଷୟରେ ଭାବିବାକୁ ପଡ଼ିବ। ଏଠି ରହି ଆମେ କିଛି ବି କରିପାରିବୁନି।"

ସେ ନିଧିର ମୁହଁକୁ ଚାହିଁ ରହିଲେ, ତା ନିଷ୍ପତ୍ତି ଅଟଳ ଥିଲା।

ଏକାକୀ ବୁଢ଼ା ଅସହାୟମାନଙ୍କର ସପକ୍ଷରେ ସ୍ୱର ଉତ୍ତୋଳନ କରୁଥିବା ଦିଶା, କ'ଣ ଆଜି ନିଜେ ସେଇ ପଥର ଯାତ୍ରୀ ହୋଇଯାଇଛି?

"ଅପା, ଏ ଜୀବନ ମୁଁ ହିଁ ବାଛିଥିଲି। ତା ମୂଲ୍ୟ ବି ତ ଦେବାକୁ ପଡ଼ିବ। ସମସ୍ତଙ୍କୁ ଏମିତି ଜିଇଁବା ପସନ୍ଦ ଆସେନି। ମୁଁ ସମସ୍ତଙ୍କ ଆଖିରେ ପାପ କରିଥିଲି ସନ୍ଦୀପ ସହ ରହି, କିନ୍ତୁ ଆଜି ଭାବୁଛି... ସେହି ଗୋଟିଏ ନିଷ୍ପତ୍ତି ହିଁ ମୋର ଠିକ୍ ଥିଲା। ସେତେବେଳେ ମୁଁ ବୁଝି ହିଁ ପାରି ନ ଥିଲି ଯେ ସନ୍ଦୀପ ମୋତେ କାହିଁକି 'ଏକାକୀ ରହିବାର' ଆନନ୍ଦ ଉପଭୋଗ କରିବାକୁ ପରାମର୍ଶ ଦେଉଥିଲା। ସେ ଦୂରଦର୍ଶୀ ଥିଲା। ସେ ମୋ ଭବିଷ୍ୟତ ଦେଖିପାରିଥିଲା।"

ଦିଶାର ଚେହେରା ଶେତାଳିଆ ପଡ଼ି ଆସୁଥିଲା। ସେ ଦୁର୍ବଳ ହୋଇଯାଇଥିଲା।

"ତୁ ମୋ ସହ ଚାଲ, ସେଇଠି ରହିବୁ। ଏଇଠି ଚାବି ଦେଇ ଦେ। ସପ୍ତାହକୁ ଥରେ ଦି ଥର ଆସି ବୁଲିଯିବୁ।"

"ନାଁ! ମୁଁ ଯୋଉ କାମ ହାତକୁ ନେଇଛି, ତାକୁ ନିଶ୍ଚୟ ପୂରା କରିବି, ତୁ ଯେତେବେଳେ ବି ଆସୁଛୁ, ଗୋଟେ ନୂଆ ଆଇଡ଼ିଆ ଦେଇଯାଉଛୁ।"

"କି ଆଇଡିଆ ?" ଅପା ଆଶ୍ଚର୍ଯ୍ୟ ହୋଇ ତାକୁ ଦେଖୁଥିଲେ।

"ମନେଅଛି ନା ଆମେ 'ସାକେତ' ପଢୁଥିଲେ। ସେଥିରେ ଉର୍ମିଳା ନିଜ ସଖୀକୁ କ'ଣ କହେ ? ତେଣୁ ମୋ ପରି ଯେତେ ବି ଏକା, ପରିବାର ଦ୍ୱାରା ଦୂରେଇ ଦିଆଯାଇଥିବା ଅଥବା ନିଜ ଇଚ୍ଛାରେ ଜୀବନକୁ ବଞ୍ଚୁଥିବା ସ୍ତ୍ରୀ ଲୋକମାନେ ଅଛନ୍ତି, ସେମାନଙ୍କୁ ମୁଁ ଆମନ୍ତ୍ରିତ କରୁଛି। ଏଇ ହଲ୍ ଅଛି ରହିବା ଉପଯୋଗୀ। ସେମାନଙ୍କୁ ରହିବା ପାଇଁ ଗୋଟେ ଆଶ୍ରୟ ମିଳିଯିବ ଓ କିଛି କାମ ମଧ୍ୟ। ପ୍ରଦର୍ଶନୀ ମଧ୍ୟ କରିହେବ।"

"ନିଧି ଓ ପାରୁଲ ଯଦି ରାଜି ନ ହୁଅନ୍ତି ତେବେ ?"

"ନ ମାନନ୍ତୁ ତଥାପି...।"

ଦିଶା ଚାରିଜଣ ପୁଅ ପିଲା ଡାକି ଆଣିଲା। ହଲ୍‌ର କାମ କରିବା ପାଇଁ। ଜିନିଷପତ୍ର ଅଣାଯାଉଛି। ଖବର ପଠାଯାଉଛି। କେତେ ମହିଳା ଆସିବେ, ତାକୁ ଜଣାନାହିଁ, ଏଇଆ ବି ହୋଇପାରେ ଯେ କେହି ଆସି ମଧ୍ୟ ନ ପାରନ୍ତି।

"ଆଜି ଶୂନ୍ୟତାର ଚାଦର ବାହାର କରିଦିଅ
ଆକାଶରେ ବାଜୁଥିବା ନୂପୁରର ଶବ୍ଦ
ଶୁଣିବାକୁ ଦିଅ।

ବହୁ ଦିନ ପରେ ମୋ ଅଗଣାରେ
ନାରୀର କାୟା ନୃତ୍ୟ କରୁଛି।
ତା ନୃତ୍ୟରେ ଗୁଞ୍ଜରିତ ହେଉଛି ଆକାଶ

ତା କଳକଳ ସ୍ୱରରେ ଭାଙ୍ଗିଯାଉଛି ନୀରବତା
ଏଠି ଉଦାସର ନୁହଁ ପ୍ରେମର ଫୁଲ ଫୁଟେ
ସେମାନଙ୍କ ବାସ୍ନାରେ ମହକିବାକୁ ଦିଅ
ମୋ ଘର ଅଗଣା!"

"ଦେଖେ, ଏସବୁ ଜଞ୍ଜାଳରେ ପଡ଼େନା। ବହୁତ ଝିଂଝଟର କାମ। ପୂରା ଗୋଟେ ଟିମ୍ ଦରକାର। ତୁ ବି ଛାଡ଼ିଦେ।"

"ମୁଁ କେମିତି ଛାଡ଼ିଦେବି ?"

"କାହିଁକି ? କାହିଁକି ଛାଡ଼ି ପାରିବୁନି ?"

"କାହିଁକି ନା ସେ ସମସ୍ତଙ୍କୁ କେବେ ନା କେବେ ତ ଏଠାକୁ ଫେରିବାକୁ ହିଁ ପଡ଼ିବ। ସେମାନେ ଫେରିବେ। ରାଜୀବ ମଧ୍ୟ ଫେରିବ। ମୋ ପାଇଁ ନ ହେଲେ ବି ନିଜ ସମ୍ପତ୍ତି ପାଇଁ। ନିଜର ବୃଦ୍ଧାବସ୍ଥା ପାଇଁ।"

"ତୁ ନିଜ ଜିଦ୍ ଯୋଗୁଁ ସବୁକିଛି ବରବାଦ କରିଦେଲୁ।"

"ଅପା, ତୋତେ ବି ଏମିତି ଲାଗୁଛି ?"

"ହଁ"

"ସନ୍ଦୀପ ମୋଠାରୁ ଏକ ସଂକଳ୍ପ କରି ନେଇଥିଲା, ନିଜ ସହ ଲଢ଼ିବାର, ଦୁନିଆ ଆଗରେ ମୁଣ୍ଡ ନ ନୁଆଁଇବାର ପ୍ରତିଶ୍ରୁତି... ସେବେଠାରୁ ମୋ ଭିତରେ ଏକ ନୂଆ ନାରୀଟିଏ ଜନ୍ମ ନେଇଛି, ସେ ହାର ମାନୁନି, ସେ ନିଜ ନିଷ୍ପତ୍ତି ନିଜେ ହିଁ ନେଉଛି। ତେଣୁ ମୋ ନିଷ୍ପତ୍ତି ଏଇଆ ଯେ ମୁଁ ଏଇଠି ହିଁ ରହିବି। ଏଇଠି ରହି ସେଇ ସମସ୍ତଙ୍କ ପାଇଁ କାମ କରିବି। ଏଇ ଯୋଉ ଗଛ ଲାଗିଛି, ଏହା ଉପରେ ପକ୍ଷୀମାନେ ଆସି ବସୁଛନ୍ତି, ତାଳପତ୍ର ଖରାରେ ଚମକି ଉଠୁଛି, ଏହା ଉପରେ ବର୍ଷା ଟୋପା ଝରିପଡୁଛି, ତା ଉପରେ ମାଦକଭରା ଜହ୍ନ ଆଲୁଅ ବିଞ୍ଛି ହେଉଛି... ଅଜଣା ସୁଗନ୍ଧରେ ଆଖପାଖ ମହକି ଉଠୁଛି... ତା ହେଲେ ମୁଁ ଏକା କେମିତି ?"

"ମାଉସୀ, ମାଆଙ୍କୁ କେହି ବି ବୁଝେଇ ପାରିବେନି। ଚାଲ, ମୁଁ ତୁମକୁ ଘରେ ଛାଡ଼ି ଦେବି, ସେଇଠୁ ହିଁ ଷ୍ଟେସନକୁ ବାହାରିଯିବି।"

"ଗୋଟେ କାମ କରିବୁ ?" ଦିଶା ପାଖକୁ ଆସି ପଚାରିଲା।

"କୁହ"

"ଏ ଲଫାଫା ପୋଷ୍ଟ କରିଦେବୁ ?"

"ତୋତେ ଲାଗୁଛି ଯେ ଏ ଚିଠି ପହଞ୍ଚିବ ଆଉ ଉତ୍ତର ଆସିବ... ସନ୍ଦୀପ ଥିବ କି ନାହିଁ।"

"କେବେ ତ ଉତ୍ତର ଆସିବ।"

ତାଙ୍କ ଆଖିକୁ ଲୁହ ଚାଲିଆସିଲା। କେତେ ଭଲ ଠିକ୍‌ଠାକ୍ ଥିଲା ତାଙ୍କ ସାନ ଭଉଣୀ, ଆଜି ସେ କ'ଣ ହୋଇଯାଇଛି !

"ଭାବି ନେ।" ସେ ଦିଶାର କାନ୍ଧରେ ହାତ ରଖି କହିଲେ।

"ଭାବିନେଲି। ଯାହା ପାଖରେ ମୋର ଆବଶ୍ୟକତା ଥିବ, ଯାହାର ମୋ କଥା ମନେ ପଡ଼ିବ, ଯାହାକୁ ମୋ ଚିନ୍ତା ଥିବ, ଯାହାକୁ ମୋ ସହ ରହିବାର ଥିବ, ସେ ନିଜେ ମୋ ପାଖକୁ ଆସିବ ଅପା।" ଦିଶା ହସୁଥିଲା।

ଫେରିବା ସମୟରେ ସେ ପଛକୁ ଚାହିଁ ଦେଖୁଥିଲେ ଆଉ ତାଙ୍କୁ ଲାଗୁଥିଲା ସତେ ଯେପରି ନିଜ କଲିଜାକୁ ସେଠି ଛାଡ଼ି ଆସୁଛନ୍ତି !

"ମା' ତୁମକୁ ଏ ଲଫାପା କାହିଁକି ଦେଇଛନ୍ତି ?"

"ପୋଷ୍ଟ କରିବାକୁ।"

"ଆପଣଙ୍କୁ ଲାଗୁଛି ସନ୍ଦୀପ୍ ପୁଣି ଫେରି ଆସିବ ?"

ସେ ଯାଇଥିଲା ବା କୋଉଠି ! ଅପା ମନେମନେ କହିହେଲେ।

"ମାଉସୀ, ମୁଁ ଆଜି ବହୁତ ଖୁସି। ବାହାରକୁ ଯାଇ ଚାକିରି କରିବି, ନିଜ ଇଚ୍ଛାରେ ବଞ୍ଚିବି।"

"ଭଲ କଥା।"

"ତୁମେ ମାଆଙ୍କ କଥା ବୁଝିବ ?"

"କାହିଁକି ନୁହେଁ !"

"ମାଆ ଚାଲିଯିବେନି ତ !'

"କୁଆଡ଼େ ?"

"ସେଇ ଲୋକଟା ପାଖକୁ !"

"ଏବେ ତା'ର ଆଉ କିଛି ସମ୍ପର୍କ ନାହିଁ ତା ସହ।"

"ତୁମେ କେମିତି ଜାଣିଲ ?"

"କାହିଁକି ନା ସେ ଲୋକଟା, ମାନେ ସନ୍ଦୀପ ଆଜିକାଲି ବାହାରେ ଅଛି, ବିଦେଶରେ।"

"ତୁମେ କଥା ହେଇଥିଲ ?"

"ହଁ, ଥରେ ସେ ଫୋନ୍ କରିଥିଲା।"

"କାହିଁକି ?"

"ସମସ୍ତଙ୍କ ଭଲମନ୍ଦ ଜାଣିବାକୁ।"

"ତା'ର କ'ଣ ଯାଏ ଆସେ ଆମମାନଙ୍କ ଭଲମନ୍ଦରୁ।"

"ଏଇଠି ରହିକି ଯାଇଛି। ତୁମ ସମସ୍ତଙ୍କୁ ଜାଣିଛି। ବେଳେବେଳେ ଜଣେ କିଛି କାରଣ ନ ଥାଇ ମଧ୍ୟ ଭଲମନ୍ଦ ପଚାରିଥାଏ।"

"ନାଁ ମାଉସୀ, ମାଆ ନିଜ ଜିଦ୍‌ରେ ଏଣିକି ଅଡ଼ି ବସୁଛନ୍ତି। ଆଗରୁ ସେ ଆମ ସମସ୍ତଙ୍କ କଥା ବେଳେବେଳେ ଶୁଣୁଥିଲେ, ହେଲେ ଏବେ ତାଙ୍କ ଉପରେ ଆମର କାହାରି କଥାର କିଛି ପ୍ରଭାବ ପଡୁନି।"

"ଏବେ ସେ ବଡ଼ ହୋଇସାରିଛି, ଅର୍ଥାତ୍ ପରିପକ୍ୱ... ନିଜ ନିଷ୍ପତ୍ତି ନିଜେ ନେବାର ଆତ୍ମବିଶ୍ୱାସ ଆସିଛି।"

"ମାଆଙ୍କ ମନରେ ଅନ୍ୟମାନଙ୍କ ପ୍ରତି ଶୀଘ୍ର ଦୟା ଆସିଯାଏ, କେବଳ ଆମମାନଙ୍କୁ ଛାଡ଼ି। ଏସବୁ ସତ୍ତ୍ୱେ ମଧ୍ୟ ସେ ଦୁଃଖୀ ହୋଇରହିଥାନ୍ତି।"

"ଦୁଃଖର ଅନ୍ୟ କୌଣସି କାରଣ ବି ଥାଇପାରେ।"

"ଯେପରିକି"

"ଯେପରିକି ମାଆଙ୍କ ବାନ୍ଧବୀଙ୍କ ପୁଅ କାଶ୍ମୀରରେ ମୁତୟନ ଥିଲା, ସେ ଆତଙ୍କବାଦୀଙ୍କ ଗୁଳିରେ ମୃତ୍ୟୁବରଣ କରିଥିଲା, ତାଙ୍କ ବାନ୍ଧବୀ ଦୁଃଖୀ ଅଛନ୍ତି ତେଣୁ ସ୍ୱାଭାବିକ ଭାବରେ ସେ ବି ଦୁଃଖୀ ଅଛନ୍ତି। ସେ ତ ଶହୀଦ ହୋଇଯାଇଥିଲା।"

"ବଳିଦାନ କ'ଣ ଜଣେ ମାଆକୁ ଦୁଃଖ ଦିଏନି ? ଜଣେ ପତ୍ନୀକୁ ! ମନେ ଅଛି ଆମେ ଦୁହେଁ ସେତେବେଳେ ଦିଲ୍ଲୀ ଯାଇଥିଲେ।"

"ମାଆଙ୍କୁ ଏ ସାଧୁ ସନ୍ନ୍ୟାସୀମାନେ କାହିଁକି ଆକର୍ଷିତ କରନ୍ତି ? ସେ ତାଙ୍କ ପଛରେ କାହିଁକି ଥାଆନ୍ତି, କ'ଣ ସେମାନଙ୍କ ମିଛକଥା ସବୁକୁ ମାଆ ବିଶ୍ୱାସ କରନ୍ତି ?"

"କାରଣ ମାଆ ଜଣେ ଜିଜ୍ଞାସୁ ମହିଳା। ତା ଭିତରେ ଜାଣିବାର ଆଗ୍ରହ ପ୍ରବଳ। ସେ ଜୀବନର ସନ୍ଧାନରେ, ମନର ଗଭୀରତାକୁ ଯାଇ ନିଜ ପ୍ରଶ୍ନର ପେଟରାକୁ ଖୋଲିଦେବାକୁ ଚାହେଁ। ତୁମ ମାଆ ସବୁବେଳେ ପରୀକ୍ଷା ଓ ପ୍ରୟୋଗରେ ସଫଳ ହୋଇଛି। ଚିରାଚରିତ ଘର ପରିବାର, ସଫାସୁତୁରା ସୁବ୍ୟବସ୍ଥିତ ଘର, ସକାଳୁ ଉଠି ନିତିଦିନିଆ ଜୀବନର ନିତିନିୟମ ପାଳନ କରିବା ଓ ସାଜଶୃଙ୍ଗାର କରି ଲୋକଙ୍କ ମେଳରେ ବସି ଅଯଥା ଗପ କରିବା... ଏସବୁ ତା ସ୍ୱଭାବ ନୁହେଁ, ଏସବୁ ବିଷୟରେ ସେ ସମ୍ପୂର୍ଣ୍ଣ ବୀତସ୍ପୃହ।"

ନିଧି ଚୁପ୍ ହୋଇଗଲା।

ତା ସାଙ୍ଗର ମେସେଜ୍ ବାରମ୍ବାର ଆସୁଥିଲା। ସେ ତାକୁ ଷ୍ଟେସନରେ ଅପେକ୍ଷା କରିଥିଲା।

"ସାନ ବେଳେ ଆମେମାନେ ବୁଲିବାକୁ ଯାଉଥିଲୁ, ମାଆ କହିଥିବ, ଗୋଟେ ଛୋଟ ପାହାଡ଼ିଆ ଜାଗା, ସେଠି ସେ ପଥର ଭିତରେ ବିଭିନ୍ନ ଆକୃତିର ପଥର ଖୋଜେ। ସେଠି ସେ ମାଟି ଓ ଫୁଲକୁ ମିଶାଇ ରଙ୍ଗ ତିଆରି କରେ। ଏଠିସେଠି ଉଠିଥିବା ଛୋଟ କଅଁଳ ଗଛକୁ ହାତରେ ଆଉଁସେ। ସେ ପୂରାପୂରି ଅଲଗା। ଆମ ସମସ୍ତଙ୍କ ଠାରୁ ଅଲଗା। ସ୍ୱତନ୍ତ୍ର।"

"ସେଇଠୁ !"

"ସେ ଡାକ୍ତର ହେବାକୁ ଚାହୁଁଥିଲା, ତୋ ଅଜା କହିଲେ- ନା, ଡାକ୍ତର ହେଇ ପାରିବୁନି।"

"ତା ପରେ!"

"ସେ କହିଲା, ମୁଁ ଚିତ୍ରକର ହେବାକୁ ଚାହେଁ। ସମସ୍ତେ ତା ଚିତ୍ରକୁ ଥଟ୍ଟା ପରିହାସ କଲେ, ତା କାନ୍‌ଭାସ୍‌କୁ ଉଠେଇ ନେଇ ଫୋପାଡ଼ି ଦେଲେ। ତା ଡ୍ରଇଂ ସିଟ୍ ଓ ରଙ୍ଗ ତୁଳୀକୁ ସମସ୍ତେ ହେୟଜ୍ଞାନ କରୁଥିଲେ।"

"ତା ପରେ ?"

"ସେ ଜିଦ୍ କରି ପଢ଼ିବାକୁ ଚାହୁଁଥିଲା, ଉଚ୍ଚଶିକ୍ଷା ପାଇଁ ସହର ବାହାରକୁ ଯିବାକୁ ଚାହୁଁଥିଲା, ଆଉ ସେତେବେଳେ କନ୍ଦାକଟା ଓ ଅନିଚ୍ଛା ସତ୍ତ୍ୱେ ତାକୁ ଜୋର୍ କରି ବାହାଘର କରାଇଦିଆଗଲା।"

"ତା'ପରେ ?"

"ତା'ପରେ ଯୋଉ ପରିଣାମ ହେଲା ତାହା ତୁ ତ ଦେଖିଲୁ। ନିଜ ଜେଜେ ବାପା-ଜେଜେମା', କକା ଖୁଡ଼ୀ ଆଉ ପିଉସୀମାନଙ୍କୁ ତ ଜାଣିଛୁ। କେମିତି ତିଳତିଳ ହୋଇ ଜଳି ତା ଜୀବନ ସ୍ୱାହା ହୋଇଗଲା।"

"ସେଇଠୁ ?"

"ମନେ ଅଛି ନା ମଝିରେ ମାଆ ଫୋନ୍‌ରେ ଥେରାପି ଦେଉଥିଲା। ଲୋକମାନଙ୍କ ଚିକିତ୍ସା କରୁଥିଲା।"

"କି ଥେରାପି ?"

"ସେ ଅସୁସ୍ଥ ବ୍ୟକ୍ତିକୁ ଏପରି ଏକ ରହସ୍ୟାଲୋକକୁ ନେଇଯାଏ, ଯେଉଁଠି ସେ ନିଜର ଏକ ସ୍ୱପ୍ନଲୋକଟିଏ ତିଆରି କରିଥିଲା, ଯେମିତି କି ଯେତେବେଳେ ମୋତେ ନିଦ ହୁଏନି ସେତେବେଳେ ସେ କହେ ଆଖି ବନ୍ଦ କର। ଦେଖ, ତୁମକୁ ଗୋଟେ ସୁନ୍ଦର ସବୁଜ ବଗିଚା ଦେଖାଯାଉଛି। ସେ ବଗିଚାରେ ବହୁତ ସାରା ଚାରାଗଛ ଲାଗିଛି। ସେମାନଙ୍କ ମଧ୍ୟରେ ଗୋଟେ ଧଳା ରଙ୍ଗ ପତ୍ରର ଗଛ ଲାଗିଛି। ତା ପତ୍ରକୁ ଛିଣ୍ଡାଅ ଓ ଖାଇଦିଅ। ତା ସ୍ୱାଦ କେମିତି... ? ତା ସ୍ୱାଦକୁ ଜିଭରେ ଅନୁଭବ କର, ଆଉ ଗୋଟେ ପତ୍ର ଖାଇଦିଅ... ଏବେ ନିଦ ଆସୁଛି। ଧ୍ୟାନ ମୁଦ୍ରାରେ ବସିଯାଅ। ସମସ୍ତଙ୍କୁ ଭୁଲିଯାଅ ! ଆଉ କେହି ବି ଦେଖାଯାଉ ନାହାନ୍ତି, ବାସ୍... ଏବେ ତୁମେ ଶୋଇ ପଡ଼ିବ। ଗୋଟେ ଦୁଇ ବର୍ଷ ଯାଏଁ ତା ଉପରେ ଏଇ ଥେରାପିର ଭୂତ ସବାର ହୋଇଥିଲା।

ଏସବୁ କ'ଣ ଥିଲା ?"

"କେବଳ କଳ୍ପନା ମାତ୍ର !"

"ତା ପାଖରେ ହଜାର-ଲକ୍ଷେ କଳ୍ପନା ଥିଲା, ସ୍ୱପ୍ନ ଥିଲା, ଯାହା କି ଅନାୟାସରେ ଜୀବନର ଝଞ୍ଜାବାତରେ ଉଡ଼ିଗଲା।"

"ତା ପରେ ?"

"ତା ପରେ ଆଉ କ'ଣ ? ସେ ନିଜର ସବୁ ଆଶା, ସ୍ୱପ୍ନ, କଳ୍ପନାକୁ ଭିନ୍ନଭିନ୍ନ ଜାଗାରେ ଖୋଜିବାକୁ ଲାଗିଲା ଓ ଲାଗିଛି। ସେ ଏକ ସୁନ୍ଦର ବ୍ୟକ୍ତିତ୍ୱ।"

"ତୁମେ ତୁମ ଭଉଣୀର ଟିକେ ବେଶୀ ପ୍ରଶଂସା କରୁଛ ମାଉସୀ।"

"ମୁଁ ତାକୁ ଭଉଣୀ ରୂପରେ ନୁହଁ ଏକ ଭିନ୍ନ ଅପରିଚିତ ନାରୀ ରୂପରେ ଦେଖିଛି। ମୁଁ ତା ସହ ଭଉଣୀଟେ ପରି କେବେ ବି ବ୍ୟବହାର କରିନି, ସବୁବେଳେ ତାକୁ ଆଘାତ ଦେଇଛି।"

"ମାଉସୀ, ମୋ ସାଙ୍ଗଟିଏ ଗୋଟେ ଏନ୍‌ଜିଓ ଚଲାଉଛି, ସେ ୱାଇଲ୍ଡ ଲାଇଫ୍ ଫଟୋଗ୍ରାଫି ମଧ୍ୟ କରୁଛି, ସେ ନିଜର ଭାରତୀୟ ଓ ବିଦେଶୀ ସାଙ୍ଗମାନଙ୍କ ସହ ସବୁବେଳେ କଥା ହେଉଛି। ଏସବୁ ଭିତରେ ସେ ମଧ୍ୟ ଗୋଟେ ଦୁଇଟି କେସ୍ ଷ୍ଟଡ଼ି କରିଛି... ମାଆଙ୍କ ସମସ୍ୟା ପରି, କିନ୍ତୁ ସେଠି କୌଣସି ଅସୁବିଧା ହୁଏନି। ଏବେ ଦେଖ, ଆମେ ଦୁହେଁ ଆମ ସାଙ୍ଗମାନଙ୍କ ସହ ଯଦି ରହୁଛୁ ତେବେ ଆମ ଦି'ଜଣଙ୍କୁ ସମସ୍ତେ 'ଖରାପ ଝିଅ' ବୋଲି କହୁଛନ୍ତି, ମାଆ ବାହାଘର ପରେ ମଧ୍ୟ ସନ୍ଦୀପ ସହ ରହିଲେ, ତାଙ୍କୁ ବି 'ଖରାପ ସ୍ତ୍ରୀ ଲୋକ' ବୋଲି କହୁଛନ୍ତି। ମୁଁ ମଧ୍ୟ ଏଇଆ ମାନୁଥିଲି ଯେ ସ୍ୱାମୀ ଥାଉଥାଉ ମାଆଙ୍କର ସନ୍ଦୀପ ସହ ରହିବା ଉଚିତ ନ ଥିଲା।"

ସେ ବୁଝିଗଲେ ଯେ ନିଧି କ'ଣ କହିବାକୁ ଚାହୁଁଛି। ତା ମନ ଥକି ଯାଇଥିଲା ! ହଁ, ବେଳେବେଳେ ଦେହଠାରୁ ଆତ୍ମା, ମନ ବା ହୃଦୟ ଅଧିକ ଥକି ଯାଇଥିବାର ଅନୁଭବ କରାଇଥାଏ।

ଆଜି ତାଙ୍କୁ ଏକ ମିଟିଂକୁ ଯିବାର ଥିଲା। ଗୋଟିଏ ନୂତନ ରାଜନୈତିକ ଦଳର ଶୁଭାରମ୍ଭ ହେଉଥିଲା ଓ ତାଙ୍କ ସାଙ୍ଗମାନେ ଚାହୁଁଥିଲେ ଯେ ସେ ନିଶ୍ଚୟ ଏ ପାର୍ଟିକୁ ଆସିବା ଦରକାର। ଏବେ ସେ ସମୟ ଆସିଯାଇଛି, ଯେଉଁଠି ସାମାଜିକ ଓ ରାଜନୈତିକ ଆନ୍ଦୋଳନରେ ତାଙ୍କ ପରି ଉଚ୍ଚଶିକ୍ଷିତ ମହିଳାମାନଙ୍କୁ ଯୋଗଦେବା ନିହାତି ଦରକାର। କିନ୍ତୁ ସେ ରାଜନୈତିକ ସମସ୍ୟା ଉପରେ ଭାଷଣ ସିନା ଦେଇପାରିବେ କିନ୍ତୁ ରାଜନୀତିକୁ ଆସିପାରିବେ ନାହିଁ। ତାଙ୍କ ବୟସ ଏବେ ଏତେ ସକ୍ରିୟ ହୋଇ କମ୍ କରିବାକୁ ଅନୁମତି ଦେବନାହିଁ, କିନ୍ତୁ ସେ ସମସ୍ତେ ଚାହାନ୍ତି ଯେ ଏ ଦାୟିତ୍ୱ ସେ ନେବା ଉଚିତ। ନିଧି ତାଙ୍କୁ ଘର ଆଗରେ ହିଁ ଛାଡ଼ି ଦେଇଥିଲା।

"ପହଞ୍ଚି କଥା ହେବି ମାଉସୀ।"

ନିଧି ଆଖିରେ ଦିଶା ପ୍ରତି ହାଲ୍‌କା ସ୍ନେହର ସ୍ପର୍ଶ ସେ ଚମକୁ ଥିବାର ଦେଖିପାରିଲେ।

କିନ୍ତୁ...।

ସେ ଆଜିକାଲି ସମସ୍ତଙ୍କ ଉପରେ ଅସନ୍ତୁଷ୍ଟ ଅଛନ୍ତି। କାହା ସହ କଥା ହେବାକୁ ଇଚ୍ଛା ହେଉନି। ଏକଥା ସତ ଯେ ଦିଶା ତାଙ୍କ କଥା ମାନେନି, କିନ୍ତୁ ଭାଇ-ଭଉଣୀ, ମାଆ-ବାପା ହେବାର ଅର୍ଥ ଏଇଆ ନୁହଁ ଯେ ତୁମ କଥା ମାନିଲେ ହିଁ ତୁମ ପ୍ରତି ଭଲପାଇବା ଓ ସମ୍ମାନ ଅଛି ବୋଲି ଜଣାପଡ଼ିବ।

"ଆଉ କ'ଣ ଖବର?" ସାନ ଭାଇ ଫୋନ୍ କରିଥିଲା।

"ସବୁ ଭଲ।"

"କ'ଣ ତୁ ବି ସେଠିକୁ ଯିବା ବନ୍ଦ କରିଦେଲୁ।"

"ମୁଁ ଏବେ ସେଇଠୁ ହିଁ ଆସୁଛି।"

"ମୁଁ ତ କେଇ ମାସ ହେଲା ତା ମୁହଁ ଦେଖିନି! ଝିଅମାନଙ୍କ ଖବର କ'ଣ?"

"ଭଲ ଅଛନ୍ତି।"

"ଗର୍ବ ଟିକେ କମିଲା ନା...?"

"କୋଉ କଥାର ଗର୍ବ?"

"ମୁଁ"ର! 'ମୁଁ' ଏଇଆ 'ମୁଁ' ସେଇଆ, ମୋ ଜୀବନରେ କାହାରି ହସ୍ତକ୍ଷେପ କରିବା ଦରକାର ନାହିଁ, ଆଉ ସେ କୁକୁରର କ'ଣ ଖବର? ସରି! ....ରାଜୀବର।"

"ସେ ତାଙ୍କ ଗାଁକୁ ଚାଲିଯାଇଛି।"

"କି"

"ତା'ର ଯିବାର ଥିଲା।"

"ଆଉ ତା ସହ କୌଣସି ସମ୍ବନ୍ଧ ନାହିଁ ତ?"

"କାହା ସହ?"

"ସେଇ... କ'ଣ ତା ନାଁଟା... ସନ୍ଦୀପ! ଠକ ଶଳା! କୋଉଠୁ କୋଉଠୁ ଫାଲ୍‌ତୁ ଲୋକସବୁ ମିଳିଯାଉଛନ୍ତି, ନିର୍ଲଜକୁ ଟିକେ ଲାଜ ବି ଲାଗୁ ନ ଥିଲା ନିଜ ପିଲା ଛୁଆଙ୍କୁ ଛାଡ଼ିଆସି ଏଇଠି ପଡ଼ିଥିଲା।"

"ଏକଥା ବହୁତ ପୁରୁଣା ଓ ମୂଲ୍ୟହୀନ ବି।" ସେ ଏଇ ପ୍ରସଙ୍ଗକୁ ଶେଷ କରିବା ଉଦ୍ଦେଶ୍ୟରେ କହିଲେ।

"କିନ୍ତୁ ତା ସାହସକୁ ଦେଖ। ସେହି ନିନ୍ଦା ଅପମାନକୁ କେହି ଭୁଲିଛନ୍ତି କି?"

"ହଉ, ଛାଡ଼।"

"ଏବେ ଦିଶା କ'ଣ କରୁଛି ?"

"ନିଜ କାମ।"

"ଝିଅମାନଙ୍କ ବାହାଘର ହେବ ନା ନାହିଁ।"

"ଦେଖ ମହେଶ, ମୁଁ ତୋତେ କେତେଥର କହିଛି ଯେ ତୁ ସେମାନଙ୍କ ବିଷୟ ଭାବିବା, ଚିନ୍ତା କରିବା, ଖବର ନେବା ବନ୍ଦ କରି ଦେ। ସେ ମଧ୍ୟ ପଞ୍ଚାବନ ବର୍ଷର ଆସି ହେଲାଣି। ନିଜ ଭଲମନ୍ଦ ବୁଝିପାରୁଛି ! ତୁ ନିଜ ଜୀବନରେ ଖୁସିରେ ରହ, ତାକୁ ତା ହିସାବରେ ବଞ୍ଚିବାକୁ ଦେ। ତୁ କାହିଁକି ନିଜ ମୁଣ୍ଡ ଖରାପ କରିବାକୁ ଚାହୁଁଛୁ।"

"ଠିକ୍ କଥା, ମୁଁ କାହିଁକି ମୋ ମୁଣ୍ଡ ଖରାପ କରିବି।"

"ଦୁନିଆରେ ଏତେ କଥା, ଏତେ ବିଷୟ ଏତେ ଜିନିଷ ଅଛି ଯେ..."

"ସତ କଥା, ମୁଁ ଅଯଥାରେ ଟେନ୍‌ସନ୍ ନେଉଛି।"

"ତା ହେଲେ ଆଉ ଦିଶା ବିଷୟରେ ମୋତେ କେବେ କିଛି କହିବୁନି। ହଁ, ମୋର ଯିବାର ଅଛି ବୋଲି ମୁଁ ଯାଉଛି, ମୁଁ ତା ସହ ନିଜ ସମ୍ପର୍କ ତୁଟେଇ ପାରିବି ନାହିଁ, ପରିସ୍ଥିତି ଯେତେ ଖରାପ ହୋଇଥାଉ ନା କାହିଁକି।" ତାଙ୍କ ସ୍ୱରରେ ଧମକ ସହ ଟିକେ ଅସନ୍ତୁଷ୍ଟ ଭାବ ଓ କଟାକ୍ଷ ମଧ୍ୟ ଥିଲା।

"ତା ହେଲେ ଠିକ୍ ଅଛି"। କହିଦେଇ ମହେଶ ଫୋନ୍ ରଖିଦେଲା।

"କାହିଁକି କେଜାଣି ତା ପଛରେ ପଡ଼ିଛି !" ସେ ମନେମନେ ଭାବୁଥିଲେ।

ସକାଳ ପାଇଁ ମିଟିଂ ସ୍ଥିର ହୋଇସାରିଥିଲା। ତାଙ୍କୁ ଠିକ୍ ସମୟରେ ପହଞ୍ଚିବାର ଥିଲା।

ପଦପଦବୀ ପାଇଁ ପ୍ରାର୍ଥୀଙ୍କ ନାମଗୁଡ଼ିକୁ ପ୍ରସ୍ତାବ ଦେବା ଓ ସେଗୁଡ଼ିକୁ ବିଚାର କରିବାର ମଧ୍ୟ ଥିଲା। ଗଣମାଧ୍ୟମକୁ ନିମନ୍ତ୍ରଣ କିରବା ଆଦି ଗୁଡ଼ାଏ କମ୍ ଥିଲା ଯାହା ସହ ସେ ସମ୍ପୃକ୍ତ ହୋଇଯାଇଥିଲେ।

ସେ ଡାଏରୀରେ ନିଜର କାର୍ଯ୍ୟସୂଚୀ ଲେଖିରଖୁଥିଲେ। ଡାଏରୀ କଥାରୁ ହଠାତ୍ ତାଙ୍କର ମନେପଡ଼ିଲା ଯେ, ଦିଶାର ଡାଏରୀ ହୁଏତ ଭୁଲ୍‌ରେ ତାଙ୍କ ସହ ଆସିଯାଇଛି। ଏମିତି ନୁହଁ ତ ଯେ ନିଧି ଜାଣିଶୁଣି ଡାଏରୀଟା ତାଙ୍କ ପାଖରେ ରଖିଦେଇଛି !

ସେ ସାଙ୍ଗେ ସାଙ୍ଗେ ଦିଶାକୁ ଫୋନ୍ କଲେ, "ତୋ ଡାଏରୀ ମୋ କାଗଜପତ୍ର ଓ ମାଗାଜିନ୍ ଆଦି ସହ ଚାଲିଆସିଛି। ମୁଁ ଯେବେ ଯିବି ନେଇ ଯିବି।"

"ଠିକ୍ ଅଛି, ତୁ ଟିକେ ରାଜୀବ ସହ କଥା ହେବୁ କି ?"

"କୋଉ ବିଷୟରେ? କ'ଣ ହେଲା?"

"ତା ବଡ଼ବାପାଙ୍କ ପୁଅ ଫୋନ୍ କରିଥିଲା ଯେ, ତା ଦେହ ସେଠି ଭଲ ନାହିଁ। ଏଠିକୁ ଆସିବା ପାଇଁ ସେ ରାଜି ହେଉନି। ସେ ମୋତେ କହୁଥିଲା ଯାଇ ନେଇ ଆସିବାକୁ।"

"ତୁ କ'ଣ କହିଲୁ?"

"ମନା କରିଦେଲି। ସେଠି ବି ଡାକ୍ତର ଅଛନ୍ତି, ତା ନିଜ ପରିବାର ଲୋକ ଅଛନ୍ତି। ତାକୁ ଏଠି ଅଣନିଃଶ୍ୱାସୀ ପରି ଲାଗୁଥିଲା।"

"ମୁଁ କଥା ହୋଇଯିବି। ତୋ ପ୍ରୋଜେକ୍ଟ ବିଷୟରେ କ'ଣ ହେଲା, କଥା ହେଲୁ?"

"ହଁ, ଜଣେ ଲୋକକୁ ଦେଇଛି।"

"ତୋ ଡାଏରୀ ପଢ଼ିପାରିବି?"

"ସେଥିରେ ଏମିତି କ'ଣ ଅଛି ଯେ ତୁ ପଢ଼ିବାକୁ ଚାହୁଁଛୁ? ଜୀବନ ଗୋଟେ ଜାଗାରେ ସ୍ଥିର ହୋଇଯାଇଛି।"

"ଗତିଶୀଳ ତ ତୋତେ ହିଁ କରିବାକୁ ପଡ଼ିବ। ମନେଅଛି, ପିଲାବେଳେ ଯେତେବେଳେ ଆମେ ସାଇକେଲ ଚଲାଉଥିଲେ ସେତେବେଳେ, କେହିଜଣେ ପଛପଟୁ ଧରିଥାଏ, ଯେପରିକି ଆମେ ପଡ଼ିବାନି ଆଉ ହଠାତ୍ ପଛରୁ ଧରିଥିବା ଲୋକଟି ସାଇକେଲକୁ ଛାଡ଼ିଦିଏ, ଥରେ ଦି'ଥର ଟଳମଳ ହେବା ପରେ ସାଇକେଲ ସିଧା ଚାଲିବାକୁ ଆରମ୍ଭ କରେ। କେବଳ, ଏଇ ସବୁ ହିଁ ତୋତେ କରିବାକୁ ହେବ।"

ଦିଶାର ସ୍ୱର ସ୍ପଷ୍ଟ ଶୁଭୁ ନ ଥିଲା, କିନ୍ତୁ ସେ ବହୁତ ଦିନ ପରେ ମନ ଖୋଲି ହସୁଥିଲା।

"କ'ଣ ହେଲା, କୋଉ କଥାରେ ଏତେ ହସୁଛୁ?"

"ଜୀବନର ଦର୍ଶନ ଓ ନିୟମ ଉପରେ।"

"ହଉ, ତୁ ହସୁଥା, ମୁଁ ଯାଏ ତୋ ଡାଏରୀ ପଢ଼ିବି।"

●●●

ତା ୧୧ ଜୁନ୍, ୨୦୧୯

ସମୟ ସକାଳ ୫ଟା

ତୁମେ ଚାଲିଯିବା ପରେ ମୁଁ ନିଜକୁ ସାଉଁଟୁଛି। ବିକ୍ଷିପ୍ତ ହୋଇ ପଡ଼ିଥିବା ମୋ ଭାବନାକୁ, ଘଟଣାକୁ ଓ ସମ୍ପର୍କଗୁଡ଼ିକୁ। ଏକ କଠିନ ରାସ୍ତାରେ ଚାଲୁଚାଲୁ ହଠାତ୍ ନିଜକୁ ଏକ

ସମତଳ ପ୍ରାନ୍ତରରେ ଛିଡ଼ା ହୋଇଥିବାର ଦେଖୁଛି। ଚାରିପାଖର ସବୁଜିମାକୁ ଚିରି ଏକ ସୂର୍ଯ୍ୟ ଉଇଁ ଆସୁଥିବାର ଦେଖିପାରୁଛି, ନିଜ ଜୀବନର ସୂର୍ଯ୍ୟ।

ଆଜି ବାପାଙ୍କ କଥା ବହୁତ ମନେପଡୁଛି। ସେ ଯେବେ ଥିଲେ ସମସ୍ତେ ତାଙ୍କ ପଛରେ ଲାଗିରହୁଥିଲେ। ତାଙ୍କ ବିଷୟରେ ଆଲୋଚନା କରନ୍ତି, ତାଙ୍କୁ ପରିହାସ କରନ୍ତି। ତାଙ୍କ ଉପରେ ଦୋଷ ଲଦନ୍ତି। ସେ ନିଜର ଅସ୍ତିତ୍ୱକୁ ସାବ୍ୟସ୍ତ କରିବାକୁ ଚାହୁଁଥିଲେ। ସେ ମଧ୍ୟ ମୋ ପରି କାମ କରିବାକୁ ଚାହୁଁଥିଲେ। ତାଙ୍କ ଭିତରେ ମଧ୍ୟ ଅନେକ କିଛି ନୂଆ କରିବାର ଆକାଂକ୍ଷା ଥିଲା। ତାଙ୍କର ଗୋଟେ ସ୍ୱପ୍ନ ଥିଲା। ତାଙ୍କର ସେହି ଗୋଟିଏ ସ୍ୱପ୍ନ ହିଁ ଆମ ସମସ୍ତଙ୍କୁ ଜନ୍ମ ଦେଇଥିଲା। ଆମ ଆଶାଗୁଡ଼ିକୁ ଜୀବନ୍ୟାସ ଦେଇ ସେ ଚାଲିଗଲେ। ଏପରି କେଉଁ କଥା ବା ଭୟ ଥିଲା ଯେ ସେ ଏକଦମ୍ ମୃତ୍ୟୁ ନିକଟକୁ ଚାଲିଗଲେ, କିନ୍ତୁ ଗୋଟେ ଶିକ୍ଷା ଦେଇଗଲେ ଯେ ମଣିଷ ନିଜ ଜୀବନ ସମାପ୍ତ କରି ଚାଲିଯାଏ, ହେଲେ ତା ଜ୍ଞାତିକୁଟୁମ୍ବ ସେହିପରି ହିଁ ଖାଆନ୍ତି, ଶୁଅନ୍ତି, ହସନ୍ତି, ନାଚନ୍ତି, ବାହାବ୍ରତ ଘରେ ଯାଆନ୍ତି। ତା'ର ଅନୁପସ୍ଥିତି କାହାକୁ ବି ଓପାସରେ, ଉଦାସରେ ଅବା ଦୁଃଖୀ ରଖେ ନାହିଁ, ... ଅତଏବ... ମୃତ୍ୟୁ କଦାପି ମୋ ଶବ୍ଦକୋଷରେ ନାହିଁ। ଅତିକଷ୍ଟରେ ମାସେ କି ଦୁଇମାସ ମୋ ଶୋକ ପାଳିବେ। ଏହା ଆପଣାର ଲୋକଙ୍କର... ନିଜର ହେବାର ସମୟ ଅଟେ। ତେଣୁ, ଯେତିକି ବା ଜୀବନ ବାକି ଅଛି, ତାକୁ ମୁଁ ପୂର୍ଣ୍ଣତା ଦେବି।

ତା ୧୮ ଜୁନ୍, ୨୦୧୯
ସମୟ : ରାତି ୯ଟା

ଆଜି ତୁମେ ଲଗାଇଥିବା ଗଛଗୁଡ଼ିକ ଫାଙ୍କ ଦେଇ ସକାଳକୁ ଦେଖିଲି। ରାଜୀବ ସବୁବେଳେ ନିଜ ଜାଗା ବୋଲି ଖୁଣ୍ଟା ଦେଉଛି। ତା ଜାଗା ଖାଲି ଗୋଟେ ଛାତ ଦେଇଛି ଆଉ ଠିକଣା ମଧ୍ୟ, କିନ୍ତୁ ସେଠାରେ ରହି ମଧ୍ୟ ମୁଁ ରହିପାରୁନି। ଏଇ ଯୋଉ ଛତାଟିଏ ତୁମେ ମୋ ପାଇଁ ତିଆରି କରିଥିଲ, ସେଇଟା ହିଁ ମୋର ଆକାଶ, ସେ ହିଁ ମୋ ପୃଥିବୀ। ତାକୁ ଯେବେ ବି ସ୍ପର୍ଶ କରେ, ମୋତେ ଶାନ୍ତି ମିଳେ। ଏଠି ସବୁ ମୁଁ ଅନେକ ସ୍ୱପ୍ନ ଦେଖେ। ମୁରୁକି ମୁରୁକି ହସୁଥାଏ, କାରଣ ଏଇଠି କେବଳ ଆଉ କେବଳ ତୁମରି କଥା ହିଁ ମନେପଡ଼େ। ମନଟା ପଶ୍ଚାତାପରେ ଭରିଯାଏ, ଯେ କାହିଁକି ମୁଁ ତୁମ ସହ ଲକ୍ଷ୍ୟ ପୂରଣ କରିବାକୁ ବାହାରି ନ ଗଲି ! କିଛି କରିବାର ଆତ୍ମସନ୍ତୋଷ ମିଳିଥାନ୍ତା।

ଆଜି ! ଦୁଃଖର ପାହାଡ଼ ମୋ ମୁଣ୍ଡ ଉପରେ। ମୋ ବନ୍ଧୁର ପୁଅ ଶହୀଦ

ହୋଇଗଲା । ତା ସହ କଥା ହେବାକୁ ଇଚ୍ଛା ହେଉଥିଲା, କିନ୍ତୁ ସାହସ ଜୁଟାଇ ପାରୁ ନ ଥିଲି । ପିଲାବେଳେ ଆମେ ସମସ୍ତେ ଖବରକାଗଜରେ ଯୁଦ୍ଧର ଦୃଶ୍ୟ ଦେଖୁଥିଲେ । ନିଜର ସୈନିକମାନଙ୍କୁ ଶହୀଦ ହେବାର ଦେଖି ଗର୍ବିତ ହେଉଥିଲେ, କାରଣ ସେମାନଙ୍କ ମଧ୍ୟରେ କେହି ଆମ ନିଜର ନ ଥିଲେ ...ସେ କେବଳ ସୈନିକଟିଏ ଥିଲା । ଆଜି ସେହି ସୈନିକ ଆପଣାର ଲୋକ ଥିଲା ବୋଲି ଆଖିର ଲୁହ ବୋଲ ମାନୁ ନ ଥିଲା । କେତେଥର ତାକୁ ମୁଁ କୋଳରେ ଧରିଛି, ଖୁଆଇଛି... ସବୁ କିଛି କେତେ ଅସହନୀୟ । ଯଦି ତଥାପି ବଞ୍ଚିବାକୁ ହୋଇଥାଏ ତେବେ ମୁଁ ଗୋଟେ ଖୋଳପା ଭିତରେ କାହିଁକି ନିଜକୁ ବନ୍ଦ କରି ରଖିଛି । ଖୋଳପାକୁ ଫଟେଇ ବାହାରକୁ ଆସିବାକୁ ପଡ଼ିବ ।

ତା ୨୯ ଜୁନ୍, ୨୦୧୯
ସମୟ : ରାତି ୬ଟା

ଆଜି ଲୋକକଥା ପଢ଼ିବାକୁ ଇଚ୍ଛା ହେଉଥିଲା, ଯେଉଁ ଲୋକକଥା ସବୁ ଯାହା ଜୀବନର ଗୁଢ଼ ରହସ୍ୟ ସବୁକୁ ଜାଗ୍ରତ କରି ଦେଉଥିଲେ । ପିଲାବେଳେ ଆମ ସମସ୍ତଙ୍କ ପାଇଁ ସେଇସବୁ କାହାଣୀ ଆକର୍ଷଣୀୟ ଥିଲା ଯେଉଁଥିରେ ରାଜକୁମାର ଥାଏ । ରାଜକୁମାରୀକୁ ପାଇବା ପାଇଁ ରାଜକୁମାରମାନଙ୍କ ଅଗଣିତ ବୀରତ୍ୱ କଥା... କେତେ ରୋମାଞ୍ଚ ସୃଷ୍ଟି କରୁଥିଲା । ସେଥିରେ ପ୍ରେମ ଥିଲା, ବୀରତା ଭାବ ଥିଲା, ରାକ୍ଷସମାନଙ୍କ ଧୂର୍ତ୍ତତା ଥିଲା । ପ୍ରତ୍ୟେକ ଦୃଶ୍ୟ କେତେ ଜୀବନ୍ତ ହୋଇଯାଉଥିଲା ଆଖି ଆଗରେ । ଯେତେବେଳେ ମୁଁ ନିଜ ଜୀବନର କଥାକୁ ତର୍ଜମା କରୁଛି, ସେତେବେଳେ ଏଇକଥା ସବୁ କାହିଁକି ମନେପଡୁଛି ? ମୋ ପିଉସୀଙ୍କ ସେଇ ହାହାକାର ବିଳାପ, ସେ ଯେବେ ବିଧବା ହୋଇଯାଇଥିଲେ ତାଙ୍କୁ ଶାଶୂଘରୁ ବାହାର କରିଦିଆ ଯାଇଥିଲା ଓ ସେ ନିଜ ବାପଘରକୁ ଚାଲି ଆସିଥିଲେ । ବାପଘରେ ତାଙ୍କ ଉପରେ କଡ଼ା ନଜର ରଖାଯାଉଥିଲା, କାରଣ ଘରକୁ ଅନେକ ପୁରୁଷ ଆସୁଥିଲେ, ଥରେ ଜଣେ ପଡ଼ୋଶୀ ସହ ତାଙ୍କୁ ଏକୁଟିଆ କଥା ହେଉଥିବାର ଦେଖି ତାଙ୍କ ବାପା ତାଙ୍କୁ ଖୁବ୍ ଜୋର୍‌ରେ ଗାଲକୁ ଚଟକଣାଟିଏ ମାରିଥିଲେ । ଏକ ଆର୍ତ୍ତ ଚିତ୍କାର ଓ ଯନ୍ତ୍ରଣାର ବିକଳ ସ୍ୱରଟିଏ ତାଙ୍କ ପାଟିରୁ ବାହାରିଥିଲା ଓ ଭୟରେ ସେଠୁ ଧାଇଁ ପଳାଇ ଆସିଥିଲି । ପରେ ପିଉସୀଙ୍କ ଜୀବନ ଘରର ସେଇ ଚାରିକାନ୍ଥ ଭିତରେ ହିଁ ବନ୍ଦୀ ହୋଇ ରହିଯାଇଥିଲା । ସାରା ଜୀବନ ! କେହି ବି ତାଙ୍କୁ ତାଙ୍କ ଇଚ୍ଛା ବିଷୟରେ ପଚାରିଲେନି, ତାଙ୍କ ଦୈହିକ ଏବଂ ଆତ୍ମିକ ଆବଶ୍ୟକତା ବିଷୟରେ ! ମୁଁ ପିଉସୀ ନୁହେଁ । ମୁଁ ପିଉସୀ ପରି ନୀରବ ହୋଇ ରହିଲିନି । ହଁ, ପିଉସୀ ନୁହଁ... ହୋଇ ମଧ୍ୟ ପାରିବିନି । ପିଉସୀ, ଆଜି ତୁମର ଓ

ତୁମପରି ଅସଂଖ୍ୟ ନାରୀମାନଙ୍କ ଦୁଃଖକୁ ମୁଁ ଅନୁଭବ କରୁଛି। ତୁମ ମନରେ ଯାହାକିଛି ଅବସୋସ ରହି ଯାଇଥିଲା, ତାକୁ ମୁଁ ପୂରା କରିବି। ମୁଁ ତୁମ ବୈରାଗ୍ୟକୁ କାଢ଼ି ଫୋପାଡ଼ି ଦେବି। ତୁମ ଜୀବନ କାହାଣୀର ଦରଜା ଏବେ ଆଉ କେବେବି ବନ୍ଦ ହେବନି ମୋ ପ୍ରିୟ ପିଉସୀ ! ତୁମର ହଜିଯାଇଥିବା ଛବିର ରୂପ କେହି ଆଙ୍କିପାରିଲେନି। ମୁଁ ଆଙ୍କିବି ତୁମ ଛବି।

ତା ୨ ଜୁଲାଇ, ୨୦୧୯

ସମୟ : ରାତି ୧ଟା

ଆଜି ଝଡ଼ ହୋଇଥିଲା, ଗୋଟେ ତୁମେ ଯିବା ପରେ ଓ ଆଉ ଗୋଟେ ପ୍ରକୃତି ତରଫରୁ। ମୋ ମନର ଝଡ଼କୁ ନା କେହି ଦେଖିଲେ ନା ଶୁଣିଲେ। ସେ ଚୁପ୍‌ଚାପ୍ ବିଧ୍ୱସ୍ତ କରି ଚାଲିଗଲା ନୀରବରେ, କିନ୍ତୁ ସନ୍ଧ୍ୟାରେ ହୋଇଥିବା ଝଡ଼ ବଗିଚାରେ ଥିବା ଛତାର ଚାଦର ଉଡ଼େଇ ନେଇଥିଲା। ଗଛପତ୍ର ଅଧା ଉପୁଡ଼ି ଯାଇଥିଲେ। ପ୍ରବଳ ପବନର ଆଘାତରେ ସେମାନେ ଅସହାୟ ହୋଇ ଚିତ୍କାର କରୁଥିଲେ। ଗୋଲଗୋଲ ହୋଇ ମୋଡ଼ି ହେଉଥିବା ଡାଳରୁ ଛିଣ୍ଡି ପଡୁଥିବା ପତ୍ରଗୁଡ଼ିକ ଆଜି କାନ୍ଦିପକାଉଥିଲେ। ଭୂଇଁ ଉପରେ ଲୋଟୁଥିବା ଗଛଗୁଡ଼ିକରେ ରାସ୍ତା ବନ୍ଦ ହୋଇଯାଇଥିଲା, କିନ୍ତୁ ବନ ବିଭାଗର କର୍ମଚାରୀମାନେ ତାକୁ ଖଣ୍ଡଖଣ୍ଡ କରି କାଟି ନେଇଯାଇଥିଲେ। ରାତିସାରା ପଡ଼ିରହି ଗଛଟି ମରିଯାଇଥିଲା, ତା ପତ୍ରଗୁଡ଼ିକ ଝାଉଁଳି ପଡ଼ିଥିଲେ। ଲୋକ ବୁଝନ୍ତିନି ଯେ ଗଛର ଜୀବନକୁ ତା'ଠୁ ଦୂରେଇ ନେଉଥିବା କୁରାଢ଼ୀ କିମ୍ବା ନିର୍ମମ ଝଡ଼ କେତେ ବଡ଼ ଅପରାଧ କରୁଛି। କ'ଣ ଏସବୁ ଆମ ସମସ୍ତଙ୍କ ସହ ମଧ୍ୟ ହୋଇନି। ମୁଁ, ଯିଏ ବି ସୌନ୍ଦର୍ଯ୍ୟ ପ୍ରେମୀ ଥିଲି, ହସ ଯାହାର ଶକ୍ତି ଥିଲା ଆଉ ଅନ୍ୟାୟର ପ୍ରତିବାଦ କରିବା ଯାହାର ଅସ୍ତ୍ର ଥିଲା, ସେହି ଅସ୍ତ୍ରକୁ ଧାରଶୂନ୍ୟ କରିବା ପାଇଁ ସମସ୍ତେ ମିଳିମିଶି ଲାଗିପଡ଼ିଲେ, ଏକାସାଙ୍ଗରେ ଗୋଟେ ସ୍ୱରରେ।

କିଛି କଥା ନାହିଁ। ଏହି ଭିନ୍ନତା ହିଁ ମୋ ଜୀବନ-ଯାତ୍ରାର ଏକ ସିଡ଼ି ଅଟେ। ନିଧି ଓ ପାରୁଲ ବି ଯଦି ମୋତେ ବୁଝିପାରିଥାନ୍ତେ ! ସେମାନେ ମୋ ଶକ୍ତିକୁ ସାମର୍ଥ୍ୟକୁ ନଷ୍ଟ କରି ନ ଥାନ୍ତେ, ତାହେଲେ ଆଜି ମୁଁ ସେମାନଙ୍କ ପାଇଁ କ'ଣ ସବୁ ନ କରିଥାନ୍ତି ! ଅନେକ ଥର ଲାଗେ, ମୋ ବାପା ମୋ ଭିତରେ ଛଟପଟ ହେଉଛନ୍ତି। ନାଁ, ତାଙ୍କର ସେ ଶେଷ ସମୟର ଛବିକୁ ମୁଁ ମନେପକାଇବାକୁ ଚାହୁଁନି। ତାଙ୍କର ମଧ୍ୟ ଅଧିକାର, ସମ୍ପତ୍ତି ଏବଂ ନିଜକୁ ଜାହିର କରିବାର ପ୍ରତିସ୍ପର୍ଦ୍ଧା ଥିଲା ଏବଂ ମୋ ପାଖରେ ମଧ୍ୟ। ତାଙ୍କ ବହି ଆଲମାରୀ ରଦ୍ଦିରେ ପଡ଼ିଥିଲା ଏବଂ ମୋ କଳାକୃତି ମଧ୍ୟ ପାଦତଳେ

ପଢ଼ିରହେ। ମୁଁ ବାପାଙ୍କ ବହିଗୁଡ଼ିକୁ ସାଇତିବାକୁ ଚାହୁଁଛି, କିନ୍ତୁ ସେ ବହିଗୁଡ଼ିକୁ ମୋତେ ଦିଆଗଲାନି, କାରଣ ସେଗୁଡ଼ିକ ଉପରେ ପୁଅମାନଙ୍କ ଅଧିକାର ଥିଲା। ପାଠଶାଠ ପଢ଼ି ନ ଥିବା ପୁଅର, ସେ ଝିଅର ନୁହଁ, ଯିଏ ପଢୁଥିଲା, ପଢ଼ିବାକୁ ଚାହୁଁଥିଲା। ଏଇ ସଂଘର୍ଷ ମଧ୍ୟ ବାକି ଅଛି।

ତା ୧୦ ଜୁଲାଇ, ୨୦୧୯
ସମୟ : ରାତି ୧.୩୦ ମିନିଟ୍

ଆଜି ତୁମକୁ ଚିଠି ଲେଖିଛି। ଚିଠି ସେଇ ଠିକଣାରେ ଲେଖିଛି, ଯେଉଁଠି ତୁମେ ଥିବାର ସମ୍ଭାବନା କମ୍। ହ୍ୱାଟ୍‌ସଆପ୍‌ର ଏ ଯୁଗରେ ଚିଠି ଲେଖିବା ଟିକେ ଅଡୁଆ ମଧ୍ୟ ଲାଗୁଥିଲା କିନ୍ତୁ ପିଲାଦିନର ଅଭ୍ୟାସ। ସାନବେଳେ ଛୁଟିରେ ସାଙ୍ଗମାନଙ୍କୁ ଚିଠି ଲେଖୁଥିଲି। ତା ପରେ ଭାଇ ଯେତେବେଳେ ବାହାରେ ଥିଲେ, ତାଙ୍କୁ ଚିଠି ଲେଖୁଥିଲି। ପୁଣି ଯେତେବେଳେ ଶାଶୂଘରେ ରହି ନିଜର ଅସ୍ତିତ୍ୱକୁ ହରେଇବାର ଅନୁଭବ କଲି, ମୋ ଶଶୁରଙ୍କୁ ବାର ପୃଷ୍ଠାର ଚିଠି ଲେଖିଥିଲି। ଯାହାକୁ କି ସେ ଉପହାସ କରି କହିଥିଲେ ଯେ ଆମ ଘରକୁ କିଏ ଗୋଟେ ଲେଖିକା ଆସିଗଲାଣି। ତାହା ମୋ ଜୀବନର ସବୁଠାରୁ ସୁନ୍ଦର ଓ ବ୍ୟାକୁଳ କରିଦେବା ପରି ଚିଠି ଥିଲା। ମୋ ଶାଶୂ କିନ୍ତୁ ସେ ଚିଠି ଏଇଆ କହି ଫେରେଇ ଦେଇଥିଲେ ଯେ, ତୁମ କଥା ଏ ପରିବାରରେ କେହି ବୁଝିପାରିବେନି। ସେବେଠାରୁ ବୁଝି ନ ପାରିବାର ଖେଳ ଚାଲିଲା। ମୁଁ ସେ ଖେଳ ପଡ଼ିଆର ଏ ପାଖରୁ ସେପାଖକୁ ଖାଲି ଧାଇଁବାକୁ ଲାଗିଲି। ପରାଜିତ ଖେଳାଳିକୁ ଯେପରି କେହି ମନେରଖନ୍ତିନି ସେହିପରି ମୋତେ ମଧ୍ୟ ସମସ୍ତେ ଭୁଲି ସାରିଛନ୍ତି। ସେହି ପଡ଼ିଆରୁ ବାହାରି ଆସି ମୁଁ ଏବେ ଖେଳୁଛି, ବିଲେଇ କୁକୁରମାନଙ୍କ ସହ। ରାସ୍ତା କଡ଼ର ପିଲାମାନଙ୍କ ସହ, କାରଣ ମୋ ଜୀବନର ଖେଳ ମୁଁ ସାରିବାକୁ ଚାହୁଁଛି।

ତା ୧୨ ଜୁଲାଇ, ୨୦୧୯
ସମୟ : ରାତି ୨ଟା

ଆଜି ସବୁଯାକ ଚିଠି ବନ୍ଦ କରି ରଖିଦେଇଛି। ଚାରିଟା ଲଫାପାରେ ଠିକଣା ଲେଖି ରଖିଛି। ଯେତେବେଳେ ବି ପୋଷ୍ଟ କରିବାକୁ ଚିନ୍ତା କରେ, ଭାବେ ତୁମ ଜୀବନରେ ଅଦିନିଆ ଝଡ଼ ଆଉ ଆସି ନ ଯାଉ। ମୋ ଚିଠି ଯେବେ ତୁମ ପାଖରେ ପହଞ୍ଚିବ, ସେତେବେଳକୁ ଏଠି ବହୁତ କିଛି ବଦଳି ସାରିଥିବ।

ତା ୧୫ ଜୁଲାଇ, ୨୦୧୯

ସମୟ : ଅପରାହ୍ଣ ୩ଟା

ପ୍ରତ୍ୟେକ ମଣିଷକୁ ନିଜନିଜ ହିସାବରେ ବଞ୍ଚିବା ଦରକାର ! ରାଜୀବ, ନିଧି, ପାରୁଲ ଓ ମୁଁ ନିଜେ, ସମସ୍ତେ ନିଜ ଇଚ୍ଛାରେ ଜିଇଁବା ପାଇଁ ସଂଘର୍ଷ କରିବାରେ ଲାଗିଛୁ । କିଏ କାହାର ସତ୍ତାକୁ ସମ୍ମାନର ସହ ସ୍ୱୀକାର କରିବ... କେବେ ? ଅପେକ୍ଷାରେ !

ଶୁଣି ପାରୁଛି କାହାର ପାଦ ଶବ୍ଦ !

କାଲି ଯେଉଁମାନେ ନିଜର ଥିଲେ ...ମାଆ ...ଭାଇ, ପୂରା ପରିବାର, ସେମାନେ ସବୁ କେତେ ଦୂରକୁ ଯାଇ ସାରିଛନ୍ତି ।

ଏବେ ତ ଅନେକ ଚେହେରାର ରଙ୍ଗ ମଧ୍ୟ ବଦଳିଯାଇଥିବ । ସେମାନଙ୍କ ଭାଷା ଓ ଭାବନା ମଧ୍ୟ !

କାଲି ରାତିରେ ସ୍ୱପ୍ନ ଦେଖିଲି, ହଜାର ହଜାର ସଂଖ୍ୟାରେ କଳାପିମ୍ପୁଡ଼ି ବିଛଣାକୁ ଚାଲିଆସିଛନ୍ତି । ଝରକା ଯାଏଁ ସେମାନଙ୍କ ଲମ୍ବା ଧାଡ଼ି ଲାଗିଛି ! ବ୍ୟସ୍ତ ହୋଇ ମୁଁ ଉଠିପଡୁଛି । ଚାରିଆଡ଼କୁ ଚାହେଁ ! କେଉଁଠିବି ପିମ୍ପୁଡ଼ିଟେ ଦେଖିବାକୁ ପାଇଲିନି, କିନ୍ତୁ କିଛି ଥିଲା... ଯାହାକି ମନକୁ କିଛି ସଂକେତ ଦେଉଥିଲା । ଦିନସାରା ଗଛ ଆଖପାଖରେ ଫାଙ୍କ ଖୋଜି ବୁଲୁଥିଲି, ଏପଟେ ଆଉ ନାହାନ୍ତି ତ ! କିନ୍ତୁ ଓଦା ଶୁଖିଲା ମାଟିଛଡ଼ା ଆଉ କିଛି ବି ନ ଥିଲା । ମନ ବ୍ୟସ୍ତ ହୋଇଯାଉଥିଲା । ଦୃଢ଼ ସ୍ପନ୍ଦନ ବଢ଼ି ଯାଇ ଛାତିଟା ଦାଉଁ ଦାଉଁ ଲାଗୁଥିଲା । ସକାଳୁ ସକାଳୁ ଖବର ଆସିଲା ପିଉସୀ ଆଉ ନାହାନ୍ତି । ପ୍ରସ୍ଥାନ ! ମହାପ୍ରସ୍ଥାନ ! ! ବିଦାୟ ପିଉସୀ । ମୁଁ ମୋ ଆଖିକୁ ପାପୁଲିରେ ଢାଙ୍କି ଦେଲି । ଅନେକ ସମୟ ଯାଏଁ ପାପୁଲିର ଉଷ୍ମତା ଆଖିକୁ ଟିକେ ଆରାମ ଦେଉଥିଲା ।

•••

ଡାଏରୀର ଆଉ ଆଗକୁ ସେ ପଢ଼ି ପାରିଲେନି । ନିଜ ଆତ୍ମାକୁ କଷ୍ଟ ଦେଇ ସେ ନା ଶୋଇପାରିବେ ନା ଖାଇପାରିବେ ।

ଇଚ୍ଛା ହେଉଥିଲା, ଏଇନେ ଦିଶା ପାଖକୁ ଧାଇଁ ଯିବେ ।

ସକାଳୁ ତାଙ୍କର ରାଜନୈତିକ ପାର୍ଟିର ଏକ କାର୍ଯ୍ୟକ୍ରମ ଥିଲା, ଅନ୍ୟ ସବୁ ରାଜନୈତିକ ଦଳମାନଙ୍କ ପରି ଆଉ ଏକ ରାଜନୈତିକ ଦଳର ନିର୍ମାଣ କରାଯାଇଥିଲା, ତାହାର ପ୍ରତିଶ୍ରୁତି-ପତ୍ର ମଧ୍ୟ ପ୍ରସ୍ତୁତ କରାଗଲା । ସେଥିରେ ନାରୀ, ଦଳିତ, ପୀଡ଼ିତ ମହିଳା, କୃଷକ ଏବଂ ଯୁବକମାନଙ୍କ ସମସ୍ୟାର ସମାଧାନ ଆଦି କରାଯିବା କଥା

ତନ୍ନତନ୍ନ କରି ଲେଖାଯାଇଥିଲା। ତାଙ୍କୁ ମହିଳାମୋର୍ଚ୍ଚାର ଅଧ୍ୟକ୍ଷା କରାଯାଇଥିଲା। ଚାରିଆଡ୍ରୁ ଶୁଭେଚ୍ଛାର ସୁଅ ଛୁଟୁଥିଲା, ଅଭିନନ୍ଦନ ଶୁଭକାମନା ଦିଆଯାଉଥିଲା। ସନ୍ଦୀପ ଯଦି ପଢ଼ିବ ତା ହେଲେ ଏଇଆ କହିବ ଯେ ଆପଣ ଦିଶାକୁ ପୁଣିଥରେ ପଛରେ ପକେଇଦେଲେ। ଆପଣ ଚାହିଁଥିଲେ ତାକୁ ନିଜ ସହ ଠିଆ ହେବାର ସୁଯୋଗ ଦେଇ ପାରିଥାନ୍ତେ। କିନ୍ତୁ ସେ ସନ୍ଦୀପକୁ କେମିତି ବୁଝେଇବ ଯେ ଦିଶା ଏକ ସ୍ୱତନ୍ତ୍ର ଚେତନାର ମଣିଷ। ଏପରି ହିଁ ଆରୋପ ସେତେବେଳେ ସେ ଲଗାଇଥିଲେ।

ନିଧି ତାଙ୍କୁ ଅଭିନନ୍ଦନ ଜଣାଉଥିଲା - ମାଉସୀ, ମୋତେ ତୁମେ ପି.ଏ. କରିଦିଅ। ମୁଁ ତୁମ କାମ ବହୁତ ଭଲରେ ସମ୍ଭାଳି ନେବି। ତୁମ ସହ କେହି ବି ବେଇମାନୀ କରିପାରିବେ ନାହିଁ।

କଥାଟି ଅବଶ୍ୟ ସତ ଥିଲା।

ସେ ନିଧିକୁ ଫେରିବା ପାଇଁ କହୁଥିଲେ।

"କିନ୍ତୁ ତୁ ନିଜେ ନିଷ୍ପତ୍ତି ନେ ଯେ ତୋତେ କ'ଣ କରିବାର ଅଛି।"

"ମାଉସୀ, ମୋତେ ବହୁତ ଭଲ ଲାଗୁଛି। ମୁଁ ତୁମକୁ ନୂତନ ପିଢ଼ିର ସମସ୍ୟା ଓ ମନୋଭାବ ବିଷୟରେ କହିବି ଯେ ତୁମକୁ ସେମାନଙ୍କ ପାଇଁ କ'ଣ ସବୁ କରିବାକୁ ହେବ, ବା ସେମାନେ କେଉଁ ପରିସ୍ଥିତି ଦେଇ ଗତି କରୁଛନ୍ତି, ସେମାନଙ୍କ ପ୍ରକୃତ ସମସ୍ୟା ଓ ଇଚ୍ଛା ଅଭିଳାଷ କ'ଣ? ତୁମେ ଯଦି କୋଉ ବୁଢ଼ା ଲୋକକୁ ନିଜର ପରାମର୍ଶଦାତା ରଖିବ ତାହେଲେ ସେ ତା ନିଜ ବୟସ ଅନୁସାରେ ଚିନ୍ତା କରିବ। ମୁଁ ତୁମ ଭାଷଣରେ ଶକ୍ତି ଓ ଜୀବନ ଭରିଦେବି।"

ସେ ବହୁତ ଖୁସି ଯେ ନିଧି ଏପରି କଥା ଚିନ୍ତାକରି ଓ ମାନି ଚଳୁଛି !

ଦିଶାର ମେସେଜ୍ ଆସିଲା, ଏବେ ତୋତେ ଏ କ୍ଷେତ୍ରରେ ବହୁତ ଭଲ କାମ କରିବାକୁ ପଡ଼ିବ।

ମହେଶ ଲେଖୁଛି, ତୁ କେବେ କହି ନ ଥିଲୁ ଯେ ରାଜନୀତିରେ ଆସୁଛୁ ବୋଲି।

ବଡ଼ ଭାଇ ଏ କ୍ଷେତ୍ରରେ ଥିବା ବିଭିନ୍ନ ବାଧାବିଘ୍ନ ବିଷୟରେ ଜଣାଉଛନ୍ତି।

ସେ ସମସ୍ତଙ୍କ କଥା ଶୁଣୁଛନ୍ତି।

ତାଙ୍କର ପଦପଦବୀ ବଢ଼ିଯାଇଥିଲା। ସେ ସମ୍ମାନୀୟ ନାଗରିକ ହୋଇଯାଇଛନ୍ତି। ସେ ଜଣେ ସଚ୍ଚୋଟ ଓ କର୍ମଠ ନେତା ହୋଇଯାଇଛନ୍ତି। ସମସ୍ତେ ତାଙ୍କଠାରୁ ବହୁତ କିଛି ଆଶା କରୁଛନ୍ତି।

ଦିନେ ଦେଖିଲେ ଦିଶାର ଦଶ-ବାରଟି ମିସ୍‌କଲ୍ ଅଛି।

"ଗୋଟେ ଭଲ ଖବର ଶୁଣେଇବା ପାଇଁ ଫୋନ୍ କରୁଥିଲି।"

"କ'ଣ ?"

"ସନ୍ଦୀପର ଖବର ମିଳିଗଲା।"

"କୋଉଠି ଅଛି ସେ ?"

"ଜଙ୍ଗଲ ବଞ୍ଚାଅ ଆନ୍ଦୋଳନର ଆନ୍ଦୋଳନକାରୀମାନଙ୍କ ସାଙ୍ଗରେ।"

"କିନ୍ତୁ ସେ ତ ବିଦେଶରେ ଥିଲା।"

"ଫେରି ଆସିଛି, ତା'ର ସେଠି ବକ୍ତବ୍ୟ ଦେବାର ଥିଲା।"

"ମୁଁ କହିଥିଲି ନା ତୋତେ, ଧୈର୍ଯ୍ୟ ଧର, ସବୁ ଠିକ୍ ହୋଇଯିବ।"

"ଧୈର୍ଯ୍ୟ ହିଁ ତ ଧରିଥିଲି।"

ସେ ତାଙ୍କର ଗୋଟେ ଅଲଗା ଅଫିସ କରିଛନ୍ତି। ତାଙ୍କର ସବୁକାମ ନିଧି ହିଁ ବୁଝାବୁଝି କରୁଛି।

"ମୁଁ ଯାଉଛି।"

"କୁଆଡ଼େ ?"

"ସନ୍ଦୀପ ପାଖକୁ। ତା ଆନ୍ଦୋଳନରେ ତା'ର ସହଯାତ୍ରୀ ହେବାକୁ।"

"ଏଠି କିଏ ସବୁ ବୁଝିବ ? ଆଉ ପାରୁଲ ? ସେ ବି ତ ରହିବ ନା !"

"ପାରୁଲ ଯାଇସାରିଛି କ'ଣ ଗୋଟେ କୋର୍ସ କରିବ ବୋଲି। ସେ ନିଜ ସାଙ୍ଗସହ ବାହାରେ ରହିବାକୁ ଚାହୁଁଛି।"

"ଚିନ୍ତା କରି ଦେଖ।"

"ଭାବି ସାରିଛି। ଘରର ଚାବି ଗଣେଶ ପାଖରେ ଅଛି, ତୁ ଆସିକି ନେଇଯିବୁ।"

"ତୋର କଳା ଓ କଳାକାରମାନଙ୍କ ପାଇଁ କାମ କରିବା କଥା କ'ଣ ହେବ ?"

"ସେଇଟା ତ କରିବାକୁ ହିଁ ପଡ଼ିବ, କିନ୍ତୁ ଏବେ ଯିବା ଜରୁରୀ। ତୁ ଜାଣିଛୁ ଯେ ଗଛ ପତ୍ର ପ୍ରତି ମୋର କେତେ ଶ୍ରଦ୍ଧା, ସେଦିନ ସେହି ଗଛଗୁଡ଼ିକ କାନ୍ଦିବା ପରି ମୁଁ ଅନୁଭବ କରିଥିଲି। ମୁଁ ସେମାନଙ୍କୁ ବଞ୍ଚେଇବାକୁ ଚାହୁଁଛି। ଗଛପତ୍ର ରହିଲେ ହିଁ ତ ଆମେ ବଞ୍ଚିବା।"

"ଏହା ସନ୍ଦୀପକୁ ଭେଟିବାକୁ ଯିବାର ବାହାନା ନୁହେଁ ତ ?"

"ଏବେ ବି ସେଇ କଥା। ଉଦ୍ଦେଶ୍ୟ ଦୁଇଟି ହିଁ ବୋଲି ମାନିନେଇପାରୁ। ତା ସହ ଦେଖାହେବା ଆଉ ଆନ୍ଦୋଳନରେ ଭାଗ ନେବା ମଧ୍ୟ।" ଦିଶା ହସୁଥିଲା, ଛଳଛଳ ହୋଇ ବହିଯାଉଥିବା ନଦୀଟିଏ ପରି।

"ତୁ ଏଇଟା ବହୁତ ଭଲ କାମ କଲୁ ଅପା। ଯଦି ଆଗକୁ ବଢ଼ିବାର ସୁଯୋଗ

ମିଳୁଛି ତାହେଲେ କଦାପି ନିଜକୁ ଅଟକାଇବା ଉଚିତ ନୁହେଁ। କେବେ ବି କାହା କଥାରେ ପ୍ରଭାବିତ ହେବୁନି କି କାହା କଥା ଶୁଣିବୁନି। ନିଜକୁ ଯାହା ଠିକ୍ ଲାଗିବ, ସେଇଆ କରିବୁ।" ଦିଶା ତାଙ୍କୁ ବୁଝାଉଥିଲା।

"ହଁ, ଆଉ ତୋର ସେ ଚିଠିସବୁ... ତାକୁ କ'ଣ କରିବା ?"

"ସେସବୁକୁ! ସେସବୁ ତାଙ୍କ ଲକ୍ଷ୍ୟସ୍ଥାନରେ ପହଞ୍ଚାଇବାର ଅଛି। ଯାହା ପାଇଁ ଲେଖାଯାଇଛି, ସେ ବି ପଢ଼ିବା ଦରକାର।" ଦିଶା ହସିଦେଇ କହିଲା।

●●●

"ମାଆ ପୁଣି ତା ପାଖକୁ ଯାଉଛନ୍ତି ?"

"ହଁ"

"ଶେଷରେ ତା ଠିକଣା ଖୋଜିନେଲେ।"

"ସେ ବହୁତ ଏକାଗ୍ରତାର ସହ ଗୋଟେ ମିଶନରେ ଲାଗିଛି।"

"ତାହେଲେ ମାଆଙ୍କ ନିଜ କାମ!"

"ଏଇଟା ବି ତ ଗୋଟେ କାମ ଅଟେ। ବଡ଼ କାମ। ମଣିଷ ଜୀବନ ପାଇଁ ସବୁଠାରୁ ମହତ୍ତ୍ୱପୂର୍ଣ୍ଣ ଜିନିଷକୁ ବଞ୍ଚେଇବାର କାମ। ନିଜେ ଚିନ୍ତାକରି ଦେଖ।"

"ମାଆ ସବୁବେଳେ ଜିଦ୍ କରନ୍ତି।"

"ହୁଏତ ହଁ ଓ ନାଁ ବି।"

"କେମିତି ?"

"ତୁ ବାହାହେବାକୁ ରାଜି ହେଲୁନି... ନୁହଁ? ତୁ ଚାକିରି କରିବାକୁ ଚାହିଁଲୁ। ତୁ ବାଙ୍ଗାଲୁରୁ ଗଲୁ। ଏବେ ତୋତେ ଲାଗିଲା ଯେ ମୋ ସହ କାମ କରି ତୁ ନିଜ ଲକ୍ଷ୍ୟସ୍ଥଳରେ ପହଞ୍ଚିପାରିବୁ, ଆଉ ତୁ ନିଜ ମାର୍ଗ ବାଛିନେଲୁ। ତୋତେ ଲାଗୁଛି ଯେ ଏହି କ୍ଷେତ୍ରରେ ରହି ତୁ ଯୁବକମାନଙ୍କ ପାଇଁ ଅପେକ୍ଷାକୃତ ଭଲ ଯୋଜନା ପ୍ରସ୍ତୁତ କରିପାରିବୁ, ତାହେଲେ ତୁ କାହା ପାଇଁ କାମ କରୁଛୁ।"

"ତୁମ ପାଇଁ"

"ନାଁ, ତୁ ଯୁବକମାନଙ୍କ ପାଇଁ କାମ କରୁଛୁ। ତୁ ନିଜ ଚିନ୍ତାଧାରାକୁ ଫଳପ୍ରଦ କରିବା ପାଇଁ ଚେଷ୍ଟା କରୁଛୁ।"

"ପାରୁଲ? ସେ ତ କେବଳ ନିଜ ବିଷୟରେ ହିଁ ଭାବୁଛି।"

"ସେ ! ନିଜେ ଯଦି କିଛି ହୋଇପାରନ୍ତା ତାହେଲେ କେତେ ସୁନ୍ଦର କଥା ହୁଅନ୍ତା । ସେ ତ ଖାଲି ଭାବୁଛି... କାହାରି ନା କାହାରି ବିଷୟରେ ।"

ନିଧି ତାଙ୍କୁ ଚାହିଁ ରହିଥିଲା ।

"ଠିକ୍ ସେମିତି ମାଆ ଏବେ ନିଜ ବିଷୟରେ ନୁହଁ, ସେହି ବିରାଟ ଆନ୍ଦୋଳନ ବିଷୟରେ ଭାବୁଛି, ବରଂ ସେଇ ଜାଗାକୁ ଯାଉଛି, ତାହେଲେ ସେ କୋଉ ବିଷୟରେ ଭାବୁଛି । ଆମେ ତାକୁ ବାଧାଦେବାକୁ, ବୁଝାଇବାକୁ କିଏ ? ସମସ୍ତଙ୍କୁ ନିଜ ନିଜର କାମ କରିବାକୁ ଦିଅ । ନିଜନିଜ ରାସ୍ତାରେ ଚାଲିବାକୁ ଦିଅ ।"

ନିଧି ଭିଡ଼ିଓ କଲ୍ ବନ୍ଦ କଲା ଓ ଫେରିବାର ପ୍ରସ୍ତୁତିରେ ଲାଗିପଡ଼ିଲା ।

ଏମିତି ଆଉ ନ ହେଉ ଯେ ମାଆ ସବୁଦିନ ପାଇଁ ସେ ସମସ୍ତଙ୍କୁ ଛାଡ଼ି ଚାଲିଯାଉ । ନିଧିର ମନ ପ୍ରଥମଥର ପାଇଁ ନିଜ ମାଆପାଇଁ ଚିନ୍ତିତ ଓ ବିଚଳିତ ହୋଇଉଠୁଥିଲା । ସେ ଦିଶାକୁ ଫୋନ କଲା ।।

"ମାଆ ତୁମେ କୋଉଠି ? ତୁମ ସହ ଗୋଟେ କଥା ଥିଲା ।"

"କି କଥା ! କହ ।"

"ଦେଖ ମାଆ, ଲୁଚେଇବନି । ଏବେ ତୁମକୁ ଗୋଟେ ଜାଗା କହି ଆଉ ଗୋଟେ ଜାଗାକୁ ଯିବାର ଆବଶ୍ୟକତା ନାହିଁ । ଲୁଚକାଳି ଖେଳ ବନ୍ଦ କର ମାଆ ଆଉ ସତସତ କୁହ ଯେ ତୁମେ କୁଆଡ଼େ ଯାଉଛ ?"

ଦିଶା ଗୋଟେ ମୁହୂର୍ତ୍ତପାଇଁ ନୀରବ ହୋଇଗଲା । ଏଇ ଝିଅଟିର କିଛି ଭରସା ନାହିଁ, କେତେବେଳେ ହଠାତ୍ ଜୋରରେ ପାଟିତୁଣ୍ଡ କରିଦେବା ଆରମ୍ଭ କରିଦେବ ! ପୂରା ହୁଲସ୍ଥୁଲ କରିଦବେ ! କେତେବେବେଳ ସନ୍ଦୀପକୁ ଗାଳି ଦେବା ଆରମ୍ଭ କରିଦେବ ।

"ମୁଁ ଶୁଣିପାରିବି ।"

"ମୁଁ ସନ୍ଦୀପ ପାଖକୁ ଯାଉଛି, ସେମାନେ ସବୁ ସେଠି ଏକାଠି ହୋଇଛନ୍ତି, ସେଇଠି ଆନ୍ଦୋଳନ କରୁଛନ୍ତି, ଧାରଣା ଦେଉଛନ୍ତି, ମୁଁ ମଧ୍ୟ ଯୋଗ ଦେବାକୁ ଚାହୁଁଛି, କାରଣ ଏପରି କାମସବୁ ପ୍ରତି ମୋର ଆଗ୍ରହ ଅଛି ।"

"କେବେ ଫେରିବ ?"

"ଜଣା ନାହିଁ ।"

"କେତେ ଦିନ ଯାଏଁ ରହିବ ?"

"କହି ପାରିବିନି ।"

"ମାଉସୀ କିଛି କହିଛନ୍ତି ?"

"ଏଇଆ ଯେ ତୁ ତାଙ୍କ ସହ ତାଙ୍କ ଦଳୀୟ କାମ କରିବୁ।"

"ତୁମେ ଖୁସି ?"

"ଏବେ ଏ ପ୍ରଶ୍ନର କୌଣସି ମାନେ ନାହିଁ। ଆମେ ସମସ୍ତେ ନିଜର ଭଲମନ୍ଦ ବିଚାର କରିପାରିବା। ନିଷ୍ପତ୍ତି ନେଇପାରିବା।"

"ଆରେ ବାଃ ! ମାଆ ତୁମେ ତ ମହାନ ହୋଇଗଲ। ସନ୍ଥମାନଙ୍କ ପରି ଆଦର୍ଶର ଭାଷା କହିବା ଆରମ୍ଭ କଲଣି।"

"ସେଇଆ ବୋଲି ଭାବିନେ।"

"ତୁମ ସ୍ୱାମୀ ?"

"ତାଙ୍କ ଘର ! ଯେତେବେଳେ ଇଚ୍ଛା ସେ ଆସିପାରିବେ।"

"ମାଆ, ତୁମେ ମୁଁ ଆସିବାଯାଏଁ କ'ଣ ରହିପାରିବ !"

"ମୋତେ ଯିବାର ଥିଲା।"

"ତୁମକୁ କିଛି ଦେବାର ଥିଲା।"

"କ'ଣ ?"

"ସେଇଠି ଆସିକି ହିଁ ଦେବି।"

"ଠିକ୍ ଅଛି ଆସେ।"

ଗୋଟେ ଗୋଟେ ମିନିଟ୍ ବଡ଼ କଷ୍ଟରେ କଟୁଛି। କେତେବେଳେ ଘର ଭିତରେ ଆସି ବସିଛି ତ କେତେବେଳେ ଟିକେ ଗଡ଼ି ପଡ଼ିଛି, ପୁଣି କେତେବେଳେ କିଛି ପଢ଼ିବାକୁ ଲାଗୁଛି, କିନ୍ତୁ ରାତି କଟିବାର ନା ନାହିଁ। ଛାତ ଉପରକୁ ଚାଲିଆସୁଛି, ଚାରିଆଡ଼େ ନିସ୍ତବ୍ଧ ! ଘନ ଅନ୍ଧାରରେ ଜଙ୍ଗଲ ବୁଡ଼ିରହିଛି। କୌଣସି ଆଲୁଅ ନାହିଁ। ଆଲୋକର କିଛି ସାଧନ ବି ନାହିଁ। ଆକାଶ ଆଡ଼କୁ ଏକା ଧ୍ୟାନରେ ଦିଶା ଚାହିଁ ରହିଛି। ଆକାଶରେ ତାରାମାନେ ଦପ୍‌ଦପ୍ କରୁଛନ୍ତି। ଜହ୍ନ ଚମକୁଛି। ଏପରି ବାତାବରଣ, ଯାହାକୁ ସେ ନା କବିତାରେ ବ୍ୟକ୍ତ କରିପାରିଥିଲା, ନା ଡାଏରୀରେ। ଆଜି ତା ମନ ମଧ୍ୟ ଆକାଶ ପରି ସ୍ଥିର ଏବଂ ଅନନ୍ତ ଆଲୋକରେ ଝିଲମିଲ କରୁଛି। ଡର, ଆଶଙ୍କା, ଚିନ୍ତା, ସ୍ମୃତି କିଛି ବି ତ ନାହିଁ। ଆଖି ବନ୍ଦ କରି ଧ୍ୟାନରେ ବୁଡ଼ିଯାଇଛି, ସତେ ଯେମିତି ଆଖିରେ ହିଁ ସବୁ ଦୃଶ୍ୟ ଆସି ଜୀବନ୍ତ ହୋଇ ଉଠିଲା। ସ୍କୁଲରେ ଏକାଠି ପଢୁଥିବା ପିଲାଏ, ସହପାଠୀ ଦିଶାର ବହିନେଇ ଧାଇଁ ଯାଉଥିଲା ଓ ଦିଶା ତା ପଛେ ପଛେ ଧାଉଁଥିଲା ଅନେକ ଦୂର ଯାଏଁ। ସେ ଏତେ ଦୁଷ୍ଟ ଥିଲା ଯେ ବହିପତ୍ରକୁ ଲୁଗାରେ ବାନ୍ଧି ଆମ୍ବଗଛରେ ଓହଳାଇ ଦେଇଥିଲା, ଦିଶା ଡିଆଁମାରି ସେ ବସ୍ତାନୀକୁ ଛୁଇଁବାକୁ ଚାହୁଁଥିଲା, ଖଣ୍ଡେ ଡାଙ୍ଗ ଆଣି ତାକୁ ଖସେଇବାକୁ ଚେଷ୍ଟା କରୁଥିଲା, କିନ୍ତୁ ସହପାଠୀଟି

ସେ ଗଣ୍ଠିକୁ ଏତେ ଜୋରରେ ବାନ୍ଧିଥିଲା ଯେ ତାହା ଖୋଲୁ ନ ଥିଲା କି ପଡୁ ନ ଥିଲା, ଦିଶା କାନ୍ଦିକାନ୍ଦି ତା ନାଆରେ ଯାଇ ବାପାଙ୍କ ପାଖରେ ଅଭିଯୋଗ କରିଦେଲା। ବାପା ତାକୁ ବହୁତ ପିଟିଥିଲେ, କାନ୍ଦିକାନ୍ଦି ତା ମୁହଁ ଫୁଲିଯାଇଥିଲା ତା ପିଠି ଉପରେ କଞ୍ଚା ବାଡ଼ିର ମାଡ଼ ଦାଗ ବସିଯାଇଥିଲା। ଦିଶାର ଆଜି ବି ସେ ସହପାଠୀ କଥା ମନେଅଛି। ଯିଏ ପରେ ତା ଜୀବନର ପ୍ରଥମ ଆକର୍ଷଣ ସାଜିଥିଲା। ବାପାଙ୍କ ମାଡ଼ ଅନେକ ଦିନ ଯାଏଁ ଦିଶାକୁ ଶୋଇବାକୁ ଦେଇ ନ ଥିଲା। ସେଇ ଅସମ୍ପୂର୍ଣ୍ଣ ନିଦକୁ ସେ ଆଜି ମଧ୍ୟ ନିଜେ ଭୋଗୁଛି, ସେ ଅଧା ନିଦରେ ସେ କବିତା ଲେଖୁଛି, ପଢୁଛି, ନିଜ କାମ କରୁଛି, ସେଇ ଅସମ୍ପୂର୍ଣ୍ଣ ନିଦରେ ସେ ନିଜର ଜୀବନ ସଜାଡୁଛି, ସେଇ ଅନିଦ୍ରାପଣର ଅଭିଶାପ ତାକୁ ଅନନ୍ତ ସମ୍ଭାବନାର ଦ୍ୱାର ଖୋଲିବାକୁ ବାଧ୍ୟ କରିଥାଏ।

ଏବେ ତ ଚାରିଟା ହିଁ ମାତ୍ର ବାଜିଛି, ଏଇ କେଇ ଘଣ୍ଟା ତା ଜୀବନର ସବୁଠାରୁ ବେଶୀ ଅଧୈର୍ଯ୍ୟ ପୂର୍ଣ୍ଣ ସମୟ ଥିଲା। ଏଇ କେଇ ଘଣ୍ଟା ଭିତରେ ସେ ନିଜର ଭବିଷ୍ୟତ ଦେଖିପାରିଥାନ୍ତା। ନିଧି ଓ ପାରୁଲ ପାଇଁ କିଛି ଯୋଜନା କରିପାରିଥାନ୍ତା। ରାଜୀବ ବିଷୟରେ ଭାବି ପାରିଥାନ୍ତା। କିନ୍ତୁ ନା, ଏହି ସୁନ୍ଦର, ଶାନ୍ତ, ଶୀତଳ, ବାସ୍ନାଭରା ସମୟଗୁଡ଼ିକରେ ସେ କେବଳ ନିଜ ବିଷୟରେ ହିଁ ଭାବିଚି।

ନିଧି ଏୟାରପୋର୍ଟରେ ପହଞ୍ଚି ସାରିଥିଲା, ତାକୁ ପହଞ୍ଚିବାକୁ ଆଉ ଘଣ୍ଟାଏ ଲାଗିବ। ସହରର ଟ୍ରାଫିକ୍ ପଇଁଚାଳିଶ ମିନିଟ୍‌କୁ ପଚାଶ ବା ଷାଠିଏ ମିନିଟ୍‌କୁ ବଢେଇ ଦେଇପାରେ।

ତା ବ୍ୟାଗ୍ ବାହାରେ ରଖାଯାଇଥିଲା।

ଦିଶା ପ୍ରସ୍ତୁତ ଥିଲା। ନିଧିକୁ ଆସୁଥିବାର ଦେଖି ସେ ଲମ୍ବା ଲମ୍ବା ପାଦ ପକାଇ ତା' ପାଖରେ ପହଞ୍ଚିଗଲା।

"କହ, କ'ଣ ଦେବୁ କହୁଥିଲୁ।"

"କବାଟ ତ ଖୋଲ।"

"ଖୋଲା ଅଛି।"

"ଆସୁଛି।" କହିଦେଇ ନିଧି ଯେତିକି ଜୋରରେ ସିଡ଼ି ଚଢ଼ି ଉପରକୁ ଆସୁଥିଲା, ପୁଣି ହଠାତ୍ ସେତିକି ବେଗରେ ତଳକୁ ଓହ୍ଲେଇଗଲା।

"କ'ଣ ହେଲା ?"

"ମୋ ଉପରେ ପାଟି କରିବନି ତ ?"

"ଆଗ କହ।"

ନିଧିର ହାତରେ ତିନି ଚାରୋଟି ଲଫାପା ଥିଲା।

"ଏସବୁରେ କ'ଣ ?"

"ସନ୍ଦୀପର ଚିଠି।"

"ଚିଠି ! ତୋ ପାଖକୁ କେମିତି ଆସିଲା ?"

"ପୋଷ୍ଟମ୍ୟାନ ଆସି ଦେଇ ଯାଉଥିଲା।"

"ତା ହେଲେ ତୁ ମୋତେ ଜଣେଇବା ଉଚିତ ମନେ କଲୁନି।"

"ମୁଁ ଚାହୁଁ ନ ଥିଲି ଯେ ତୁମେ ଏ ଚିଠିସବୁ ପଢ଼, ପଢ଼ିକି କନ୍ଦାକଟା କର ଅବା ତାକୁ ଉତ୍ତର ଲେଖ।"

"ତୁ ଲୁଚେଇକି କେମିତି ରଖିପାରିଲୁ ?"

"ସେତେବେଳେ ମୁଁ ତୁମ ଦୁଇଜଣଙ୍କୁ ବହୁତ କଷ୍ଟ ଦେବାକୁ ଚାହୁଁଥିଲି।"

"ଆଉ ଏବେ !"

"ଏବେ ଲାଗିଲା, ଚିଠି ସବୁ ଦେଇଦେବା ଉଚିତ।"

"କାହିଁକି ?"

"କାରଣ, ଏସବୁ ଚିଠି ବିଷୟରେ ସେ ତୁମକୁ ପଚାରିଲେ ତୁମେ ଉତ୍ତର ଦେଇଥାନ୍ତ ?"

"ଏତେ ମାସ ତୁ ଲୁଚେଇ ରଖିଲୁ।"

"କିନ୍ତୁ, ମୁଁ ଏ ଚିଠି ସବୁ ଖୋଲିନି କି ପଢିନି।"

ନିଧି ଅଳ୍ପ ଅଳ୍ପ ଅଳ୍ପ ହସୁଥାଏ।

"ଆଗ ଚିଠି ପଢ଼ିବ, ନା ଯିବ ?" ନିଧି ପଚାରିଲା।

"କେଜାଣି କ'ଣ ଲେଖିଥିବ !" ଦିଶା ମନେମନେ ଭାବୁଥିଲା।

ଥର ଥର ହାତରେ ଦିଶା ଚିଠି ଖୋଲି ପଢ଼ିବାକୁ ଆରମ୍ଭ କଲା।

●●●

ପ୍ରଥମ ପତ୍ର

ତାରିଖ : ୦୩ ଡିସେମ୍ବର, ୨୦୧୯

ପ୍ରିୟ ଦିଶା,

ଫେରି ଆସିବା ପରେ ଅନେକ ଦିନ ଯାଏଁ ମନ ମସ୍ତିଷ୍କରେ ସେହି ଜାଗାରେ ହିଁ ଘୁରିବୁଲୁଥିଲି। ଶରୀର ସିନା ନିଜ ଘରେ ଥିଲା... କିନ୍ତୁ ମନ ମୋ ପାଖରେ ନ ଥିଲା। ଘରେ ସମସ୍ତେ ବ୍ୟସ୍ତ ଥିଲେ, ଅସନ୍ତୁଷ୍ଟ ବି। ସୁଧାର ଦେହ ଖରାପ ଥିଲା।

ଗୋଟି ଗୋଟି କରି ସବୁ ପରୀକ୍ଷା କରାଗଲା। ସକାଳୁ ନେଇ ସନ୍ଧ୍ୟା ଯାଏଁ ହସ୍ପିଟାଲରେ। ତାକୁ ଦିନକୁ ଦିନ ଦୁର୍ବଳ କ୍ଷୀଣ ହେଉଥିବାର ଦେଖିବା ଏକ ଭୟଙ୍କର କଷ୍ଟକର ଅନୁଭୂତି ଥିଲା। କ୍ୟାନସର ବୋଲି ଜଣାପଡ଼ିଲା, ଶେଷ ଅବସ୍ଥା। ମୁଁ ସବୁକିଛି ବନ୍ଦ କରିଦେଇଛି। ସୁଧାର ସେବାରେ ଲାଗିରହିଛି। ମୁଁ ତା ସେବାଶୁଶ୍ରୂଷାରେ କୌଣସି ଅଭାବ ରଖିବାକୁ ଚାହୁଁନି। ମୁଁ ତାକୁ ଭଲପାଇଥିଲି। ଆମ ପ୍ରେମକାହାଣୀରେ ଅନେକ ବାଧାବିଘ୍ନ ଉଠାଣି ଗଡ଼ାଣି ଆସିଛି, କିନ୍ତୁ ଆମେ ସବୁବେଳେ ପରସ୍ପରର ପାଖରେ ରହୁଥିଲୁ। ମୁଁ ତା'ର କେଶ ଶୂନ୍ୟ ବା ମୁଣ୍ଡକୁ ଦେଖି ଏକାଏକା ବହୁତ କାନ୍ଦୁଛି। ମୁଁ ତା ନୀଳ ନୀଳ ଶିରାପ୍ରଶିରାକୁ ସ୍ପର୍ଶ କରି ଯନ୍ତ୍ରଣାରେ ବୁଡ଼ିଯାଉଛି। ମୁଁ ତାକୁ ଖୁସିରେ ରଖିବାକୁ ଚେଷ୍ଟା କରିଥିଲି। ସେ ମୋ ଉପରେ ରାଗୁଥିଲା, କିନ୍ତୁ ମୋଠାରୁ ଦୂରକୁ ଯିବାକୁ ଚାହୁଁ ନ ଥିଲା। ତାକୁ ଏମିତି ଦୂରକୁ ଦୂରକୁ ଯାଉଥିବାର ଦେଖିବା... ଦିଶା, ମୁଁ ଏଇ ସମୟରେ ତା ସହ ମରିଯିବାକୁ ଚାହୁଁଛି। ସେ କହିଥିଲା ଯେ, ସେ ତା ଭଉଣୀକୁ ଦେଖାକରିବାକୁ ଚାହୁଁଛି, ମୁଁ ତା ଭଉଣୀକୁ ଡକାଇଲି।

ଆଠ ମାସର ସେବାଯତ୍ନ ଓ ପ୍ରାର୍ଥନା ସତ୍ତ୍ୱେ ଆମେ ତାକୁ ବଞ୍ଚେଇ ପାରିଲୁନି। ତା କୋକେଇକୁ କାନ୍ଧରେ ନେବା ସମୟରେ ଲାଗିଲା, ହୃଦୟ ସତେ ଅବା ଫାଟିଯିବ ନ ହେଲେ ମୁଁ ବି ତା ସହ କୋକେଇରେ ଚାଲିଯିବି। କିନ୍ତୁ ଝିଅ ମୋତେ ସମ୍ଭାଳି ନେଇଥିଲା। ମୋ ହାତକୁ ଧରି ସେ କିଛି ସମୟ ମୋ ସହ ଠିଆ ହୋଇ ରହିଲା। ସେ ମୋର ସବୁ କଥା ବୁଝୁଥିଲା, ଔଷଧ, ଖାଇବା ସବୁକିଛିର ଦାୟିତ୍ୱ ସେ ନେଇ ଯାଇଥିଲା।

ଆଜି ସୁଧାକୁ ଯିବାର ଆଠ ମାସ ହୋଇଗଲା। ବିବେକ ଆସିଯାଇଥିଲା, ତା ସ୍ତ୍ରୀ ମଧ୍ୟ। ସେ ବି କୋଡ଼ିଏ ପଚିଶି ଦିନ ରହିଲା... ମୁଁ ତାକୁ ବୁଝାଇ ସୁଝାଇ ପଠେଇ ଦେଲି। ତୁମକୁ ଏକା ଛାଡ଼ିଦେଇ ଆସିଲି... ଭାବିଥିଲି, ନିଜକୁ ସମସ୍ତଙ୍କ ମଧ୍ୟରେ ବାଣ୍ଟି ଦେବି, କିନ୍ତୁ ଭାଗ୍ୟର ବିଡ଼ମ୍ବନା, ସମସ୍ତଙ୍କ ଠାରୁ ବିଚ୍ଛିନ୍ନ ହୋଇ ଗୋଟେ ଜାଗାରେ ଏକା ହୋଇ ରହିଯାଇଛି।

ସୁଧାର ଜୀବନ ମୋ ପାଇଁ ବହୁତ ମହତ୍ତ୍ୱପୂର୍ଣ୍ଣ ଥିଲା। ସେ ମୋର ସମସ୍ତ ନିଷ୍ପତ୍ତିକୁ ସ୍ୱୀକାର କରିଥିଲା। ମୋ ଜୀବନର ସଂଘର୍ଷଗୁଡ଼ିକୁ ସହିଗଲା ଓ କେବେ ବି ପ୍ରତିବାଦ କରିନି। ସେ ମୋ ସ୍ୱାସ୍ଥ୍ୟକୁ ନେଇ ସବୁବେଳେ ଚିନ୍ତିତ ରହୁଥିଲା। ଏକଥା ସତ ଯେ ଗୋଟେ ପତ୍ନୀ ଭାବରେ ସେ ମୋ ଚିନ୍ତା କରୁଥିଲା ଓ ସେଥିପାଇଁ ମୋ ଉପରେ ନଜର ମଧ୍ୟ ରଖୁଥିଲା, କିନ୍ତୁ ସେ କେବେ ମୋତେ ପ୍ରଶ୍ନ କରିନି। ଶେଷ ଦୁଇ ବର୍ଷରେ ସେ ପିଲାମାନଙ୍କୁ ନେଇ ଟିକେ ବେଶୀ ସମ୍ବେଦନଶୀଳ ହୋଇ ଯାଇଥିଲା

ଏବଂ ମୋ ଠାରୁ ସେମାନଙ୍କର ସବୁ ଅଧିକାର ଛଡ଼ାଇ ନେଇଥିଲା। ମୁଁ ଦେଇଥିବା ଘରକୁ ମଧ୍ୟ ସେ ଝିଅ ନାଁରେ କରିଦେଇଛି। ସେ ଯାହାହେଉ, ଛାଡ଼... ଏସବୁ ତ ସ୍ୱାଭାବିକ କଥା, ଯାହା କି ହେବାର ହିଁ ଥିଲା। ତୁମେ କୁହ, ତୁମ କାମରେ ଆଉ କେତେବାଟ ଆଗେଇଲ ? ସବୁ କିଛି ବିସ୍ତାରରେ ଲେଖିବ।

ସ୍ନେହର ସହ

ତୁମର ସନ୍ଦୀପ

ଦ୍ୱିତୀୟ ପତ୍ର

ତାରିଖ : ୧୨ ଜାନୁଆରୀ, ୨୦୨୦

ପ୍ରିୟ ଦିଶା,

ସବୁ କିଛି ଝିଅକୁ ଦେଇଦେଇଛି। ବୁଝେଇ ଦେଇଛି, ଖାଲି ନିଜ ପାଇଁ ଗୋଟେ ବଖରା ରଖିଛି, ଯେଉଁଥିରେ ମୋର ସାରା ଜୀବନର ଜମା ପୁଞ୍ଜି ଅଛି, ମାନେ ମୋ ବହିପତ୍ର। ଛାତିରେ ଗୋଟିଏ ବୋଝ ରହିଗଲା ଯେ ସୁଧାକୁ ବଞ୍ଚାଇ ପାରିଲିନି। ସେଇ ପୂରା ଏଗାର ଦିନରେ... ପିଲାମାନେ ଯାହାସବୁ କର୍ମ କଲେ, ମୁଁ ନିର୍ଲିପ୍ତ ହୋଇ କେବଳ ଉପସ୍ଥିତ ହୋଇ ରହିଲି। ସଂସ୍କାର, ପୂଜାପାଠ, ସବୁକିଛି ପଛରେ ଏଇଆ ମୂଳ କାରଣ ଥିବ ଯେ, ମଣିଷ ନିଜ ପ୍ରିୟ ଲୋକ ଚାଲିଯିବାର ଦୁଃଖକୁ ସହିବାର ଶକ୍ତି ଜୁଟେଇ ପାରିବ। ମୁଁ ମଧ୍ୟ ସାହସ ଧୈର୍ଯ୍ୟ ବାନ୍ଧୁଥିଲି। ଆଗକୁ ଜୀବନ ପଡ଼ିଥିଲା। ଝିଅକୁ ମଧ୍ୟ ତା ଘରକୁ ଯିବାର ଥିଲା, ସେତେବେଳେ ମୁଁ ପୂରାପୂରି ଏକ ହୋଇଯିବାର କଳ୍ପନାରେ ଭିତରେ ଥରି ଉଠିଲି। ଭାବିଲି, ତୁମମାନଙ୍କ ପାଖକୁ ଫେରିଯିବି କିଛିଦିନ ପାଇଁ, କିନ୍ତୁ ସେଇ କାହାଣୀ ପୁଣି ଦୋହରାଇବାକୁ ଚାହୁଁ ନ ଥିଲି, ତେଣୁ ଯାତ୍ରା ପାଇଁ ବାହାରିଗଲି। ଲମ୍ବା ଯାତ୍ରା।

ବୁଲିବାକୁ ବାହାରିବାର ଉଦ୍ଦେଶ୍ୟ କେବଳ ଏଇଆ ଥିଲା ଯେ ମନ ଟିକେ ପରିବର୍ତ୍ତନ ହେବ। ମୃତ୍ୟୁ ଏବଂ ରୋଗର ଭୟରୁ ମୁକ୍ତ ହେବାକୁ ଚେଷ୍ଟା କରିବି। ଧୀରେଧୀରେ ସେହି ଭ୍ରମଣ ଯାତ୍ରାରେ ନିଜକୁ ହଜେଇ ଦେଲି। ସେସବୁ ଭିତରେ ଏତେ ହଜିଗଲି ଯେ ମନେ ବି ରହିଲାନି ଯେ ମୁଁ କାହିଁକି ଆସିଥିଲି, କୋଉଠିକୁ ଯିବାର ଥିଲା ଆଉ ଫେରିଆସି କୁଆଡ଼େ ଯିବି, ସେହି ଘରକୁ ଯାହାର କବାଟରେ ତାଲା ପଡ଼ିଥିବ। ତାଲାର ଆକୃତିକୁ ଦେଖି ମୁଁ ଅନ୍ତରରେ କମ୍ପିଉଠିଲି, କବାଟକୁ ଖୋଲା ନ ଯିବାର ତାଲା। ମୋ ଜୀବନରେ ବି କ'ଣ ସେହିପରି ତାଲା ଲାଗିଯିବ। ଧଳା ରଙ୍ଗର ବଡ଼ ତାଲା। କିଛି ନ କହି ବି ଯିଏ ବହୁତ କିଛି କହିଦିଏ। ଯାହାକି ଯଦି ଖୋଲିବ ତା ହେଲେ ନିଜ ଗର୍ବରେ ନଚେତ ଭାଙ୍ଗିଲେ ଯାଇ। ମୋ ପରିଚିତ ମାନଙ୍କର,

ବନ୍ଧୁମାନଙ୍କର, ସମ୍ପର୍କୀୟଙ୍କର ବାରମ୍ବାର ଫୋନ୍ ଆସୁଥାଏ। ମେସେଜ୍ ମଧ୍ୟ ଆସୁଥିଲା ଯେ, ମୋତେ ଏ ପରିସ୍ଥିତିରୁ ବାହାରକୁ ବାହାରିବାକୁ ପଡ଼ିବ... କେବଳ ତାହା ହିଁ ଗୋଟେ ଜିନିଷ ଥିଲା ଯାହା ମୋତେ ତା ଭିତରୁ ବାହାରିବାରେ ସାହାଯ୍ୟ କଲା। ମୋ ତାଲାର ଚାବି ମୋ କାମ ହିଁ ଥିଲା! ମୋ କର୍ମଚଞ୍ଚଳତା। ମୋ ବକ୍ତୃତା। ମୁଁ ଏବେ ମୋ ନିଜକୁ ଆଉ ଗୋଟେ ସୁଯୋଗ ଦେଲି ଏବଂ ବୁଲାବୁଲି କରିବା, ବହି ପଢ଼ିବା, ନିଜର ଭାଷଣ ପ୍ରସ୍ତୁତି କରିବା, ଆଦିରେ ବ୍ୟସ୍ତ ରହିଲି। ଜଣେ ପୁରୁଣା ବନ୍ଧୁଙ୍କ ନିମନ୍ତ୍ରଣ ପାଇ ବିଦେଶ ଯାତ୍ରା କଲି। ବିଦେଶ ମାଟିରେ ନିଜକୁ ପ୍ରସ୍ତୁତ କଲି। ବନ୍ଧୁ ମୋତେ ଆଠ ଦଶଟି ଦେଶ ବୁଲାଇଲେ। ଅନେକ ବିଶ୍ୱବିଦ୍ୟାଳୟରେ ମୋର ସ୍ୱତନ୍ତ୍ର ଆଲୋଚନା ଚକ୍ର ରଖିଲେ। ଯେଉଁଠି ମୁଁ ନିଜ ସଂସ୍କୃତି, ସଭ୍ୟତା, ପରିବେଶ, ପର୍ଯ୍ୟାବରଣ, ଆଧ୍ୟାତ୍ମ ଏବଂ ଦର୍ଶନ ବିଷୟରେ କହିଚାଲିଲି, ବାସ୍... ଖାଲି ଗୋଟେ ମାତ୍ର କଥା ମୁଣ୍ଡରେ ଥିଲା ଯେ ବର୍ତ୍ତମାନ ଯାହା କିଛି ଭଲମନ୍ଦ ଘଟି ଚାଲୁଛି, ତା'ପଛରେ ଥିବା ଶକ୍ତି ଓ ବିଚାରବୋଧ କ'ଣ ହୋଇପାରେ। ତୁମେ ଜାଣି ଖୁସି ହୋଇଯିବ ଯେ ଏଠାର ଯୁବସମାଜ ଭିତରେ ଯଥେଷ୍ଟ ଲୋକପ୍ରିୟ ହୋଇଯାଇଥିଲି। ସେମାନେ ମୋ ସହ ଘଣ୍ଟା ଘଣ୍ଟା ଧରି କଥା ହୁଅନ୍ତି, ମୁଁ ସେମାନଙ୍କ ପ୍ରଶ୍ନର ଉତ୍ତର ଦିଏ। ମୁଁ ମୃତ୍ୟୁ, ଅବସାଦ ଓ ଏକାକୀ ପଣରୁ ବାହାରିଆସି ନିଜକୁ ଖୁବ୍ ସତେଜ ଅନୁଭବ କରୁଥିଲି।

ଦିଶା, ଏ ଜୀବନର ଯାତ୍ରା ବିଚିତ୍ର ଘଟଣା ସବୁ ଦେଖାଇଥାଏ ଏବଂ ଏଥିରେ ରୂପ ନେଉଥିବା ଛବି ଆମ ଚେତନାରେ ସୁଗନ୍ଧଟେ ହୋଇ ଚିରଦିନ ରହିଯାଏ! ଆମେ ଦୁହେଁ ମିଶି ଥରେ ଯୋଜନାଟିଏ କରିଥିଲେ ଯେ ଆମେ ଦି'ଜଣ ନିଶ୍ଚୟ ବୁଲିବାକୁ ଯିବା। ଯାଯାବର ପରି। ତୁମକୁ ବିଭିନ୍ନ ପ୍ରକାର ସ୍ଥାପତ୍ୟ ଦେଖିବାର ଥିଲା। ସେସବୁ ଉପରେ ଗବେଷଣା କରିବାର ଥିଲା, ମନେ ଅଛି ? କେବେ ଏଇଆ ଭାବିବନି ଯେ ଏବେ କେମିତି ଓ କ'ଣ ହେବ? ସବୁ କାମ ସବୁ ସମୟରେ ହୋଇପାରିବ, ଏବେ ବି ତୁମ ପାଖରେ ବହୁତ ସମୟ ଅଛି। ସେହି ସମୟକୁ ଏବେ ତୁମେ କେବଳ ନିଜ ପାଇଁ ହିଁ ନିର୍ଦ୍ଧାରିତ କର।

ଗୋଟେ ମାସ ପରେ ଫେରି ସିଧା କଣ୍ଡେଶ ପାଖକୁ ଯିବି। ସେ ସେଠାକାର ପରିସ୍ଥିତି ବିଷୟରେ ଲେଖିଛି। ଏବେ ଅବଶ୍ୟ ସେ 'ଗଛ ବଞ୍ଚାଅ' ଆନ୍ଦୋଳନକୁ ହିଁ ମୁଖ୍ୟ ଭାବରେ ଚଳାଉଛି, କାରଣ ଏଠାରେ ଭୟଙ୍କର ଦୁଷ୍ପରିଣାମ ଦେଖାଗଲାଣି, ପାଣିପାଗ ବିଶେଷଜ୍ଞମାନେ ଯେଉଁ ଚିତ୍ର ପ୍ରସ୍ତୁତ କରିଛନ୍ତି, ତାହା ଅତ୍ୟନ୍ତ ଚିନ୍ତାର ବିଷୟ ଅଟେ। କଣ୍ଡେଶ ପରି ଯୁବକମାନେ ଆନ୍ଦୋଳନକୁ ଏକ ନୂତନ ଶକ୍ତି ଏବଂ

ସାହସ ଦେଇ ଜୀବନ୍ୟାସ କରୁଛନ୍ତି, ସେ ଜଣେ ଭାରି ବିଚକ୍ଷଣ ଏବଂ ସମର୍ପିତ ଯୁବକ ଅଟେ। ତା' ସହ ଦେଖାହେଲେ ତୁମେ ଖୁସି ହେବ।

ତା'ହେଲେ ଆଗାମୀ କାର୍ଯ୍ୟପନ୍ଥା ମୋର ସେଇଠି ହିଁ ହେବ। ତୁମ ଚିଠିର ଅପେକ୍ଷାରେ ଥିଲି, ପଚାରି ଚାଲିଥିଲି, କିନ୍ତୁ ତୁମେ କେବେ ବି ଗୋଟେ ଚିଠି ଲେଖିବା ଠିକ୍ ବୋଲି ଭାବିଲନି। ପୁଣି ଥରେ କହୁଛି, ନିଜକୁ କିଛି ଲୋକଙ୍କଠାରୁ, କିଛି କଥାରୁ ମୁକ୍ତ କର। ନିଜକୁ ମୁକ୍ତ ନ କରି ତୁମେ କେବେ ବି କାହାର ଉପକାର କରିପାରିବ ନାହିଁ। ଏହି ନିର୍ଣ୍ଣୟ ନେବା ଆଉ କାହା ହାତରେ ନୁହଁ ବରଂ ତୁମ ହାତରେ ଅଛି। ଆଶା କରୁଛି ଯେ, ତୁମେ ଏଠାକୁ ନିଶ୍ଚୟ ଆସିବ। ଏଠିକୁ ଆସିବା ପରେ ତୁମ ମାନସିକତା ହିଁ ବଦଳିଯିବ। ଏଠାକାର ବାତାବରଣ ତୁମକୁ ଭଲ ଲାଗିବ।

ସପ୍ରେମ

ତୁମ ସନ୍ଦୀପ

ତୃତୀୟ ପତ୍ର

ତା ୦୭ ଫେବୃୟାରୀ, ୨୦୨୦

ପ୍ରିୟ ଦିଶା,

ଦିଶା, ଏଠାକୁ ଆସି ଏମାନଙ୍କ ଗହଣରେ ରହି ମୁଁ ଜୀବନକୁ କେତେ ନିକଟରେ ଦେଖିଲି ଓ ବୁଝିପାରିଲି। ନିଜର ନା କରିବା ଲୋକେ ଓ ପରେ ରାଜନୀତିକୁ ଆସି ରାଜନୈତିକ ଲାଭ ଉଠାଉଥିବା ପ୍ରଚାରକଙ୍କୁ ତ ଆମେ ଟି.ଭି.ରେ ଗର୍ଜନ କରୁଥିବା ଦେଖିବାର ଅଭ୍ୟସ୍ତ ହୋଇଗଲେଣି, କିନ୍ତୁ ଯାହା ବାସ୍ତବରେ ନିଜ ସମ୍ପତ୍ତି, ନିଜ ପୃଥିବୀ ଓ ସେହି ପୃଥିବୀର ସମ୍ପଦକୁ ରକ୍ଷା କରିବା ପାଇଁ ଯେଉଁପରି ଭାବରେ ଏ ଲୋକମାନେ ସଂଘର୍ଷ କରୁଛନ୍ତି ତାହା ଦେଖି ତୁମେ ବହୁତ ସନ୍ତୁଷ୍ଟ ହେବ। ତୁମ ପରି କାମ କରୁଥିବା ମହିଳାମାନଙ୍କୁ ଦେଖି ମୁଁ ଅଭିଭୂତ। ସେମାନଙ୍କୁ ଭେଟି ମୋତେ ନିଜକୁ ବହୁତ ଛୋଟ ମନେ ହେଉଛି। ତୁମ ଭିତରେ ଯେଉଁ ବ୍ୟାକୁଳତା ରହିଛି, ଯେଉଁ ଅନ୍ତର୍ଦ୍ୱନ୍ଦ୍ୱ ରହିଛି, ସେସବୁ ଏମିତି ହିଁ ଆସି ନ ଥିଲା, ତୁମେ କିଛି ଅଲଗା ଓ ମହାନ୍ କିଛି କରିବା ପାଇଁ ହିଁ ଜନ୍ମ ନେଇଛ।

ମୁଁ ଥରେ ଅପାଙ୍କୁ ଫୋନ୍ କରିଥିଲି। ସମସ୍ତଙ୍କ ଭଲମନ୍ଦ ବୁଝିବାକୁ। ବହୁତ ଅଳ୍ପ ସମୟ ପାଇଁ କଥା ହୋଇଥିଲୁ, କିନ୍ତୁ ମନକୁ ଶାନ୍ତି ମିଳିଥିଲା। ମୁଁ ତୁମକୁ ତୁମ ପରିବାରଠାରୁ ଅଲଗା କରିବାକୁ ଚାହୁଁନି, ତୁମ ପରିବାର ଲୋକ ଭାବୁଛନ୍ତି ଯେ ମୁଁ ତୁମକୁ ତୁମ ପରିବାର ସମ୍ପର୍କୀୟମାନଙ୍କ ଠାରୁ ଅଲଗା କରିଦେଲି, କ'ଣ ତୁମେ ବି ଏଇଆ ଭାବୁଛ ? ତୁମ

ମନରେ ଟିକେ ବି କୁଣ୍ଠା କି ଦ୍ୱିଧା ଥିଲେ ଆଉଥରେ ବିଚାର କରିପାର। ପୁଣି ସେହି ବାକ୍ୟ କହିବି "ଜୀବନ ତୁମର, ନିଷ୍ପତ୍ତି ତୁମକୁ ହିଁ ନେବାର ଅଛି।" ତୁମ ନିଷ୍ପତ୍ତିକୁ ମୁଁ ଅପେକ୍ଷା କରି ରହିଲି। ମୁଁ ଲଗାଇଥିବା ଗଛ ସବୁ ବଡ଼ ହୋଇଯାଇଥିବେ। ମନ ଭିତରେ ସେଇସବୁ କଥା ରହି ରହି ଉଙ୍କି ମାରୁଛି, ଯାହା ସେଠି ସେ ଚାରାଗଛ ରୋପିବା ବେଳେ ଟିକି ଟିକି ଲହରୀ ପରି ମନରେ ଉଠିଥିଲା। ମୁଁ ତୁମର ସେ ଘରେ ଯାହା ସବୁ କରି, ଲଗାଇ, ବୁଣି ଆସିଥିଲି, ସେସବୁ ପଛରେ କେବଳ ଗୋଟିଏ ଉଦ୍ଦେଶ୍ୟ ଥିଲା ଯେ ତୁମେ ସେମାନଙ୍କ ପରି ନିଜ ବ୍ୟକ୍ତିତ୍ୱକୁ ଗଢ଼, ବିରଳ ଓ ବିରାଟ ହୁଅ।

ତୁମ ବ୍ୟକ୍ତିତ୍ୱରେ, ତୁମ କଥାରେ, ତୁମ ଜୀବନ ଶୈଳୀରେ, ତୁମ ଲେଖାରେ ସେହିସବୁ ରୂପ ପାଇବା ଉଚିତ ଯାହା ଆମର ଅନ୍ତର ଚେତନାରେ ବୀଜଟିଏ ପରି ପଡ଼ିରହିଥାଏ। ମୁଁ ପ୍ରତିମୁହୂର୍ତ୍ତରେ ତୁମର ଓ ତୁମ ପରିବାର ବିଷୟରେ ଭାବିଥାଏ। କେହିବି ଜଣେ, ଅର୍ଥାତ୍ ତୁମ ସ୍ୱାମୀ, ତୁମ ଦୁଇଝିଅ ବୁଝି ପାରିଥାନ୍ତେ କି ମୋ ପରି ମଣିଷକୁ କେବଳ ଏକ ବ୍ୟକ୍ତି ସହ ପ୍ରେମ ହୋଇପାରେ, ତା ଧନସମ୍ପତ୍ତି ସହ ନୁହଁ! ସେ ଯାହାହେଉ...

ନିଜ ବିଷୟରେ ଜଣାଇବ।

ସଦୈବ ତୁମର ସନ୍ଦୀପ

"ତୋ ସ୍ତ୍ରୀର ମୃତ୍ୟୁ ହୋଇଗଲା! ଉଃ! ୟେ' ତୁ କ'ଣ କଲୁ!"

"କ'ଣ?"

"ପୁଅ ବିଦେଶ ଚାଲିଯାଇଛି। ସେ କେତେ ଦୁଃଖୀ ଓ ଚିନ୍ତିତ ଥିଲେ?"

ଦିଶା ଗୋଟେ ପରେ ଗୋଟେ ଚିଠି ପଢ଼ିଚାଲିଛି। ତା ଆଖିରୁ ଲୁହ ବୋଲ ମାନୁନି, ସେ ନିଧି ସହ ଷ୍ଟେସନ ବାହାରିଗଲା।

"ମୁଁ ମାଉସୀଙ୍କ ସାଙ୍ଗରେ ହିଁ ରହିବି। ସେ ଫୋନ୍ କରି ମଧ୍ୟ ତ କହିପାରିଥାନ୍ତେ, ମେସେଜ୍ କରିପାରିଥାନ୍ତେ, ଆଜିକାଲି କିଏ ଚିଠି ଲେଖିବାର କଷ୍ଟ କରୁଛି, ତଥାପି ମୋର ବି ତ ଭୁଲ ହୋଇଗଲା ମାଆ! ମୁଁ ଆତ୍ମକୈନ୍ଦ୍ରିକ ହୋଇପଡ଼ିଥିଲି। ସରି! ସରି!"

ଦିଶା ଲୁହ ଛଳଛଳ ଆଖିରେ ନିଧି ଆଡ଼କୁ ଚାହିଁଲା ଓ ବ୍ୟାଗ୍ ଧରି କ୍ଷିପ୍ର ବେଗରେ ପ୍ଲାଟ୍‌ଫର୍ମ ଆଡ଼କୁ ଚାଲିଗଲା।

●●●

BLACK EAGLE BOOKS

www.blackeaglebooks.org
info@blackeaglebooks.org

Black Eagle Books, an independent publisher, was founded as
a nonprofit organization in April, 2019. It is our mission to
connect and engage the Indian diaspora and the world at large
with the best of works of world literature published on a
collaborative platform, with special emphasis on
foregrounding Contemporary Classics and New Writing.